ARTEMİS YAYINLARI

YAYIN NO: 2061

KALBİMİN CAN MAYASI
İclal Aydın

Yayına Hazırlayan: Tolga Meriç
Editör: Elif Nihan Akbaş
Grafik: Asmin Ayşe Gündoğdu - Merve Ece Aras

1. Basım: Ekim 2019
ISBN: 978 - 605 - 304 - 507 - 6
Sertifika No: 43949

Kalbimin Can Mayası'ndaki tüm kişi ve olaylar yazarın kurgusudur.
Gerçek kişi ve olaylarla bağlantısı yoktur.

ARTEMİS YAYINLARI
Ticarethane Sokak No: 15 Cağaloğlu / İstanbul
Tel: (212) 513 34 20-21 Faks: (212) 512 33 76
e-posta: editor@artemisyayinlari.com – www.artemisyayinlari.com

Baskı ve Cilt: Melisa Matbaacılık
Çiftehavuzlar Yolu Acar Sitesi No: 4 Bayrampaşa / İstanbul
Tel: (212) 674 97 23 Faks: (212) 674 97 29 Sertifika No: 45099

Artemis Yayınları, Alfa Yayın Grubu'nun tescilli markasıdır.

İCLAL AYDIN

KALBİMİN CAN MAYASI

BİR UZUN SONBAHARDI YAŞADIĞIMIZ

ARTEMİS YAYINLARI

Bir gün bir yazar olacağımı ilkokul üçüncü sınıftayken
kulağıma fısıldayan ilkokul öğretmenim Semire Sertkaya'ya
ve benim kalbimin can mayası kızım Lâl'e...

GAZETECİ DOĞAN D.'NİN PAZAR YAZISI

Haberi duyduğum anda soba başında burnunu çekerek bana bakan kırmızı yanaklı o çocuk suratını anımsadım. Kış, kamçı gibi yüzümüze vuran bir rüzgârla gelirdi şehrimize. Sabah ayazı ellerimizi çatlatır, okul çıkışı kömür kokusunun bastığı sokaklarda birbirimizle yarışarak koşardık. Buz gibi sokaktan sıcak eve, mutfaktaki büyük sobaya ulaşmanın mutluluğu içinde ellerimizi ovuşturarak ısınmaya çalışır, annemin bizi doyurmasını beklerdik. Annem önce sobanın üzerindeki ibriği elini yakmamak için kalın bezlerle tutarak indirir, sonra da küçük bakır sahanı koyardı yerine. O ibrik kış boyu sobanın üzerinde fokurdar, içindeki kaynar su annemin bulaşığına, bizim banyomuza, babamın çayına yetişirdi. Bakır sahan sobanın ısısıyla kızmaya başladığında manda tereyağını tavaya bırakır, sonra da taş tezgâhın altındaki küpten bir kaşık kavurma alıp yağın içine katardı. Yağ köpürmeye, kavurma cazır cuzur etrafa sıçramaya başladı mı, iki yumurta kırardı. Biri Volkan'a, biri bana. Sonra da kendi yaptığı kalın kabuklu ekmekten birer büyük dilim keserdi. Bir kâse de zeytin çıkarır ve bizi kalın muşamba kaplı, bir ayağı eğri, eski mi eski mutfak masamıza oturturdu.

O yumurta sarılarını patlatıp, tereyağına ekmeklerimizi banarken dışarıdaki soğuğa inat bir yaz başlardı içimizde. Acıkmış karınlarımızı akşam yemeğine kadar oyalamayı başaran annem bizi karşısına alır, her gün düzenli olarak kerrat cetvelini sual ederdi. Kerrat cetvelini geçtim, çarpım tablosu desem şimdiki çocuklar için bir şey ifade ediyor mu, ondan bile kuşkuluyum. Ama annem sekiz kere dokuz kaç eder diye sorduğunda üzerime çöken sıkıntının hangi nesilden olursa olsun, bütün öğrencilere tanıdık geldiğine eminim. Ben sıkıntılara düşerdim ama Volkan düşmezdi. Sorduğu her soruya ânında verdiği doğru cevapla annemin gönlündeki yerini genişletir, beni sinir ederdi. Sinir ederdi etmesine ama bu tatlı kıskançlık onun en iyi arkadaşım olmasına engel değildi. Aksine güçlendiriyordu arkadaşlığımızı.

İlkokul, ortaokul, lise derken geçip gitti yıllar.

Lisedeki son senemizde ikimiz de aynı kıza sevdalandık. Lakin Volkan benden önce dile getirmişti bu sevdayı. Bana da susmak ve en iyi arkadaşımın aşkına o bilmeden ortak olmak düştü. Üniversite sınavını kazandığımızı öğrendiğimiz gündü. O güzeller güzeli kızın sözünün kesildiği haberi bütün Ayvalık'ta uğursuz bir kuş gibi dolanıyordu, geldi bizim omzumuza kondu. Volkan henüz kıza açılıp sevdiğini söyleyememişti bile. Üniversiteyi kazanma sevinci boğazında bir yumruk olup kalmıştı. Soluk alamıyordu.

Güzelliği dillere destandı sevdiğimiz kızın. Ayvalık onun gibisini bir daha gördü mü, bilmiyorum. Gerçi güzeli daha da güzelleştiren, onu sevenin gözleridir. Belki de benim delikanlı gözlerimdi daha güzelini görmeyen.

İkimize de bakmadan yürür, daha da güzelleşirdi. Kız lisesi çıkışında bekler, evine giden yolda onu uzaktan izleyerek karşı kaldırımda yürürdük. Aslında bana soracak olursanız, bence ben Volkan'dan daha çok seviyordum o kızı. Nasıl yani diye sorsanız, yanıt veremem. O vakit öyle hissediyordum işte. İçimde gittikçe büyüyen, kimseyle paylaşamadığım bu sır, imkânsızlığı arttıkça kalbimi parçalıyordu. İmkânsızdı çünkü Volkan benden önce ortaya koymuştu aşkını. Ben ondan daha çok acı çekiyordum, bu yüzden benim aşkım daha büyük sanıyordum belki de.

Hayattaki en iyi arkadaşımın içinden kopup gelen o itiraf bir cam parçası gibi yırtmıştı yüreğimi. Susmuştum. Ciğerlerim arkadaşımın aşkının kanıyla doluyordu sanki. O gün de ben nefes alamamıştım. O yüzden anlıyordum Volkan'ın nasıl boğulacak gibi olduğunu.

Derin, mutlu nefesler alabildiği ve her nefesini umutla verdiği o günlerde sevdiği kıza bir kelime dahi etmemiş olsa da en azından bana anlatabilmek yetiyordu ona. Hayallerini, umutlarını dinledikçe aşkımı kalbimin neresinde, nasıl saklayacağımı bilemiyordum. O aşk içimde boy verdikçe acım da derinleşiyordu. Volkan anlatırken gözlerine bakmazdım. Yakalanacağımı düşünürdüm. Aşktan ölürdüm de arkadaşımı üzmezdim, satmazdım. Arkadaşlık, kardeşlik daha değerliydi. Öyleydi işte. Mertlik, delikanlılık için yaşanırdı.

Biz Volkan'la Doğan, iki çocukluk arkadaşı, aslında birbirimiz dışında kimseyi rakip görmezdik kendimize. Sınavlarımız, gelecek hayallerimiz bile ikimiz arasındaki bir yarıştı. O büyük bir hukukçu olacak, ömrünün sonuna dek adaleti savunacaktı. Bense hariciyeci olmak isterdim. Türkiye'yi dünyada temsil eden, kaybedilmiş gücümüzü yeniden kazanacak o kahramanlardan biri olacaktım. Volkan içeride ben dışarıda, ülkemizin hak ettiği adalet için çalışacaktık.

Ölmek kahramanlıktır sandığımız yaşlardı. Yıllar geçtikçe yaşama cesaretimiz yaşatmak mücadelesiyle gelişti.

***

Beni affedin, bu pazar yazımda gençliğime, çocukluğuma bir ağıt yakacağım.

Yazıyorum, yazıyorum da, hâlâ acımı anlatabilecek kelimeleri bulamıyorum.

Çok sevdiğim dostum, hiçbir karanlık oyuna girmeyen, hak yemeyen, dert dinleyen, dürüst, siyasi yanlıların bile saygısını kazanmış, sevecen, güven veren bir akademisyendi Volkan V. Geçtiğimiz çarşamba günü ders anlatırken geçirdiği bir kalp krizi sonucu hayatını kaybetti.

Elinizde tuttuğunuz bizim yayınımız da dahil olmak üzere, gazeteler, haber bültenleri ve siteleri ülkemizin önemli bir fikir adamını kaybettik diye verdiler ölüm haberini.

Arkadaşım Volkan V. iyi bir hukukçu olmakla kalmamış, adaleti, adalete inanan gençler yetiştirerek güçlendireceğine inanmıştı. Bu yüzden çok sevilen, değerli kitaplar yazan, fikri sorulan, önemli bir profesör oldu.

Kanımca Türkiye bu profesörünü en verimli çağında kaybetti.

***

Okuma yazmayı aynı gün sökmüş, kurdeleyi göğsümüze aynı gün takmış iki genç, sevdiğimiz kızı, güzeller güzeli Türkân'ı zenginler zengini bir aileye gelin etmişler dedikleri gün göğsümüzden birlikte vurulmuştuk.

Türkân'ın kına gecesi evlerinin bahçesinde yapılmıştı. Sokağın en ucundaki kaldırıma oturmuştuk, Volkan ağlamıştı. Onu teselli ederken ağlayamamaktan boğazım yanmıştı. Evlerinin önünden geçerken son kez dönüp bakmış, gençlik aşkımıza veda etmiştik. Bahçe duvarını saran yaseminlerin arasından görmüştük: Türkân'ın başına kırmızı bir örtü örtmüşlerdi. Sessizce yürümüştük sokaklar boyu.

Sonra Ankara'ya okumaya gittik. O Hukuk Fakültesi'ne, ben Mülkiye'ye.

Ben gazetecilik sevdasına kaptırmıştım kendimi, diplomat olmaktan vazgeçmiştim. Volkan da inandığı gelecek için gençler yetiştirmenin, kitaplar yazmanın güçlü tutkusuyla yaşamaya devam etmişti. İş güç arasında senede bir-iki defa bir araya gelir, Ayvalık buluşmalarıyla eski günleri yâd ederdik. Volkan artık evli, mutlu, karısına bağlı bir adamdı. Bahsi bile eşine ayıp olur diye düşündüğümüzden olmalı, onca gençlik anısı içinde Türkân'ın adı bile geçmezdi.

***

Birimiz bir devlet dairesinde çalışan dar gelirli bir odacının tek oğlu, diğerimiz beş çocuklu bir çiftçi babanın sonuncusuyduk. Dedim ya, yan yana büyüdük, aynı okullara gittik. Aynı yemekleri yedik. Aynı kızı sevdik. Türkân'ın sevdası bile ayıramamıştı bizi. Volkan okul biter bitmez evlendi, çok sevdi, çok sevildi, baba oldu. Eşi Hülya tüm görev yerlerinde onu destekledi, gönüllü olarak savunduğu insanların, davaların peşinde onunla Türkiye'yi dolaştı. Gerçek bir Cumhuriyet kızıydı. Volkan hak ettiği mutlu aile yaşamına kavuşmuştu. Bana ise yine ona imrenmek düştü. Volkan kadar şanslı olamadım. Ne onun sevildiği kadar sevildim ne de bir evlat kucaklayabildim.

Ölüm Allah'ın emri de...

Böyle aniden, bir kalp kriziyle, bir dersin ortasında, belki cümlesini bile bitirmesini beklemeden alıp gidiyor ya insanı, işte buna karşı bir isyan yükseliyor içimden. Sanki biraz daha yaş alsaydı, hastalansaydı ya da kızları büyüseydi daha mı kolay kabul ederdim ölümünü? Bilmiyorum.

Şimdi karşımda duruyor olsa Volkan'la yine atışırdık, eminim.

Yazma oğlum şöyle şeyler, diye kızardı bana. Hadi len, sana mı soracağım, derdim yanımızda kimse yoksa. Ayvalık'ta yazdan yaza buluştuğumuzda ne o bir profesör olurdu ne de ben bir gazetenin yayın yönetmeni...

Rum dostumuz Kosta abinin teknesine atlar, Midilli'ye yelken açardık. Volkan kızdırırdı Kosta abiyi. O Rumca söylenirdi, biz de çocukluğumuzda ezber ettiğimiz Rumca bir iki kelimeyle karşılık verirdik. Ortaya karışık laf yapmayın, diye işitirdik yine azarımızı.

Çocukluğumuzun özgürlüğüne selam ederdik.

Misketlerin milliyeti yoktu. Toprağımız, Allah'ımız, korkumuz, sevgimiz aynıydı ve biz ergenliğe dek ne kadar hürdük. Kafamızda hiçbir demirden pençe yokken hayat ne hafif, ne güzeldi.

Dedim ya, onca yıl her konuda hararetle konuştuk, yüzlerce soru sorduk birbirimize. Ama bir konu vardı ki, hiç açmadık. O eşine saygısından, ben ona duyduğum hürmetten dolayı konuşmuyorduk ama şimdi çok merak ediyorum:

Sahi, sevdiğimiz o kız, güzel gözlü Türkân mutlu olmuş muydu o oğlanla?

Ben bazen düşünürüm, itiraf ediyorum.

Mutlu olmak istediğim zaman gözlerimi kapar, denizden çıkıp üzerine limon sıkarak yediğimiz bol karabiberli midye dolmalarını, avarelik edip limon çiçekleri kokan sokaklarından belki Türkân'ı görürüz diye geçtiğimiz akşamları ve onların yaseminlerle dolu bahçe duvarlarını düşünürüm.

Volkan'ın ölüm haberi geldiğinde, neden bilmem, soba başında ısınmaya çalışan çocuk yüzlerimizden sonra aklıma Türkân düştü.

Çocukken üst mahalledeki terk edilmiş bir araba bizim en sevdiğimiz oyuncağımızdı. Kocaman, lastikleri patlak, camları kırık hurdanın, telleri fırlamış şoför koltuğuyla yanındaki süngeri parça parça yolcu koltuğu dışında her şeyini söküp almışlardı. Ama bizim için o hurda araba zamanda yolculuk yapabilen bir uzay gemisiydi. Sırayla kaptan olurduk. Hep geleceğe giderdik. Hiç geçmişe yolculuk yaptık mı anımsayamıyorum. Çocukluğun geçmişle ne işi olur?

Oysa şimdi bütün kalbimle geçmişe dönebilmeyi isterdim. Denizin sonsuz mavisine, Ayvalık'ın turuncu, pembe gökyüzüne dönebilsek ve Midilli'ye versek yönümüzü şimdi. Ya da Türkân'ın kına gecesinde oturduğumuz o kaldırıma otursak. Türkân da seni seviyor, sevmese o karanfili cebine koyar mıydı hiç, desem.

Çok kıskanmıştım Volkan'ı. Çünkü Türkân o karanfili avucunda sıkmış, sonra da cebine koymuştu. Ah be, cebine koymuştu! Demek ki o da seviyordu Volkan'ı.

Anacığımın hep dediği gibi, alnımıza yazılan yazı neyse onu yaşadık belki.

Şimdi yazımı göndereceğim yazı işlerine.

Sonra gözlerimi kapatıp Ayvalık'a, çocukluğumuza, Sakarya Mahallesi'ndeki terk edilmiş eski arabaya döneceğim. Yaşımız ya dokuz ya on olacak. Sen başka bir gezegenin geleceğine gitmek isteyeceksin. Ben sana diyeceğim ki: Boş ver Volkan, büyümeyelim. Geleceğe gitmeyelim. Gel bizim eve gidelim. Sahanda tereyağlı yumurta yiyelim.

BİRİNCİ BÖLÜM

UZUN SONBAHAR

BİR HAYIRSIZIN HAYALETİ

Sadık Bey gazetesini yavaşça katladı, oturduğu koltuğun yanındaki sehpanın üzerine bıraktı. Başını hüzünle pencereye çevirdi. Gece yağan yağmurun ardından kıpırtısız bir berraklıkla önünde uzanan denizi, güneş ışığıyla parlayan uzaktaki tepeleri, bağrışarak uçuşan martıları izledi bir süre.

Evdeki tek ses, kız kardeşi Nezahat'ın İstanbul'dan getirdiği eski masa saatinin tik taklarıydı. Büyük kızı Türkân'ın kocası Kartal, Nezahat'ın İstanbul'daki küçük, eski evinde daha fazla yaşamalarını istememişti. Bir zamanlar kendisi için yaptırdığı Cunda'daki evi yeniden düzenletmiş, iki kardeşin rahat edebilecekleri bir yuvaya çevirmişti. Nezahat, gelin gittiği o evden kolay ayrılamamıştı elbette. Bu masa saati, gelirken yanına aldığı özel hatıralarından biriydi.

Hemen her gün aynı cümleyle tozunu alırdı saatin.

"Çeyizimden ama bu. Rahmetli annem vermişti. Hepimiz kırıldık döküldük, bir ona bir şey olmadı."

Tik tak... Tik tak...

Zaman geçiyor Sadık Bey, diyordu saatin kadranındaki yelkovan.

Her saat başı yeni bir *tık* sesiyle *evet* diye onaylıyordu akrep, yoldaşını.

Sadık Bey duymuyordu artık onları. Alışmıştı seslerine. Derin bir soluk aldı. Parmaklarıyla koltuğun kenarına vururken kendi kendine konuşmaya başladı:

"Yaz biterken biri daha gitti ha Sadık? Bir gidene daha tanık oldun bugün. Sıralı olmalı be ölüm dediğin. Böyle olunca utanıyor insan yaşadığı günden. Allah rahmet eylesin, yeri cennet olsun inşallah. Çok değerli bir genç daha benden önce çekildi dünyadan.

"Acaba Volkan'la Doğan benim Nesrin'in öğrencilerinden miydi? Kızımı sevmişler... Kızımı kim sevmezdi ki buralarda? Ben ne yaptım? Seyre daldım. Seyre daldım..."

Sustu. Bir süre daha izledi denizi, tekneleri. Sonra zorlanarak kalktı yerinden.

"Şimdilerde oturması ayrı dert, kalkması ayrı. Geceleri sağdan sola dönemiyorum. Niye böyle oldum ben?"

Ellerini arkasında kavuşturup evin içinde ağır ağır dolaşmaya başladı. Siyah deri terlikleri halıların üzerindeki kim bilir kaçıncı teftiş turuna eşlik etmekteydi. Çocuklarının ve torunlarının fotoğraflarının dizili olduğu eski konsolun önünde durdu. Nezahat'ın bir hatıra parçası daha:

"Bunu rahmetli kayınvalidem bana bırakmıştı. Çok değerliymiş. Bugüne kadar gözüm gibi baktım. Eskicilerde satılsın diye mi yani? Hayatta bırakmam, o da geliyor bizimle!"

Konsolun üzerinde önlü arkalı, yan yana, büyüklü küçüklü çerçeveler içindeydi bütün ailesi.

Ah, bu, Sadık Bey'in çocukluğu. Neredeyse tek çocukluk fotoğrafı. Arkadaşı İsmet'in babası çekmiş. İsmet'in sünnet düğünündeler.

Şu fotoğrafta Nesrin ve kızlarla denizdeler. *Derya nasıl da suratını asmış kerata. Türkân o zaman bile ne kadar güzel maşallah.*

Nesrin'in öğretmen okulunda arkadaşlarıyla toplu bir fotoğrafı. *Genç kızlığı da, olgunluğu da bir başkaydı onun. Ah, güzel karım, ah nar tanem!*

Bir başka fotoğrafta kızları birörnek giyinmiş, Türkân'ın düğününe gidilecek. *Ah, o uğursuz gün! Hatırlanmasa da olur.*

Mesut... *Dişsiz dişsiz gülüyor evladım. Üzerindeki bu paltoyu ne çok severdi!*

Dönüş'ün anne olduğu gün. Can'ı kucaklamış Serdar. *Ne kadar da mutlu gülmüşler.*

Derya, kocası Erdem ve çocukları. Yeni evlerinin önünde. *Neydi bu kedinin adı? Ah bu kız! Sokaktaki kedilerin bile her birine illa isim takardı.*

Türkân'la Kartal'ın düğünü. Türkân'ın kızı Defne ortalarında, peri kızı gibi gülüyor. Hepsi bir aradalar. *Ne güzel gündü. Keşke Nesrin de yaşayıp görseydi. Ah, keşke!*

Defne'nin kepli fotoğrafı. Üniversiteden mezuniyeti. *Yavrum, kendini kocaman bir yetişkin oldum sanıyordu ama nasıl da çocukmuş daha. Benim gözümde hâlâ öyle. Kalkıp gitti oralara ama iyi midir, hoş mudur?*

Ah Sadık, böyle bakıp dur sen fotoğraflara. Oysa yazılarda saklı bütün anılar.

Demek Türkân'ı seviyorlarmış, ha?

Defne dolan gözlerini silerek gazeteyi katladı, masasının üzerine koydu. Önünde uzanan Güvercinlik vadisine, uzakta, çok uzakta bulutların arasında belli belirsiz yükselen Erciyes dağına, gökyüzüne baktı.

Ait olduğu Ayvalık denizini, adalarını, göğünü izlemeyi ne kadar seviyorsa, bu vadiyi, binlerce yıllık sırları saklayan kayaları, mağaraları, kısa zamanda bir parçası haline geldiği köyün taş döşeli dar sokaklarını, odasının hemen arkasındaki caminin taş minaresini seyretmeyi de o kadar seviyor; yağmuru, karı, baharı ve nihayet yeniden gelen sarı yazı da her sabah bu pencereden aynı hayranlıkla karşılıyordu.

Bulutların arasında kaybolmuş Erciyes'i seçmeye çalışırken bir kez daha sızladı kalbi. Ayaklarının dibinde uyuyan köpeği Badem sanki üzüntüsünü hissetmiş gibi uykusundan iç çekerek uyandı ve patilerini Defne'nin parmak uçlarına dayadı. Defne gülümseyerek başını okşadı Badem'in.

"Sen anladın mı benim ne düşündüğümü, ha? Teselli mi ediyorsun beni? Sen çok mu akıllısın bakayım?"

Badem ağzını kocaman açarak esnedi ve gözlerini gözlerine dikip sarkık kulaklarını oynattı. İki yıl önce Defne onu sokakta bulduğunda minicik, şaşkın, kaybolmuş bir yavruydu. Annesini epey aradılar ama bulamadılar. Oraya nasıl olup da gelebildiğini kimse anlamadı. Belki de yol kenarına bırakılmıştı. Defne'nin Kapadokya'daki işine başlamasının üzerinden birkaç hafta geçmişti henüz. Etrafındakilere pek belli etmese de elleri arasında titreyen bu minik yavru köpekten bir farkı yoktu aslında o günlerde. İkisi de bu kocaman vadinin yabancısıydı.

Yavru köpek dakikalar içinde Defne'nin avuçlarını yalamaya başlamıştı. Onun, "Çok korkuyorum. Neredeyim, bilmiyorum. Kayboldum. Size anne diyebilir miyim?" diyen bakışlarına ilk görüşte vurulmuştu Defne.

O ilk anlarda belliydi; birbirlerine yol arkadaşı olacaklardı. Küçük köpeğin acıklı bakışları karşısında, "Yahu senin gözlerin ne bal badem böyle, nasıl da insanın içine içine bakıyorsun," diyen Defne o gün bugündür oteldeki çalışma odası ve otel kompleksinin içindeki küçük evlerinde adını Badem koyduğu köpeğiyle birlikte yaşıyordu. Ona çok düşkündü Badem. Yatağında ayak ucundan ayrılmaz, nereye gitse peşinden koşardı. Kendilerine özgü bir lisanları bile olmuştu zaman içinde. Defne, karşısında bir insan varmış gibi konuşurdu Badem'le. O da bazen havlamalar, bazen esnemeler, küçük ulumalar, kuyruk sallamalarla karşılık verirdi Defne'ye.

"Bir yazı okudum gazetede Badem. Biliyorum, sen benim haber izlememi, gazete okumamı sevmiyorsun ama başka türlü de olmuyor işte. Gazetede sevdiğim, benim gibi Ayvalıklı olan bir yazar var. Öyle bir yazı yazmış ki bugün..."

Doğan D.'nin köşe yazısını iki kere okumuştu Defne. Onun pazar yazılarını her zaman severek takip ederdi. Hem Ayvalıklı olması hem de fikirleri hoşuna giderdi. Fakat bu yazısını okurken ilk satırlarda onu saran hüzün, yazının sonlarına doğru yerini büyük bir meraka bırakmıştı. Annesini aramayı düşündü bir an. Sonra yanında babasının olma ihtimali geldi aklına. Fakat bu yazıyı ailesinden biriyle konuşmalı, merak ettiklerini sormalı, içinde bir bulut gibi salınan hüznü paylaşmalıydı. Yazıda adı geçen Türkân, annesi miydi acaba? Muhtemelen oydu. Derken, annesine sormaktansa teyzesi Dönüş'ü aramanın daha doğru olacağına karar verdi. Kararını köpeğiyle paylaştı:

"Badem, Dönüş teyzemi arayayım ben. En rahat onunla konuşabilirim."

Badem, *sen bilirsin,* der gibi kafasını patilerine dayayıp gözlerini kapadı.

Teyzesi ikinci ya da üçüncü çalışında telefonu açtı, fısıldayarak "Taziye ziyaretine giriyoruz canım, çıkınca arasam olur mu?" dedi.

"Tamam," diye yanıtladı Defne, "Müsait ve yalnız olunca ara beni teyzecim." Tam telefonu kapatacakken, "Şimdi gazetede okudum ben de. Profesör Volkan V.'nin taziyesi mi?" diye sordu.

"Evet, hadi kapatıyorum," diye fısıldadı Dönüş.

Defne telefonu ahşap masanın üzerine, gazetenin yanına koydu.

Vay be!..

Volkan ve Doğan'ın yazıda adı geçen gençlik aşkları büyük ihtimalle annesi Türkân'dı. İçindeki merak daha da büyüdü. Annesi de tanıyor muydu o gençleri acaba? Hiç konuşmuşlar mıydı? Karanfil hikâyesi doğru muydu? Teyzeleri de taziyeye gittiğine göre tanışıyorlardı demek ki? Ama yok yok, bu cenazeye tanısın tanımasın bütün Ayvalık katılırdı. Babası da mutlaka katılmıştı. Annesi ve babası yazıyı okumuşlar mıydı acaba? Eğer okudularsa babası kıyameti koparırdı.

Annesinin ikinci eşi olmasına rağmen öz babasından daha kıymet verdiği ve evliliklerinin ilk gününden itibaren baba dediği, çok sevdiği Kartal Bey'in kıskançlık krizleri aile içinde dillere destandı.

"Hayatım boyunca kimseyi kıskanmadım. Ne yapayım, içimde biriken kıskançlık duygumun tamamı Türkân'a nasipmiş," derdi Kartal Bey. Kendisiyle bu konuda dalga geçilmesinden tatlı bir haz alırdı. Karısının güzelliğine, kalbine, kızı Defne'ye hayrandı. Defne, Amerika'ya kısa bir dönem için okumaya giderken, koca adam, nasıl da bir çocuk gibi içini çeke çeke ağlamıştı.

Havaalanındaki o vedalaşmayı anımsayınca gülümsedi Defne. Kapadokya'daki bu otelde çalışma kararını ailesine açıkladığında herkesten çok onunla tartışmıştı. Geç bulduğu kızını kendilerinden uzakta, *peri bacalarının ortasında, mağaralardan ibaret* bir yere göndermek istemiyordu Kartal Bey. İşin aslının öyle olmadığını, ortaya çıkan yapıları görse ne kadar etkileneceğini, genç yaşta elde ettiği bu fırsatın ne kadar önemli olduğunu defalarca dile getirse de Kartal Bey'i ikna etmek mümkün olmamıştı başlarda.

"Sen otelci değilsin ki, eğitimcisin. Mis gibi mesleğin var. O kadar okudun ettin. Taa Amerikalara gittin, yok *sertifikalar alacağım,* yok özel eğitim meselesi önemli dedin. Eee? Ne oldu şimdi? Hem ne kadar başarılısın işinde. Ne bu daldan dala atlama, bizden uzağa gitme arzusu, anlamıyorum. Allah'a şükür, maddi sıkıntımız da yok. Açalım sana bir özel okul, yetiştir çocuklarını, sen de gurur duy, biz de mutlu olalım. Bir kere, o kadar büyük bir otelin yöneticisi olamayacak kadar gençsin. Seni parmaklarında oynatır çalışanlar. Tecrüben de yok. Haksızsam, haksızsın de. Hadi, de!"

"Babacım, ne olur, sadece birkaç yıl. Çok büyülü bir proje bu. İşimi ne kadar sevdiğimi biliyorsunuz. İleride yapmak istediklerim için bu işte de bir tecrübe edinsem kötü mü olur? Ah, vaktiyle terk edilmiş o eski köy evlerinin şimdiki halini, tünellerle birbirlerine nasıl bağlandığını, o vadiyi, köyleri bir görseniz, vallahi babacım en çok siz beğeneceksiniz. Adım gibi biliyorum. Sizi tanıyorum. Sabahları gün doğmadan insanı uyandıran o masal kuşları, havada süzülen rengârenk balonlar ikna edecek sizi. Hem ben başlangıçta oradaki tek yönetici olmayacağım ki. Proje sahipleri de iş oturana kadar benimle olacaklar. Çok güzel, tecrübeli bir ekip kurmuşlar bile. Ama hepsi yabancı. Patronlar Berlin'e döndükten sonra ben ailenin temsilcisi olarak başlarında duracağım. Benimle bir kez oraya gelseniz, orada bir sabah uyansanız, projeyi bir görüp gezseniz, dinlediğim hikâyeleri bir de siz dinleseniz beni oraya neyin çektiğini, neden çok sevdiğim mesleğimin yanına bir de bu tecrübeyi katmak istediğimi anlayacaksınız."

Defne konuştukça Kartal Bey'in kafası karışıyordu. Hele, "Sizi tanıyorum ben," gibi cümleler duydukça yumuşayacak gibi oluyordu ama sonra birden aklına o en korktuğu ihtimal geliyor, dehşet içinde Defne'ye dönüyordu:

"Bir delikanlı mı var? Âşık mı oldun? Oğlanın peşinden mi gidiyorsun yoksa?"

"Ah, hayır baba. Ne delikanlısı? Bu işi yapmayı çok istiyorum. Benimle gurur duyacaksınız, biliyorum."

"Sen kesin âşık oldun! Evlenecek misin? Zaten Amerika'dan döndüğünden beri halin hal değil senin. Kalp krizi geçiriyorum ben galiba! Vallahi geçiriyorum. Kalbimin nasıl attığını dilimin altında, boynumda bile hissediyorum. Midem bulanıyor. Sırtıma ağrı girdi. Kolum uyuştu. Sağ, hayır, sol kolum uyuştu. Terliyorum bak... Kim seni oraya sürükleyen? Kayserili mi çocuk? Ah, hayatta olmaz! Kayserili bir tüccar alacak kızımı. Gece gündüz çemen yiyecekler, pastırma, sucuk kokacak torunlarım. Nevşehirli mi yoksa? Projeden biri mi? Projeye oradan dahil olan biriyse ailesi de kesinlikle oradadır. Onun ailesi orada, seninkiler uzakta. Eyvah eyvah! Biz böyle üzerine titrerken... Zaten sen daha Amerika'ya gittiğinde koptun bizden. Bedenin geldi ama yok, ruhun orada kaldı. Sen bilmezsin, bu işler böyle başlar. İki sene diye gidersin, bir daha dönmezsin. Kesin kalp krizi bu.

Ölüyorum, kimse umursamıyor. Bir ambulans çağırsak mı? Vallahi böğrüme fil oturmuş gibi oldum. Düşün, sen daha lafını ederken böyle oluyorum. Oraya gidip evlenince ne olacağım kim bilir. Nasıl olacak?"

Kartal Bey hop oturup hop kalkıyor, kendi sesinin gazına kendi geliyor, bir süre sonra onu dinlemez olan karısının dikkatini çekmek için daha da feryat figan ediyordu. Defne'nin bir hayırsızın peşine düştüğüne emindi.

Oysa babası bilseydi... Tam tersine, Defne bir delikanlının, bir hayırsızın hayaletini yok etmek için gitmek istiyordu aslında. Her sabah kırgın uyanmaya ve kurduğu hayalin yarım kalmasına üzülmeye dayanamıyordu. "Seni çok seviyorum," diyerek saçlarını okşayan, "Ne güzel günler bekliyor bizi, bir bilsen," diyerek ellerini öpen, günler haftalar boyu planlar yapan, Defne'yi bir an olsun yalnız bırakmayan ve sonra bir sabah başka birine dönüşüveren o adamı unutmak, onun bıraktığı yıkıntının altından çıkmak, hayatına meydan okumak istiyordu. Bir kalp ağrısının onu alt etmesine izin vermemeliydi. Bir hayal vardı ortada ve o hayal, ortağı gitti diye yarım kalmayacaktı.

Defne'nin Amerika'dan döndükten sonraki durgunluğu annesinin ve teyzelerinin gözünden kaçmamıştı. Pırıl pırıl, gülerken gözlerinde yıldızlar parlayan, neşesiyle bütün ailenin yaşam sevinci olan kızlarından eser yoktu. New York uçağından İstanbul'a inen, altı yedi ay önce gönderdikleri o genç kız değildi. Havaalanının çıkış kapısında sevinç çığlıkları içinde el sallayarak ona seslenen ailesine bakarken zorlama bir neşe vardı gözlerinde. Hepsine tek tek sarılırken, kolları gücünü kaybetmiş gibiydi. Çok zayıflamıştı. Dalgınlığını ve yorgunluğunu uzun uçuşa ve eve dönüş heyecanına vermişlerdi ilk günler.

"Çocuk çok yorgun, evi de özledi, dokunmayın, uyusun," demişti Kartal Bey. Dokunmadılar. Defne ilk haftasını uyuyarak geçirdi.

"*Jet lag* oldu, kendine gelemedi. Sürer daha biraz. Herkes böyle zorluk çekiyormuş," dediler kendilerini rahatlatmak için.

Ama Defne toparlanamıyor, o çok özledikleri Defne olamıyordu bir türlü.

Dedesi, Nezahat hala, babası, annesi, teyzeleri, kuzenleri, enişteleri etrafında pervane oluyor ama hiçbiri içten bir gülüş koparamıyordu ondan.

Endişeleri büyümeye başladı. Kartal Bey hastalandığını düşünüp eve bir doktor ve laboratuvar ekibi getirdi. "Kan sayımı yaptıralım," diye tutturdu. Defne itiraz etmedi. Muayene ve test sonuçlarında ciddi bir hastalığı olmadığı, birkaç vitamin desteğinin iyi geleceği söylenince de rahatlamadı Kartal Bey.

"Bir de psikoloğa mı götürsek? Bu çocuğa bir haller olmuş oralarda. Göndermeyecektik hiç ama beni dinlemediniz hiçbiriniz," diye söylenip dolanmaya başladı. Eşi Türkân, Kartal Bey'e bu kez hak veriyordu. *Defne'nin dilinden en iyi teyzesi Dönüş anlar,* diye düşündü. Çocukluğundan beri en büyük sırdaşı o olmuştu.

"Bir konuşsan mı Defne'yle? Belki de bize anlatamıyor. Ama sana içini döker. Neden bu kadar sıkılıyor bu çocuk?" dedi kardeşine.

Dönüş, yeğenini Ayvalık'ın içindeki küçük çikolata-kahve dükkânına çağırdı bir sabah. Amerika'ya yolculuğundan önce Defne'nin çantasına sıkıştırdığı, bütün hayatının kayıtlı olduğu günlüğünü kastederek "Defterimi okudun mu? Hiçbir şey söylemedin. Gel de baş başa bir kahve içip dedikodu yapalım," demişti telefonda.

Defne kapıdan girdiğinde, "Eee, nerede benim turkuaz defterim? Niye getirmedin?" diye sordu Dönüş.

Defne küçük dükkânın içindeki iki koltuktan birine kendini atarken, "Geri istediğini bilmiyordum. Artık benim oldu sanıyordum," dedi.

Teyzesiyle bir süre bakıştılar.

"Sanırım, hayatımda okuduğum en güzel hikâyeydi. O defteri neden bana verdin teyze?"

"İçinde neden sana verdiğim yazıyordu yanlış hatırlamıyorsam."

"Yazıyordu, doğru. Ama şimdi sen söyle bana, niye buradayım ben? Annem mi çağırmanı istedi?"

Dönüş güldü.

"Evet, senin için endişeleniyorlar. Biliyorsun, bu tür işlerde Derya teyzen sonuca daha kısa yoldan gittiği için annen beni görevlendirdi. Kahve içersin, değil mi?"

"E, kahveye çağırmadın mı sen beni?"

Dönüş kahvelerini yaptı. Defne, teyzesinin dükkâna yeni getirttiği kitapları inceledi o arada. Minicik tepsideki eski fincanlara dökülmüş, mis gibi kokan Türk kahvelerini ortadaki sehpaya bırakırken, "Defne, yavrum, buraya döndüğüne pişman mısın? New York'a mı gitmek istiyorsun yine? Bize söylemeye mi çekiniyorsun? Belki baban haklıdır diye düşünüyorum. Âşık mı oldun sen oralarda?" diye sordu.

Defne derin bir iç çekti.

"Aşk işine hiç girmeyelim teyze. Şimdi, şu dakika bunu konuşamam. Döndüğüme pişman değilim de... New York'a gitmek de istemiyorum bu arada, yanlış anlama... Ama burada olmak isteyip istemediğimden emin değilim."

"Tamam. Çok iyi bildiğim bir duygu bu. Bir şekilde gitmek, uzaklaşmak istiyorsun."

"Galiba yalnız kalmak istiyorum teyze. Nasıl söylesem... Allah hiçbirinizin eksikliğini göstermesin ama bazen çok sıkışmış hissediyorum kendimi. Şu anda kafamın içindeki bütün düşünceleri döküp saçmak, sonra da toparlamak için bir alana ihtiyacım var. Fakat -çok şükür- o kadar seviyorsunuz ki beni, bazen sevginizden nefes alamıyorum. Ne olur yanlış anlama. Sadece, küçük bir kız gibi sıkıştırılmaktan hoşlanmıyorum. Ben sanırım size benzemiyorum. Kendi başıma kalmaya ihtiyacım var. Anlatamadığım bu işte. Sizi kırmaktan korkuyorum."

"Hayır, çok iyi anlıyorum. Ama zaten İstanbul'da işe başlamayacak mısın? Yaz sonu döneceksin. İstersen konuşayım annenlerle, erken dönmek istiyormuş diyeyim. Ayrı eve mi çıkmak istiyorsun?"

"Aslında evet, o da bir ayrı sorun. Babam hayatta bırakmaz. Bağımsızlığımı kabul ederlerse büyüdüğümü de kabullenmek zorunda kalacaklarını biliyorlar."

"Ayrı eve çıkman zor olur hakikaten. Ama olmayacak iş değil. Sizin kuşak bizim gibi değil tabii. Kendinize ait alanlarınız olsun istiyorsunuz. Haklısın da. Nasıl yapsak?"

Defne minnetle bakmıştı Dönüş teyzesine.

"Teyze, aslında söylemeye cesaret edemediğim bir şey olduğu doğru."

"Ne?"

"Arkadaşlarım Kaan ve Katia var ya? Komşularımdı hani New York'ta, bebekleri olan? Kaan'ın annesiyle mimar olan üvey babası Berlin'de konsept bir otel işletiyor. Aynı zamanda sanat galerisi gibi bir mekân. Dünyanın en beğenilen butik otellerinden biri. Kaan'ın ailesi Kapadokyalı. Uçhisar'da bir sürü yıkık dökük köy evi almışlar. Üvey babası aldıkları köy evlerini tünellerle, küçük sokakçıklarla birleştirerek bir butik otel inşa etmiş. Ben oradayken bitmek üzereydi ve hep bunu konuşuyorlardı. Kaan'ın anneannesi de oraya çok yakın bir kasabada, Ihlara'da yaşıyormuş. Kaan'a çok düşkünmüş. Kaan'ın oraya dönüp işin başına geçeceğini hayal ediyorlarmış hep. Ama Kaan'ın dönmeye niyeti yok daha. Bir akşam onlardaydık, arkadaşı Ömer de oradaydı, ikimize bir teklifte bulundu Kaan. *Biz bir iki yıl daha buradayız. Biz gelene kadar siz bizim yerimize orada dursanız, anneannem de orada. Arada bir onu da yoklarsınız, içim rahat eder,* dedi. Bize önce pek oluru varmış gibi gelmedi ama Kaan kısa sürede işi ciddiye bindirdi. Bayağı bir heveslendik. Ama sonra Ömer Türkiye'ye dönmekten vazgeçti. İçten içe düşünüyorum da, İstanbul'da ayrı bir evde oturmama bizimkiler hayatta izin vermezler ama bu projeyi sanki yeni olup bitmiş bir şey gibi bana bir iş teklifi geldi diye anlatırsam belki Kapadokya'da tek başıma yaşamayı onlara kabul ettirebilirim. Ne dersin?"

Dönüş o cümleler içindeki en önemli kelimenin Ömer olduğunu anlamıştı. Belirgin bir tepki göstermeden, sakince sordu:

"Ömer kim?"

"Dedim ya, Kaan'ın arkadaşı. Ben de onlar sayesinde tanıştım."

"Niye vazgeçti dönmekten?"

"İnan ben de çok bilmiyorum. Kendisiyle konuşmadık bu konuda. Geleceğine yön verme konusunda benim kadar kararlı değilmiş demek ki."

"Peki sen üzüldün mü buna?"

"Teyze! Ben sana neler anlatıyorum sen konuşmalarımın içinden neyi ayıklayıp ne sonuç çıkarmaya çalışıyorsun? Aşk olsun ama!"

Dönüş yeğeninin gözlerindeki kırık parçayı görmüştü. Lakin o kırık parçaya rağmen projeden, Kapadokya'dan, Kaan ve Katia'dan söz ederken yüzüne yerleşen heyecanı fark etmemek imkânsızdı. Gitmenin, ailesinden uzakta çalışmanın ona gerçekten iyi geleceğini anladı.

Yeğeninin elini tuttu.

"Defne, canım... Artık sen de biliyorsun ki biz ve bizden önceki kuşak, yarım kalan hikâyelerin insanlarıyız. İyi kötü, hayat kimimize şans verdi de mutlu sonlar görebildik. Bak kimseyle konuşmadığım gibi konuşacağım seninle, açık olacağım. Sen benim gibi olma, ailene duyduğun sevgini, bağlılığını bileğine bir pranga olarak takma. Yine sev, yine bağlı ol ama gitmek istiyorsan git, koş, yaşa. Senin kadarken Ayvalık'ta neyi beklediğini bilmeden bekleyen, gençliğinden vazgeçmiş biriydim. Sevmek için ilk aşkımı, Serdar'ı beklediğim için hiç pişman değilim ama bugünkü aklım olsa inan daha cesur olurdum. Ayvalık'ta kalmayı seçmezdim. Kabullenmezdim olup biteni. Bunları konuşmak için artık çok geç. Senin önündeyse kocaman bir hayat, uçsuz bucaksız bir dünya var. Gençsin, durma git. Ben arkandayım. Ablamı ben ikna ederim. Derya teyzeni de alırız yanımıza. Ama önce sen emin ol. Karar ver. Sonra bana söyle."

"İstiyorum teyze, eminim!"

Teyzesiyle yaptığı bu konuşmadan sonra Kaan ve Katia'ya "Eğer hâlâ istiyorsanız Uçhisar'a gidebilirim," diye vermişti sevindirici haberi.

Arkadaşlarından gelen heves dolu yanıtlardan sonra Kapadokya'daki otel projesinde çalışmak artık en büyük hedefi olmuştu. Hissediyordu, Ömer'in yarım bıraktığı o hayali tamamlamak iyileştirecekti Defne'yi.

Annesi, gönülsüz de olsa teyzeleri Dönüş ve Derya'yı arkasına alıp Kartal Bey'e durumu anlatmayı denemişti ama başarılı olamamışlardı. Kartal Bey mümkün değil kabul etmiyordu. Birkaç gün sonra meseleyi beklenmedik bir şekilde dedesi Sadık Bey çözmüştü.

Cunda'daki evde hafta sonu yemeği yeniyordu. Nezahat hala tabaklarına yemekleri servis ederken Sadık Bey damadına dönüp şunları söylemişti:

"Kartal, evladım, Defne'yi bırak gitsin. Bir kadın bir kez aklına uzağı koymuşsa ve biri kanadından tutuyor, kendisi için yuvasının daha emniyetli olduğunu söylüyorsa belki sadece bir mevsim o sesi dinler. Ama her bahar uzağa uçmayı hayal ederek uyanır. Uçamadıkça kızgın, öfkeli olur. Tanımanı çok isterdim, rahmetli eşim Nesrin bana bu kızgınlığın yükünü bırakarak vefat ettiğinden beri böyle düşünürüm. Uçmak isteyenin kanadını tutmamak gerek; yoksa istemeden kırıyorsun. Anne babasına kızgın, kırgın bir evlat istemezsin, değil mi? Bırak uçsun. Göçmen kuşlar bile memleketlerine dönecek yolu, zamanı bilir. O da dönecektir. Ben Ayvalık'tan gidip de özlemeyen, dönme imkânı varken dönmeyen görmedim. Gitsin bakalım. Nasılsa geri döner."

Kartal Bey çok saydığı kayınpederinin bu sözleri karşısında çaresiz kalmış, yutkunmuş, kızarmış, çökmüş, "Gerçekten mi? Siz gitsin diyorsunuz yani. Gitsin mi?" diyerek yalvarırcasına, bir medet umarak Derya'ya, Derya'nın kocası Erdem'e, halaya bakmış, Sadık Bey'in gülümseyen yüzünü görünce bıyıkları iyice yere inmişti. Kimseden umut yoktu.

"Peki," diye fısıldamıştı zar zor. "Gitsin bakalım. O gidince biz iyice yaşlanacağız ama," diye eklemişti ağlamaklı bir sesle.

Sadık Bey kahkaha atmış, "Gidenler yüzünden değil be Kartalcığım, bu ülkede bir türlü gitmeyenler yüzünden yaşlandık hepimiz!" demişti.

Masada kahkahalar birbirine karışırken Defne sevinçle yerinden fırlayıp Kartal Bey'e sarılmış, ardından da arkadaşlarına müjdeli haberi vermişti.

Ne çabuk geçiyordu zaman...

Defne pencereden vadiyi seyrederek eski günleri düşünürken odanın cam kapısı açıldı. Ön büro çalışanlarından bir genç kız, birkaç hafta sonra gelecek olan Amerikalı grubun isteklerinin sıralı olduğu kâğıdı uzattı.

Genç kız odadan çıktıktan sonra Defne listeyi incelerken telefonu çaldı. Dönüş teyzesi arıyordu.

"Canım, kusura bakma. Acil bir şey yoktu, değil mi?"

"Yok yok, gazetede Doğan D.'nin yazısını okumuştum da. Hem duygulandım hem de Volkan V.'yi şahsen tanıyor muydunuz diye soracaktım. Yazıda ilk aşkları Türkân diye birinden bahsediyor da. Annem olabilir mi o Türkân diye merak ettim. Ama sen de yoldasın sanırım, okumamışsındır."

"Okudum okudum. Sabah çok erken internette gördüm. Yok tatlım, biz şahsen tanışmıyorduk. Zaten Derya'yla ikimiz çok küçüktük o vakitler. Ablama da sormadım ama muhtemelen odur diye düşünüyorum. O tarihlerde bahse bu kadar uyan başka Türkân yoktu bizim buralarda. Yani bildiğim kadarıyla yoktu."

"Ay, babam okuduysa annem yandı!"

"Çok güzeldi be ablam. Âşık olacaklardı tabii. Ablamdır kesin. *Bahçede kına gecesi,* diyor, *zengin bir aileye gelin gitti* diyor. Başka kim olacak?"

"Annemler şimdi nerede teyze, yanınızda mı?"

"Onlar taziye evindeler daha canım, ben çıktım. Can'ın basketbol kursu var, onu götürmem gerek. Serdar eniştenin her zamanki gibi mühim işleri varmış da, Edremit'te yine üç gündür. Bu işler hep benim başımda artık. Annenler de birazdan kalkar sanırım. Var mı bir isteğin tatlım? Sen iyi misin, işler yolunda mı?"

"İyiyim, iyiyim teyzecim. Çok önemli ve büyük bir grup geliyor Amerika'dan. Onlara hazırlık filan, o işlerle uğraşıyorum. Tamam tutmayayım ben seni. Çok öpüyorum. Can'ı ve Serdar eniştemi benim yerime öp."

"Can öptürürse öperim. Serdar enişteni de görürsem..."

EKSİK HARİTA

Taziye evinin salonu iç çeken, ağlaşan kadınlarla doluydu. Türkân bir köşede Nezahat hala ve Derya'yla oturuyordu.

Olup biteni, anlatılanları, soruları, gelip gidenleri dalgın, durgun, sessizce dinleyip izliyordu. Bütün genç kızlığını ve ilk evliliğini de böyle izlemişti. Hiçbir şey yapmadan, söylemeden, hayata katılmadan geçmişti yıllar.

Oysa o da her genç kız gibi bahar dalları taşıyordu bir zamanlar göğsünde.

Kız lisesinin önünde o iki delikanlının kendini beklediğini bilir, her okul çıkışı, a*caba bugün de gelmişler midir*, diye düşünerek merakla, ağır ağır inerdi merdivenleri. Ve evet, ikisini de karşı kaldırımda, bir köşede onu beklerken bulurdu. Biri bakışlarını yakalamak için gözlerini Türkân'dan hiç ayırmaz, diğeri ise Türkân'a hiç bakmazdı. Göz göze geldiklerinde yaşadığı utanç ve heyecan birbirine karışır, bir erkeğin gözüne bir an için bile olsa bakmış olmaktan duyduğu mahcubiyetle kafasını bir daha yerden kaldırmadan eve yürürdü.

Türkân gözlerini yakalayanı değil, ona hiç bakmayan öbür delikanlıyı merak ediyordu aslında.

Volkan'ı değil de, Doğan'ı.

Kafasını kendisi gibi yerden hiç kaldırmayanı.

İsimlerini sınıftaki kızlar kendi aralarında konuşurken öğrenmişti. Boyu biraz daha uzun olan Doğan'dı. Okul çıkışında karşı kaldırımda bekleyen delikanlıların kendileri için geldiğini düşünür, eteklerinin belini kıvırıp boyunu kısaltır, bağlı saçlarını açıp tarar, öyle çıkardı kızlar. Türkân hiçbir şey söylemez, o iki delikanlının onu yol boyu uzaktan izlediğini, evlerinin önünden sık sık geçtiğini kendine saklardı. Türkân eteğinin boyuyla oynamaz, saçlarını asla salmazdı. O, Nesrin öğretmenin kızıydı. Süslenip püslenmeler hoppa kızların işiydi Nesrin öğretmene göre ve onun kızı asla öyle şeyler yapmazdı, çok şükür. Sade güzelliği, gözleri, zaten dillere destandı. Bunların altı çok çizilmezdi. Altın bileziği olanın kolunu şıkırdatması ne kadar ayıpsa, güzelliği olanın da abartması o kadar ayıptı. Annesini hayal kırıklığına uğratmaktan çok korkardı Türkân. Söylediği her şey, hiçbir harfi değiştirilmeden ezberlenen kurallardı. Ama işte o iki delikanlı, kendisi hiçbir şey yapmasa da onun için bekliyorlardı o duvarın dibinde. Görmüyormuş gibi yapardı ama görüyordu nihayetinde.

"Volkan askeri okula gidecekmiş. Nasıl da yakışıklı Allah'ım. Kim bilir ne yakışacaktır ona o üniforma," demişti arka sırasında oturan Neşe.

"Yok be, nereden uyduruyorsun? Hukuk fakültesini istiyormuş diyorlar. Ben Doğan'ı daha çok beğeniyorum. Bence o daha yakışıklı," diye yanıt vermişti yanında oturan Aysel.

Neşe, "Aman, Doğan ukala, kendini beğenmiş bir çocuk bence. İnsanın yüzüne bakmıyor," deyince kalbi sıcacık olmuştu Türkân'ın.

Elindeki nakış ödevini bitirmeye çalışıyordu. İğneyi parmağına batırmıştı.

Demek Doğan sadece ona değil, kimseye bakmıyordu!

İçinde bastıramadığı bir sevinçle parmağını emerken, damağına yayılan kanın tadında aşkın hazzını ezber etmişti.

Ama kimseye bakmıyorsa belki de bir sevdiği vardır.

Az önceki sevincinin yerini tarifsiz bir yıkım almıştı. Büyük ihtimalle konuştuğu bir kız ya da sözlüsü vardı Doğan'ın. Ah, ne kadar büyük bir kederdi bu. Gözlerinden iri iki yaşın dökülmesine neden olmuştu. Ağladığını gören Aysel, "Ne oldu Türkân, neyin var?" diye koluna dokunmuştu.

"Ah, yok bir şey vallahi. Annem hasta da biraz. Ona bir şey olursa ne yaparım diye düşündüm. O yüzden duygulandım."

Kızlar gülüşmüşlerdi. "İlahi Türkân! Olmamışın yasını tutarsan çabuk yaşlanırsın şekerim," demişti Neşe.

Birkaç gün sonraysa aklına hayaline gelmeyecek bir hadise derinden sarsmıştı Türkân'ın kırılgan ruhunu.

Yine bir okul çıkışı eve doğru yürürken Volkan ve Doğan kaldırım değiştirmiş, hemen birkaç adım arkasından yürümeye başlamışlardı. Türkân'ın kalbi korkuyla gümbürdüyordu. Aylardır uzaktan onu izleyen bu delikanlılara karşı nasıl olup da bir güven besleyebildiğine şaşırarak kendine kızdı. O hızlandıkça gençler de hızlandı. Derken her şey birkaç saniye içinde oldu. Avucunun içine bir çiçek sıkıştırdı Volkan. Dönüp bakmamıştı bile ama emindi Volkan olduğundan. Doğan'ın üzerinde mavi bir gömlek vardı. Avucuna karanfil sıkıştırıldığı sırada, yere bakarken bile ardından geldiğini gördüğü o mavi ışık yavaşlayarak geride kalmıştı. Çiçeği fırlatıp atmak istedi. Ya da yere atıp üzerine basmak. Ama herkes görecekti o vakit. *Ah Allah'ım, ne büyük rezalet!* Annesi duyarsa mahvolurdu Türkân. Çiçeği ne yapacağını bilemedi. Hırsla buruşturup cebine soktu. Koşmaya başladı. Delikanlılar onu takip etmiyordu artık.

Evden içeri girdiğinde kalbi boğazından çıkacaktı. Ter içindeydi, yanakları kıpkırmızıydı. Annesinin, evlerinin her işini gören yardımcısı Zekiye kapıyı açtığında, "Amanın, ne oldu sana böyle? Bir şey mi oldu müdür beyime? Hoca hanıma mı bir şey oldu yoksa? Kız cevap versene!" diyerek kollarını sarsmıştı.

Zekiye'den kurtulup odasına kapandığında cebindeki buruşuk karanfili çıkarmış, *bütün Ayvalık görse ne olur ki, Doğan gördü ya yeter,* diye ağlamaya başlamıştı. İşte o zaman anlamıştı; Türkân onu seven Volkan'a değil, kendisine hiç bakmayan Doğan'a âşıktı.

Evlerinin önünden her geçişlerinde Doğan için heyecanlandı. Odasına kapanıp Doğan için şarkılar dinledi. Bütün fotoromanlarda, aşk hikâyelerinde Doğan'la kendisini esas kızla oğlanın yerine koydu.

Lisenin bittiği yaz kendisini istemeye geldiklerinde annesinin heyecanını, komşuları Emel ablayla kapıldıkları telaşı izlemiş, başına gelecekleri anlamış ve her zamanki gibi annesine teslim olmuştu. Elinde gümüş tepsiyle konuşmaları dinlerken Volkan'la Doğan'ı düşünüyordu. Doğan'la hiçbir zaman kavuşamayacaklardı.

Zekiye ablası kulağına eğilmiş, "Azcık tebessüm et kız, ne somurtuyon?" demişti. Türkân da ona ne derlerse yaptığı o bilindik akışa bırakmıştı kendini. Yüzünde kırık bir tebessümle, kendisinden başka herkesi heyecanlandıran bu isteme hadisesini izlemeye koyulmuştu.

Kimse ona, "Sevdiğin biri var mı?" diye sormamıştı. Ne annesi ne babası ne Zekiye abla, ne de sınıf arkadaşları. Türkân'ın birini sevebileceğine neden ihtimal vermemişlerdi? Çok hanım olduğu, ailesinin sözünü daima dinlediği için mi?

Hoş, sorsaydılar ne diyebilirdi ki?

Evet, sevdiğim biri var. Tek bildiğim adının Doğan olduğu.

Bu muydu söyleyeceği?

İsteme gününden sonra bir daha hiç görmemişti o iki delikanlıyı. Gelin olduğu gece onu bırakıp sarhoş olan ve koltukta sızan kocasını izlerken Volkan ve Doğan'ı düşünmüştü. Üzerindeki gelinlikle sabaha kadar ağlarken ve kocası onu Florya'daki eve kapatıp dört gün boyunca tek başına bıraktığında aç biilaç beklerken dualar etmiş, yakarmıştı.

Bu halimi bilseler gelip kaçırırlardı beni. Alıp götürürlerdi Ayvalık'a. Anneme babama teslim ederlerdi. Sonra evlenirdim Volkan'la. Doğan sevmesin beni. Doğan olmasın kocam. Beni seven biri olsun da Volkan olsun. Beni yalnız bırakmasın. Ne olur Allah'ım, duy sesimi, kurtar beni.

Ama Türkân'ın çekeceği çile henüz yeni başlamıştı. Yıllar süren esaret içinde Volkan ve Doğan sararmış bir fotoğrafa dönüşmüş, bütün sevinçleri ve hayatının mutlu anıları gibi Ayvalık'ta kalmıştı.

Türkân evliliğinin ilk yıllarını kayınvalidesi Rüçhan Hanım'ın baskısı altında, neredeyse evden hiç çıkmadan, yapayalnız, kalan zamanı da kızı Defne'ye tutunarak geçirmiş, o yıllarda ve sonrasında zaman zaman televizyonda, sıklıkla da gazetelerde görmüştü Volkan ve Doğan'ı.

Volkan tartışma programlarında fikri dinlenen bir profesör, Doğan ise ünlü bir gazeteci ve ardından da büyük bir gazetenin yayın yönetmeni olmuştu.

O utangaç genç adam delikanlılığındaki zayıf, ürkek görünümünün zıddına korkusuz, sözünü, fikrini sakınmayan birine dönüşmüştü.

Onları televizyonda gördüğü vakitler, içinde sakladığı binlerce sırdan biri gibi bunu da kimseyle konuşmaz, kendi kendine, *her şey çok başka olabilirdi,* diye düşünür, sonra bu düşüncesini de bütün hayalleri, soruları gibi bir kenara koyardı.

Şimdi bütün o yaşananlardan sonra, taziye evinde, eşini ani bir kalp kriziyle kaybetmiş bir kadının karşısında oturuyordu. O gözü yaşlı kadının yerinde olabilirdi. O kadın değil de, Türkân ağlıyor olabilirdi şu anda.

Hayat yazıları silik, cadde ve sokak isimleri eksik, yıpranmış bir şehir haritası gibiydi. Hangi sokak, hangi yol ayrımı, hangi kaldırım nereye çıkar, bilemeden yol alıyordu insan. Hoş, hayatının ilk yıllarında hiçbir yolu kendi seçmemişti. Ama bak, önünde sonunda bu cenazede olacakmış. Bir şekilde, bugün bu saatte bu çatının altında, bu salonda olacakmış.

Eşine âşık bir kadının gözlerinde kendisine yöneltilmiş acı ama zarif bir kuşkuyla karşı karşıya kalacakmış. "Hoş geldiniz," derken uzattığı elinde ölümün hatırına katlanılan mesafeli bir nezaket duyumsayacakmış. Asla söze dökülmeyen "Niye buradasın? Niçin geldin?" sorularını bir tek o duyacakmış. Araya zaman ve ölüm girmişse aklanmanın ne kadar zorlaşabileceğini, mesela hayatı boyunca hiçbir kadının canını yakmadığını söyleyebilmenin nasıl da imkânsızlaşabileceğini hissedecekmiş.

Sabah okuduğu köşe yazısına ağlamak ve bir daha, bir daha okumak için yalnız kalmayı bekliyordu. Kalbini avuçlamış, sesi duyulmasın diye kendi sıkıyordu sanki.

Profesör Volkan V.'nin eşi Hülya Hanım gözlerini sildi. Türkân'a bakmadan konuşuyordu.

"Bir hafta önceydi. Volkan dizime yatmıştı. Televizyon izliyorduk. Nereden geldi aklıma bilmiyorum, neydi içime doğan... Durup dururken, *biz ölünce nereye gömüleceğiz Volkan*, dedim. Öyle ya, onca zaman geçmiş, orada burada derken İstanbul'da uzun bir soluk almışız ama ne zaman, nerede öleceğiz? Belli değil elbette ama nerede yatacağız? Şöyle doğruldu dirseğinin üstünde. *Soru mu bu Hülya*, dedi. *Elbette gidip memleketimize yerleşeceğiz. Orada yatacağız ebedi uykumuza.* Saçını okşadım. Nereden de geldi aklıma, bilmiyorum. Ama geldi işte. Sonra elimi tuttu. Biz askerliğini yapmadan evlenmiştik onunla. Okulu biter bitmez. Askere gittiğinde beni unutur diye korkmuştum. Ben nişan istemiştim sadece aslında. Babası, *nikâhınız da olsun, öyle gitsin askere,* dedi. İyi ki öyle olmuş, iyi ki beklememişim onca yıl. O gün dizimde yatarken bana demişti ki: *Hatırlıyor musun? Mardin'de askerliğimi yaparken çok kar yağmıştı. Tek odadaydık. Sen karın yığıldığı o balkonda, küçük gaz ocağının üstündeki cezvede mama yapıyordun. Beni ne kadar çok sevdiğini o gün anladım. Sevmese bana katlanmaz, dedim. O kar yığını içindeki küçücük bir genç kızdın aslında. Çok hakkın var. Hakkını helal et,* dedi. *Ay şimdi söylediğime pişman etme beni Volkan,* dedim. *Hakkım sana her zaman helal olsun. Ama konuşma böyle.* Sonra dedi ki: *Emekli olurum birkaç seneye. Kızlar üniversiteyi bitirince biz de Ayvalık'a döneriz. Dinleniriz, zeytinlerimizi toplarız artık. Ben de rahat rahat kitaplarımı yazarım.* Vallahi söyledi bütün bunları. O sabah uyuyakalmışım. Oysa her sabah ama her sabah yolcu ederdim ben Volkan'ı. Nasıl oldu anlamadım. O nasıl bir uykuydu? Vedalaşamadık bile. Son bir kez öpemedik, uğurlayamadık babamızı. O gün bir ağırlık vardı üzerimde. Elime yapışıp kalıyordu elimi uzattığım her şey. İşlerimi bitiremiyordum bir türlü. Kapı çaldı, üstümde önlükle fırlamışım... *Hanımefendi, Volkan hocamı hastaneye kaldırdık,* diyordu kapıdaki şoförü. *Ne oldu, hayırdır,* dedim şaşkınlıkla. Ders sırasında fenalaştığını ve beni almaya geldiğini söyledi. Yol boyunca ağzını bıçak açmadı şoförünün. Bir şey sormaya da korktum. Hastanenin önüne geldiğimizde ana baba günüydü ortalık. Bütün öğrencileri toplanmış... Ben arabadan indim, bir sessizlik çöktü o kalabalığa. Hastanenin kapısında rektör beyi gördüm. Ellerimi tuttu. *Başımız sağ olsun, kaybettik hocamızı,* dedi. Dünya tersine döndü sonra."

Kadının bileklerine dökülen kolonyanın salona hâkim olan yoğun kokusu Türkân'ın nefes almasına sanki her dakika daha çok engel oluyordu. Kardeşi Derya'ya, "Haydi biz de kalkalım artık, izin isteyelim," diye fısıldadı. Kimsenin dikkatini çekmemeye çalışarak ayağa kalktılar. Nezahat hala iki kardeşin ayağa kalktığını fark etmedi önce. İkisinin ortasında hâlâ dalgın dalgın oturuyordu.

"Hala," diye koluna dokundu Derya.

Nezahat halaları içini çekerek kalktı ayağa. Bir kez daha baş sağlığı dilediler.

Türkân kapıdan çıkmadan, dönüp Hülya Hanım'a baktı. Göz göze geldiler. Kapıdan girdiği ilk anda ona nasıl bakıyorsa, yine öyle bakıyordu Hülya Hanım. Türkân telaşla çevirdi başını. Kardeşiyle halasına yetişti.

Bahçeye çıktıklarında yağmur vurdu yüzlerine.

Ayvalık göğü bir çocuğunu daha gözünden ip gibi dökülen yaşlarla uğurladı.

AYNANIN ŞEREFİNE

Defne bilgisayarında bir yazışmaya dalmıştı. Yardımcısı kapıdan başını uzattı ve "Defne Hanım, Somer Bey'in sekreteri olduğunu söyleyen bir hanım aradı. Cuma günü babaanneniz Rüçhan Hanım'ın ölümünün sene-i devriyesiymiş. Edremit'te bir anma töreni yapılacakmış. Katılıp katılamayacağınızı soruyorlar. Size hemen döneriz, dedim. Ne yanıt vereyim?" dedi.

Defne başını kaldırıp söylenenleri boş gözlerle dinledi. Yüzünde hiçbir ifade yoktu. Bir süre sessiz kaldı. Sonra tekrar bilgisayarına döndü ve "Katılacağımı söyle," dedi.

Ekrandaki satırlara bakıyor ama hiçbir şey görmüyor, göremiyordu. Gözleri yandı. Harfler bulanıklaştı. Sanki görünmez kanatları açıldı ve içinde bulunduğu andan, odadan çıkıp birkaç yıl öncesine, New York'ta bir akşama uçtu.

Koşuyordu.

Bir yere yetişmek için değil, bir yerden kaçmak istercesine koşuyordu.

Sonra bir an yavaşladı. New York'un tıklım tıklım insan ve araba gürültülü akşam trafiğinde nefesini toplamaya çalıştı. Daha yavaş adımlarla metroya doğru yürüdü. Merdivenlerden inerken trenin yaklaşmakta olduğunu işitti ve tekrar hızlanarak perondaki kalabalığın içine girdi. Kendini vagona attığında ter içinde kalmıştı. Midesi bulanıyordu. Ağzında acı bir tat vardı. Geçirdiği son birkaç saati düşünmek istemiyordu.

Fakat mümkün müydü bu? Yıllardır üzerini kapattıklarının tozunu toprağını ayağa kaldıran bir rüzgâr esmişti ve bütün anılar biraz yıpranmış, biraz soluklaşmış da olsa aynı acıtan keskinliğiyle yerli yerinde duruyordu.

Babaannesi onu dünyanın bir ucunda, burada, New York'ta bulmuştu.

Yanında kimse yokken. Annesinden, ailesinden, herkesten uzaktayken. Onunla ilgili öğrendiği bütün o korkunç şeylerden sonra, bir daha asla karşılaşmayacaklarını düşünürken...

Metronun camına yansıyan endişeli yüzüne bakarken kaşlarını çattığını fark etti. Babaannesini son gördüğünde on bir yaşında olduğuna göre aradan on dört on beş yıl geçmiş olmalıydı. Parmağıyla iki kaşının arasına bastırdı; o çizgiyi oradan silerse yaşananların bıraktığı izleri de silebilecekmişçesine bir süre parmağını basılı tuttu.

Ne kadar yaşlanmış, diye düşündü. Elleri kolları, boynu hâlâ elmasları, pırlantaları, incileriyle kaplıydı. Avuçlarını tutmak isteyen yaşlı, kuru elleri geldi gözünün önüne. O uzun, kırmızı tırnaklardan ne kadar korkardı çocukken. Oysa o pençeler sadece Defne'ye şefkatle uzanır, sadece Defne'nin ellerini sıcacık tutardı.

Pençe...

Babaannesinin ellerinin bir pençeye benzediğini gelinini tokatlamaya kalktığı o gün mü fark etmişti ilk olarak? Yo yo, dünya üzerinde bir tek ona zarar vermeyen o pençelerin hep farkındaydı da, o zayıf ama kamçı gibi kalkan kolun ucundaki kırmızı ojeli ellerin annesininkiler gibi *bir kadın eli* olduğunu o gün anlamıştı aslında.

Küçücük bir kızdı Defne.

O günü bütün renkleri, ışığı ve kokusuyla hatırlıyordu.

Çıkan kavganın nedenini hatırlamıyordu bir tek. Rüçhan Hanım'ın çığlıkları yükseldiğinde annesi oturduğu yerden kalkmış, Defne'yi de alarak evden çıkıp gitmek istemişti. İçten içe annesinin sonunda böyle bir adım atabilmesi mutlu etmişti Defne'yi o gün. Evet, nihayet o kapıdan çıkıp gideceklerdi. Babaannesi peşlerinden gelmiş, kapının önünde tiz sesiyle bağırıyor, tehditler savuruyordu. Defne de annesi gibi sessizce seyrederdi aslında her şeyi. Ama sonra...

Annesini tokatlamak için kalkan elini gördüğünde o küçük bedeninden sanki büyük, vahşi bir varlık dışarı çıktı ve babaannesinin üzerine bütün gücüyle atlayıp yere savurdu.

Bir an için dünya dönmeyi durdurdu. Sadece bir an.

Rüçhan Hanım düştüğü yerden şaşkın ve dehşet dolu gözlerle Defne'ye bakıyor, etraflarındaki hizmetliler bile kıpırdayamıyordu. On bir yaşındaki o narin kız çocuğu âdeta yaralı, vahşi bir hayvana dönüşmüş, kıpırdayacak, adım atacak herhangi birini parçalayacak gibi haykırıyor, hırlıyordu.

"Bir daha anneme asla ama asla kötü davranmayacaksın. Bir daha beni, bizi görmeyeceksin. Bir daha asla! Asla!"

Ve dediği gibi oldu. Rüçhan Hanım, Defne'yi ve Türkân'ı yıllarca görmedi.

Defne o zaman küçük bir kız da olsa annesinin yıllar süren esaretinin sonuna geldiğini ve bu çok önemli ilk adım için bir güce ihtiyacı olduğunu biliyordu. O güç kendinden bir parçada, kızında saklıydı. Anne kız el ele çıkmışlardı o kapıdan. Arkalarına hiç bakmadan, bir cehennemi geride bırakarak yürümüşlerdi.

Zor günler geçirmişlerdi ama ardından bunun ödülü de gelmişti elbette. Teyzesinin günlüğünü okurken, annesinin anlattığı, hayatlarının o hiç bilmediği kısmını öğrendikten sonra buna daha çok inanıyordu. Şimdiki hayatları o günlerin bir ödülüydü.

Defne metro merdivenlerini tırmanıp caddeye çıktığında serin havayı içine çekti. Sakinleşemiyordu bir türlü. Onu böyle sarsan şey geçmişi anımsamak mıydı, babaannesini yeniden görmek miydi, yoksa aralarında geçen konuşma mıydı, bilemiyordu henüz. Oturduğu apartmandan içeri girdi, titreyen elleriyle çantasından anahtarını çıkardı. Kapıyı açıp küçük dairesinden içeri girer girmez dizlerinin bağı çözüldü. Az önceki güçlü halinden, kararlı adımlarla yürüyen o genç kadından eser yoktu. Anahtarını, çantasını dağınık masanın üzerine fırlatıp kendini tek kişilik yatağına attı. Ağlamak istiyordu ama buna engel olan garip bir haz vardı içinde.

Telefonu çaldı. Kapı komşusu Katia'nın adını gördü telefonda. Defne telefonu açar açmaz tatlı aksanıyla Türkçe konuşmaya başladı.

"Hey! Sen kapıyı çarptın ve geldiğini bizim bloktaki herkes anladı sanırım. İyi misin? Nasıl geçti?"

"*Adrian, Adrian başardık,* diye bağırmak istiyorum."

"Adrian mı? O da kim?"

Kaan, karısı Katia'nın sorusunu tekrar etti:

"Adrian kimmiş?"

"Kaan, lütfen, söyleyeceğim sana da. Bir dakika izin vermelisin, konuşayım. Adrian kim?"

Defne güldü.

"Rocky'nin* sevgilisi."

"Kafam karıştı yine Defne. Rocky'nin sevgilisi neden aklına geldi?"

Defne nasıl anlatacağını, nereden başlayacağını düşünürken Ömer'in sesini duydu.

"Katia, çağırmayacak mısın Defne'yi? Ben çok acıktım. Hadi gelecekse gelsin bir an önce. Burada konuşursunuz. Yemek yiyelim artık!"

Defne'nin yüzündeki gülümseme büyüdü. Yattığı yerden doğruldu. Ömer de oradaydı demek.

"Ne pişirdiniz bu akşam?"

"Ah, benim sadece somonlu makarnam var. Fakat ben güzel oldu diye düşünüyorum. Hadi gel. Kaan'la biz çok merak ediyoruz, babaanneyle buluşma nasıl geçti? Gel ve anlat hepsini."

"Tamam, geliyorum."

Bu kısacık telefon konuşması Defne'yi bir parça sakinleştirmişti. Titremesi geçmiş, bir dost sesi duymak, onu dinlemeye hazır, şakasına gülecek, halinden anlayacak yakınlarının varlığını bilmek içini umutla doldurmuştu. Üstelik Ömer de oradaydı! New York'taki ilk ve en yakın arkadaşlarıyla onu bekliyordu.

Yüzünü yıkadı, üzerini değiştirdi, anahtarını aldı ve yan dairenin zilini çaldı.

Kapıyı Ömer açtı. Kucağında Katia ve Kaan'ın minik kızları Ege vardı. Ege, Defne'yi gördüğünde tombul ellerini açarak kucağına atıldı hemen.

---

* Başrolünde Sylvester Stallone'nin Rocky adlı boksörü oynadığı altı filmlik serinin ilk filmi.

İlk günden beri, bu kapıdan içeri her girişinde Ayvalık'ta bir komşu evinde olduğunu düşünürdü Defne. İşte yine aynı sıcaklık, aynı ev kokusu. Yaşayan, gülen, yemek pişirilen, çamaşır yıkanan bir ev. İçi mutlulukla doldu. Ömer yanaklarından öperken farkında olmadan genç adamın kokusunu içine çekti. Sonra Katia'yı ve yine ocak başına geçmiş olan Kaan'ı öptü.

"Oh, iyi görünüyorsun. Biz Katia ile epey endişelenmiştik açıkçası," dedi Kaan.

Katia tabakları masaya yerleştirirken sorularına başladı:

"Ela ela... Anlat bakalım, nasıldı? Nereden çıktı şimdi Rocky'nin Adrian'ı?"

"Aslında... Bilirsin işte... Hani filmde, Rocky'nin o maçı almasını kimse beklemez ama sonuna kadar direnir ya..."

"Evet, ne muhteşemdir. Yıkılmaz adam bir türlü. Rakibi indirir de indirir yumrukları ama Rocky pes etmez. Herkes düşmesini beklerken ağzı burnu kan içinde ayakta durmaya çalışır," diyerek Defne'nin sözünü kesti Kaan.

Ömer coşkuyla Kaan'a hak verdi.

"Müthiş sahnedir bence de. Gelmiş geçmiş bütün spor filmlerinin en önemlisi! Zaten asıl mesele de bu değil midir *bro*? Azgın bir seyirciyle yaşıyorsun hep. Herkes heyecan ve çığlıklar içinde düşmeni bekliyor ama düşmüyorsun. Kazanmak önemli değil artık."

Sonra bir sinema akademisyeni olan Katia'ya döndü:

"Sylvester Stallone, Muhammed Ali'nin bir maçını izlemiş ve bu filmi öyle yazmış. Doğru mu?"

"Ya evet. Öyle bir röportajlar var. Muhammed Ali'nin karşısında bir adam var ve ona çok şans vermemişler. Ama adını bilmiyorum şimdi."

Kaan karısının sözünü tamamladı:

"Chuck Wepner."

Katia gözlerini devirerek teşekkür etti kocasına.

"*Thank you!* Evet, Chuck Wepner. Bu adam üçüncü rauntta nakavt olur demişler. Ama olmamış. Çok dayanmış."

Kaan dayanamayıp yine söze girdi:

"15 raunt!"

Defne, "Eeee, sonra ne olmuş?" diye merakla sordu.

Katia aksanlı Türkçesiyle devam etti:

"Kimse bilmiyor, yani beklemiyor tabii. O bir efsane çünkü. Stallone de o zamanlar fakir bir adam. Tam bir kaybeden. Umutsuz, yalnız bir işçi. Bu maçı televizyonda izledi ve çok etkilendi. Filmin senaryosunu iki üç günde yazdı. Sonra senaryosunu alıp iki adam yapımcıya götürdü. Adamlar çok beğeniyor ve 350 bin dolara almak istedi. Bütün haklarını devredecek tabii o zaman. Ama Stallone dedi ki, hayır kendisi oynamak istiyor. *Ben oynayacam,* dedi. Yapımcı adamlar istemedi. Çünkü Stallone aktör değil onlar için. Onlar hep ünlü oyuncular düşünüyor. Stallone hiç pes etmiyor. Sonunda çok parasız kaldı. Ve düşün köpeğini bile sattı. Ama işte o Rocky olmak için doğdu... Ve evet masa hazır. Hadi oturalım."

Defne kendi derdini unutmuştu çoktan. Masaya geçerken, "Sonra nasıl çekilmiş film peki?" diye sordu.

Kaan hevesle Katia'nın ağzından lafı alıp anlatmaya başladı:

"İşte asıl burada başlıyor hikâye. Adamlar sonunda kabul ediyorlar ama filmin bütçesini düşürüyorlar filan. Hatta şirket, eğer film zarar ederse senaryoyu kabul eden yapımcıların gelirlerine el koyma şartı getiriyor. İnanılmaz düşük bir bütçeyle zor şartlarla çekiyorlar filmi. O yokluk filmin müziğinden sahnelerin yorumuna kadar her şeyde etkili olmuş ve sonunda hayal edilenin de ötesinde bir iş çıkmış ortaya. Bilmem kaç dalda *Oscar* adaylığı, büyük bir gişe başarısı ve üzerinden geçen kırk küsur yıla rağmen Defne'nin bile, *başardık Adrian,* diyebileceği kadar klasik olmak..."

Katia ekledi:

"Tabii en önemli bir şey unutmayalım. O yılın en büyük Oscar adayı *Taxi Driver*. Rocky onun *Oscar*'ı kaptı. Bir de yönetmen daha önce hiç boks izlemedi. Benim gibi yani. Ama adam en iyi yönetmen ödülünü aldı. İşte sinema! Hadi başlayın yemeye. Sinema tarihi dersimiz son bulsun."

Ömer, Defne'ye döndü:

"Biz senin sözünü kestik ama Defne. Sen bir şey anlatıyordun oysa."

"Yok yok, sözüm kesilmiş değil. Aksine daha da anlamlı oldu şimdi. İnan bana, Katia'ya telefonda, *başardık Adrian,* derken bunları bilmiyordum bile. Babaannemin yanından çıkıp metroya koşarken aklıma geliverdi bu replik. Babaannem çok güçlü bir karakterdir ve kaybettiği hiçbir maç olmamıştır. O bir dünya şampiyonu, o bir imparator, o bütün oyunların yöneticisidir. Onunla hiç karşılaşmadan yaşamak bir çeşit güvenli bölgede olmaktı benim için. Bu gece yıllar sonra oynanan bir maç gibiydi. Hazırlıksızdım aslında. Maçı ben mi aldım bilmiyorum ama onun karşısında yere yıkılmadım, bundan eminim. Adrian burada aslında annem Türkân, anlatabiliyor muyum? Evet hissim tam olarak bu: Yere kapaklanmadım!"

Ömer, Defne'yi büyük bir ilgiyle dinliyordu.

"Filmlerdeki efsanevi diyaloglarla ilgili bir yazı okumuştum bir yerlerde. Tam hatırlayamıyorum ama sanki içlerinde Rocky de vardı. Bir saniye, hemen bulacağım," dedi ve cep telefonunda sözünü ettiği yazıyı aramaya başladı.

"Bir sürü şey çıkıyor ama... Hah evet, buldum. Şurası. Dinleyin: *Önemli olan ne kadar güçlü vurabildiğin değil, önemli olan o darbeyi yedikten sonra ileriye doğru gitmeye devam edip etmediğindir. Kaç darbe alıp hayatta yoluna devam edebiliyorsun? İşte kazanmak böyle bir şey! Kendine inanmaya başlayana kadar kendine ait bir hayatın olmayacak!*"

"Güzel!" dedi Katia. Huysuzlanmaya başlayan kızlarının uyku saati gelmişti. Kaan'a, "Senin sıran," dedi göz kırparak. Kaan kızını yatırmak için yerinden kalktı.

"Yahu ne çabuk bana sıra geliyor! Sıra benden hiç mi gitmiyor, nedir?"

"Söylenme bakalım Kaan efendi! Bu çocuğu Katia tek başına yapmadı!"

Gülüştüler.

Ömer'in bütün ilgisi Defne'nin üzerindeydi.

"Özür dilerim Defne, bu kadar lafa, konuya girince insan merak ediyor. Senin babaannen kim?"

Defne gülümsedi. Ömer'e baktı. İçindeki bu yakınlık, sıcaklık, bu her şeyi anlatma arzusu daha önce kimse için hissetmediği şeylerdi. Kısa bir süre önce altı aylık bir eğitim için geldiği New York'ta kapı komşusu olan genç çift Katia ve Kaan onun en büyük şansı olmuştu. Katia, Türkiye'den göç eden aile büyükleri sayesinde Türkçe bilen bir Yunan, Kaan da karısı aracılığıyla Yunan kültürüne hâkim olmuş gencecik bir aile babasıydı. Yaşlarına rağmen evlerinde süren o eski ruh, sohbetlerine, tavırlarına, sofralarına yansır ve bu, bütün dostlarına iyi gelirdi. Ömer de o dostlardan biriydi. Ailesi 1980 askeri darbesi sonrasında Türkiye'yi terk etmek zorunda kalmış,

Avrupa'nın çeşitli ülkelerinde birkaç yıl yaşamış, sonunda Berlin'e yerleşmişti.

Ömer müzik okumak için gelmişti New York'a. Kaan'ın annesi bir Almanla evliydi ve Berlin'de yaşayan bir otel işletmecisiydi. Kaan ve Ömer'in arkadaşlığının bu vesileyle başladığını anlatmışlardı. Annesinin Berlin'den tanıdığı, hatta anneannesinin köyünden bir ailenin oğluydu Ömer. Kaanların evinden çıkmazdı o da. Film müzikleri üzerine hayalleri vardı. Bir stüdyoda ses mühendisinin birinci asistanıydı. Henüz çok ciddiye alınmasa da o büyük filmlere yazacağı müzikleri şimdiden besteliyordu işte. Defne'yle daha ilk karşılaşmalarında birbirlerinin sohbetinden çok hoşlanmışlardı. Hatta Defne gizli gizli Ömer'in Kaanlara geleceği günleri bekler olmuştu. Ömer'le konuşurken bir yabancıyla değil de, sanki bir çocukluk arkadaşıyla konuşur gibiydi.

"Benim babaannem kim..."

"Evet?"

"Uzun hikâye. Ama kısasını anlatayım."

"Yo, uzun anlat. Sence bir sakıncası var mı Katia?"

"Yok hayır. Ama bekleyelim, Kaan da gelsin."

Ömer ve Defne yemeklerini yerken Katia, Türkiye'den getirdiği çaydanlıkla çay demlemek için yerinden kalktı. Çayı ince belli bardaklarla sunuyordu. Çay suyunu koydu, bardakları çıkardı. Kaan ayaklarının ucuna basarak geldi o arada. Soğumuş yemeğinin kalanını yedi hızla.

Ağzı dolu, Defne'ye döndü, "Hadi anlatsana," dedi.

Defne derin bir nefes alarak başladı:

"Çok uzun zamandır onu görmemiştim. Bunca yıl Türkiye'de hiç görmediğim kadının beni New York'a gelir gelmez, üstelik buradaki numaramdan bulması ve görüşmek için yalvarması zaten allak bullak etti dengemi. Kaçmak sonu gelmez ısrarların devam etmesi olacaktı. Bütün çocukluğum onun yanında, kanatları altında geçtiğinden bunu çok iyi biliyordum. Kaçmak yerine bir an önce yüzleşmek ve bu ödevden kurtulmak en iyisi diye düşündüm. Babaannem hiçbir şeyden kaçmaz. Korksa bile kaçmaz ki onun hiçbir şeyden korktuğunu sanmıyorum."

Ömer gözünü kırpmadan dinliyordu.

"Sen de pek kaçıyor, korkuyor gibi görünmüyorsun doğrusu. Ona çekmişsin belli ki."

Defne irkilerek baktı Ömer'e.

Evet, tam da öyleydi.

Babaannesini hiç sevmese de dik başlılığını, korkusuzluğunu, herkese, her şeye, hatta Rüçhan Hanım'a bile meydan okuyabilen yapısını ondan almıştı. Felaketler, zorluklar, insanların küçük meselelere takılıp kalmaları Defne'yi durduramazdı. Hedefine odaklanabilmesi, istediğini alabilmesi, çalışkanlığı, velhasıl Rüçhan Hanım'da kötülüğün elmasları gibi duran becerilerin çoğu, torunu Defne'ye geçmiş ama ona bir iyilik ziyneti gibi yaraşmıştı. Defne daha küçücük bir çocukken bile, aynı gücü iki farklı yöne kullanan iki süper kahraman gibiydiler.

Defne, Rüçhan Hanım'ın dünya üzerinde merhamet ve zafiyetle sevdiği tek insandı belki de. Doğurduğu tek çocuğuna, yani Defne'nin babasına olan aşırı düşkünlüğünde bir annenin oğluna duyduğu sevgiden ziyade, bir yatırımcının hırsı, beklentisi ve hırçınlığı vardı aslında. Sevgiyle değil, hınçla düşkündü oğluna. Çok emek verilmiş, çok bedel ödenmiş bir hayatın sonundaki ödüldü o. Merhametle değil, kaybetme korkusuyla takip ederdi oğlunu. Sınırları daima tehdit altındaki bir imparatorluğun prensiydi onun oğlu. Ödeviyse kendi için yaşamak değil, tıpkı annesi gibi alınacak intikamlar için hayatta kalmaktı.

Fakat ne yazık ki çocuğun ruhu, tabiatı bu ideallere uygun değildi. Kafası dağınık, babası gibi kadın düşkünü, zayıf bir adamdı. Yine de, oğlu Somer kaybedilemez bir topraktı ve her tehlikeyi türlü entrikalarla, oyunlarla savuştururdu.

Küçük Defne, babaannesinin yanında uslu uslu oturduğu tüm o gün ve gecelerde bunları gözlemler, annesinin, babaannesi karşısındaki aşırı teslimiyetçi, sessiz haline büyük öfke duyardı. Annesi gibi güzel ve muhteşem bir varlık nasıl olur da Rüçhan Hanım gibi bir kadından korkardı?

O akşam New York'un o lüks restoranındaki meşhur kırmızı kadife koltuklardan birinde, az sonra sahnelenecek bir piyesin başrol oyuncusu gibi bekliyordu torununu. Kırmızı ruju artık iyice kırışmış dudaklarının ihtiyarlık çizgilerinde dağılmıştı. Omuzlarındaki eski etol tabii ki gerçek tilki kürküydü. Önünde bir martini kadehiyle gözlerini kapıya dikmiş, dimdik oturmaktaydı. Defne kapıdan içeri girdiğinde onu kibarca karşılayan şefe hafif bir el hareketiyle babaannesinin oturduğu masayı işaret etti. Üzerindeki mont ve spor kıyafetle hem Rüçhan Hanım'a hem de ortama o kadar aykırı duruyordu ki...

Restorana yürüyerek gelmişti. Dışarıdaki soğuk havayı hızla yürürken hissetmemişti. İçeri girdiğindeyse bütün vücudunu ince bir ter basmış, boğazlı yün kazağı içindeki cehennem ateşini daha da büyütmüştü.

Rüçhan Hanım'ın yanına doğru yürüdü.

Babaannesi oturduğu yerde gülümseyip kollarını açarak torununun onu kucaklamasını bekledi ama Defne'nin böyle bir şeye niyeti yoktu. Kendisine açılan kollara aldırmadan yaşlı kadının karşısındaki sandalyeye oturdu.

Rüçhan Hanım bir aynaya baktığını düşündü o an. Hiç istemediği işleri yaparken takındığı yüz ifadesi böyleydi demek. Ama bu, Defne'ye karşı duyduğu o büyük sevgiyi ve özlemi bastıramadı. Gözleri doldu.

"Kocaman olmuşsun."

"Evet, oldum."

Ve suskunluk.

Defne konuşmuyor, Rüçhan Hanım torununu izliyordu. Defne'nin kuşandığı o düşmanlık ceketinin kumaşını kendi dokuyup biçtiği için ne sert, ne zor bir durumla karşı karşıya olduğunu biliyordu.

Defne onun da bir zamanlar genç olduğunu, ne acılardan geçtiğini, nelerden vazgeçtiğini, ona neler yaşatıldığını bilse kişiliğinin neden keskin bir kılıca dönüştüğünü anlayabilir miydi? Dünya üzerinde bir gün onu anlayabileceğini düşündüğü, hayatını, utançlarını, sırlarını emanet edeceğini hayal ettiği tek varlık Defne'ydi. Torununun soğukluğu karşısında içi sızladı fakat her şey için ne kadar geçti artık.

"Defne, canım yavrum, seninle ivedilikle konuşmam gerekenler var. Fakat bana önce biraz kendinden söz et. Neler yapıyorsun? Burada eğitimdeymişsin. Annen yeniden evlenmiş. Çok mutluymuş diye duyduk. Sen nasılsın? Baban seni hep merak ediyor."

Defne babaannesinin yüzüne bakmadan bardaktaki sudan bir yudum aldı.

"Babam beni merak mı ediyor? O benim babam değil ki. Babam bilip, sevip saydığım adamla bu sabah konuştum. Beni çok özlemiş. Buradaki eğitimim için çok heyecanlanan bir adamdır ve çok düşkündür babam bana."

Rüçhan Hanım acı acı tebessüm etti.

"Kinayeni anlıyorum ama..."

"Yoo, kinaye değil. Gerçek bu. Ben babamla her gün konuşuyorum. Hatta günde iki defa konuştuğumuz da oluyor. Benim babam beni çok seviyor. Benim babam ben buraya gelirken ardımdan en çok ağlayan adamdır. Benim babam ne yazık ki sizin oğlunuz değil, Edremitli bir ayakkabı ustasının hayatla mücadelesini dişiyle tırnağıyla kazanmış oğlu. Kahraman bir adam. Benim babam annesinin servetine sığınan, öz evladını reddeden şımarık bir zengin çocuğu değil."

Rüçhan Hanım, Defne'yi sözünü kesmeden dinledi.

"Sivri dilin ne kadar da bana benziyor," dedi ve elindeki martini kadehini kafasına dikti.

Defne şaşırdı.

Babaannesi asla içki içmezdi. Müthiş sofralar kurar, insanlara en nadide içkileri ikram eder, yedirip içirerek onları kendine bağlar, borçlu kılar ama kendisi ağzına bir yudum içki almazdı.

Bir süre şaşkınlıkla seyretti babaannesini.

"Aciliyeti nedir babaanne bu görüşmenin?"

Rüçhan Hanım, Defne'nin gözlerinde sanki çok uzakta bir yer varmış da orayı görmeye çalışıyormuş gibi bakıyordu.

"Çok uzatmayacağım. Kötü hastalığa yakalanmışım kızım. Burada bir doktor önerdiler. Ona görünmek için geldim. Daha ilk görüşmede açık konuştu. İlerlemiş bir durum. *Ameliyata lüzum yok,* dendi. Doğrusunu istersen tadından pek bir şey anlamadığım bu dünyada kalmak konusunda ısrarcı olmayacağım. Tedavinin kesin bir sonucu olmadığı gibi, kemoterapi uygularlarsa yan etkileri beni olduğumdan daha hasta edecek. Buna tahammülüm, gücüm yok. Kalan vakit neyse o kadarı da hastalığın bedeliyle geçer. Neyse, mevzumuz bu değil. Burada olduğunu biliyordum. Aslında seni rahatsız etmek gibi bir niyetim yoktu. Ama kısa bir vaktim kaldığı söylenince seni dünya gözüyle son bir kez görmek istedim. Defne, seni ne kadar sevdiğimi biliyorsun, değil mi?"

Defne sustu.

Biliyordu, evet.

Rüçhan Hanım'ın ona baktıkça kendini gördüğünü de biliyordu.

Başını salladı.

"Annen evlendikten sonra babanın da o kadınla evlenmesine izin vermek zorunda kaldım."

"Biliyorum," dedi Defne. "Gazetede gördüm. Küçük ama klas düğün törenlerinde çok şık görünüyordunuz."

"Mecburdum."

"Şık olmaya mı?"

"Hayır, evlenmelerine izin vermeye."

"Hani yaşadığınız sürece o kadın sizin ailenize giremeyecekti?"

Rüçhan Hanım üzüntüyle başını iki yana salladı.

Defne derin bir nefes aldı. Başında bekleyen garsona dönüp bir kadeh kırmızı şarap istedi. Rüçhan Hanım dehşetle Defne'ye baktı.

"Sen içki mi içiyorsun?"

"Evet. Bakıyorum siz de içiyorsunuz."

"Benim yönetecek hiçbir şeyim kalmadı artık. Duygularımın düşüncelerimin üstüne çıkmasının hiçbir sakıncası yok. Fakat sana hiç yakıştıramadım."

"Yakıştırmak mı? Ah, babaanne yaa..."

O sırada garsonun masaya bıraktığı kadehi kaldırdı:

"Şerefine babaanne! İçki içirerek duygularını ele geçirdiğin, zaaflarını, günahlarını, ayıplarını öğrendiğin, kuklana çevirdiğin insanların anısına içelim. Yıktığın yuvalara, ellerini çamura bulayıp rüşvet yedirdiğin namussuzlara, işinden ettiğin zavallı insanlara, hatta yıllarca odasında hapis hayatı yaşattığın, doğurduğu çocuğu bile doya doya sevmesine izin vermediğin anneme içelim. Bileğindeki saati satarak bize yeni bir hayat kurmayı başaran güzelleri güzeli, kahraman anneme içelim. Ve elbette oğlunuz Somer Bey'in gecikmiş saadetine içelim."

Rüçhan Hanım gözlerinde hakiki bir acıyla bakıyordu torununa.

"Gerçekten mi Defne? Ben anlattığın gibi bir insan mıydım senin için de? Bu konuşan sen misin?"

"Senin de bildiğin gibi babaanne, ben sadece senin yansımanım. Haydi gel, yıktığın bütün hayatlara kaldıralım kadehlerimizi!"

Defne babaannesini beklemeden büyük bir yudum aldı kadehten. Sonra yaşlı kadının gözlerine baktı. Ağzındaki yudumu, gözlerini Rüçhan Hanım'dan ayırmadan kadehe geri tükürdü.

Babaannesinin şaşkın bakışlarına aldırmadan elindeki bez peçeteyle ağzını sildi.

"Seninle, yıktığın hayatlara ağlanır ancak Rüçhan Hanım. Yas tutulur! Keşke anneme yaşattığın bütün o acıları da şu bardağa tükürdüğüm gibi tükürtebilseydim ona."

"Defne! İnanamıyorum bu yaptığına."

"Ben de babaanne, ben de!" diyerek masadan kalktı Defne.

"Sana söyleyeceklerimi dinlemedin ama," dedi Rüçhan Hanım cılız bir sesle.

"Seni çok dinledim ben babaanne. Seni bütün kalbimle Allah'a emanet ediyorum. Vicdanında, hesaplaşmanda ve her ânında onunla baş başa ol. Hoşça kal."

Kendinden emin adımlarla vestiyere doğru yürüdü.

Dışarı çıktığında yanakları yanıyordu. Müthiş bir ayaz vardı.

Babaannesi annesine tokat atmaya kalktığı vakit onu yere itip düşürdüğünde hissettiği ferahlamanın aynısını hissediyordu.

New York'un hiç bitmeyen siren ve klakson sesleri içinde yürümeye devam etti. Karnı açtı ama yemek yiyecek hali kalmamıştı. Doğruca eve gitmenin en iyisi olacağını düşündü.

İşte şimdi de komşusunun masasında akşam yemeği yiyor, bütün hayat hikâyesini anlatıyordu.

"İşte böyle Ömer," dedi.

"Hastalığı neymiş peki?" diye sordu Katia merakla.

"Detayını sormadım. Kötü hastalık işte."

"Gerçekten mi? İnsan merak etmez mi? Bu kadar katı olamazsın Defne?"

"Normal bir ilişkimiz olsa belki üzülürdüm. Ama hani bahsetmiştim ya size, teyzemin günlüğünü okudum diye. Annemin yaşadıklarını okuyup öğrendikten sonra... Bilmiyorum. İlahi adalet belki de."

Katia çay bardağını bırakıp Defne'nin elini tuttu:

"Defne, hayır! Lütfen. O ne yapmış olursa olsun. Sen böyle söyleme. Tanrı'nın bize neden bunları yaşattığını hiçbirimiz bilemeyiz."

Defne birden çok mahcup hissetti kendini. Yanakları kızardı.

Ömer gözlerini kısarak sordu:

"O kadar nefret ediyorsun babaannenden, o kadar sevmiyorsun yani?"

"Çocukken severdim aslında. Bazı şeyleri anlamlandıramazdım. El bebek gül bebek büyütüldüm. Babaannemin yaka çiçeği gibiydim. Hep elini altında, hep biblo gibi başköşede. Binbir çeşit bebek, oyuncak getirilirdi bana dünyanın dört bir yanından. Tam bir prensestim. Yazlarımız Edremit'te dedemin büyüdüğü eski konakta, kışlarımız Florya'da annemle babam için hazırlanan evde geçerdi. Annemi aynı evde olmamıza rağmen çok az görebilirdim. Annem hep odasındaydı, ben hep babaannenim yanındaydım, babaannemin doğurduğu Somer ise hiçbir zaman yoktu ve sanki hiçbir yerdeydi."

"Öz baban yani?"

"Evet. Ama benim babam, annemin ikinci eşi Kartal Bey'dir. Kocaman kızdım evlendikleri vakit ama ondan gördüğüm şefkat ve ilgiyi dünyadaki hiçbir şeyle kıyaslayamam. Biz babaannemin altın kafesindeki iki kuştuk annemle."

"Peki deden? O nasıl bir insandı?"

"O da bir vardı bir yoktu. Dedem Özer Bey'in İzmir'de bir başka ailesi daha olduğu söylenirdi. Edremit'teki eski konağın hizmetçileri bunu böyle konuşur ama babaannemin topuk tıkırtıları duyuldu mu hepsi suspus olurdu. O ailede bir gelenek herhalde. Erkeklerin bir resmi, bir de gayrıresmi ailelerinin olması yani."

"Çok tuhaf. Nasıl yaşadınız peki bir arada?" diye hayretle sordu Katia. Üçünün de tüm dikkati Defne'nin anlattıklarındaydı ve sorularıyla hikâyeyi deştikçe deşiyorlardı.

"Çok çok büyük bir evde yaşıyorduk. Babaannemin sofralarında hep siyasetçiler ve bürokratlar olurdu. Sonraları bazı büyük gazeteciler de bu sofraya oturur oldular. Dedem Özer Bey çok nadir katılırdı. Babaannem sofranın başında bütün geceyi yönetir, sağ kolu Suzan da âdeta evin sahibiymiş gibi sofranın düzenini, gelen gideni takip ederdi. Babaannem evin erkeği, Suzan da kadını gibiydi. Annemden hiç hoşlanmaz, babaanneme sürekli annemin bir sinir hastalığı olduğunu söylerdi. Ben de Suzan'ı hiç sevmezdim. Bunu bilir, yine de babaanneme yaranmak için yalandan şirinlikler yapardı bana. Çalışanlarsa anneme karşı çok merhametli ve sevgi doluydu. Gizli gizli odasına çaylar kahveler taşır, annem babaannemin gözüne görünmesin diye âdeta çırpınırlardı. Bir gece, mutfakta çalışan gençlerden biri babaannemin yine büyük bir davetinden sonra o dev bulaşık yığınının etrafında koşuştururken, *Türkân Hanım neden korkuyor bu kadar Rüçhan Hanım'dan,* diye sormuştu. Aşçı, *Uzun mesele,* diye gözüyle beni işaret etmişti ki, annem girdi içeri. Topuksuz ayakkabılar giyer, âdeta bir hayalet gibi yaşardı evin içinde. Odasında yemeğini yemiş, sessizce tepsiyi mutfağa getirmişti. Kim bilir masada hangi sıkıcı, mühim mevzu konuşuluyordu ki, kaçıp mutfağa sığınmıştım. Annem beni kucaklamış, babaannemin yanında sessiz ve efendi durup durmadığımı sormuştu. Tabii ki efendi duruyordum. Hiç annemi zor durumda bırakır mıydım? Fakat o gün ilk defa annemin babaannemden çok korktuğunu bir başkasının ağzından duymuştum. Herkes korkardı ondan, herkes çekinirdi ama annem neden korkuyordu?"

Ömer içten bir ilgiyle, "Çok merak ettim ben bu Rüçhan Hanım'ı," dedi.

"Dedim ya, çok güçlü bir kadındı. Ama işte o da bir

yere kadar. Annemle evden ayrıldıktan sonra kıt kanaat geçindiğimiz günler geçirdik. Eve geri dönelim diye olmadık eziyetler yaptılar. Ama dönmedik. Annem çalışmaya başladı. Dedemlerin oturduğu mahallede küçük bir ev tuttuk. Bizimkiler zaten emekli maaşıyla geçinen insanlardı. Birbirlerine çok bağlıdırlar. Dedem, dedemin kız kardeşi Nezahat halam, teyzelerim... Çok güzel günlerdi. Bir gün anlatırım. Hele ortanca teyzemin ilk aşkıyla bir kavuşması vardır ki, tam roman. Üstelik yıllar sonra öğrenmiş, babası Sadık dedem değil, dedemin küçük erkek kardeşiymiş."

"Allah Allah, bu nasıl aile hikâyesi Defne? Her akşam iki saat anlat; ne sinema derdimiz kalır ne konser, etkinlik."

Ömer'in yorumuna hak vererek güldü Defne.

Kaan öksürdü. "Valla benim aile hikâyem de hiç fena değildir. Mesela babamı hiç tanımadım desem yeridir," dedi.

Ömer bir an düşündü. Sonra, "Aslında benimki de fena değildir ha," dedi. "Ben hep babamın yanındaydım ama onu tanıyor muyum, emin değilim."

"Kim ailesini onların yaşına gelene dek anlayıp tanıyabiliyor ki?" dedi Katia.

Defne saatine baktı. Türkiye'de yeni bir gün başlıyordu. Yeni bir pazar sabahı. Ailesini düşündü. Büyük ihtimalle kahvaltı masasının etrafında oturacaklar, Nezahat hala hamur kızartacak, dedesi Sadık Bey gazetesini alıp bir köşede uyuyacak, teyzesi Derya *işim var* diye çocuklarını Nezahat halada bırakacaktı. Çocuklar bağıra çağıra oyun oynayacaklar, Dönüş teyzesi ve eşi Serdar bir köşede kitap okuyacaklar, annesi Türkân ve babası Kartal da sabah yürüyüşüne çıkacaklardı.

İçi özlemle doldu.

*

Defne'nin görünmez kanatları onu New York'taki o akşamdan çıkarıp tekrar odasına, masasına getirip bıraktı. Anılarından sıyrıldığında günü ofiste tamamlayamayacağını anladı. Kapıdan çıkarken yardımcısına, "Ben biraz dinleneyim, kendimi çok iyi hissetmiyorum," dedi.

Otel kompleksinin tepesinde yer alan en küçük ev onundu. Köpeği Badem'le basamakları çıktılar. Evlerinden içeri girer girmez kitaplığına yöneldi ve New York'ta yazmaya başladığı anı defterini çıkardı dergi yığınının altından.

ŞARKILARDAN BİR YELKENLİ

Volkan V.'nin cenazesinden birkaç gün sonra, hafta içi bir akşamüzeri Sadık Bey sahilde balık yemek istedi. Kız kardeşi Nezahat'ın şekeri epey tehlikeli bir sınıra dayandığından mutlak ve sıkı bir perhiz yapmasını istiyordu doktorları. Bu durum Sadık Bey'in de aynı sağlıklı beslenme programını uygulamasını zorunlu hale getirmişti. Sadık Bey, kardeşi için perhize razıydı. Gel gör ki, Nezahat bu süreçte azılı bir yemek kaçakçısına dönüşmüştü. Onun için pişirilen yemekleri yemiyor, aile halkının yanında güya perhizine özen gösteriyor fakat el ayak çekilince zulasında ne varsa yiyip yutuyordu. Olan Sadık Bey'e oluyordu. Kardeşiyle bu konuyu tartışmayı bırakmıştı artık. Sadece üzülüyordu.

Kızları ona destek olmak için ellerinden geleni yapıyordu ama daha az yorulması için eve yardımcı kadın alınması önerisi Nezahat'ın kulağına ulaşır ulaşmaz bir bumerang gibi dönüp öneri kimden gelmişse onun kafasına çarpıyordu. Böyle bir teklifi katiyen kabul etmiyor, ev işlerini değil bir yabancıya, kızlara bile yaptırtmıyordu. Kimi zaman yalandan ağlayarak, kimi zaman yalandan bayılarak, kendisine yönelik her müdahaleyi savuşturuyordu.

Sadık Bey eğer kızları onlarla değilse, kardeşi yorulmasın diye, her akşam yemeği vaktinde ayrı bir şey icat eder olmuştu. Kâh, *kahvaltı yapıverelim,* diyor kâh yoğurttan başka bir şey yiyemeyeceğini söylüyordu.

İşte böyle arada bir de bir soluk almak, rahat rahat yemek yemek için dışarı çıkılıyordu.

Kartal Bey İstanbul'daki işlerinin çoğunu devrettiği için karı koca daha çok Ayvalık'ta vakit geçiriyorlardı. O akşam Kartal Bey devreye girmiş, Nezahat halayla şakalaşıp ortamı yumuşatmıştı.

Gün batımını kaçırmama telaşıyla evden çıkıp, sahilde devamlı gittikleri balıkçıda her zamanki masalarına oturdular. Sadık Bey portakallı kereviz ve cevizli narlı salatasından istedi, sıcak mezelerini söyledi. Sonra "Birer kadeh içelim," dediler. Havadan sudan konuşuyorlardı ki, Türkân restoranın onlara göre çapraz köşesinde kalabalık bir grupla oturan gazeteci Doğan D.'yi gördü. Masadakilere hararetle bir şeyler anlatıyordu.

Türkân'ın avuçları terledi bir anda. Midesine bir ağrı oturdu. Doğan'ın da orada olduğunu masada başka gören oldu mu diye baktı ama hayır, kimse farkında değildi. Ta ki, şef garson içkilerini servis ederken böbürlenerek "Bu akşam misafirler büyük canım! Doğan Bey de İstanbul'dan arkadaşlarını getirmiş. Bu aralar her akşam geliyor," diyene kadar.

Türkân kıpkırmızı oldu. Nereye bakacağını, ne yapacağını bilemedi. Dönüş ve Derya da pazar günü yayınlanan yazıyı aynı anda anımsayıp ablalarınınkine benzer bir tedirginliğe kapıldılar. Çocukluklarından bu yana birbirlerine bakarak hiç konuşmadan anlaşır, hatta ağızlarından tek kelime çıkmadan uzun uzun sohbet ederlerdi.

Derya'nın Dönüş'e bakışı, *eyvah,* diyordu.

Dönüş'se, *sakin ol, masada babam var nasılsa, hem o yazıdaki kızın ablam olduğu kesin değil ki,* diye yanıtladı.

Derya yine bir bakışıyla karşılık verdi: *Saçmalama, tabii ki ablam! Kaç tane Türkân vardı ki? Baksana; kıpkırmızı oldu!*

Dönüş gözlerini devirip, *tamam, utandırma şimdi kadını, mevzuyu değiştir,* diyerek kesip attı.

Türkân'ın elleri titriyordu. Nedenini bilmediği bu heyecanı bastıracak bir yol bulamıyordu. Kocası görmesin diye masanın altına sakladı titreyen ellerini. Kucağındaki peçeteyi buruşturuyordu. Nezahat hala elini Türkân'ın ellerinin üzerine koydu. Sanki sakinleşmesini öğütlüyordu yumuşacık yaşlı elleri. Önce sıkıca kavradı Türkân'ın bir elini, avucunun içine aldı. Tatlı tatlı okşamaya başladı.

Hiçbir şey söylemeden konuşabilmenin bin yolunu biliyordu bu ailenin kadınları. Bakışları, dokunuşları, sessizlikleri, yürüyüşleri, varlıkları, yoklukları bile ne çok şey anlatıyordu. Sadık Bey damatlarına ailenin kadınlarını kastederek, "Ava çıkmış Kızılderililer gibidir bunlar oğlum. Kaşla gözle komut verirler. Konuşmadan dumanla bile anlaşırlar. Birbirlerine güvercin paçasında mektup yollarlar, senin ruhun duymaz," derdi.

Ertelenmişlere, yarım kalmışlara tanıklığı yarım yüzyılı aşan Nezahat hala artık uzun uzun konuşmaya üşendiği şu günlerde bir kediyi sakinleştirir gibi sessizce yatıştırmaya çalışıyordu Türkân'ı. Ne olup bittiğinin çok farkında olmasa da, yeğeninin ellerinin nasıl titrediğini görmüştü. Şunun şurasında ömründen geriye ne kalmıştı bilmiyordu ama hiçbir şey için üzülmeye değmiyordu bu hayatta. Kalan zamanda istediği gibi yiyip içebilmek, gülebilmek istiyordu. Bu yüzden de ona her *yeme* dediklerinde daha da sinirleniyordu. Yoksa o hâlâ eski Nezahat'tı. Bu kızların her bir saç teline kurban olurdu. Doğurmadığı çocuklarıydı onlar. Üzülmelerini, hasta olmalarını, kaygılanmalarını istemiyordu. Türkân'ın titreyen ellerinin, yazları çocukken denizden çıktıklarında titreyen omuzlarından bir farkı yoktu o anda Nezahat hala için. O zaman nasıl onları havluya sarıyorsa, şimdi de ellerini tutuyordu. Gözü kızarmış ekmeği bandırdıkları domates soslu patlıcandaydı. Şu Derya kafasını başka yana çevirseydi de, şundan bir çatal alıverseydi.

Sadık Bey kızlarına dönüp "E hadi! Hep damatlarla mı içeceğim? Siz de için birer kadeh," dedi.

Dönüş, "Ben araba kullanacağım baba," diye yanıtlarken Derya bu teklifin üzerine âdeta atladı: "Ben içerim ama Türkân ablam da içerse. Hatta halam da içsin diyeceğim ama ona yasak, değil mi baba?"

Nezahat hala yüzünü buruşturdu.

"Ay aman, sanki çok hevesliyim! Beni çarpıyor hem. Teşekkür ederim! Türkân içsin istiyorsa."

Derya, ablasına döndü. Gözlerinin içine bakarak, "Hadi iç bir tane ya!" dedi.

Türkân yaprak gibi titreyen elleriyle halasının elini sıktı. Kocasına baktı tereddütle.

"Bilmem ki?"

Kartal Bey keyifli bir kahkaha attı:

"Tek koyalım, fazla gelmesin. Benim karım bilmez öyle şeyler."

Masada gülüşmeler yükseldi. Çocuklar Dönüş'ün hazırladığı hamburgerleri yemiş, Sadık dedelerinin evinde film izliyordu, hiçbiri gelmemişti nasılsa. Derya, "Çocuksuz bir akşam fırsatını kaçıramam, kimse kusura bakmasın," dedi, sadece kardeşlerinin duyabileceği bir sesle.

Sadık Bey kadehini kaldırdı. Çocuklarına dönüp "Size, iyiliğinize, güzelliğinize, bana yaşattığınız gurura, ailemize içelim. Keşke Defne de burada olsaydı," dedi ve küçük bir yudum aldı kadehinden. Bütün izni zaten bir kadehti, onu da eski günlerin özlemiyle kokusu için tutuyordu elinde.

Türkân, "Yarın geliyormuş, bir işi varmış Edremit'te. *Gece sizinle olur, ertesi gün dönerim,* dedi. Yarın akşam onun şerefine evde güzel bir masa hazırlarız artık," dedi.

Kartal Bey sevindi ve şaşkınlıkla "Hadi canım!" dedi.

Sadık Bey onun çocuksu sevincine güldü:

"Aa! Bak kerataya sen! Sürpriz yapacaktınız yani, ha? Vallahi çok sevindim. Köfte hazırla Nezahat yarın. Mangalcı başı Sadık iş başına geçsin! Patates de kızartalım."

"Olur, hazırlarım abi. Dönüş, Serdar nerede kızım? Kaç zamandır yok ortada?"

Dönüş içini çekerek yanıt verdi:

"Bu ara çok yoğun halacım. Eve bile gelemiyor çoğu zaman. Kendi muayenehanesi varken daha düzenliydik vallahi. Hiç iyi olmadı özel hastaneye geçmesi. Meğer ne zormuş. Sürekli nöbet, sürekli mesai. Anlamadım ben bu işi. Çok sinirli oldu Serdar. Olmadık şeylere olmadık tepkiler veriyor. *Ne gerek var bu kadar yorgunluğa, strese,* diyorum ama dinlemiyor."

Derya'nın eşi Erdem söze girdi:

"Aaa, laf ettirmem bacanağa. Sen de yokluğunu fırsat bilip şikâyet etme hemen."

"Yok yahu, ne şikâyeti. *Biz de özlüyoruz,* demek istedim."

"Çok çalışıyor bacanağım. Ben şahidim. Geçen gün gittim de, göremedim bile vallahi."

"Çalışmıyor demedim ki. Tersine, o kadar çok çalışıyor ki özlüyoruz, dedim."

Derya, kocasının Serdar'ı savunmasından rahatsız oldu. "Sen niye şimdi böyle bir şey dedin ki?"

"Ne dedim?"

"*Ben şahidim, çok çalışıyor,* dedin. Senin şahitliğine ihtiyacı mı var Serdar'ın?"

"Aaa, yok yahu! Hay nereden açtım ağzımı! Nereye geldi olay."

Dönüş, içinde bir yılan gibi kıvrılıp yatan o huzursuzluğunun uyandığını hissetti.

Serdar'ın, gözlerine bakmayan gözleri, sorulara verdiği sert yanıtlar, oğulları Can'a gösterdiği gereksiz ve yüksek tepkiler, yanında çalışanlarla yaptığı kaba telefon konuşmaları bu huzursuzluğun günden güne büyümesine neden oluyordu.

Anlam veremediği bu aksiliğin geçici olduğunu düşünüyor, eski Serdar'ı özlüyordu. O yumuşak huylu, sevecen, kibar kocasına ne olduğunu çözemiyordu bir türlü. Üzüntüyle içini çekti.

Sadık Bey çatalıyla yavaşça tabağının kenarına vurdu. Bu küçük bir uyarıydı. Çocukları toparlandılar. Türkân'ın hiç sesi çıkmıyor, pencereden dışarıya, sahil boyunca yürüyenlere bakıyordu.

Gün yavaş yavaş batarken, binbir renkli ışığıyla göğü ve denizi boyuyordu. Restoranın içini eski bir şarkının melodileri doldurdu. Berkant, *Samanyolu*'nu söylüyordu.

Sadık Bey'le Nezahat Hanım göz göze gelip gülümsediler. Abi kardeş, şarkıyı mırıldanmaya başladılar. Onlara Derya ve Erdem de katıldı. Türkân hiçbirini duymuyor gibiydi. Kartal Bey karısının dalgınlığını görünce, "Türkân," diye seslendi. Fakat Türkân dönüp bakmadı. Kartal bir kez daha seslendiyse de Türkân katiyen duymuyordu. Kocası sesini yükseltti bu kez.

"Türkân!"

Türkân bir anda sıçradı yerinden. Kafasını çevirdi ve Kartal Bey'in arka çaprazında, mekânın en ucunda, hayli uzakta oturan Doğan D.'nin de ona baktığını gördü. Kafasını önüne eğdi, peçetesini düzeltti. Dişlerinin arasından konuştu.

"Hayırdır Kartal? Ne oluyor babamın yanında bu kadar yüksek sesle?"

"Duyuramıyorum kendimi sana şekerim," dedi Kartal Bey huzursuzca.

"Dalmışım, özür dilerim. Ne diyordun?" diyerek kafasını kaldırdı Türkân.

Az önce yüzeye çıkmış bütün duygularını yerine itmiş, tıkıştırmış, kapısını kapamış, görünümüne çekidüzen verip normale dönmüştü. Saniyeler içinde başarmıştı bunu.

Kartal Bey bir süre gözlerine baktı.

"Yarın Defne'nin geleceğini söylemedin de bana... Kaçta gelecekmiş? Gidip karşılayayım."

"İstemedi. Bir iş için geliyormuş. Karşılayacaklarmış onu. Sonra da buraya bırakacaklarmış. Çok kalamayacakmış zaten. *Bir gece sizi, dedemleri göreyim, döneyim,* dedi."

"Ne işi için geliyormuş acaba?" diye merakla Erdem'e sordu Kartal Bey.

Çok severdi bacanaklarını. Baldızlarını ve damatları hakiki kardeşleri yerine koymuş, çapkınlıklarla dolu fırtınalı hayatının ardından kavuştuğu bu aile neredeyse her şeyi olmuştu. Geç bulduğu bu huzuru ömrünün sonuna dek koruyabilmek artık tek amacıydı. Türkân'ın kızı Defne onca paraya, ihtişama rağmen sanki kaçırdığı için hayıflandığı ama son dakikada kanadından yakaladığı o hayatı temsil ediyordu.

Bir bebek kucaklayamamıştı mesela. Yumuk ayakları ısırmak, göğsünde minik bir canla uyumak, gazını çıkartmak, bebek için karısıyla kavga etmek gibi mutlulukları hiçbir zaman yaşayamayacaktı. Yaşı artık bebek sahibi olmak, Türkân'dan bunu beklemek ya da onu buna zorlamak için komik kaçacak bir sınırdaydı.

Hem birkaç seneye kadar belki Defne'nin bir bebeği olurdu. *Dede olana kadar baba olmanın tadını çıkarmaya bak oğlum,* derdi kendi kendine. Defne'yle hiç ilgilenmeyen biyolojik babasına teşekkür borçlu olduğunu düşünürdü. Öyle ya, o bu kadar hıyar olmasaydı şimdiki ailesi onun olmayacaktı. Zaman zaman o hıyara başkanı olduğu kulüpte attığı yumruğu anımsar, kendi kendine sırıtırdı. O yumruğu atmamış olsaydı asla Sadık Bey'e gelip Türkân'la ilgili konuşamazdı. Herif utanmadan metresi ve ondan olan çocuğuyla magazin dergisinde kapağa çıkmış, üstüne bir de Defne ve Türkân'ı namussuzlukla itham etmişti. Keşke tek yumrukla bitirmeseydi işini, ağır ağır kırsaydı ağzını burnunu. Of beee! O günlerde nasıl da âşıktı Türkân'a ama. Türkân da hiç yüz vermezdi. Sekreteriydi ama sanki patronuymuş gibi çekinirdi ondan. Defne'yi ofiste bıcır bıcır kendisiyle tavla oynadığı ilk günden itibaren çok sevmişti. Zavallı çocuğun üstünde okul formasıyla ağlaya ağlaya ofise geldiği günü ölse unutmazdı. *Hıyar oğlu hıyar herif! Böyle nadide bir evladın olacak da, sen onu magazin dergilerine çıkıp rezil edecek, acı acı ağlatacaksın. Kalbim çıksın da görmeyeyim Defne'yi bir daha öyle. Yemin olsun, o çocuğu bir daha ağlatanı öldürürüm,* derdi kendi kendine.

Sonradan edinilmiş her şeyin görgüsüzlüğü gibi, sonradan kabul edildiğim babalığın da görgüsüzlüğü içindeyim, kusura bakmayın, derdi.

Merakla Erdem'e bakıyordu hâlâ.

"Vallahi enişte ne bileyim. O kadar çok oldu ki ben Defnoş'la konuşmayalı. Kim bilir ne için geliyor."

"Gelince öğreniriz," dedi Derya. "Babam marine edilmiş seviyor ama bir de ızgara ahtapot söyleyelim mi?"

"Tamam, söyleyelim."

"Ilık patates salatası da yaptıralım, söyle Savaş abiye."

"Karidesi söğüş yapsın ama. Maydanoz kıysın incecik."

"Salataya ben soğan istemiyorum. Benimkini ayrı getirsinler. Siz öyle yersiniz."

"Kızarmış ekmek damağımı acıtıyor benim, az kızartsınlar."

Masadaki sesler birbirine karışmıştı. Türkân'ın umurunda değildi. Ne sipariş ne de muhabbet. Çalan şarkılara takılmış, engin bir denize yol alan yelkenliydi şimdi o. İçtiği iki yudum rakı yanaklarını kızartmıştı. İçinde sıcak bir hüzün duman duman yükseliyordu. Nihat amcanın müzik koleksiyonu gençliklerinden bu yana yaşadıkları ne varsa şahidi gibiydi. Juanito söylüyordu bozuk Türkçesiyle: *Sen arkadaşımın aşkısın.* Türkân elinde olmadan Doğan D.'nin oturduğu yere baktı. Sandalyesi boştu. Sigara içmeye çıkmış olmalıydı. Rahatladı.

Kartal Bey'le göz göze geldiler. Kocası gözlerini ayırmıyordu gözlerinden. Türkân ne yapacağını bilemedi bir an. Yanlış bir duygunun, yanlış bir refleksin, yanlış bir bakışın bedeli büyük olabilirdi. Birden müthiş bir utanç ve pişmanlık kapladı içini. Onu bu kadar seven bir kocası varken, nasıl olur da gençlik aşkını gördüğü için bu kadar heyecanlanabilir, şarkılara genç kızlar gibi anlam yükler, adamın oturduğu yere bakabilirdi! Derin bir üzüntüyle, özür dilercesine baktı kocasının gözlerine. Kartal Bey gülümsedi.

"Hadi, durmak yok Türkân Hanım, iç bakalım!" dedi kadehine vurarak.

Türkân zoraki gülümseyerek kaldırdı kadehini. Kartal Bey masadakilere döndü. "Haydi bakalım, herkes siparişini verdiyse kadehler havaya!" dedi.

O sırada şarkı değişti. Cem Karaca söylemeye başladı: *Unut Beni.*

Kartal Bey şarkıyı duyunca, parmağıyla havayı işaret ederek "Çok ama çok şanslı adamım ben kardeşim. Şansımı kendim yakaladım ve hiç bırakmadım. Allah sağlık sıhhat verdikçe de bırakmam. Sadık babam, izninizle birinin daha şerefine kadeh kaldırmak istiyorum. Yazısını okuduğumdan beri şansıma ve kaderime şükrediyorum. Onlar sevmiş olabilir ama Ayvalık'ın en güzel kızı benim karım oldu," dedi.

Ayağa kalktı.

Arkasını döndü. Doğan D. o sırada içeri girmiş, masasına oturmak üzereydi.

Doğan D.'ye bakarak, yüksek sesle, "Bu kadeh sizin şerefinize Doğan Bey! Ayvalık'ın medarıiftiharı gazetecimize ve sevgili dostlarına! Afiyet olsun!" dedi.

Doğan D. ve masasındakilere bütün restoran eşlik etti. Herkes kadehini kaldırdı. "Afiyet olsun!" sesleri yükseldi. Uğultu içinde yerine oturan Kartal Bey ilk defa adı gibi bakıyordu karısına. Keskin, yırtıcı ve hırs dolu.

Sadık Bey damadı Kartal'ın bakışlarını masada fark eden tek kişiydi.

Kızına duyduğu sonsuz güven içinde kadehini Kartal'ın kadehine vurdu.

"Onları incitme sakın, benden sonra hepsi sana emanet."

ÇİRKİN RÜÇHAN'IN HİKÂYESİ

Defne Amerika'da yazmaya başladığı günlüğe hak ettiği önemi göstermediğini, bir heves işte, diyerek bir kenara bırakmanın yanlış olduğunu düşündü. Defterin kapağını okşadı. Aile hikâyesini okuduğu o günlükten sonra ne kadar etkilenmiş, özenmişti teyzesine. Hayatında yeni bir dönem başlamış, başka bir Defne olmaya doğru yol aldığını hissetmişti. Bu defteri aldığı o günü, Central Park'a gidişini, oturduğu bankı, güneş ışığının ağaçların dalları arasından nasıl bir görünüp bir kaybolduğunu dün gibi hatırlıyordu. Defterin kapağını açtı. İlk sayfalar özenli bir el yazısıyla başlamış, sonra sonra el yazısı anlattıklarının, yaşadıklarının izini taşır gibi âdeta hızlanmış, başkalaşmıştı.

Badem yanına zıpladı, kafasını kucağına yerleştirdi. Defne, Badem'in başını okşayarak yazdıklarını okumaya başladı:

> Benim bir kardeşim olamadı. Bir acıyı, bir sevinci benim kadar, benim gibi yaşayabilecek bir hayat ortağım olmadı. *Beni bırakıp gitme bir yere,* diyecek kadar seveceğim bir can parçam, karındaşım, sırtdaşım olmadı. Annem ve kız kardeşlerinin hayatını anlatan

bu hatıra defteri benim için belki biraz da bu yüzden çok kıymetli.

İstanbul'dan New York'a gelene dek, uçuş boyunca, teyzemin ve ailemizin anılarını okudum. Ağladım, güldüm, özendim, heyecanlandım. Teyzemin emanetini kalbime sakladım. Beni yolcu ederken bütün aile arkamdan el sallıyordu ve hafızama kazıdığım o son fotoğrafın yanında duruyor şimdi bu emanet. Ne güzel ki, ben de Türkân, Dönüş ve Derya'nın öyküsünün bir parçası oldum. Teyzemin defteri ve bizim güzel hikâyemiz: *Ayvalık'ta başlayan çocukluğun İstanbul kıyılarına vuran hüznü...*

Hikâyemizin devamını yazmam gerektiğini düşünüyorum. En azından ben buraya geldikten sonra olanları yazmalı, Dönüş teyzeme ve anneme okutmalıyım. Ya da belki sadece Dönüş teyzeme... Aslında onun kadar içten ve dürüst olabilir miyim, bilmiyorum. Yani olayları olduğu gibi yazabilme konusunda.

Ömer bana kendi yaşadıklarımı, bildiklerimi de yazmam gerektiğini söylüyor. Babaannemle geçirdiğimiz o günden sonra, onun anlattıklarını annemin de bilmesi gerektiğini düşünüyor. Hatta, *annen, ailen bilmese bile Rüçhan Hanım'ın "nedenlerinin" bir kaydı olmalı,* diyor. Ona hak veriyorum. Garip bir etkisi var üzerimde.

Eğer o bana, "Babaanneni görmelisin! Ömrünün sonuna gelmiş, hasta bir kadına senin gibi biri en azından vicdanı nedeniyle bunu çok görmez. Hem ona neden böyle biri olduğunu, annene neden o acıları çektirdiğini sormak istemez miydin?" demeseydi, inceden, dipten bir nevi baskı yapmasaydı babaannemi görmeye gidemezdim.

"Nerede kaldığını bile bilmiyorum, nasıl bulacağım ki? Öfkemi akıtmak isterken kadıncağızla hiç ilgilenmedim," dedimse de, "Sen eğer gitmek istersen, ben nerede olduğunu bulurum," dedi ve buldu. Bir şeyi kafasına taktı mı onu durdurmak imkânsız. (Bu özelliğine hayran mıyım, yoksa gıcık mı oluyorum, kestiremiyorum.)

Önce biraz tereddüt ettim ama Katia ve Kaan da babaannemi bir kez olsun ziyaret etmem gerektiği konusunda ısrar ettiler. Katia, "Senin gibi sevgi dolu, yumuşacık bir insanda böyle bir kin yaşamasına çok şaşırıyorum. Babaannen söz konusuysa sanki başka biri gibi oluyorsun. Haklı olabilirsin. Fakat intikam bizim işimiz değil. Bir kez gidip göreceksin ve sen ödevini yapmış olacaksın," dedi.

Üç arkadaşım da aynı düşüncedeydi. Sonunda, "Gideyim ama nerede kaldığını nasıl bulacağız?" dedim.

Ömer ertesi sabah neredeyse peşinden koşturarak babaannemle buluştuğumuz restorana götürdü beni. İşletmenin yöneticisiyle görüşmek istediğini söyledi. Gelen kibirli, buzdan adamla nasıl konuşacağını, ne söyleyeceğini o kadar merak ettim ki, sanki olayın benimle ilgisi yokmuş gibi izlemeye başladım.

Müthişti! Gerçekten müthişti!

"Size hikâyeyi olduğu gibi anlatacağım," diye başladı konuşmaya. "Bu genç hanım büyük bir hata yaptı. Ömrünün son günlerini yaşayan ve kendisini son kez görmek isteyen büyükannesini bu restoranda bir başına bıraktı, onunla konuşmadı bile. Fakat şu anda çok pişman. Özür dilemek istiyor. Ama büyükannesinin nerede olduğunu bile bilmiyoruz. Sizden yer ayırttıklarında büyük ihtimalle bir konfirme telefonu bırakmışlardır. Sizden bir ricam var. O yaşlı kadının son dileğini yerine getirmek için bunu yapmanızı istiyorum. O telefon numarasını bize vermeyin ama lütfen bizim için arayın ve kendisine torununun onu görmek istediğini söyleyin. Eğer kabul ederse size zaten adresini verecektir. Bizim için bunu yapar mısınız?"

Bütün bunları o kadar kusursuz bir İngilizceyle, o kadar duygulu anlattı ki, o kibirli buzdan adam yavaş yavaş eridi.

"Anladım. Bir bakalım, bir numara bırakmışlar mı? Hangi gün, saat kaçta gelmiştiniz hanımefendi? Yaşlı hanımın adını öğrenebilir miyim?"

Yanıtlarımızı cebinden çıkardığı bir kâğıda yazdı ve bizi kapının önünde bırakarak arkasını dönüp gitti. Dakikalarca ortada görünmedi. Adamın bizi unuttuğunu düşünüyordum ki, aynı buzdan heykel tavrıyla ağır ağır bize doğru yürüdüğünü gördüm. Elindeki kâğıdı bana uzattı ve "Evet, sizi hemen bekliyorlar. Tebrikler delikanlı. Sevdiği kız için bu denli içten çaba harcayanlar ne yazık ki artık pek az. Çok etkileyici buldum. İyi günler," dedi ve yine topukları üzerinde dönüp gitti.

Ömer'e inanamıyordum. Bulmuştu işte.

"İşte böyle. Bir işi sonuçlandırmayı yeter ki iste," dedi gülerek. Ardından da elimdeki kâğıda bakıp "Hadi gidelim," diyerek benden önce yola koyuldu.

"Sen de mi geleceksin?" diye sordum hayretle.

"Rüçhan Hanım'ın yerini ben buldum. Tabii ki ben de geleceğim. Hayatta kaçırmam bu karşılaşmayı," dedi.

Sonra bir taksiye atladık ve babaannemin kaldığı o büyük otele gittik. Resepsiyona onu görmek istediğimizi söyledik. Beyaz eldivenli elinde güvenlik kartı olan bir görevli bizi asansöre bindirdi ve otelin en üst katındaki özel daireye çıkartmak üzere asansörün pirinç düğmesine bastı. Ömer görevlinin bizi nereye çıkarttığını anlayınca gözlerini açarak bana döndü.

Evet, az sonra bir Hollywood yıldızının Edremitli versiyonuyla tanışacaktı ama henüz bilmiyordu. Omuzlarımı kaldırdım.

Sakin görünmeye çalışıyordum ama kalbim deli gibi çarpıyordu. Duvarları kırmızı kadife, tavanı kristal aynayla kaplı asansör yükseldikçe yükseliyordu. Ellerim terliyordu. Ömer elimi tuttu. Daha da terlemeye başladım. Yüzüne baktım şaşkınlıkla.

"Cesaret vermek için tutuyorum, senden faydalanacak halim yok ya!" diye fısıldadı gülerek. Beni sakinleştirmeye çalıştığı belliydi ama giderek daha çok pişman oluyordum. Ne söyleyecektim şimdi? Neden Ömer'in aklına uyarak kalkıp gelmiştim ki buralara? Asansör bir *ding dong* sesiyle durdu, kapısı açıldı.

O anda tekrar aşağı inmek için delice bir istek duydum. Ömer benden önce çıktı asansörden. Görevli kapıyı tutmuş, çıkmamı bekliyordu. Ama ben kıpırdayamıyordum.

Ömer elini uzattı. "Hadi gel," dedi.

Hadi gel...

Bir film akıyordu sanki gözlerimin önünden.

Kapıda bana elini uzatmış duran Ömer silik bir fotoğrafa dönüşmüş, giderek kaybolmuş, onun yerine babaannemin yıllar önceki sureti belirmişti. Sesi tizleşmiş, bağırarak konuşuyordu.

Hiçbir yere gidemezsiniz! Eğer bu kapıdan çıkarsanız bir daha Defne'yi göremezsin. Tek kuruş alamazsın, süründürürüm seni! Sen benim kim olduğumu bilmiyor musun, sersem!

Şimdi kapısındaydım ve "Hadi gel," diyordu bana Ömer.

Derinliğini kestiremediği bir suya kendisine uzanan ele güvenerek giren, yüzme bilmeyen biri gibiydim.

Ömer'e elimi uzattım ve asansörden çıktım.

Özel bir güvenlik kapısı daha açıldı ve nihayet babaannemin kaldığı daireye ulaştık. Bizi babaannemin yardımcısı olduğunu söyleyen genç bir kadın karşıladı. Otel görevlisi selam vererek ayrılırken genç kadın yüzünde yapay bir tebessümle bizi içeri aldı. Babaannemin yeni Suzan'ı buydu demek. Her işine koşturduğu, âdeta sekreterliğini yaptırdığı, her yere yanında götürdüğü, gerektiğinde misafirleriyle cilveleşmesini buyurduğu, çok güzel olmayan ama çok şık, zayıf, işveli kızlarından biri.

Tam bize gösterilen koltuklara oturuyorduk ki, babaannem bir elinde gümüş bastonuyla, genç bir adamın kolunda, kapıda belirdi. Güçlükle yürüyordu. Yüzündeki acılı tebessüm ve bize ulaşma çabası içimi sızlattı birden. Bir refleksle elimi uzatarak ona doğru yürüdüm. Sanki ben ona yakınlaşırsam yürüyüşünün ıstırabına son verecektim.

Ve evet, her hamle en az iki sonuç doğurur. Babaanneme doğru attığım bir adım beni ona yaklaştırırken, çocukluğum boyunca biriktirdiğim tüm o nefretten de bir adım uzaklaştırmıştı aslında. Sadece, o anda farkında değildim bunun.

Ona yaptığım bu beklenmedik hamleyi büyük bir minnet ve mutlulukla karşıladı. Bastonunu yanındaki genç adama uzattı ve bana sarıldı. Yaşlı ve hasta bedeninden beklenmeyecek bir güçteydi sarılışı. Kurumuş bir ağaç gövdesi gibiydi bedeni ama yine mükemmel giydirilmişti. Hiç vazgeçmediği ipek gabardin, truvakar kollu ceketlerinden birini, siyah ipek bir pantolonla tamamlamış, yakasına dev elmas çiçek broşlarından birini takmış, seyrelmiş saçlarını çokça spreyle kabarttırıp toplatmıştı. Parfümünü yine bol tutturmuştu, parmakları, bilekleri her zamanki mücevherlerle doluydu. Kaç yaşına gelirse gelsin, ne olursa olsun, kırmızı rujunu sürmeyi hiç ihmal etmeyen Rüçhan Hanım'ı ve mücevherlerini Ömer'in büyük bir hayretle incelediğinin farkındaydım.

Elini tutup oturmasına yardım ettim. Yardımcıları sırtının arkasına yastıklar yerleştirdi. Hastalığına ve halsizliğine rağmen yine de dik duruyor, sanki yataktan zorla kalkmamış gibi tebessüm ederek bana bakıyordu.

"Gelmen beni hakikaten çok mesut etti. Büyük bir sürpriz oldu. Tam hazırlanamadım ama ne gam? Geldin ya," dedi. Sonra Ömer'e döndü.

"Siz de hoş geldiniz evladım. Defne'nin erkek arkadaşı mısınız?"

Babaannemin bu soruyu kolayca sormasına çok şaşırdım. Ömer'in yanıt vermesini beklemeden atladım hemen:

"Hayır babaanne. Ömer buradan bir arkadaşım. Sadece arkadaşım."

Ömer kendinden emin ve hiç sakınmasız "Şimdilik," dedi babaanneme. Dehşete düşmüştüm. Babaanneme böyle bir şeyi bu kadar pervasızca söyleyebilmesine ve cüretine inanamıyordum. Uyarı dolu bir bakış attım.

"Defne'ye takılıyorum efendim. Sizden o kadar çok söz etti ki, onunla birlikte buraya gelmek, sizi tanımak için çok ısrar ettim. Kendisi çok sevdiğim bir arkadaşım. Şimdilik," dedi. Şimdilik! Aman Allah'ım, bu nasıl kendinden emin bir tavırdı böyle?

Babaannem gülerek, "Ah, benden çok mu söz etti? Peki güzel bir bahis olmamıştır, eminim. Neler anlattın bakalım benimle ilgili?" dedi ve gözlerini bana dikti.

"Güçlü biri olduğunu, annemle yaşadığınız tatsızlıkları ve seni yıllardır görmediğimi..."

Babaannem yanıt vermedi. Sanki son söylediklerimi hiç duymamış gibi, "Ne içersiniz evladım? Günün bu saati alkol için erken ama bilmem arzu eder misiniz?" diye sordu Ömer'e.

Her zamanki oltalarından birini atıyordu.

Ömer, "Kahve güzel olur," diye yanıtladı.

"Ben de içerim," dedim.

Yardımcısı odadan çıktı. Babaannem, Ömer'i inceliyordu.

"Ne işle meşgulsünüz evladım?"

"Müzisyenim efendim. Yani bestelerim de var ama şu günlerde daha çok kayıt yapıyoruz. Bir çeşit mühendislik aslında."

"Aileniz ne iş yapar? Neredensiniz?"

"Ailem mülteci."

Babaannem şaşkınlıkla Ömer'e baktı.

"Nasıl yani?" diye sordu, yanlış işittiğini düşünmüş gibi öne eğilerek.

Ömer hınzırı benim adıma maçı başlatmıştı.

"Ailem de müzisyendi efendim. Babamın İstanbul'da büyük bir kayıt stüdyosu ve plak şirketi vardı. Annem de ünlü bir solistti. Fakat her ikisi de politik müzik yaptıkları ve görüşlerini kitlelere yaymak için çeşitli eylemlere katıldıkları için 1980 darbesinden sonra hapse girmek yerine Almanya'ya iltica etmişler. Hatta sizin oralardan kaçırmışlar bizimkileri. O zamanın solcu kabadayıları atmışlar bir takanın arkasına, kaçırmışlar Yunan adasına. Oradan Almanya'ya geçmişler. Buldukları ufak tefek işlerle hayatlarını çekip çevirmişler. Annem çocuk bakmış, pizzacıda çalışmış, gazete dağıtmış. Babam nakliye arabalarının şoförlüğünü yapmış filan. Mültecilikte uzmanlaştıktan sonra da kendi işlerini yapabilecek yasal hakkı almış, çevre edinmişler. Ben o arada, Almanya'da doğmuşum. Babamın babası da orada işçiymiş yetmişlerde. Af çıktıktan sonra dönmek istememiş babam. Annemle ayrılmışlar. Annem sanırım Adana'da yaşıyor. Çok uzun yıllardır görmedim. Ben de buradayım işte. Mülteci ailenin dünya vatandaşı çocuğuyum. Uzun anlattım ama... Bilmiyorum, sizi rahatsız ettim mi?"

Babaannem gülümsedi.

"Rahatsız etmediniz. Bilakis açık sözlülüğünüzden memnuniyet duydum. Hoş geldiniz tekrar. Defne'yle nasıl tanıştınız?"

Babaannem sanki yıllardır Ömer'le hasbıhal etmek için bekliyormuş gibi sadece onunla ilgileniyordu ve ben giderek sinirleniyordum. Sonra birden bunu özellikle yaptığını anladım. Yılların kurdu Rüçhan! Benimle ilgilenmeyerek bütün ilgimi kendi üzerinde toplamaya çalışıyor, aramızdaki dengeyi bozarak yine üst perdeden yürümeyi hesaplıyordu. *Yooo, yemezler artık Rüçhan Hanım! İstersen Ömer'in bütün sülalesini öğren, soyunu sopunu ezber et, sen bana dönmeden ben konuşmaya girmeyeceğim.*

Ömer de amma gevezeymiş. Anlatmalara doyamadı. Kaan'la Katia'nın bizi tanıştırmasından başladı, Berlin'deki dedesinden Kapadokya'daki ailesine kadar uzandı, sonra tekrar New York'a, sonra müziğe, sonra yine tanışmamıza dönüp daldan dala atlaya atlaya anlattı da anlattı. Bir ara gerçekten kafasına vurmak istedim. *Kadın zaten hasta, sayılı zamanı var. Şurada yıllar sonra karşılaşmışız, bırak bir hesaplaşalım, dövüşelim! Bana ne şimdi senin İsmail dedenden, dedenin çalıştığı kablo fabrikasından, bilmem neden!*

Kahveler geldi, içildi. Nihayet beni hatırladılar.

Babaannem bana döndü ve "Sen nasılsın Defne?" dedi.

Bütün gerilimimi, heyecanımı, yıllardır biriktirdiğim öfkemi piç eden Ömer'e gıcık oldum. Ona ters ters bakarak "İyiyim," dedim. Ömer'se bana sırıtıyordu.

Artık neredeyse asker arkadaşı kıvamına getirdiği samimiyetle "Bizi boş verin siz Rüçhan Hanım. *Teyze* desem çok laubali kaçar mı? Ah, tamam *teyze* diyorum o zaman. Asıl siz nasılsınız Rüçhan teyzecim? Biz sizi merak ettiğimiz için geldik. Defne'nin içine çok dert oldu o geceden beri. Hastalığınızı söylemişsiniz ama detayları anlatmamışsınız. Çok gelip görmek istedi sizi. Ama cesaret edemiyordu. *Ben yalnız bırakmam seni,* dedim, işte onunla çıktım geldim."

İyi halt ettin Ömer! Yemin ediyorum sana şöyle sağlı sollu vurmak istiyorum ama yerimden kalkamıyorum.

Babaannem ojeli elleriyle ağzını kapatarak bir kahkaha attı.

"Eminim çok merak etmiştir. Tamam evladım. Telaş etme artık. Anlıyorum sizi, önemli bir görev biçmişsiniz kendinize. Defne'yi yatıştırmak için uğraşıyorsunuz. Sıcakkanlılığınız görevinizi layıkıyla yapmanızı sağladı bence. Siz iyi bir arkadaş, iyi bir insansınız. Amma velakin torunumu da iyi tanırım. Onu ben yetiştirdim. Bütün iyi yanlarımı ona vermek için çok uğraştım. Düşündüğüm kadar bana benziyorsa hastalığımı söylediğiniz kadar dert etmemiştir. En azından ilk iki gün. Ve yine düşündüğüm kadar bana benziyorsa, sonraki iki gün de her şeyi öğrenmek için yanıp tutuşmuştur. Öyle değil mi Defne?"

Bingo babaanne, bingo!

Sustum. Zaten babaannem de konuşmamı beklemiyordu.

"Gelmenize çok ama çok sevindim. Oldukça ilerlemiş bir vakıa benimki. Hastalıkların adlarını anmayı sevmem. Kalan zamanın ne kadar olduğu da pek umurumda değil. Yaşama karşı çok hevesli değilim. Ama dünya üzerinde evladımdan hatta kendimden daha çok sevdiğim tek bir varlık oldu. O da Defne'ydi. Annesiyle münakaşa ettiğimiz gün bütün ömrümün en büyük yenilgisini aldım. Bir daha da ayağa kalkamadım. Onlar gittikten sonra uğruna mücadele edeceğim hiçbir şey kalmamıştı. Aslında ne yapar eder, Defne'yi Türkân'ın elinden alırdım. Bilmem, size hikâyemizi anlattı mı? Annesini korumak için bir panter gibi üzerime atladığında on bir yaşındaydı. Dünya üzerinde on bir senedir var olan o ufacık şey, mutluluğum, sevincim, en saf hazinem, bana hiç kimsenin yapamadığını yapmış, kimsenin bakamadığı kadar düşmanca bakmıştı ve bana bakan o insan bir çocuk değil, saf öfkeden bir ateşti sanki. Ben torunumu alırdım ama o beni asla istemeyecek, mutsuz olacaktı. O vakit anladım ki, bütün kalbimle sevdiğim torunum beni sevmiyordu. On bir yaşındaki o çocuk koca Rüçhan'ı alt etti."

Az önce daldan dala atlayarak konuşan Ömer sessizliğe bürünmüş, bir kaplumbağa gibi kabuğuna çekilmişti. İstenmediğini itiraf eden Rüçhan Hanım'ı anlıyor, ona üzülüyordu belki de. Acaba kendi annesini mi düşünüyordu? Annesi de mi böyle çekilmişti hayatından? Sahi, annesini âdeta yok sayıyordu. Belki Somer gibiydi onun annesi de. Ne düşündüğünü bilemiyor, anlayamıyordum ama gözle görülür bir şekilde içine kapanmasıyla babaannemle ikimiz baş başa kaldık.

Yıllar içinde bir taşa dönüşen kızgınlığım sanki o anda o kadar acıtmıyordu kalbimi. Daha önce hiç duymadığım bir ses, *boş ver gitsin,* diye fısıldıyordu. Ama yine de söylemem gerekenleri söylemeli, teyzemin defterinden öğrendiklerime döktüğüm gözyaşlarının, annemin heder olan onca yılının hesabını sormalıydım.

"Annemin oğlunla evliyken yaşadıklarını ve senin ona yaptıklarını çok yeni öğrendim babaanne. Oğlun hiçbir zaman istememiş annemle evlenmeyi. Düğün gecesine kadar görmemiş bile onu. Nasıl bu kadar ihtiraslı olabildin? Gencecik bir kızmış annem. Hiç mi acımadın? Nasıl bu kadar kötülükle doldun babaanne? Nasıl yaptın bütün bunları?"

Cümleler ağzımdan makineli tüfekten çıkar gibi çıkıyor, babaannemi tarıyordu. Babaannem aldığı darbeler karşısında başını öne eğdi, arkasındaki siyah ipek yastıkları düzeltti.

"Bir de benden dinlemek ister misin olup bitenleri?" diye sordu.

"Senden dinlediğimde ne olacak? Olaylar tersine dönecek, annem mi sana eziyet etmiş olacak? Başka bir hikâye mi çıkacak ortaya? Ben hayatınıza yeterince tanık oldum babaanne. Gördüklerim sonradan öğrendiklerimi tamamlıyor."

Babaannem pırlanta zincirlerle dolu bileğini kaldırıp aralarında kaybolmuş eski altın saatine baktı. Sonra Ömer'e, "Öğle yemeği saati gelmiş. Eğer misafirim olursanız aperatif bir şeyler getirsinler. Şampanya içelim mi?" diye sordu. Sanki az önce ben hiçbir şey söylememişim, konumuz Ömer'in canının ne istediğiymiş gibi!

Ömer şaşkınlıkla bana döndü. Sonra yanıt vermemi beklemeden, "Teşekkür ederiz. Öğleden sonra her ikimizin de programı var," dedi.

Benim adıma karar vermesinden rahatsız olsam da, içimde inceden gizli bir haz yükseldi. Bir tehlike sezmiş de beni korumaya almış gibi dik oturuyor, *hadi, kalk gidelim,* desem gerginleşen ortamdan duyduğu rahatsızlıkla hemen depar alacakmış gibi benden işaret bekliyordu. Oysa ben tam tersini yaptım. Ayaklarımdaki botları, üzerimdeki *jean* ceketi çıkardım. Babaannemin karşısına geçip halının üzerinde bağdaş kurarak oturdum.

"Bir şeyler yiyelim, evet, neden olmasın? Sen kendi hikâyeni anlat. Acı içtiğimiz yılların ardından hikâyeni dinlerken sen şampanyanı iç."

Ömer rahatsızca kıpırdandı.

"Gerçekten Rüçhan Hanım, biz yemeğe kalmayalım. Siz de rahatsızsınız. Ben kısa bir ziyaret olur diye Defne'ye eşlik etmek istemiştim. Sizse eski meseleleri konuşacaksınız. Benim yaptığım olmadı şimdi. İzninizi istesem?" diye ayaklandı ama babaannem işaret parmağı ile *otur* diye işaret edince elbette ona itaat eden butun canlılar gibı tak dıye oturdu koltuğa.

İnanılır gibi değildi ama insanlar babaannem için iki kategoriye ayrılırdı: Sevdikleri ve diğerleri. Sevdiği insanlar, ben dahil birkaç kişiyi geçmezdi. Geri kalan herkes onun dünyasına hizmet vermek için yaşayan insancıklardı. Konumu, parası pulu, şanı şöhreti ne olursa olsun, Rüçhan Hanım için bir önemi yoktu. Mesele çok netti: *O insan işe yarıyor mu ya da bir gün işe yarama ihtimali var mı?*

Çok küçük bir kızken sabahları annemin odasından alınır, doğruca babaannemin yanına götürülürdüm. O, yataktan çoktan kalkmış olurdu, üzerinde ipek sabahlığı, denize bakan koltuğunda gazeteleri okurdu. Kapıdan girdiğimde her şeyi bırakır, beni kucağına alır, öper koklar, sonra hazırlanmak için ayaklanır, kalktığı koltuğa beni oturturdu.

O gün yapılacak işlere göre elbiseleri, takımları, mücevherleri dizilir, babaannem sanki bir kraliçeymiş gibi uygun bulduklarını çenesiyle, parmağıyla gösterir, Suzan da seçtiklerini hizmetçi kızlara uzatıp "Bu şu saatte, şu şu saate hazır olsun," diye direktifler verirdi. Bayılırdım babaannemin sabah hazırlıklarına. Odası çiçeklerle dolu olurdu ve en çok şakayık severdi. Büyük, üç aynalı bir makyaj masası vardı. Üzerindeki çeşit çeşit parfüm, losyon şişelerine, pudra kutularına hayranlıkla bakardım. Babaannemin kullandığı baharatlı, şekerli keskin kokular o bir odadan çıktıktan sonra da uzun süre havada asılı kalırdı. Parfümlerinin kalıcılığı biraz da saçından ayak topuğuna kadar cömertçe kullanmasından kaynaklanıyordu. Oturduğu koltuk, tuttuğu el, öptüğü yanakta bile varlığının hissedilmesini istediğinden hatta evde, iş yerinde o uzaklaştıktan sonra bile oradaymışçasına bir tedirginlik bırakmak için yapardı sanırım bunu. Paris'ten, Londra'dan getirttiği iç çamaşırlarını, korselerini, çoraplarını giyerken odasında ikimiz yalnız kalırdık. Suzan'ı da dışarı çıkartırdı. Giyinirken bana insanları anlatır, onları yönetmenin kurallarını sıralardı.

"Merhamet ölçüsüz olduğunda cehennem ateşinden farklı değildir yavrum," derdi mesela.

"Eğer işçilerine, yanında çalışanlara onlar gibi bir insan olduğunu hissettirirsen, zafiyetini, merhametini gösterirsen seni kullanmaya kalkarlar. O fındık kadar akıllarıyla kendilerini senden daha zeki olduklarına inandırır, on yalan, on numarayla karşına çıkarlar. Sen onlar gibi değilsin. Onlar hizmet vermek için varlar. Sen de onları yönetmek için varsın, anladın mı? Topuk seslerini duyduklarında bile korkacaklar senden."

Onu memnun etmek için etrafında pervane olan insanlara karşı her zaman soğuk ve memnuniyetsiz bir tavır sergilerdi. Ne yaparlarsa yapsınlar hep bir eksik bulurdu. Teşekkür ettiğine çok nadir şahit olurdum. İşçilerin ayrılığı, hastalığı, hatta ölümü bile hiç ilgilendirmezdi onu.

Sadece tek bir konuda farklı bir tutum sergilerdi. Fabrikalarında, topraklarında çalışan işçilerin eğer kız çocuğu varsa ve okutacaklarsa, o kız çocuğu üniversiteyi bitirene kadar Rüçhan Hanım'dan eğitim desteği alırdı. Ama sadece kız çocukları. Yıllar içinde öfkesinden, hırçınlığından, zalimliğinden, bencilliğinden payını almış onca zavallı kadının yanında, üniversiteye dek okuttuğu ve hiç tanımadığı onlarca genç kız da vardı. Tezat ama öyleydi işte.

Ömer'e *otur* diye işaret ettiği anda kalbimdeki taş olmuş o öfke geri geldi. O yoğun parfüm kokusu eski köşkün odalarında babaannemin kırbacı gibi salınırken annemin sessizce kitap okuduğu odanın pencereleri yaz kış açık olurdu. Annem o kokudan kurtulmak istiyordu belli ki. Pencerenin önünde titreyerek bahçeyi izleyen genç annem nasıl da korkardı şeytan topuklu bu kadından. Ahhh! İyi ki o parmağı salladı. Yoksa, *zavallı, hasta kadın,* diyerek neredeyse acımaya başlayacaktım. Ömer'le göz göze geldik. Bu kez kaygıyla bakan oydu. "Sakin ol," dedim belli belirsiz. Ömer oturduğu koltukta geriye yaslandı.

Babaannem siyah ipek yastıkların yanında duran, daha önce fark etmediğimiz, cep telefonuna benzer bir aletin tuşuna bastı. Biz bir ses duymadık ama yardımcıları içerki odadan koşar adım fırladılar. Az önce iki kişiyken, dört kişi birden çıktılar dışarı. *Babaannem ben görmeyeli mafya anası mı oldu ne,* diye düşündüm ama sonra öğrendik ki, biri hemşiresi, öbürü de şoförüymüş. Ameliyat olacağı varsayılarak büyük bir ekip kurulmuş ama dönmeye karar vermiş babaannem.

Yeni Suzan'a neler istediğini söyledi. "Patates kızartması yaptır. Fakat şefe söyle patatesleri önce sodada bekletsin, sonra çok az ketçaba bulasın, öyle kızartsın. Defne böyle pişirilirse yer," dedi. *Yeni Suzan* tam yanından ayrılıyordu ki, "Masaya değil, buraya, sehpaya getirsinler her şeyi. Defne böyle rahat ettiyse, böyle oturacağız. Ama bana önce bir elma martini getir," diye ekledi.

Sonra yine Ömer'e döndü.

"Defne'nin bebekliğini görmeliydin. Bütün ömrüm boyunca ondan daha güzel bir çocuk görmedim. Annesi de çok güzeldir ama Defne altın bir yumak gibiydi. Gözlerimi alamıyordum ondan. İnanamıyordum. Bu kadar güzel bir bebek, benim torunum mu olmuştu? Doğduğu gün onun için çok büyük hayaller kurdum ama o hepsini reddetti. Annesi yüzünden bir tercihte bulundu. Oysa benim bütün çabam onun hakkı olanı korumak içindi. Ben yaşadığım sürece o servetin ciddi bir kısmı hâlâ Defne'nin. Ama ben öldükten sonra bunlar Defne'ye değil, babasına kalacak. O da nasıl değerlendirir, ne olur biter, bilemiyorum. Ben senin hakkın olarak düşündüklerimi ölmeden önce teslim etmek istiyorum."

Ömer'le birbirimize baktık.

"O toprakların, malın mülkün hiçbir santimetrekaresi benim değil. O paralar ve hayaller de benim değil. Ben, benim olabilecek güzel bir çocukluk yaşamadım ki babaanne. Ailende senden başka kimsenin sahiplenmediği bir çocuktum. Öz babam gazetelere başka bir kadından olan çocuğuyla fotoğraflar çektirtip, *işte benim çocuğum bu*, dediği için okul değiştirdim. Annemi utandırdıkları, hayatını altüst ettikleri için babamdan ve yeni ailesinden nefret ettim. Size ait hiçbir şey benim değil ki. Üzerinde büyük kavgaların, ah'ların olduğu o servette benim hiçbir payım yok."

Babaannem beni duymuyor gibiydi. Kendisine uzatılan martini kadehinin içindeki zeytini takılı olduğu kürdanla birlikte çıkarıp gümüş tabağa bıraktı. Sehpaya servis edilen havyar kâsesinın altındakı buz parçalarını kontrol etti.

Odanın boşalmasını bekledi.

Sonra bana döndü.

"Geçen akşam kimlerin şerefine içeceğimizi sayıp döktün. Hiç ses çıkarmadım. Ama şimdi sıra bende. Ben Çirkin Rüçhan'ın şerefine kadeh kaldırıyorum!" dedi ve büyük bir yudum aldı martiniden. Bu kadar kolay, lıkır lıkır içebilmesine inanamıyordum.

"Biliyor musun Ömer?" dedi. "İçki içen insanlardan hiç hoşlanmadım. Ama içkiliyken normal vakitlerde söylemedikleri, söyleyemedikleri her şeyi sular seller gibi döküp saçtıkları için içmelerine tahammül ettim. İçki yalan makinesi gibidir. İçip de bozulmayana saygı duyarım. Hastalığımın geri dönüşü olmadığını öğrendiğim andan beri hayatım boyunca yapmadığım şeyleri yapmaya karar verdim. Acım aklımı alana kadar dayanacağım. Görmek istediğim yerler vardı ama artık o seyahatler imkânsız. Fakat şu martini ve şampanyayı çok merak ederdim. Aman ne kadar güzelmiş meğer. İyi ki vaktiyle hiç içki içmemişim. Müptela olabilirmişim."

Ömer kaygıyla, "Doktorlarınız ne diyor peki? Dokunmasın size?" diye sordu.

"Doktorlarım kibarca, *canınız ne isterse onu yapınız, yeme içme sınırlaması yok,* diyorlar. *Olan oldu, kalanının tadına bak,* diyorlar yani. Bugün özel bir gün. Sürprizli, güneşli bir gün. Yıllarca ben konuşturdum insanları. Bugün de ben konuşayım, siz dinleyin."

Ömer oturduğu koltuktan kalkıp geldi, yanımda bağdaş kurdu. Ayakkabılarını da çıkardı. *Hey Allah'ım!* Birazdan, *Defne istemiyorsa ben torununuz olabilirim,* diyecekti sanki. Allah'tan demedi ama başka bir şey yumurtladı:

"Rüçhan teyzecim... Rüçhan hanım teyzecim... Size nasıl hitap edeceğimi bilemiyorum. İçimden *majesteleri* demek geliyor aslında ama... Neyse uzatmayayım. Bir bira içebilir miyim? Hani siz anlatırken ben de kalben eşlik etmiş olurum. Patates kızartması da gelecekse..."

Babaannem şen bir kahkaha daha attı.

"Sen ne şeker bir delikanlısın böyle! Vallahi bayıldım ben sana. Defne'nin adına konuşmak istemem doğrusu. Zira yeterince karıştım insanların hayatına. Ama sendeki neşeyle insana nüfuz eden bir güven var. Umarım aranızdaki bu güven ve bağ baki olur. Şimdilik sadece arkadaş olabilirsiniz tabii," dedi ve *Yeni Suzan*'a seslendi.

Ömer'le aramıza hayali kırmızı bir elma attı sanki. Utangaç bir elma. Yanakları al al bir elma. İlk ısıranın kalbi kalacaktı diğerinde. Diğeri de ısırsa tastamam âşık olacaktık birbirimize. Belki babaannem bunu görmüştü. Hoşlanmıştı. Sevmişti. Ama çok utanmıştım o öyle söylediğinde. Ömer'in gülümseyişini görünce utancım daha da büyüdü.

Neyse ki imdadıma *Yeni Suzan* yetişti, salına salına yanımıza geldi. Adı Şebnem'miş. Şebnem'e büyük buz kovası içinde birkaç çeşit bira getirmelerini ve kendisine de yeni bir elma martini kadehi hazırlatmasını söyledi.

Kız çıkınca, "Suzan Hanım'a ne oldu babaanne?" diye sordum.

"Evlendi," dedi.

Şaşırdım. Sanki hiç evlenmeyecekmiş gibi şen şakrak, fütursuz yaşayan bir kadındı.

"Eh, yaş aldı tabii. Artık çabuk yoruluyordu. Elimiz kolumuz olacak, teşkilattan biriyle evlendirdik. İzmir'e taşındı. Orada yaşıyor artık."

"Osmanlı'da haremde gözden çıkarılanların evlendirilmesi gibi yani," dedim. İğnelemek için söylemiştim ama o, "Hımm, evet, aynen öyle," dedi.

Patatesler, biralar, atıştırmalıklar geldi. Büyük sehpaya servis edildi. Babaannem çalışanların çıkmasını bekledi. Kapı kapandı. Ömer bir bira açtı. Babaannemi dinlemeye hazırdık.

Babaannem, "Çirkin Rüçhan'ın hikâyesini anlatacağım size," diye başladı:

"Dört kardeştik. Üç dalyan gibi, yakışıklı delikanlının ardından, hiç beklenmiyorken dünyaya gelmişim. Annem âdetten kesildiğini düşünmüş bana hamileyken, o kadar beklemiyormuş beni. O yüzden çok da sevinmemiş gelişime. Yine de, üç erkekten sonra bir kız çocuğunun gelmesi aileyi başta heyecanlandırır gibi olmuş. Fakat pek çirkin bir bebekmişim. Beni büyüten bir Atıfet Kalfa vardı. Onun eline vermişler beni. Bizim ailenin yanına çocuk yaşta verilen hizmetlilerin arasından sıyrılmayı başarmış ama bütün ömrünü o konakta harcamış, geçkince bir kızcağızmış. Eskiden evlerde büyütülen kimsesiz kızlar görürdü bütün işleri. Para verilmez, karın tokluğuna çalıştırılırdı hepsi. Vakti gelince iyi kötü bir düğün yapılır, bir de çeyizle yeni evine gönderilirdi. Hemen her evde, evin varlık durumuna göre değişirdi bu kızların sayısı. Annemin bu tür evlatlıkları çoktu. Elbette hiçbiri nüfusa geçirilmiş değildi. Dediğim gibi adı *evlatlık* ama aslında bir zamane kölesiydi hepsi. Atıfet Kalfa'ya da münasip bir talip çıkmayınca bizim evde gençliğini tüketmiş. Bütün analık hevesini bende gidermiş. Açık sözlü, korkusuz bir kadındı. Bana olan hakiki sevgisinden hiç şüphe etmedim. Uzun yıllar boyunca, *o da olmasa ne yaparmışım,* diye sordum kendime.

"İncineceğimi düşünmeden, aklına ne gelirse konuşurdu. Gerçeğin kimi zaman *incitici* olabileceğini hesap etmezdi. O yüzden, çirkin bir bebek olarak dünyaya geldiğim bilgisinden hiç şüphem yok.

"*Aman bir doğdun ki, siyah bir yumaktın. Vallahi de billahi de kaşınla saçın birdi! Doğumu yaptıran ebe bile, tövbe bismillah, bu ne dedi de, amanın eli ayağı mı eksik ki, ne oldu diye telaş ettiydik. Firdevs Hanım bu yaştan sonra sütüm olmuyor diye süt vermedi sana. Sütanne tuttuk. Vallahi de billahi de sütannenin sütünden çok benim becerim hayatta tuttu seni,* derdi. Bunları ölene kadar tekrar tekrar anlattı.

"Yalan söylemediği aşikârdı. Mesela abilerim 1920-30 arası doğmuş olmalarına rağmen hepsinin bebeklik fotoğrafları vardır ama benim bir tane bile yok. Oysa fotoğraf çektirmeye çok düşkündü annem. Abilerimi doğurduğu vakti bir düşünün. Kolay bir şey değil fotoğraf çektirmek. O zamanlardan vefat ettikleri yıla kadar boy boy, poz poz fotoğrafları durur hâlâ. Aile fotoğraflarının pek azında ben varım. Kendi düğün fotoğrafımda bile kalabalığın içinde kaybolmuş ufak tefek biriyim. Sanki beni saklamışlar gibi."

Babaannemi ilk defa bu kadar içten konuşurken duyuyordum. Sesi bile başka çıkıyordu sanki. Şaşkınlıkla birlikte büyülenmiş gibi dinliyordum.

"Neyse efendim. *Büyüdükçe güzelleşir,* demişler amma beklenen olmamış besbelli. Abilerim sarışın, renkli gözlü; ben kapkara bir kız. Abilerim annemin soyuna çekmiş, ben babamların... Annem pek hazzetmezdi babamın sülalesinden, *dağlılar,* der dururdu arkalarından. *Su kenarında yaşayanın medeniyeti başka olur efendim,* derdi. Beni de dağlılardan saymış olmalı ki, en başından ayırmış oğullarından. Atıfet Kalfa'nın kanadı altında, aileye emanet edilmiş bir çocuk gibi büyüdüm. Evdeki evlatlıklardan tek farkım benim işe güce koşturulmayışımdı. Abilerim, *kaç kardeşsiniz,* sorularına üç kardeşiz, diye yanıt verirlerdi. İşin acısı, annem de çocuklarından bahsederken sadece *oğullarım* derdi.

"Bu hadiseleri konuşmayı sevmem esasen. Ömer Bey oğlum, Defne'nin bile bilmediği hususi hayatımı sizin önünüzde döküp saçıyorum ama torunumu bana getirdiğiniz için sizi de evladım sayıyorum artık. Hoş, bu saatten sonra saklasam ne olacak, açık etsem ne olacak?"

Kederli bir şekilde başını çevirip uzaklarda bir yere baktı. Ömer bir şey söyleyip söylememekte bir süre tereddüt etti. Sonra, "Şu anda sizi dinleyebiliyor olmaktan dolayı hakikaten mutluyum. Siz anlattıkça merak ediyorum. Bir mahsuru yoksa sorabilir miyim: Aileniz ne iş yapardı?" dedi.

"Babam üzüm ve halı tüccarıydı. Oldukça iyi para kazanıyordu. Uşakkizadeler'i bilirsiniz, değil mi? Atamızın eşi Latife Hanımefendi'nin ailesidir. Onlar Osmanlı döneminde, Uşak'tan yurt dışına halı ihraç eder imiş. Bu o tarihte fevkalade zor bir işti. Liman ticaretinde bu denli başarılı olanlara elbette pek çok iş adamı imreniyordu. Babam da o adamlardan biriydi. Annem *dağlılar* diye küçümserdi ama babam Kurtuluş Savaşı'nda büyük kahramanlıklar yapmış efe dedeleriyle çok gurur duyardı. Annemin ailesinden daha zengin olmak gibi bir emeli vardı. Kurnaz bir adamdı. Üzüm ticareti istediği serveti getirmemiş olmalı ki halı işine o da girmiş. Fakat yurt dışına değil, aksine Anadolu'ya, İstanbul'a, yeni Ankara zenginlerine satardı halıları.

"Ailesinden kalan dönümlerce bağ bahçe, zeytinlik vardı ama halı işinden o kadar çok para kazanıyordu ki, oralardan gelen geliri pek de önemsememeye başladı. Gençliğinde ahbaplık ettiği Rumlar ve Fransızlardan aşağı kalmak istemez, oğullarını okutmak, iyi giydirmek için bütün imkânlarını seferber ederdi. Onları Ankara'ya, yeni Cumhuriyet'in en özel mevkilerine hazırlıyordu. Abilerim babam için de ikbal vaat eden birer prensti; bense yıllar sonra kazara dünyaya gelmiş, pek önemsemediği hatta varlığını bile zaman zaman unuttuğu kızıydım.

"Atıfet Kalfa beni ne kadar severse sevsin bana yetmiyordu elbette. Ben de annem, bilhassa babam tarafından abilerim gibi sevilmek istiyordum. Aklım ermeye başladıkça anlamıştım. Annemin oğullarına aşkından pay almam imkânsızdı ama belki babamın ilgisini çekebilirim diye düşünürdüm. Abilerime Fransızca, Almanca öğretmek için gelen öğretmenler onlara ne anlatıyor diye dikkatle dinler, onlardan daha hızlı öğrenirdim.

"Babamın evde olduğu vakitlerde, öğrendiklerimi sergilemek için yanlarında Fransızca, Almanca konuşurdum ama beni görmedikleri gibi, işitmezlerdi de. Hesap yapmakta üstüme yoktu. Ezberimden çabucak söyleyiverirdim sonuçları. Okumayı seviyordum ama abilerime verilen imkânlar nedense bana verilmedi. Ortaokuldan sonra beni okutmadılar.

"*Okuyup da ne olacak? Sonunda o da benim gibi bir çiftlikte yaşayacak. Okuyup öğrendikçe mutsuz olur,* demiş annem. Belki o da kendisini geçmemi istemedi. Belki benim için ne kadar mühim bir hadise olduğunu anlamadı, önemsemedi. Görmediği, pek de önemsemediği bir varlık için büyük bir kaygı beslememiştir muhtemelen."

Hey gidi Rüçhan Hanım! Demek sevilmemek senin kalbinde bile onulmaz yaralar açmış, ha? *Annem şu anda onun yanında olduğumu, Rüçhan Hanım'ın kederli çocukluğunu dinlediğimi bilse ne yapar acaba,* diye düşündüm. Ama eminim, o bile dinlerdi. Yoksa biliyor muydu bunları? Ama bilse, bana anlatırdı kuşkusuz. O, babaannemin bir kalbi olduğundan bile emin değildi bence.

Babaannem sinema yıldızları gibi kadehine uzandı ve son yudumu başına dikti. "Ne kadar etkileyici biri," demişti Ömer daha sonra. "Hem anlattıklarını delice dinletiyor hem her hareketini takip ettiriyor. Müthiş bir karakter."

Aynı fikirdeydim. Biz ilgiyle onu dinlerken o ağır ağır, hikâyesinin ve bizim ilgimizin tadını çıkararak anlatıyordu:

"Velhasıl insanlar için güzelliğin akıl ve kabiliyetten daha ilgi çekici olduğunu küçük yaşta anlamıştım. Güzel değilsen varlık göstermek için başka bir yol bulman gerekiyordu ve o, pek kolay bir yol değildi.

"Herkesten daha güçlü olmam gerektiğini idrak ettim. Bir güzelin sakarlığı, aptallığı bile şirin görünür insanlara. Ama çirkinsen başına gelen her talihsizliği hak edecek biri olduğuna inanırlar içten içe. İnsanların sarsılmaz inançları karşısında durabilecek kadar güçlü olmak için çok çalışmam gerektiğini anlamıştım.

"*Güzel değilsen ve çalışkanlığın, öğrenme çaban da takdir görmüyorsa, o halde çirkinliğini örtecek şekilde en güzel sen giyinmelisin,* diyordum kendi kendime. Kumaş, kalıp, dikişin kalitesi çok önemliydi. Eskiden hazır giyim yoktu. *Gündelikçi terzi* derdik, eve sabah gelir, akşam gün batana kadar dikiş dikerdi. Palto, gelinlik, önlük, elbise ne varsa. Annemin gündelikçi terzisi çok becerikli bir Rum hanımdı. Diğer terzilerden daha pahalıya diktiğini anımsıyorum. Çok enteresan fikirleri olurdu ve benim arzularımı da dikkate alırdı. Ne istediğimi biliyordum. Tarif ediyor, kalıp çıkartıyordum. Sabahtan öğleye dek evin diğer dikişlerini bitirir, sonra benimkileri özenerek dikerdi. O elbiselerin yakalarına, kol kenarlarına danteller takmak, nakışlar işlemekse benim işimdi. Ben çirkin olabilirdim fakat en güzel elbiseler benim üzerimde olurdu.

"Yıllar içinde en iyi kumaşlarla, en iyi dikişlerle, nakışlarla süslediğim elbiseleri, babaannemden kalan ve halalarımın hediye ettiği nadide birkaç mücevherle tamamlamanın da bir yere kadar işe yaradığını gördüm. Arzu ettiğim gücü elde edebilmem için geriye tek bir şey kalıyordu: Güzel olanı çirkinleştirmek!"

"Onu nasıl yapıyordun ki?" diye sordum.

"İnsanları şüpheye düşürerek. Güzel olduğuna inandıkları her şeye kusur bularak. Üstten bakarak. Küçümseyerek.

"Genç kızlığımda güzel giyinen, modayı yakinen takip eden, piyano çalmayı bilen, konuşmasam bile az çok Almanca ve Fransızca okuyabilen, anlayabilen biriydim artık. Annem ve babam beni pek dışarı çıkarmazdı. Ben de ziyaretimize gelen eş dost, akraba kızlarını tenkitlerimle serseme çevirip yollardım. *Eteğinin dikişi de pek kötü olmuş, sana bu renk hiç yaraşmamış,* diye başlar, ağzımdan çıkan her kelimenin onların iyiliği için olduğunu söyleyerek, kılık kıyafetlerinin, saçlarının çirkin olduğuna inandırırdım hepsini. Kapımızdan mutsuz çıkan her genç kız benim küçük zaferim olurdu. Zaten bana bir yakınlık duymuyorlardı; bu zehirli dilimden, davranışlarımdan sonra iyiden iyiye sevilmez olmuştum. Olsun, sevip sevmemeleri önemli değildi. Dediklerime inanıyor, hepsi benden korkuyor, bayramda seyranda karşılaştığımızda ne dersem yapıyorlardı. Gücü keşfetmiştim artık. Evdeki çalışanlar bile annemden çok benden çekiniyordu. Ama hâlâ bir çocuktum elbette.

"Bir gün bütün Körfez'i sarsan bir olay vuku buldu. Babamın Ankara'da siyasete atılmasını desteklediği ve İstanbul'daki büyük devlet binalarının inşaat ihalelerine birlikte girmeyi planladığı bir dostu, oğluyla beni evlendirmek istediğini söylemiş. Babam da kabul etmiş. Aslında birlikte kuracakları şirketleri güvence altına almak için atacakları bir imzaydı bu evlilik planı.

"Dünyalar benim olmuştu. Evleneceğimi söyledikleri delikanlının stüdyoda çekilmiş bir fotoğrafını gösterdiler. O kadar yakışıklı bir genç adamdı ki, çocukluğum boyunca çektiklerimin ödülü olmalı, diye düşünmüştüm. Herkes benim dedikodumu yapıyordu. Öyle ya, diyorlardı, *Allah verecekse çirkin bahtı versin! Nasıl da alıyor hem zengin hem yakışıklı delikanlıyı!*

"Bütün bunları işitiyor ama önemsemiyordum. Hayatımda ilk defa Allah yüzüme gülmüştü. Sevilmediğim o evden çıkacak, kendi yuvamın kadını olacaktım. İyimser bir rüya âlemindeydim. *Evlendikten sonra Avrupa'ya gider, aktrislerin yaptığını yapar, burnumu düzelttirir, en nadide kremleri alır, en ünlü modacılara kıyafetler diktirtirim. Kocam beni beğenir,* diye düşünüyordum. Karanlıkta erkekler için bütün kadınlar aynı değil miydi nihayetinde? Nişanlım çalışkanlığımı, kişiliğimi tanıdıkça beni çok sevecekti, bundan emindim. Artık sivri dilli olmayacak, herkese iyi davranacaktım. Yeni bir hayat beni bekliyordu. Beni seven bir aile sahibi olma ihtimali uzanıyordu önümde. Bir kuş gibiydi kalbim.

"Özer iyi bir delikanlıydı aslında. Belki sevebilirdi de beni. Ama kayınvalidem söz takmaya geldikleri gün beni gördü ve hiç sakınmadan, saklamadan oracıkta hastalanıverdi. Yüzüme bile bakmadan apar topar gittiler. O gece ne çok ağlamıştım, bilseniz. Bütün hayallerim boşunaydı. Beni bir seven olmayacaktı belli ki. Odamda gözyaşları içindeyken tek beklediğim annemin gelip beni teselli etmesiydi. Bana bir sarılsa yeterdi. Özer'in annesinin kabalığı sadece bana değil, ona da yapılmış bir hakaretti aslında. Fakat annem o gece yanıma gelmedi."

Anlatırken gözleri kızarmıştı. İçimde bir yer sızladı. Gerçekten sızladı. Oturduğum yerden kalktım, çocukluğumda yaptığım gibi dizlerinin dibine çöküp kollarımı bacaklarının üzerine koydum.

"Babaanne, sen çirkin değilsin ki."

İnanılır gibi değil ama gözlerinden yaşlar aktı. Saçlarımı okşadı.

"O gece incitilen genç kız çirkin değildi belki. Ama insanları korkutmayı öğrenen, anneni inciten Rüçhan çirkindi Defneciğim. Kırığı kangren olan kalbimin rengini açacak hiçbir merhem yoktu o vakit. Ama isteyerek olmadı bütün bunlar."

"Neden oldu peki?"

"Kayınvalidemin tüm itirazlarına rağmen düğünümüz yapıldı. Atıfet Kalfa, gelin olduktan sonra sessiz olmamı, kayınvalideme karşı saygılı davranmamı tembihlemişti. Onun kalbini kazanmak için mücadele etmem gerektiğini söyledi. Bu mücadeleye hazırdım ama o beni kabullenmemeye yeminliydi. Deden beni sevmese bile odamızın içinde ona kurduğum hayatı sevmeye hazırdı aslında. Fakat kayınvalidem buna asla imkân vermedi. Beni çiftlikte çalıştırır, kocamla bir araya getirmemek için işler uydurur, Özer'i ya Ankara'ya ya İzmir'de gönderirdi. Nadiren birlikte olduğumuz gecelerde tam odamıza çekilir, yatağımıza girerdik ki, çat diye teklifsizce kapıyı açardı. Yalandan bir telaşla, *bir ses duydum galiba,* der ya da benzeri türlü bahanelerle dedeni yatağımızdan çıkartırdı. Bütün engellemelerine rağmen babana hamile kaldığımı öğrendiğinde ölüm haberi almış gibi yıkılmıştı. Büyük ihtimalle hesabı, çocuğu olmuyor diye beni baba evine geri göndermekti. Çocuğu düşürmem için gitmediği büyücü kalmamış derlerdi. Somer doğduktan sonra başka yöntemler geliştirdi. Beni boşatmak için dedenin hayatına başka kadınların girmesini sağladı. Bizzat beğendiği kızları evimize çağırır, gözlerimin önünde oğluyla kadının arasını yapmak için uğraşırdı. Dişlerimi sıkar, dayanırdım. Onu duymamak, yaptıklarını görmemek için kendimi çiftlikteki erkek işlerine verirdim. *Hem çirkin hem erkek gibi,* derdi yanımdan geçerken. Sonunda Özer dedenin bir başka aile kurmasına bile o neden oldu, biliyor musun?

"Pes edip gideyim diye yapıyordu ama ben inat ettim. Ona yenilmeyecektim. Özer'i seviyordum. Bir oğlum olmuştu. Ne kadar çirkin olursam olayım, o beni istediği kadar sevmesin, ailemi onun yüzünden dağıtmayacaktım. Özer'in öbür kadınla yaşamasına boyun eğdim. Kayınpederim benim oğlundan daha çalışkan ve hırslı olduğumu fark etmişti. Karısı beni bir kadın olarak beğenmese de kayınpederim tuttuğumu kopardığımı, bir erkekten daha güçlü bir çiftlik sahibi olabilecegimi görmüştü. İşlerini, hesaplarını yavaş yavaş bana göstermeye, benden yardım almaya başladı. Bu, beni kayınvalidem karşısında güçlendiriyordu. Yedi yıl böyle yaşadık.

"Bir yaz günüydü. Edremit'teki konağın mutfağında yere yığılıp kalmış kayınvalidem. Felç geçirmişti. Odasına sırtımda taşıdım. Doktora haber verdim. Hemen hastaneye götürdüler ama olan olmuştu artık. Üç yıl yattı. Hiç konuşamadan, hiç hareket etmeden. Ben baktım ona. Altını bile ben temizledim. Benimle baş başa kalmak, bana muhtaç olmak her gün öldürüyordu onu. Her gün ölsün istiyordum. Sonunda bir gün bir kalp krizi geçirdi ve öldü. Yatağının başındaydım son nefesini verirken. Ölümünü seyrettim. Oğlum küçük bir çocuktu. Kocam İzmir'de diğer kadının evindeydi. Öldüğünü çiftlikteki hiçbir çalışana haber vermedim. Onu öylece yatakta bıraktım. Üzerini örttüm. Babanı da aldım yanıma, çiftlikte kullandığımız *Pick-Up*'a atlayıp doğruca İzmir'e gittim. Kocamın attığı her adımdan haberdar olduğum gibi, kadınla birlikte yaşadığı evi de biliyordum. Artık benim devrim başlıyordu. Bilip de sustuğum her şeyi haykırma, bir bir ortaya çıkarma vaktiydi.

"Kapıyı çaldım. Oğlumla el ele duruyorduk. Kapıyı o kadın açtı. Beni görünce âdeta dili tutuldu. *Özer Bey'e söyleyiniz, annesi vefat etti. Ölene dek altını ben temizledim ama toprağını belki oğlu olarak o kazmak ister,* dedim

"O günden sonra çirkin Rüçhan'ın hükümranlığı başladı. Zenginler zengini babam ölürken bana sadece bir köy evi bırakmıştı. Ailenin en eski bağ eviymiş. Oğullarının umuru değildi muhtemelen. Üçü de babamın servetini talan etti. Annemizin ölümünden sonra da benden borç isteyecek hale bile düştüler. Tabii ki istedikleri parayı borç verdim. Senetlerini imzaladıktan sonra neden vermeseydim ki? Verdim ama ödeyemeyeceğiz dediklerinde sebeplerini dinlemedim. Borçlarını ödeyememeleri benim sorunum değildi; kumar masalarında yemeseydiler babamın mirasını. Böyle böyle, babamdan kalan birkaç araziyi onlardan kurtarabilmiş oldum aslında. Acıma duygusuna yer yoktu hayatta. Bana kimse acıdı mı? Acımadı!

"Kayınpederim oğluna değil, bana güvenir olmuştu. Oğlu çapkınlıktan vakit bulamıyordu ki, işlerin başına geçsin! O da birkaç yıl sonra vefat ettiğinde işlerinin bütün yönetimi bendeydi. Topraklarımızı ben büyüttüm. Fabrikalarımızı ben kurdum. Somer'in hem annesi hem babası oldum. Onu İngiltere'ye göndermiştim. Orada okuyacak, sonra yanımıza gelip babasının yapmadığını o yapacaktı. İngiltere'ye gittikten bir süre sonra haber geldi..."

Bir an durdu. Kayınvalidesini hırsla, öfkeyle anlatırken o eski Rüçhan'a dönmüştü. Bana baktı. Eski Rüçhan gözlerimin önünde rengini kaybediyordu sanki.

"Ne oldu babaanne?"

"Sonra haber geldi..."

Yine sustu.

Ömer merakla bana baktı. Sonra babaanneme dönüp "Ne haberi geldi?" diye sordu.

"Somer... *Bizim buralardan tanınmış evli bir kadınla düşüp kalkıyormuş,* dediler. Beynime kurşun sıktılar âdeta. Oğlum da babasına çekmişse, kadın kız peşinde bir ömür harcayacaksa, yaşamak haramdı demek. Oralardan güvendiğim birilerini aradım. Haberler doğruydu. Kadın evliydi. Üstelik bizim oralarda çok tanınmış bir aileye, birkaç ay önce büyük bir skandalla girmiş birinden söz ediyorlardı. Sekreteriyken kendinden otuz beş yaş büyük bir iş adamını ayartmış bir kadın işte. Çocukların ölmüş analarının hatırası üzerine basarak girmiş bir eve. Kendinden büyük, koca koca adamların üvey annesi oldu diye Körfez'de yer yerinden oynadıydı. Bula bula o kadını bulmuştu Somer. Delirmiştim. Şimdi bana gelin diye tutup o kahpeyi mi getireceksin, dedim telefonda. Yüzüme kapadı telefonu."

Anlattıklarının etkisinden olsa gerek, babaannemin sesi titremeye, konuşması ağırlaşmaya başladı.

Ömer oturduğu yerden fırladı hemen.

"Sizi çok yorduk bugün. Bırakalım bu meseleleri. Biraz dinlenin. Arzu ederseniz yarın yine geliriz," dedi.

Ama babaannem, galiba biraz da içkinin tesiriyle, "Hayır, gitmeyin, lütfen kalın," diye Ömer'in ellerini tuttu. Ömer çaresizce bana baktı. Gerçekten ne yapacağımı bilemiyordum. Evet, babaannem iyi görünmüyordu ama anlatacaklarını merak ediyordum. Dizlerinin dibinden kalkıp yanına oturdum. Ellerini Ömer'in ellerinden aldım. "Tamam babaanne. Ömer'i daha fazla tutmayalım. Ben seninle kalırım," dedim.

Ömer tereddütlüydü. Koluna girip onu kapıya kadar geçirdim. Kapıda boynuna sarıldım. Sımsıkı sarıldım.

Önce şaşırdı, sonra o da bana sarıldı.

"Çocukluğumun elinden tuttuğun için teşekkür ederim," diye fısıldadım kulağına.

Utanmış gibi güldü.

"Bir şey olursa ara beni, hemen gelirim. Çok da merak ediyorum gerisini. Kalayım mı? İstersen kalırım bak," dedi.

"Yok yok, sen git. Ben sana anlatırım sonra. Şimdi yatırayım ben onu."

"Biraz oyalanırım buralarda istersen. İşin erken biterse ararsın belki."

"Yok, oyalanma hiç. Git sen. Söz, ararım ben seni."

"Peki."

Gidemiyordu fakat.

Bir eli cebindeydi. Diğer eliyle ensesini kaşıyarak asansörü çağırdı. Kararsız, kaygılı görünüyordu.

Asansörün kapısı açılırken, "Bekliyorum, merak ederim," dedi.

El salladım, bir öpücük yolladım elimle.

"Merak etme, arayacağım," dedim göz kırparak.

Kapı kapanırken kendi kendine gülümsediğini gördüm.

Ben Ömer'e âşık olmuştum.

SENİ ÇOK ÖZLEDİM

Sabahın 05:44'üydü. Derya cep telefonunun sesiyle gözünü açtı. Ekranda Babam yazıyordu. Korkuyla doğrulup telefonu yanıtladı.

"Baba? Ne oldu? İyi misin?"

"Korkma korkma, iyiyim. Halan da iyi, uyuyor. Bu saatte rahatsız ettim."

Derya rahatladı.

Gözlerini ovuştururken, "Hayırdır babacım, bir ağrın, sıkıntın mı var?" diye sordu.

"Derya, beni eski evimize götürür müsün? Anneni gördüm rüyamda. Evimizi, sokağımızı özledim kızım. Çocuklar uyanmadan gidip görsek, olur mu?"

Sadık Bey aslında bu tür isteklerini hep Dönüş'e iletirdi. İlk defa Derya'yı arıyordu. Derya yataktan fırladı.

"Tabii ki babacığım, hemen geliyorum. İyisin ama değil mi? Doğru söyle bak!"

"Vallahi iyiyim kızım. Sen gel, eski mahallimize gidelim, daha da iyi olurum."

"Tamam babacım. Üstümü giyinip çıkıyorum hemen."

"Bekliyorum kızım."

Derya babasından aldığı bu çağrıya müthiş sevinmişti.

Sabah yürüyüşleri, duygusal dertleşmeler hep sevgili Dönüş kızıyla yapılırdı zira.

Üzerine aceleyle bir eşofman geçirdi.

Derin uykudaki kocasının kulağına eğilip "Erdem, Erdem... Babam beni çağırıyor. Annemi görmüş rüyasında. Ona gidiyorum. Çocuklarla sen ilgilen," dedi.

Erdem yatakta yarı doğrulup bir gözünü kısarak "Ne? Ne olmuş? Babama mı bir şey olmuş? Geleyim mi ben de?" diyerek telaşla doğruldu.

"Yahu yok, yat sen! Çocuklar kalkınca kahvaltılarını yaptır, ben çok geçe kalmadan gelirim," dedi ve âdeta uçarak çıktı evden.

Gün henüz aydınlanıyordu. Sokak köpekleri yeni uyanmıştı, kedilerse kapı diplerine kıvrılmış hâlâ uyuyordu. Fırınlar bile açılmamıştı. Derya Cunda'ya doğru yol alırken arabanın camını açtı. İçeri dolan serin sabah kokusunu derin derin soludu. Sonbaharın habercisi olan bu serinlikle çocuksu bir sevinç sardı içini. Koca kadın, *babam Dönüş'ü değil, beni aradı,* diye seviniyordu. Kendi kendine güldü. Yeni yolun bitiminden değirmene doğru döndüğünde babasını çoktan yola çıkmış, kendisini beklerken buldu.

"Baba, evden alırdım seni, niye buraya kadar geldin?" dedi arabanın kapısını açarken.

Sadık Bey yavaş ve dikkatli bir şekilde Derya'nın yanına oturdu.

"Ne bileyim, duramadım kızım evde. Dedim ya, anneni gördüm rüyamda. Çok gerçekti. Öyle güzel sohbet ediyorduk ki... Sonra birden uyandım. Sohbetimiz yarım kaldı diye çok üzüldüm. Tekrar gözlerimi kapadım ama uyuyamadım. Biraz direttim, sonra baktım olmuyor, seni aradım."

"İyi yaptın babacım. Çok iyi yaptın. Eski eve mi gitmek istiyorsun?"

"Evet, etraftakiler uyanmadan gidelim. Biraz dolaşalım oralarda. Sonra annenle Mesut'a da götürür müsün beni?"

"Götürürüm tabii baba. Ama iyi misin sen? Böyle aç acına çıkmasak mı yollara? İlaçların saatini kaçırmasak?"

"Yok kızım, daha aç değilim. Kaçırmayız."

"Eee, nasıl gördün annemi?"

"Çok çok güzeldi. Sizin yedi sekiz yaşlarınızdaki halindeydi. Berbere gitmiş, saçlarını yaptırmış. Yüzü gülüyordu. Ay nasıl özlemişim kızım!"

Bunu söylerken Sadık Bey'in burnunun direği sızladı. Gözleri doldu.

Derya ne söyleyeceğini, ne yapacağını bilemedi. İşte Dönüş bu yüzden böyle anların insanıydı. Duygusal çözülmeler karşısında ne yapması gerektiğini bilir, insanlara sarılır, onları teselli eder hatta onlarla ağlardı.

Derya ise donakalır, sonra da kaçar giderdi. Ama işte, sabahın bu saatinde babasıyla arabanın içinde baş başa kalmıştı ve babası, annesini özlediği için ağlamak üzereydi. Derya bir şey söylemesi gerektiğini biliyordu ama o şeyin ne olduğunu bulamıyordu bir türlü.

"Ama annem öleli çok oldu baba," dedi.

Der demez de, ağzından çıkanları duyan kulakları yandı.

"Ayrılığın ve acının üzerinden geçen zaman çoğaldıkça özlem azalıyor mu kızım?"

Derya söyleyecek yeni bir şey bulamadı. *Susmak en doğrusu,* diye düşündü.

Ayazma'yı geçip sahil boyunca devam ettiler. Çamlık'a girdiklerinde soldaki dar sokaklardan birine saptı Derya. Yokuşu çıkarlarken, "Burada az düşüp kalkmadınız. Pazar dönüşleri perişan olurdum bu yokuşu çıkarken," dedi Sadık Bey.

Yokuşun bitiminde arabayı park etti Derya.

"İnelim mi baba?"

"İnelim."

Parke taş döşeli sokakta yıllar içinde pek az şey değişmişti. O pek az şeyden biri, vaktiyle Sadık Bey ve ailesinin oturduğu evin arsası üzerinde yükselen üç katlı apartmandı. Sadık Bey apartmana hiç bakmadan sokağın sonunu işaret ederek "Yürüyelim," dedi.

"E ama evi göreyim dedin?" diye duraksadı Derya.

"Bizim evimiz kalmış mı kızım burada?"

"Hayır, yani sen öyle deyince... Bunun giriş katını iki milyona satışa çıkarmışlar, biliyor musun?"

Sadık Bey aksi aksi baktı kızına. Ellerini arkasında kavuşturup yürümeye başladı. Derya ağzını açtığına bir kere daha pişman oldu.

Baba kız, bir süre hiç konuşmadan yürüdüler.

Bir zamanlar bu sokakta bisiklete biner, köpekleri Değerli'yle koşturur, oyunlar oynarlardı. Çam kokusuna sabahları ıslak ot kokusu karışır, geceleri tarifsiz bir yasemin kokusu sarardı her yanı. Bu sokak Derya'nın, ilk aşkı Hakan'ın maçlardan dönüşünü beklediği, kedilere eziyet eden çocukları kovaladığı eski günlerin mutluluğunu hâlâ taşıyan nadide yerlerden biriydi.

Sadık Bey aslına uygun yenilenmeye başlayan bir köşkü gösterdi:

"Eski evleri şimdi titizlikle koruyor olmaları ne güzel Derya. Benim gençliğimde herkes eski Rum evlerinden kurtulmak isterdi. İyi ki birileri uyanıp akıl etti de evleri korumaya aldılar. Sizler gibi eskinin kadrini kıymetini bilen mimarlar, sanatçılar da olmasa, her şeye yazık edeceklerdi."

"Evet baba."

Bir süre daha sessizce yürüdüler.

"Derya, sen hiç ağlar mısın kızım?"

"Elbette baba. Yani her zaman değil ama ağlarım tabii. Neden sordun?"

"Bilmem ki. Acaba içine mi atıyorsun?"

"Yoo, canımı sıkan, beni kızdıran bir şey varsa hemen söylüyorum. Baba, biliyorsun, ben pek senin gibi, Dönüş gibi değilim. Size çok önemli gelen şeyleri aynı gözle göremiyorum sanırım. Ben de böyleyim işte."

"Biliyorum kızım, biliyorum. Bu sokakları çok seviyorum. Annen de severdi aslında. Ama bir yandan da o eski Rum evlerinden sıkılan, yeni, şık apartmanlara hayran olanlardandı. Hatırlıyor musun, kaloriferli bir evde oturmayı ne çok isterdi. Ah canım benim. Hiç konforlu bir hayat yaşatamadım ona."

Derya yine ne diyeceğini bilemedi. İlk aklına geleni dile döktü hemen:

"Rüyanı anlatmadın baba."

"Annen çok güzeldi dedim ya. Karşılıklı oturmuştuk. Uyandığımda ne anlattığını hatırlamıyordum ama o kadar güzel gülüyordu ki... Biraz da ne anlattığını hatırlamak için tekrar uyumak istemiştim."

"Allah hayırlara çıkarsın. Gidelim mi anneme?"

"Aaa, bu kadar mı yürüyeceğiz? Biz Dönüş'le doktor beylerin köşküne kadar yürüyoruz hep."

"Yok artık! O kadar yolu yürütüyor mu kızın sana?"

"Ne varmış? Hem onu yürüten benim. Tamam, anladım. Üşeniyorsun yürümeye. Hadi o zaman, gidelim annene."

Derya kırk yılda bir onu aramış babasını Dönüş kadar mutlu edememiş olmanın o eski rahatsızlığını hissetti yine. Sonra, *aman ne yapalım, ay hiç üzülemeyeceğim bu saatten sonra, Dönüş gezdirsin o zaman,* dedi kendi kendine.

Arabaya bindiler yeniden.

Mezarlığa giderlerken, "Acıktın mı baba, sana bir şeyler alayım mı?" diye sordu Derya.

Sadık Bey birden sinirlendi:

"Yok yahu, acıkmadım! Ne bu böyle beş dakikada bir *baba acıktın mı, baba acıktın mı?* Bebek miyim ben? Süt mü vereceksin, mama mı hazırlayacaksın?"

"Yooo, simit falan alayım diye..." dedi Derya içine kaçan bir sesle.

Sonra da üç kız kardeşe üç farklı yetenek ve tahammül gücü veren Allah'a şükürler etti. İyi ki Dönüş'ün vazifesiydi babasını dolaştırmak, mezarlığa götürmek. Yoksa bu yaştan sonra baba kız birbirlerine girerlerdi maazallah.

Mezarlığa vardılar. Derya arabayı park etti. Hiç konuşmuyorlardı. Derya babasının koluna girmek, yürümesine yardım etmek istedi. Sadık Bey aksilik edip çekti kolunu. Derya *ya sabır* çekti. Sadık Bey, Nesrin Hanım ve manevi oğlu Mesut Mutlu'nun yan yana yattığı aile parseline geldiklerinde, kabirlerinin üzerindeki testileri işaret ederek, "Su doldurup getir istersen," dedi.

Derya babasına daha fazla zıt gitmeden iki testiyi de alıp çeşmeye doğru yol aldı. Sadık Bey kızının ardından baktı bir süre.

Sonra Nesrin Hanım'la Mesut'un mezarlarının arasına oturdu.

Eşinin mezarındaki menekşeleri okşadı, Mesut'un mezarındaki birkaç otu kopardı.

"Bu kız da hep böyle, biliyorsun Nesrin," dedi.

"Ama galiba içlerinde en mutlusu bu. Kocası Erdem'e her sene daha çok ısınıyorum. Vallahi çok iyi idare ediyor bu deli Derya'yı. Zaten iyi huylu, orta yolu bulan bir çocuk. Çok çok iyi bir baba. Tanısan çok severdin. Tam senlik bir damat oldu.

"Nesrinciğim, ben dün gece seni gördüm rüyamda. Her zamanki gibi çok ama çok güzeldin. Öyle güzel gülüyor, öyle tatlı anlatıyordun ki, tadı damağımda kaldı sohbetin. Ben de sana gelip burada devam edeyim dedim. Deli mi derler, bilmiyorum ama seni çok özlüyorum Nesrin. Mesela bir şeye çok mu sevindim, *ah hemen Nesrin'e söyleyeyim,* diyorum ama sonra bir hatırlıyorum ki, sen artık yoksun.

"Yokluğun Defne'yle yaşıt ama ben hâlâ alışamadım. Sabahları uyanıp da gülün tomurcuk verdiğini görünce sana sesleniyorum. Yeni bir şey öğreniyorum, hükümete kızıyorum, bir kitap okuyorum, canım sıkılıyor... Hemen seninle paylaşmak istiyorum ama sen yoksun. Bu öyle bir yokluk ki, ancak sana tarif edebilirdim.

"Çocuklarımızın çocukları oldu, hepsi birbirinden güzel, birbirinden akıllı. Doğumunda bir camın ardından gördüğün Defne hık demiş senin burnundan düşmüş. Öğretmen okulundan çıktığın vakit çektirdiğin bir fotoğraf vardı, hâlâ saklarım. Defne'yle aynısınız, yemin ederim. Ona baktıkça senin bir parçanın yaşıyor olduğunu bilmek içimi ferahlatıyor.

"Ama kimseyle seninle sohbet edebildiğim gibi konuşamıyorum be Nesrin. Dönüş'ü sen doğurmadın ama bir tek o seni taşıyor ruhunda. Bir tek onunla sohbet ederken senin de bizimle olduğunu düşünüyorum. Dönüş'le konuşurken beni anladığını hissediyorum. Bütün dostlarımın hatırası onda. İsmet diyorum, anlıyor; Emel Hanım'la annen diyorum, anlıyor.

"Dün aynaya bakıyordum. *Vay be Sadık,* dedim. *Bütün arkadaşlarını, senden genç evlatları bile gömdün, amma yaşlandın ama neyse ki Nesrin bu halini görmedi.* Ne teselli ama!

"Bugünlerde Nezahat için üzülüyorum. Bakmıyor kendine. Biz artık Türkân ve Kartal'ın evinde yaşıyoruz. Kartal, *bu ev sizin,* diyor. Onu tanımanı çok isterdim. Adam gibi adam. Türkân'ımızın yüzü güldü sonunda. Kocası el üstünde tutuyor onu. Hele Defne'yi nasıl sevdiğini bir görsen...

"Biliyor musun, yerden ısıtması var bu evin. Kışın hırka giymiyoruz artık. Musluklarından hep sıcak su akıyor. Hep seni ve Mesut'u düşünüyorum. Bu evde üşümemek bile siz olmayınca bir yumruk göğsümde be Nesrin.

"Senden sonra Mesut'la hep seni anardık. Değil mi Mesut? Bu Mesut var ya, bu Mesut... Sen hastalandın gittin, bir daha dönmedin diye neler etti bize. Bir gün bizim o meşhur kuzineyi yakmış yağmur yağınca. Dönüş de paraları orada yakmış sanınca... Ah neler neler... O kuzine başımıza ne işler açtı. Anlatmıştır sana. Ah, ikiniz böyle yan yana ne kaynatıyorsunuzdur ama.

"Şimdi beni böyle görseler, *müdür bey delirdi,* derler kesin. *Bunca yıl susan adam mezarlara konuşuyor,* derler. Desinler.

"Dün gece rüyamdaki o sohbet öyle yarım kaldı ki... Sana anlatacaklarım vardı, sözünün bitmesini bekliyordum. O sırada uyanıverdim. Diyecektim ki, *bu Dönüş bizden bir şey saklıyor.* Sen hiç istemedin ama Serdar'la evlendiler. Yaaa... İlk aşkına kavuştu yavrum. Çok da mutlu oldu. Sonra neler neler yaşadı, seni de üzmeyeyim şimdi. Sağlığı yerinde artık ama bugünlerde bir şeyi var, hissediyorum. Lakin kimseyle konuşamıyorum. Dönüş çok yalnız bakıyor bana bugünlerde. Sormaya korkuyorum. Keşke sen burada olsaydın da sorsaydın. Ben soramıyorum.

"Senden sonra bu kadar yaşayacağım hiç aklıma gelmezdi Nesrin. Çocukların üzülmeyeceğini bilsem, *yaşamaktan yoruldum,* diyeceğim ama bir baba çocukları nefes aldığı sürece bunu diyemez, değil mi?

"Ah, güzel karım. Ah, ilk göz ağrım. Çok ama çok özledim seni. Yine gel rüyalarıma. Yine sohbet et benimle. Biz iyiyiz, merak etme. Mesut seninle şimdi, içim rahat. Sana az söylediğim için bana kızardın. Senden sonra her gün söyledim. *Seni çok sevdim, hep sevdim, hep seveceğim canım Nesrin'im.*"

Sadık Bey'in ağzından dökülen kelimelere ve ağlamasına birkaç adım arkasında hiç ses çıkarmadan tanık olan Derya birkaç dakika daha mezarların üzerindeki otları temizlemesini, topraklarını, çiçeklerini sevmesini izledi.

Kuşlar ötüşüyordu. Güneş yükselmişti.

Gözündeki yaşları silmeden, burnunu çeke çeke elindeki su dolu testilerle babasının yanına geldi. Hiçbir şey söylemeden iki mezarı da suladı. Testileri yere bıraktı. Babasının yanına oturdu. Başını omzuna yasladı.

"Seni çok seviyorum baba. Ne olur sana bir şey olmasın. Sen üzülme. Ben Dönüş'ü korur, kollarım. Kimseye söyleme, Dönüş'e de... Serdar üzüyor kardeşimi, farkındayım. Bir hataya düştü sanıyorum. Ama sen üzülme, ne olur. Biz yanındayız onun. Erdem'le konuşuruz, elimizden geleni yaparız. Bak görürsün, düzelecek her şey."

Sadık Bey yaşlı elleriyle Derya'nın saçlarını okşadı.

"Ağlıyorsun sen de," dedi.

"Ağlıyorum elbette baba. İnsanım ben de."

"Saçların ne güzel, ne gür. Kazıtmıştın kafanı, ondan mı böyle güzel oldular acaba?"

Derya gözyaşları içinde bir kahkaha attı.

"Baba yaaaa!"

Sadık Bey kızına sarıldı.

"Annen de gülmüş müdür acaba şimdi?"

GERÇEK İNCİTİR

Bir gece önce eski günlüğünü okumakta olduğu kanepede uyuyakalan Defne gözlerini Badem'in gürültülü horlamasıyla açtı. Bütün ağırlığıyla bacaklarının üzerine yığılan ev arkadaşını rahatsız etmeden doğrulmaya çalıştı. Defne'nin kalkacağını anlayan Badem sanki az önce horlayan, fosur fosur uyuyan kendisi değilmiş gibi hızla kanepeden aşağı atladı. Ön patilerini geriye doğru çekerek gerindi ve hemen kuyruğunu sallayarak havlamaya başladı:

Yaşasın, günaydın! Uyandık mı? Evet uyandık di mi! Ufff ne biçim uyumuşum. Ağzım dilim kurumuş. Dışarı çıkalım. Hadi hemen çıkalım. Ne yiycez? Hadi ama ne yiycez? Önce çiş yapalım. Ben yaparım, ben yaparım. Kapıyı açsana, aç hadi aç, aç!

Defne, Badem'in kulaklarını sevdi.

"Tamam oğlum. Çıkacağız. Biraz bekle. Üşümüşüm ben gece. Hasta olmasak bari."

Pencerenin tahta panjurunu itti. Gün henüz doğmuştu ve rengârenk dev balonlar vadinin üzerinde nazlı nazlı salınıyordu. Böyle bir sabaha yüzlerce kez uyansa da her seferinde ilk kez görüyormuşçasına seviniyor, içi mutlulukla doluyordu. Badem'in söylenmeleri, havlamaları arasında yüzünü yıkayıp saçlarını topladı ve kapıyı açtı.

Badem, Defne'yi beklemeden fişek gibi fırladı dışarı. Tuvaletini yapmak için hep aynı köşeye koşar, sonra âdeta küçük bir mahalle olan otelin içinde sabah turunu atar, acıkınca da Defne'nin yanına dönerdi. Badem çıktıktan sonra Defne kahve makinesinin düğmesine bastı. Gece üzerinde uyuyup kaldığı defterin bazı sayfalarının katlanıp içe doğru kıvrıldığını görünce, sanki defterin bir canı varmış da istemeden onu incitmiş gibi telaşlandı. Eline alıp sayfaları düzeltmeye çalıştı. Kapağını kapayıp koltukaltına sıkıştırdı. Kahvesi hazır olana kadar uygulayacağı baskının sayfaları düzleştireceğini düşündü. Makinenin yeşil ışığı sabit yanmaya başlayınca suyun ısındığını anladı ve fincanına bir kahve doldurup evinin küçük terasına çıktı. Kahvesini içerken, balonla dolaşan turistleri, vadiyi seyretti bir süre. Sonra terastaki mini sedire oturup bacaklarını altına topladı. Defteri açtı. Nerede kaldığını anımsamak için birkaç sayfa çevirdi. Kaldığı yeri buldu:

> Babaannemle yalnız kalmıştık. Önümüzde koca bir öğleden sonra ve akşam vardı. Çok mutluydu. Ellerimi öpüyor, "Ah canım, ah canım!" diyordu sürekli.
>
> Birden garip bir suçluluk duygusuna kapıldım. Annem, Kartal babam, teyzemler... Sanki onlara ve annemin hayatına ihanet ediyormuşum, annemin sözünden çıkıp yasak bir şey yapmışım gibi bir pişmanlık kapladı içimi. Babaannem huzursuzluğumu fark etti hemen.
>
> "Ne oldu, rengin değişti birden?" dedi endişeyle.
>
> "Yalan söylemeyeceğim babaanne. Annem burada olduğumu öğrenirse hakikaten çok kırılır bana."

Başını salladı.

"Annen mutlu mu?"

"Mutlu," dedim huzursuzca.

Az önce kalmayı kendim istememişim gibi, bir an önce bir bahane bulup çıkmayı, Ömer çok uzaklaşmadan ona yetişip Kaan'la Katia'nın evine gitmeyi, bütün bu öğrendiklerimi onlara anlatmayı istiyordum. *Ne bahane bulsam* diye düşünürken babaannem yine konuşmaya başladı:

"Çok mutlu olsun. Çok çekti o çocuk."

Hadi buyur buradan yak! Sanki o acıları çektiren kendisi değil de, bir başkası! Bir şeyler söylemek istiyor ama kendimi tutmam gerektiğini düşünüyordum.

"Annen pırlanta gibi bir insandır. Onu yerinde bir başkası olsa kim bilir neler yapardı. Fakat hem tabiatı düzgündü hem de çok iyi yetiştirilmiş bir genç kızdı."

Artık tutamayacaktım içimde.

"E, o halde neden senelerce hapis hayatı yaşattın anneme? Neden hafiyelerle doldurdun etrafını? Neden ailesiyle bağını kopardın? Neden sevmediği, onu sevmeyen bir adamla evli kalması için baskı yaptın?"

Babaannem birden değişti. İşte yeniden çocukluğumdaki Rüçhan Hanım'a dönmüştü. Burnu sivrileşti, dudakları çizgi gibi gerildi, gözlerinin içinde şimşekler çakıyordu. Bir çığlık gibi çıktı sesi:

"Çünkü o para, o evlilik Türkân'ın hakkıydı!"

Bağrışından ikimiz de ürktük.

Aramıza bir yıldırım düşmüştü. Kendini bir anda kaybedişinden mahcup oldu. Zamanın kuruttuğu elleriyle saçlarını düzeltti. Yıldırım düşen ağacın çatırdaması gibiydi sesi.

Rüçhan Hanım gözlerimin önünde ortadan ikiye ayrılıyordu.

"Çünkü Türkân güzel ve iyi yetiştirilmiş bir çocuktu. İyi bir ailenin mütevazı, el değmemiş bir mücevheriydi. Güzelliğinin farkında bile değildi. Bunca çirkinliğin içinde en güzel masal benim gelinimin hayatı olmalıydı. Olabilirdi. Olmalıydı. Anlıyor musun? Kimsenin beni sevmediği kadar sevecektim ben onu. Sevdim de."

"İnsan sevdiğini incitir mi babaanne? Tokatlar mı? Odaya hapseder mi?"

Sustu. Gözleri daldı. Sonra sanki ciğerinden gelen kalın bir sesle, "İnsan galiba istemeden en çok sevdiğine zulmediyor Defne," dedi.

Sustuk. Birkaç dakika hiç konuşmadık.

Elimi tuttu.

"Rüya gibi güzeldi annen. İhtilalin ardından tertip edilmiş ilk Cumhuriyet balosuydu. Ortadaki masalardan birinden oturuyordu. Yanımdakilere, *kimdir bu güzel kız,* diye sordum. *İlkokul öğretmeni Nesrin Hanım ve PTT Müdürü Sadık Bey'in büyük kızları Türkân,* dediler. Anne babasının arasında bir inci tanesiydi. Zarif, duru, su gibi. Çok beğenmiştim. Sonra aileyi araştırdım. Daha uygun bir gelin adayı olamazdı. Çocukluğumdan bu yana nefret ettiğim o ailelerden hiçbiriyle akraba olmayacaktım, kararlıydım. Devir değişmişti artık. Mal mülk birlikteliği için yapılan nikâhlar geride kalmıştı. Oğlumu kültürlü bir aileden, üstelik kendi topraklarımızdan bir kızla evlendirecektim. Hem orta halli bir memur ailesi olması da iyiydi. Böylece rahat ilişki kurabilirdim. Bana tepeden bakmaz, yarım kalan eğitimimi küçümsemezlerdi. Somer'i kendi haline bırakamazdım. Çok duygusal bir çocuktu. Gittiği okullardan seçebileceği kızları tahmin edebiliyordum. O yüzden, *bu işi ona bırakmadan ben halletmeliyim,* diyordum ki, korktuğum başıma geldi. En olmadık şeyi yapmıştı işte. Gidip evli bir kadın bulmuştu. Telefonu suratıma kapatınca anladım ki işler karışıyor, Somer asileşiyor. Onu Türkiye'ye geri döndürtecek sebepler yaratmalıydım. Hemen Türkân'ın ailesine haber yolladım."

Elimi babaannemin elinden çektim.

"Babama haber vermeden mi yaptın bunu?"diye sordum.

"Tabii ki haber vermeden," dedi. "Bana sormadan nefes alamayan oğlum beni dinlemiyordu artık. İlk defa suratıma telefon kapatmıştı. Hızlı davranmalıydım. Babasına anlatsam umuru olmazdı. Bana yardım edecek kimse de yoktu yanımda. Türkân'ın ailesine haber verdikten sonra Somer'e musallat olan o Mine denen kadının üvey oğullarını çağırttım çiftliğe. Giraldo Bey'in çocuklarını.

"*Mine Hanım Londra'da fazlaca serbest bir hayat yaşıyormuş diye duyduk. Elbette yarı Avrupalı bir aile olduğunuzdan bunlar sizin için pek mühim mevzular değildir. Ancak sizinki gibi zengin ve köklü bir ailenin torun torba sahibi reisinin, sekreteriyle evlenmesi yeterince büyük bir skandal zaten. En azından bizler gibi buranın yerlisi aileler için. Giraldo Bey'in kulağına kar suyu kaçırsanız; genç kadın, rahat bırakmazlar maazallah. Babanız bu yaştan sonra bir de ihanetin üzüntüsünü çekmek istemez sanırım. En azından ben oğlumun geleceği adına o kadınla yakın olmasına müsaade etmeyeceğim. Karısını derhal zapturapt altına almalı,* dedim.

"Küçük oğlu ne dese beğenirsin? *Oğlunuz Londra'da diye mi Mine'yi yanına aldırsın babam? Çok saçma bu söylediğiniz. Sizin oğlunuz kendini kontrol edemiyor mu,* dedi.

"Çok sinirlendim fakat kendimi tuttum. Üstüne büyük oğlan da, *buranın yerlisi siz değilsiniz, biziz aslında,* demez mi? Ölür müsün, öldürür müsün? *Sakin ol Rüçhan,* dedim kendime. *Bunların nicesini Anadolu'dan göndermiş bir ailenin çocuğusun, efelerin efesinin torunusun sen, bunlara mı kül bırakacaksın!*

"Bam diye vurdum masaya yumruğumu. İkisi de sıçradı yerinden.

"Mine oğlumla sevişiyor! Benim oğlum erkek adamdır, sevişir. Amma... Başkasının nikâhındayken bir erkeğin altına yatan kahpedir. Hem kahpeliğe göz yumuyorsunuz hem de rahmetli annenizin aziz hatırasına leke sürdürüyorsunuz, dedim. Bunu kime söylesem silahı çıkarıp koyardı masaya ama bu ikisi biraz huzursuz oldu, o kadar.

"Büyük oğlan ondan sonra döküldü. Meğer babaları bu Mine'yle evlenmek için servetinden iki kardeşin payına düşenleri peşinen vermiş. Miras kavgasını baştan bitirmiş. Tuzları kuru tabii. Kendisi ve karısı için bir miktar nakit para ve yüz elli dönümlük bir bağ ayırmış. Yurt dışı için şaraplık üzüm yetiştiriyormuş. Birkaç yıla kadar zaten İtalya'ya yerleşecekmiş.

Oradan toprak almış. Ev yaptırıyormuş. Genç karısını şarapçılığı öğrensin diye göndermiş İngiltere'ye. Babalarının yaşlılık yıllarında bir hayat arkadaşı olmasına itiraz edemezlermiş.

"*Biz bunları babamıza söyleriz elbette ama yaşlı bir adamı üzmeye değer mi, onu bilmiyorum,* dedi büyük olanı bir de! Kulaklarıma inanamadım. Adam mirasını önden dağıtmamış olsa bu kadar geniş olabilirler miydi acaba? *Yaşlı babamızı baktıracak kadın da bulduk, ne bok yerse yesin,* diyorlardı muhakkak. *Babanız hâlâ neyi bekliyor peki, neden gitmiyor İtalya'ya,* diye sordum. Elindeki bağlara çok emek vermişmiş, mahsulünü görmeden gitmeyecekmiş. Kayalardan taşlardan çıkarmış o üzümleri. Çok kahrını çekmiş. Bu memlekette görmek istediği son mahsul buymuş, sonra zaten gidecekmiş. Miş miş miş miş!"

Sonra yine sustu babaannem.

"Peki nasıl ayırdın babamı o kadından? Nasıl ikna ettin annemle evlenmeye?"

"Ayıramadım. Özer'i yalvararak, hatta tehditle gönderdim İngiltere'ye. *Git oğlunu al gel,* dedim. Bir hafta sonra kös kös döndü. *Oğlan seviyorum diyor da başka bir şey demiyor,* dedi. O ne derse desin, ben kararlıydım. Bu aileden biri adam gibi, düzgün bir evlilik yapacaktı. İş başa düşmüştü. Anneni istemeye tek başıma gittim. Neyse ki, nişanı Özer dedenle ikimiz hallettik. Anneni ve ailesini o kadar sevdi ki, evliliğimiz boyunca beni desteklediği, benimle aynı fikirde olduğu tek konuydu bu. Bu yüzden emindim, Türkân bizim gelinimiz olmalıydı!"

"Babaanne ne diyorsun sen Allah aşkına? Babamın hiç mi haberi yoktu bunlardan? Siz istiyorsunuz diye olur mu bu işler?"

"Babanın haberi yoktu. Ama emindim, görünce bayılacaktı Türkân'a. O hep öyleydi çocukluğundan beri. Önce itiraz eder, benimle didişir, sonra da dediğime gelirdi. *Yine aynı şey olacak,* dedim. İşin o kısmı, yani onu ikna etmek kolaydı, sadece biraz zaman alacaktı. Fakat ortada damat olmadan nişan yapmak zordu tabii. Nişan gecesi biz Somer olmadan kapıdan girince Sadık deden her şeyi bozacak diye çok korktum. Özer ömründe bir o gece işe yaradı. Öyle böyle, dedenle ve aileyle yakınlaştı. Sadık Bey beni hiç sevmedi, bunu biliyordum. Sevilmemeye alışkındım. Ama anneannen öyle içten bir kadındı ki, emindim; şu günleri bir atlatalım, hepimiz için çok iyi bir dönem başlayacaktı. Lakin yaşlı Giraldo, o Mine denen kadını bir türlü getirtemiyordu yanına. Somer de buraya dönmüyordu. Vekil tanıdıklarım vasıtasıyla Giraldo ve ailesine çeşitli baskılar yaptırtıyordum fakat direniyordu. Sonunda bir gece işleri hızlandırayım dedim. Baktım gitmiyor, *ben vesile olayım gitmesine, gidip karısını da alsın yanına,* dedim."

Gözlerinde çocukken çok gördüğüm o keskin ışık yandı söndü.

"Ne yaptın babaanne?" diye sordum endişeyle

"Bağlarını yaktırttım. Yüz elli dönüm bir gece de kül oldu," dedi.

İşte Rüçhan Hanım! Gerçek Rüçhan Hanım!

Sanki karşımda insan büyüklüğünde iki suratlı bir kukla vardı da, hikâye anlatırken başı kendi çevresinde ağır ağır dönüyor, her turda diğer yüzü çıkıyordu karşıma.

Bir yüzü insan, bir yüzü taştan.

İnsan olana içim sızlarken taştan akan kanı gördükçe içim çekiliyordu.

Benim babaannem... Rahatlıkla, *adamın bağlarını yaktırttım,* diyen kadın...

Ondan kalacak hiçbir şeyi istemediğimden artık daha da emindim. Kalkıp gitme vaktiydi. Çok bile dinlemiştim.

"Bağ yanması ne demektir, bilir misin? Bir daha hale yola koyulması yıllar sürer. Beş altı yılda ancak sofralık üzüm çıkar. Şaraplık üzümün yetişmesi yedi on yıl alır. Ömrü yeter mi beklemeye? Yetmez, kesin gider! Şehir dışından on adam getirttim. Yalandan itiraf ettiler. *Biz topraklarımızda şaraplık üzüm istemiyoruz, günah olduğu için yaktık, gâvur gitsin buradan,* dedirttim. Yatacakları en fazla birkaç yıldı. Çıktıktan sonra benden aldıkları parayla onlarca yıl mis gibi yaşayacaklardı işte. Gerçi kötü bir şey oldu: Bağlar yanınca yaşlı adam vurmaya kalktı kendini. Neyse ki beceremedi, yaralandı sadece. Oğulları anlamış olmalılar ki, babalarını apar topar İtalya'ya götürdüler. Fakat kadın hâlâ İngiltere'deydi. Somer'in parasını kesmiştim. İnat ediyordu. Muhtemelen kadın bakıyordu ona."

Yerimden kalkamıyordum. Bir şey söyleyemiyordum. Babaannemin, hayatını anlattığı tek kişilik oyununu soluksuz seyrediyordum.

"Bu iş hesap ettiğimden ciddiydi ve artık bizim için çok büyük tehlikeydi. Kadın boşanır moşanır, bu Somer orada onunla evlenirse diye hemen İstanbul'un en güzel otelinden düğün tarihi aldım. En pahalı organizatörleri, sanatçıları tuttum. Sonra da atladım İngiltere'ye gittim."

"Babamı ikna etmek için mi?"

"Hayır, kadını ikna etmek için."

Film gibiydi: *Rüçhan'ın Savaşı.*

"Londra'ya indiğimden Somer'in haberi olmadı. Kadını takip ettim. Oğlumla birlikte yaşıyorlardı. Evden çıktığı bir gün, kaldırımda yürürken kolundan yakaladım bindirdim arabaya. Ödü patladı beni görünce. *Bak kızım,* dedim, *ben yaşadığım sürece sen bu aileye giremezsin. Değil bu aileye, sen artık Edremit'e, Ayvalık'a, İzmir'e bile giremezsin. Evli barklı kadınsın, bas git İtalya'ya, üstüne para istiyorsan para da vereyim. Benim oğlumu rahat bırak. Bu çocuğun on beş güne düğünü var! Sana söyledi mi nişanlı olduğunu? İstanbul'da evinin döşendiğini, kendisine iş kurulduğunu? Söylemedi, değil mi? Söylemez tabii. İşte böyle bok gibi kalırsın! Senin gibi yüzlercesi geçti kızım benim elimden. Somer o kızlarla, kadınlarla büyüdü. Bugün senin koynuna düşkündür, yarın başkası gelir, gönlü ona kayar. Ha, sen dersin ki ben kararlıyım, cesurum, gözüm kara, âşığım, Rüçhan Hanım senin lafın sözün bana sökmez; sen bilirsin! Hodri meydan! Yaşadığın her saniyeyi burnundan fitil fitil getiririm. Ne Somer görür gözün ne de aşk. Elindekini avcundakini de alı-*

rım, kalırsın ortada. Dünyada kendine yaşayacak bir fare deliği bulamazsın! Şimdi git sor bakalım sevgiline, 'Düğünün varmış, niye haberim yok?' diye. Ara filanca oteli, sor, 'Somer Bey'in düğünü ne zaman?' diye. Ne cevap verecekler bakalım sana!

"Çuval gibi indi arabadan. Somer'in düğününü kendisinden sakladığına inanmış! Kendin evlisin, her boku yiyorsun da, tazecik delikanlıya mı gönül koyuyorsun? Neyse. Ben hemen döndüm Türkiye'ye. Hiç konuşmadım Somer'le. Karı da o vakit s... gitti İtalya'ya."

Babaannem küfür ederken çocukluğuma dönüyordum. Edremit'teki konakta kimsenin kıpırdamadan, hatta nefes almadan onun evden çıkışını beklediği o öğle saatlerine. Öğle yemeğini yer, işlerinin başına geçmeden son telefonlarını açar, aldığı haberlere tepesi atarsa yakası açılmadık küfürler savururdu. Sonra az önce bağıran, küfür eden, ağzı bozuk kadın o değilmiş gibi şık döpiyesi ve sivri topuklu ayakkabılarıyla taşlara vura vura odasından çıkar, beni öper, şoförünün kapısı açık beklediği arabasının arka koltuğuna zarifçe oturur, bacak bacak üstüne atar, şoför kapıyı kapatırken bana son bir öpücük atardı.

O zarif görünümlü kadının hırçın yüzünü iyi bilirdim. İngiltere'de arabanın içine tıktığı Mine'yi nasıl hırpaladığını da tahmin edebiliyordum.

Peki, hiçbir şeyden haberi olmayan oğluna o damatlığı nasıl giydirmişti acaba?

Fakat artık iyi hissetmiyordum kendimi. Oysa o hastalığına, yaşlılığına rağmen saatlerdir anlatıyordu. Bitmeyen bir enerjisi vardı.

"Ben yoruldum babaanne, sıkıldım hatta. Çıkıp biraz yürümek ister misin?"

"Çok isterdim ama yürüyemem kızım. Konuşabilsem de, o kadar hareket edemiyorum. Sıkıldın madem, söyleyeyim Şebnem'e, terası açtırsınlar. Akşam yemeğini terasta yiyelim."

"Babaanne, ben kalmasam yemeğe? Kalırım dedim ama... Yalan söylemeyeceğim: Gitmek istiyorum şu an."

"Peki, sen bilirsin," diyerek beni şaşırttı. Israr edeceğini sanıyordum.

Çıkarsam bir daha döner miydim, bilmiyordum. Biraz şaşkın, biraz rahatlamış bir ruh haliyle yanından kalktım. Halının üzerinde zavallı bir şekilde yan yatmış beyaz spor ayakkabılarıma uzandım. Henüz tekini giymiştim ki, "Anneanneni tanımanı çok isterdim. Samimiyetle sevdiğim, verdiğim sözü tutamadığım ve özür dilemek isteyip de yetişemediğim tek insandır. Haza hanımefendi bir kadındı. Çok çekinirdim ondan, biliyor musun? Onun yanına gitmeden önce, konuşacaklarımı prova ederdim," dedi.

"Gerçekten mi?"

"Evet evet. O kadar muazzam bir Türkçesi vardı ki, o konuşurken radyo dinliyorum zannederdim. Annen de, teyzelerin de ona çekmişler. Hepsi çok muntazam konuşurdu. Müthiş bir kadındı Nesrin Hanım. Birlikte yürüyüşe çıkardık, Ayvalık'ta onu sevgiyle selamlamayan, hatırını sormayan yoktu. Böyle sevilen biri görülmemiştir."

Bir elimde ayakkabı, bakakaldım.

Sonra diğer ayakkabımı da giydim.

Hiç sesimi çıkarmıyordum.

Ayağa kalktım. Karşısındaki koltuğa oturdum.

"Sana son bir soru sormak istiyorum."

"Bir daha gelmeyecek misin?"

"Sen de Türkiye'ye gidiyorsun zaten."

"*Yine gelirim* dersen, biraz daha kalırım."

"Söz veremem."

"Belki ölmeden bir kez daha görürüm seni."

"Yapma şöyle! Soruma cevap verecek misin?"

"Ona göre mi geleceksin?"

"Babaanne, ben doğduğum gün hastanede ne oldu? Neden anneannemin yüzüne paraları attın?"

Sustu.

Ben de sustum.

Gözlerimi gözlerine diktim.

O şimşek söndü. Çizgi dudakları titremeye başladı. Gözlerini kaçırdı.

"Çünkü korkmuştum. Çünkü sen doğduğun gün baban da, deden de öteki kadınların koynundaydı. Çünkü bu maçı kaybetmiştim. Sakladıklarımı, yalanlarımı örtecek hiçbir örtüm yoktu. Nesrin Hanım'ın, Sadık Bey'in sordukları, soracakları sorulara verebileceğim bütün yanıtlar bitmişti. Annen kucağında yeni doğmuş bebeğiyle, seninle yataktaydı. Sadık Bey, Nesrin Hanım ve Dönüş teyzen yatağın etrafında, sizin başınızda o kadar güzeldiler ki... O güzelliğin bir parçası olmak istemiştim. Ama onlar bir bütündü ve ben kenarda çirkin çirkin duruyordum. O güzelliği bozmak dışında bildiğim bir saklanma yöntemim yoktu. İstanbul'da kaldıkları her an Somer'in öbür kadından bir çocuğu olduğunu öğrenebilirlerdi. Bizimle geçirecekleri her dakika bir mayın tarlası üzerinde yürümek demekti. Onları gönderebilmek için yapabileceğim her şeyi yaptım. Deden ve Dönüş teyzen hemen gittiler ama Nesrin Hanım kalmakta ısrar etti. O geceyi hastanede geçirdik."

Ağlamaya başladı.

Taştan Rüçhan hıçkırarak ağlıyordu. Gözlerinden buruşuk yanakları üzerindeki kırışıklıklara sızan siyah yollar babaannemin ömrünün, kötülüğünün haritası gibiydi.

"Ertesi sabah Nesrin Hanım duymak istemediğim o soruyu sordu. *Neler oluyor Rüçhan Hanım,* *dedi. Nerede bu çocuğun kocası? Ne saklıyorsunuz siz? Neden kızımı bizden uzak tutuyorsunuz?*

"Ne diyecektim ki? *Nesrin Hanım ben size yalan söyledim. Başından beri yalan söyledim. Sizinki gibi bir ailem olsun istedim. Ama Somer'in aslında başka bir kadından çocuğu var. Eşim Özer'in de öyle. Üstelik damadınız bu çocuğu kabul etmiyor. Eşim artık beni görmek istemiyor, torunu söz konusu olsa dahi benim olduğum hiçbir yere gelmiyor. Biz onursuz bir aileyiz! Sizi yedi yıldır kandırıyoruz! Ama artık yapamıyorum* mu deseydim?"

Konuşmayı kesti. Bir çocuk gibi sesli ağlıyordu. Taş kesilmiştim. Kalkıp teselli etmekle ağlamasını izlemenin hazzı arasında sıkışıp kalmıştım.

Burnunu çeke çeke devam etti konuşmaya:

"Keşke deseydim Defne. Keşke, *Nesrin Hanım sen bana nasıl inandın, bu evliliğe nasıl izin verdin? Bu kadar iyi olmayın,* deseydim."

Elindeki kâğıt peçete hamur gibi olmuştu. Koca Rüçhan hastalığın ve yılların alıp götürdükleriyle ufalmış, çaresiz bir insancık olmuştu. Bir peçete aldım masanın üzerinden, uzattım. Sonra yine karşısına oturdum. Ağlamasını izlemek tuhaftı. İlahi adaletin tecelli ettiğini düşünüyordum ve garip bir huzur içindeydim.

Verdiğim peçeteyle yüzünü, gözlerini sildi. Makyajı birbirine girdi. Hüzünlü bir palyaçoya benziyordu. İçini çeke çeke anlatmaya devam etti:

"Nesrin Hanım'ın sıcacık, şefkat dolu yaklaşımına ancak hediyelerle yanıt verebiliyordum. Onun gibi konuşamıyordum belki ama en güzel hediyeleri ben alabiliyordum. Karşısındaki tek üstünlüğüm paramdı. Ben de o parayı kullandım. O güne dek bütün suskunluğu paramla sağlamıştık. Ya da ben öyle sanmıştım."

Çaresizce bana bakıyordu. Anlıyordum, yüzümde bir anlayış, bir yakınlık arıyordu. Kıyamadım... Kıyamadım ve başımı salladım. O anda gözlerini kaçırdı benden.

"*Siz bu evlilik için ne yaptınız da bana bunu sorma cüretini kendinizde buluyorsunuz,* dedim. Başka şeyler de söyledim. Türkân'ın eşini kendine çekemediğini ima ettim. *Yedi yıldır böyle sürmüş, şimdi mi aklınıza geliyor bunu sormak,* dedim. O da bana, *haddinizi bilin,* dedi. Zaman zaman öfkemi kontrol edemem, biliyorsun. O tavrı aslında aramızdaki sınırı, kimin hangi yükseklikte durduğunu belli ediyordu."

Ağlaması durdu. Başını dikleştirdi.

"Haddimi bilmek mi? Yeniliyordum, yenilmiştim. Savunmam yoktu. En iyi bildiğim savaş yolunu seçtim, taarruza geçtim. Gözüm karardı. Türkân beni kollarımdan tuttuğunda anladım taarruzumun şiddetini! Her yana paralar saçılmıştı, oda darmadağındı. Cinnet geçirmiş olmalıyım. Odaya doktorlar, hemşireler doluşmuştu. Nesrin Hanım'ın bana o son bakışıyla mezara gideceğim."

Hiçbir şey söylemedim. Babaannem gideceğine yakın bütün yükünü boşaltıyordu.

"Meğer onu son görüşümmüş. Hiçbir şey söylemeden, Türkân'a veda bile etmeden çıkıp gitti. Birkaç saat sonra elbette olanlardan çok pişmandım. Durumu nasıl toparlayacağımı bilemiyordum. Sonra o gece düşündüm ki, Türkân'ı ve seni alıp Ayvalık'a götürürsem, birkaç ay orada kalmanıza izin verirsem, Nesrin Hanım'ın gönlünü alabilirim. Ben de çok uzakta olmazdım. Olanları anlatırsam belki biz iki anne bir çözüm bulabilirdik. İçim rahatlamıştı. Evet evet, bütün gerçeği olduğu gibi anlatabilirdim ona. Belki ona anlatmak hafifletirdi içimdeki yükü. Bütün gece nasıl özür dileyeceğimi düşündüm durdum. Fakat ertesi gün kötü haber geldi... Nesrin hanımı kaybetmiştik... Sen bu yüzden de çok kıymetliydin benim için. Nesrin Hanım'dan bir parçaydın."

Son sözünü söylemiş ve rahatlamış gibi içini çekti. Bana döndü. Bir şey söylememi bekliyordu.

Söyledim.

"Beni sevmen gerçeği değiştirmiyor babaanne. *Gerçek incitir* mi demiştin? Doğru! İncitmeli de. Beni ne kadar seversen sev, anneannemi sen öldürmüşsün!"

SOKAK KÖPEKLERİNİN GÖZLERİ

Sadık Bey ve ailesi sabahın olağan curcunası içinde kahvaltı masasına henüz oturmuştu. Derya çayları dolduruyor, Türkân, Kartal'ın tabağına domates koyuyor, Nezahat hala ise uykusundan hâlâ çıkamamış, dalgın dalgın masaya bakarak ne yemek istediğini düşünüyordu. Sadık Bey sıcak börekten bir parça ısırmıştı ki, Dönüş birden, tak diye, kahvaltı masasının ortasına ekmek sepetini bırakır gibi sakince söyleyiverdi:

"Biz boşanıyoruz."

Masadakiler Dönüş'ün dudaklarından dökülenleri duyduklarında sanki cümlesi havada asılı kalmış bilinmez bir maddeymiş gibi önce boşluğa, sonra birbirlerine, sonra Dönüş'e, sonra da onun ne dediğini duymayan ve börek yemekle meşgul olan Sadık Bey'e baktılar.

Sadık Bey, Dönüş'ün ağzından çıkan cümlenin anlamı sanki yüzünde yazıyormuş gibi kendisine bakan iki kızını ve damadını fark edince ağzındaki son lokmayı yuttu ve gözünü kırparak neşeyle sordu:

"Ne var? Ne oldu? Niye bakıyorsunuz bana?"

"Baba, Dönüş'ü duymadın mı?"

"Yok, duymadım. Ne dedin kızım? Pardon, kaçırmışım."

"Biz Serdar'la boşanıyoruz baba."

Sadık Bey'in gülüşü yüzünde dondu.

Nezahat hala, Dönüş'ün ağır bir yanık kokusu gibi tüten cümlesini işittiğinde ciğerine dolan acıyla dalgınlığından sıyrıldı.

"Ne diyorsun Dönüş sen? Ne biçim konuşuyorsun kızım? Almayın ağzınıza öyle lafları. İhtimali bile olmasın aranızda. Ne demek *biz boşanıyoruz*?"

Sadık Bey kardeşinin söylediklerini anlamıyormuş gibi şaşkın şaşkın bakıyordu yüzüne. Sonra Derya'ya döndü soran gözlerle.

Babasının gözlerindeki çaresizlik, *hani düzelecekti her şey*, sorusu Derya'yı daha da telaşlandırdı. Elindeki çaydanlığı aceleyle mutfağa götürüp bıraktı. Kafasında onlarca soru birbiriyle çarpışıyordu.

Dönüş olup bitenlerin ne kadarına hâkimdi acaba? Demek her şeyi öğrenmişti sonunda. Erdem'le ikisinin bildiklerini biliyor muydu? Bana neden söylemedin derse? Suç ortağı mı oldun dese? Hay Allah, hay Allah! Erdem çözecekti bu işi, halledecekti. Ne oldu da bunlar bu kadar acele...

İçeri dönüp masaya oturdu.

Türkân ve Kartal'ın endişeli soruları, yorumları üst üste biniyor, Dönüş yanıt vermiyor, araya girmiyor, sakince dinliyordu:

Nereden çıkmıştı şimdi bu? Nezahat hala haklıydı. Daha düne kadar bir şey yoktu da, bir gecede mi verilmişti bu karar? Birbirini yıllar sonra bulmuş, ne zorluklar atlatmış örnek bir çiftti onlar. Neymiş efendim, boşanacaklarmış!

Kartal Bey sinirle sandalyesini geriye itti.

"Zaten ne zamandır ortalarda yok diye kızıyordum hafiften. Serdar mı istedi ayrılmayı? Bir şeyler mi karıştırıyor bu çocuk?"

Sadık Bey cılız bir sesle, "Sanmam. Öyle biri değildir ki Serdar. Yapmaz değil mi?" sorularıyla Derya'ya tutundu.

Derya gözlerini kaçırdı babasından. Dönüş'e bakmak yerine gözlerini ablası Türkân'a dikip ağzının içinde yuvarladı:

"Yok baba, yapmaz herhalde."

Türkân, Derya'nın ona bakışından anladı ki, bu iş düşündüklerinden daha ciddi. Derya bir şeyler biliyor fakat söyleyemiyor, kıvranıyordu.

Kartal Bey daha da sinirlenerek ayağa kalktı.

"Ben gidip Serdar'la bir konuşacağım. Ne zaman söyledi sana ayrılmak istediğini?"

Dönüş sakinliğini hiç bozmuyordu.

"Otur Kartal abi. Bir yere gitme. O değil, ben istedim."

"Sen mi istedin?"

"Evet, ben istedim."

Masada birkaç saniye daha bir sessizlik oldu.

Dönüş ve Serdar'ın evliliği için vaktiyle ne numaralar çevirmiş, gençler mutlu olsun, yıllar sonra kavuşsun diye ne taklalar atmış *evlenmeyen kalmasın'cı* Nezahat hala kendini, kendi tarihinin tozlu sayfalarından çıkardı ve sandalyesinden hışımla kalktı.

"Ne münasebet *ben istedim!* Bu zamanda ayrılmak gençlere kolay geliyor tabii. Yavrum, *yuvayı kurmak kolay, korumak zor,* demedik mi size? *Dışarıda adam mı var? Kocalarınıza sahip çıkın,* demiyor muyum hep? Daha kapıdan çıkarken sırtlan gibi atlar o karılar adamların üstüne. Serdar gül gibi doktor, çocuğunun babası, ilk aşkın. Ay vallahi bayılacağım! Ne boşanması ayol? Bu saatten sonra ayrılıp ne yapacaksın? Ay abi, bir şey söyle kızına! Ne susuyorsun?"

Nezahat hala kümesteki telaşlı bir tavuk gibi bir o yana bir bu yana koşturup söyleniyor, sesi gittikçe tizleşiyordu.

"Abi konuşsana!" diye Sadık Bey'i dürtünce o da zıvanadan çıktı.

"Yahu bir dur, bir soluk aldırt Nezahat! Tepemde bık bık bık! Aaaaa! Çocuk bir anlatsın ne olup bitmiş, bir izin ver Allah aşkına!"

Sadık Bey bağırınca Nezahat hala arkasını dönüp sandalyesine oturdu ve hemen küstü abisine. Kollarını kavuşturdu, eliyle ağzına fermuar çekme işareti yapıp *hmmmhhh* diye bir de omuz salladı.

Dönüş gülüyordu.

"Ne güzel, eskisi gibi olduk yine. Halam sanki uzun uykusundan uyandı."

Derya'nın içi içini yiyordu.

"Ay Dönüş, anlat, ne oldu? Böyle birdenbire nereden çıktı bu?"

Dönüş kardeşine, "Senin de çok iyi bildiğin gibi Derya, birdenbire olmadı," dedi.

Derya tokat yemiş gibi sarsıldı. Dönüş onun bildiğini biliyordu demek.

Türkân üzüntüyle iç çekti.

"Başka biri mi varmış? Bir şey mi yakaladın?"

Dönüş başını iki yana salladı.

"Başka biri var mı, bilmiyorum abla."

Derya derin bir *oh* çekti.

Dönüş masanın üzerindeki kırıntıları eliyle iteleyerek tekrar etti:

"Başka biri mi var? Sanmıyorum. Sanmak istemiyorum. Varsa da öğrenmek istemiyorum. O kadar mutlu bir evlilik ve aşk yaşadım ki, zihnimde bozulmadan kalsın. Nedeni bir başkası mı, yoksa sadece ben miyim, bilmiyorum. İnsan bir başkasını suçlarsa rahatlıyor ama ya tek sebep, o *biri* bizzat bensem? Üstelik Serdar zaten bir zamandır ruhen benimle değil. Hissediyorum. *Bir ruhu, olmak istemediği yerde tutamazsın,* diye düşünüp kendimce onu serbest bırakıyorum."

Türkân oturduğu sandalyeyi Dönüş'ün yanına çekti.

"Bunlar güzel cümleler ama ayrılık, hele çocuk varken boşanmak, bu cümleleri kurmak kadar kolay ya da şairane değildir kardeşim. Siz gerçekten güzel bir çiftsiniz. Evlilikler sorunsuz olmaz ki. Aşk her zaman aynı renkte, tazelikte kalmaz. Biliyorsun, her günümüz bir olmuyor. Seni ihmal etmiş olabilir. Ruhunu senden uzakta hissetmiş olabilirsin. Belki sen gereğinden ince düşünüyorsun? Belki senin beklentin çok yüksek? Erkekleri bilirsin, biz kadınlar gibi çok düşünmezler ilişkileri üzerinde."

"Niye düşünmeyelim yahu? Ben düşünüyorum!" diye araya girdi Kartal Bey.

"Tamam canım, sen düşünüyorsun. Ama sen Serdar'dan yaşça büyüksün. Onca şey yaşamışsın, kalbin, gönlün, gözün doymuş. Yaşanmışlıklardan kaynaklanan bir tecrüben var. Hatalarından dersler çıkarmışsın. Şimdi elindekinin kıymetini biliyorsun."

Duydukları Kartal Bey'in hoşuna gitti.

"Tabii orası doğru şimdi. İnsan yaş aldıkça sakinleşiyor. Yoksa, eskiden olsa ben dün balıkçıda o herifin ağzını burnunu kırardım mesela. Olgunlaşmak böyle bir şey işte. *Dur Kartal,* dedim. *Artık neredeyse dede olacaksın. Bu da ha bire adam dövüyor derler arkandan,* dedim. Bir de Sadık babam vardı tabii masada..."

Türkân oturduğu sandalyede aniden dönüp "Kimi dövecektin sen babamın yanında?" diye sordu sinirle.

Kartal Bey, Türkân'ın hışımla dönmesinden ürküp, "Şeyi ya... O adamı. Hani gazeteci adam var ya. Yazmış ya hani *Türkân'ı seviyorduk* filan diye. Hiç düşünmez mi insan, *bu Türkân evli mi, kocası bu yazıyı okur mu,* diye. Tam dayaklık yani!"

"Nereden biliyorsun ki o Türkân'ın ben olduğunu? Bir tane mi Türkân var Ayvalık'ta?"

Kartal Bey bir an şüpheye düştü:

"Sen değil misin?"

"O muyum?"

"Ne bileyim?"

"Bilmiyorsan niye adamı dövmeyi planlıyorsun?"

"Çünkü seni seviyorum."

"Beni başkalarını döverek sevmemen gerektiğini sana en başında söylemedim mi?"

"Söyledin. Ama ben o günden sonra kimseyi dövmedim ki. İşte onu diyorum. Olgunlaşmak böyle bir şey. Dövdüm mü baba kimseyi, sen söyle."

Sadık Bey, "Yok dövmedin, ben görmedim," dedi. Bir an durdu. Sonra, "Bu Serdar kızımı aldattıysa gidip döver misin?" diye sordu.

"Serdar'ı mı?"

"Evet."

"Yani bir emin olmak lazım önce. Acaba yapmış mıdır? Sanmıyorum baba. Niye yapsın?"

"Dövmeyeceksin yani?"

"Sen istersen döverim."

Sadık Bey, Dönüş'e bakarak sordu:

"Dövsün mü?"

Dönüş aynı ciddiyetle yanıt verdi:

"Ablam kızar."

"Ablan kızmazsa dövsün diyorsun yani? Demek ki Serdar seni aldatmış!"

Nezahat hala daha fazla dayanamadı.

"Aaaaayyyyy vallahi çıldırıcam! Çocuk ciddi ciddi, *biz boşanıyoruz,* diyor, siz hâlâ işin gırgırındasınız. Yok dövermiş, yok kırarmış. Yavrum Dönüş, söyle kuzum, şaka mı bu?"

"Yok hala, şaka değil."

Nezahat hala hayal kırıklığıyla yığıldı sandalyeye.

"Peki ama neden yavrum? Oğluna, Can'a ne olacak şimdi?"

"Bir şey olmayacak. Serdar bana, bize, size danışma gereği duymamış. İstanbul'a gidiyor. Orada özel bir hastanenin başına geçme teklifi almış. Hastane evini, arabasını da veriyormuş. Sundukları imkânlar çok iyiymiş. Can'ı orada özel bir okula yazdırmak istiyormuş ama ısrarcı olmadı. Ben gelmek istemezsem anlayışla karşılayacağını söyledi. Onun için büyük bir fırsatmış bu. Üstelik buradaki hayatın ona erken bir emeklilik yaşattığını düşünüyordu hep. Fakat ben artık İstanbul'a dönemem. Can'ı da bırakmam."

"Bu yüzden mi ayrılıyorsunuz? Bunun için boşanılır mı?"

"Serdar'ın boşanmak istediğini ama beni incitmekten korktuğu için bu işi kabul ettiğini, hatta kendisinin arayıp bulduğunu düşünüyorum. O aslında bu evlilikten gitmek istedi. İstanbul'a gitmeyeceğimi biliyordu."

"Nasıl bu kadar emin olabiliyorsun?"

"Aslında uzun zamandır hiçbir şeyden emin olamıyorum."

Dönüş her birinin yüzüne baktı. Ellerini şakaklarına dayadı. Sonra tekrar doğruldu.

"Bir süredir, yaşlanıyor muyum, yoksa depresyonda mıyım diye düşünüyorum. Yaşlandığım için mi durgunlaştım, yoksa bir sorunum mu var? Niye kızmıyorum namussuzlara eskisi gibi? Niye sevinmiyorum bahar geldi diye? Şarkılar niye duygulandırmıyor da sıkıyor beni? Niye bu kabulleniş, her şeyi oluruna bırakış? Ne bileyim... Babacım, halacım, sizi üzmek istemiyorum hiç."

Sadık Bey yerinden kalkıp Dönüş'ün yanına gitti. Bir elini omzuna koydu, bir eliyle çenesini tuttu kızının.

"Benim kızım büyüyor da ondan oluruna bırakıyor. Benim kızım beni üzer mi hiç? Üzülüp de bizimle paylaşmazsan üzülürüz biz asıl. Bu ayrılık böyle birden olmamıştır, ha? Yavaş yavaş mı geldi yerleşti hayatınıza?"

Dönüş babasının beline sarıldı. İçinden lav gibi bir hıçkırık yükseldi. Babası saçlarını okşadıkça o lav boğazından göğsüne, sırtına aktı. Gözünden akan yaşları görmesinler diye kafasını babasının karnına gömdü.

Sadık Bey onun saçlarını okşarken, "Çocukken de böyle karnıma saklardı başını. Kocaman kadın oldu, hâlâ aynı. Derya da kıskanır, gelir hemen arkamdan sarılırdı. Hayret! Şimdi hiç oralı değil. Sabah atıştık diye mi kız? Yaptım sonunda kahvaltımı, için rahat etti mi? Gel bakayım, gel sarıl sen de sırtıma," dedi.

Derya kalkıp babasının sırtına sarıldı.

Türkân kardeşlerini ve babasını izlerken hiçbir zaman bu bütünün parçası olamadığını düşünüyordu ki, Sadık Bey gözleriyle yakaladı büyük kızını. Başıyla, *gel buraya,* diye işaret etti. Bir koluyla da Türkân'a sarıldı.

"Siz birbirine sıkı sıkı bağlı birer zincir halkasısınız. Size hiçbir şey olmaz."

Sonra, onlara bakan Kartal Bey'e, "Bükme boynunu oğlum, seni de seviyorum," dedi.

Hepsi gülmeye başladı. Derya kardeşine mutfaktan bir peçete getirdi.

Sadık Bey yerine oturdu.

"Eee, anlat bakalım Dönüş kuzum. Neler oluyor?"

Dönüş burnunu sildi.

"Bugünlerde sokak köpeklerinin gözlerine baktıkça ağlıyorum. Alttan alttan bakan, ürkek, o derin kara gözler kalbimi yerinden söküyor. Hele sokakta bir başına kalmış yavru, genç köpekleri gördükçe içimden kopan hıçkırıklara ben bile anlam veremiyorum. Geçen gece Serdar sakin ve kibarca bana bu haberi verirken ona o köpekler gibi baktığımı fark ettim. O gözlerde istenmemenin saklı olduğunu anladım. Nicedir adını koyamadığım şey buymuş meğer. Beni artık istemediğini anlıyor ama bunu bilmek istemiyormuşum.

"Ben hep, *evlilik böyle bir rutindir,* demişim. *Tamam, mutlu son, artık böyle yaşarız, burada ölürüz,* sanıyordum. Benim sevdiğim şeyleri o da seviyor diye düşünüyordum. Onun sevdiklerini ondan uzaklaştırdığımı fark edemedim. Onun gibi yetenekli ve genç bir doktor, yapmak istedikleri içinde sıkışıp kalmamalı. Benim hastalığım sırasında çok özveriliydi. Çok şeyden, kendinden bile vazgeçti. Aslında ben de onunla giderdim. Onunla her yere giderdim. Ama bana *gel* demiyordu kalbi. Dili söylemesi gerekenleri sıralıyordu. Bazen geç anlıyor insan. Dün gece anladım baba. Biz gitmesek daha iyi olacaktı sanki onun için. *Deneme süresi. Birkaç ay bakarız. Sonra, olursa Can'ı da alırım yanıma, sen de gelir gidersin,* filan dedi. Her hece, her harf, her suskunluk ne çok şey anlatıyor aslında. Bütün gece düşündüm. Serdar son bir yılda çok gergin, sinirli bir insan olmuştu. Siz de fark etmişsinizdir belki. O eski Serdar değildi artık."

Derya başını eğdi. Bir şey söylemek istedi ama o sırada Sadık Bey'le göz göze geldiler. Sadık Bey kafasını sallayarak engel oldu Derya'ya. *Bildiğin ne varsa şimdi kendine sakla,* diyordu gözleriyle. Derya tekrar başını eğip kendi içine saklandı.

Dönüş'ün ağlaması kesilmişti.

"Son zamanlarda tahammül eşiği çok düşük. O benim dünyalar tatlısı, sakin kocam gitti, yaptığım her şeye, her kararıma, her sözüme tepki gösteren, suçlayan bir adam geldi. *Bu böyle olmaz, böyle gitmez,* diyor sürekli. Eskiden daha uzlaşmacı, yapıcı biriyken, kestirip atan bir adama dönüştü. İş gerginliğidir diye düşündüm. Fakat beni olumsuzluklardan o kadar sık sorumlu tutuyor ki, aramızdaki ahengin, dengenin bozulduğunu o suçluluk duygusu ve kaygılarım içinde fark edemedim sanırım. Her şeyin sorumlusu benim ona göre! Ben de ona darıldım içten içe. Belli ettim, bazen dile de getirdim ama bunlar onu daha da kızdırdı. Şimdi anlıyorum ki, Serdar'ın kıyası değişmiş. Beni artık ben olduğum için sevmiyor. Beni birileri ile kıyaslıyor ve elde ettiği sonuçlardan hoşlanmıyor. Bu yüzden bana kızıyor. Beni kıyasladığı biri var mı, o biriyle yakın mı, uzak mı, bilmiyorum. Dediğim gibi, bilmek de istemiyorum. Dün gece kendi kendime ona sormaya karar verdim. Bu sabah uyandığında yanına gittim, *boşanalım mı Serdar, bunu mu istiyorsun,* dedim. Sustu. Sonra da, *böyle istiyorsan ben yine her zamanki gibi senin istediğini yaparım,* dedi. Bu kadar. Böylece bu ayrılığa ben karar vermiş, bunu ona ben söylemiş oldum!"

Kahvaltı masası öylece ortada kalmıştı. Bir kara sinek masanın üzerinde vızıldıyordu. Hiçbiri konuşmuyordu.

Üzerine ağır bir yorgunluk battaniyesi örtülmüş, kuruyup sararan peynirin, ekmek dilimlerinin yanında bin yıl susmaya razı olmuşların tablosuydu bu.

Söylenecek ne vardı artık?

"Bu iş böyle bitmez, aile öyle çabuk yıkılmaz," dedi Nezahat hala, son bir cılız umutla.

"Ben bi' konuşsam mı Serdar'la?" diye yerinden kalktı Kartal Bey.

"Dur, acele etme," dedi Türkân.

Derya başını yerden kaldırdı, ablasına mutfağa gelmesini işaret etti. Masadaki birkaç tabağı, bardağı alıp mutfağa geçtiler peş peşe.

"Makineye koymayın, yumurta kokuyor, elde yıkayın!" diye bağırdı arkalarından Nezahat hala.

Ellerindekini lavaboya bıraktılar.

İçerdekilere duyurmamak için fısıltıyla, "Erdem çok konuştu abla. Bu iş bitmiş. Serdar çok uzun zamandır İstanbul'daki işin peşindeydi zaten. *Gitmem lazım,* diyor başka bir şey demiyor. Çok yalvardık ama olmadı, döndüremedik," dedi

"Dönüş'e niye söylemediniz peki?"

"Erdem, *acele etme, kızı boşuna üzme,* dedi. Zaten biliyorsun, çok durgundu. Babam bile anlamış, bu sabah bana sordu. Bir de... Biz birinden şüpheleniyoruz abla!"

"Hiii!" diye eline ağzına götürdü Türkân.

"Kimmiş? Tanıdık biri mi?"

"Yok, tanımıyoruz. Emin de değiliz çok. Erdem pek ihtimal vermiyor ama ben kadından hiç hoşlanmadım."

"Aaa, daha neler? Tanıştınız mı bir de?"

"Buradan eski ev alacakmış da. Bir gün Serdar bunun kolundan tutup ofise getirdi. Erdem diyor ki, *kadın sevgilisi filan olsa alıp getirir mi*? Belki o zaman değildi ama kadın kesin Serdar'a yakın olma fikriyle böyle ev mev bakıyordu."

Türkân bir gözünü kıstı.

"Sen hep biraz şüphecisindir. Bir ara Erdem'i kıskanıp boşamalara kalktığın bir kadın vardı, halamların komşusu, neydi adı?"

"Yılan Perihan!"

"Hah, bu da onun gibi senin şüphen olmasın?"

"Yok abla, yok. Serdar'a İstanbul'da bu işi o kadın ayarladı. Zaten Edremit'teki işi de o bulmuştu. Kadının işi buymuş, yetenek avcısıymış. Artık hangi yetenekleri seçiyorsa..."

"Dönüş mahvolur!"

"Ya yine hastalanırsa..."

"Allah korusun!"

Nezahat hala kapıda belirdi. "Ne konuşuyorsunuz siz kız fısır fısır? Benden habersiz dedikodu mu yapıyorsunuz? Kız Derya, ne biliyorsun sen bakiim, çabuk anlat. Bu Serdar bir boklar mı yemiş?"

"Yok be hala. Nereden çıkarıyorsun? Dönüş üzüntüden yine hasta olmasa diyorduk."

"Sus! Allah cezanı vermesin! Ağzından yel alsın. Tövbe tövbe, Yarabbi."

Fakat Nezahat hala da korkmuştu. "Yarın bir kurşun mu döksek Dönüş'ün evinde. Bir zeytin dalı tütsüleyelim. Sirkeli sularla sildirelim evi. Belki araları bozulsun diye büyü müyü yaptıran olduysa... Ay yavrum, gül gibi çocuklardı, nasıl nazar değdi? Dur, ben Atiye'yi arayayım da kadın ayarlayalım."

Nezahat hala kendi söyledi kendi dinledi, girdiği gibi çıkıp gitti mutfaktan. İçeriden, "Şu masada kalanları da kaldırın!" diye bağırdı. Atiye'nin numarasını bulmak için kendi odasına girdi.

Türkân ve Derya kahvaltı masasını toplamak için yanlarına gelince Sadık Bey sevinçle seslendi.

"Derya! Şimdi hatırladım. Evet ya, şimdi hatırladım. Annen diyordu ki rüyamda..."

Bir soluk aldı heyecanla, Dönüş ve diğerlerine de bakarak devam etti konuşmaya:

"Dün gece Nesrinciğimi gördüm de rüyamda. Çok güzeldi, saçlarını yaptırmıştı. Sizin çocukluğunuzdaki halindeydi. Sohbet ediyorduk. Fakat birden uyandım, yarım kaldı sohbetimiz. Uyandığımda bir türlü hatırlayamamıştım ne konuştuğumuzu, çok üzülmüştüm buna. Şimdi hatırladım. *Dönüş sınavı geçmiş,* diyordu. *Edebiyat fakültesini kazanmış,* diyordu. *Derya'ya söyleyelim, o da Ankara'yı yazsın, birlikte gitsinler,* diyordu."

Dönüş acı bir tebessümle mırıldandı:

"Rüyanın tersi mi çıktı acaba baba? Dönüş yine kalmış olmasın?"

YOLDA

Defne, Badem'in, beni bırakıp nereye gidiyorsun, havlamalarına, "Hemen geleceğim, iki gün buralar sana emanet. Sakın Dilber ablanın sözünden çıkma, olur mu?" diye yanıt verse de uzun kulaklı Badem yine ikna olmadı.

Defne'nin küçük bavulu dolaptan her çıktığında deliye dönüyordu. Onu bırakıp gideceğini anladığından olsa gerek, ya bir ayakkabı tekini alıp kaçırıyordu ya da bavulu doldurmasına engel olmak için Defne'nin sırtına zıplıyordu.

Her seyahat öncesi aynı konuşmayı tekrar ederdi Defne. Karşısındakini laftan sözden anlayan patili bir çocuk kabul eder, tane tane anlatırdı:

"Bak çocuğum, dönmeyeceğimi düşünüyorsun ama döneceğim. Sen lütfen ben gelene kadar uslu dur. Mamanı ye, suyunu iç ve çok rica ediyorum minderleri, ayakkabıları kemirme! Kimseyle kavga etme. Mahmut'a havlama. Sevmedin gitti şu çocuğu. Yapma, tamam mı! Seni seviyorum."

O konuşurken Badem kuyruğunu sallar, gözlerinin içine bakardı. Fakat ne zaman ki o küçük bavul bagaja yerleştirilir, Defne arabaya oturur; annesi işe giderken apartmanı yıkan çocuklar gibi, annesinin arkasından acı acı havlardı:

Beni bırakıp gitme! Gitmeeeee!

Arabanın ardından bir süre koşar, otelin büyük sürgü kapısı kapanırken aralarında kalan o demir perdenin önünde uzun uzun ağlardı. Defne dönene kadar hayata küser, Dilber'in verdiği mamadan ölmeyecek kadar yer, kendini suya verirdi.

"Su kabında bira olsa, efkârdan içiyor diyecem! Abi ne biçim köpek bu ya?" diye söylenirdi bahçıvan Mahmut. Badem, Defne yokken Mahmut'u bile iplemezdi. Aslında Mahmut'a gıcık olduğundan değil, o havlayınca şişko Mahmut'un zıplamasını, kendinden kaçmasını çok sevdiğinden ona havlayıp duruyordu. Şu koca otelde en komik korkan adam oydu.

Sabahları ona görünmemek için yavaş yavaş duvar dibinden sıvışmaya çalıştığını görünce sessizce yanına kadar gidiyor, sonra tam arkasına geçince başlıyordu havlayıp kovalamaya. Mahmut önde Badem arkada, bir koşturma başlıyordu.

Sonra Defne gelip kızınca hemen gidip minderine otururdu. Zaten yorulmuş olurdu. "Vallahi kulaklarını çekeceğim senin. Ne istiyorsun şu çocuktan? Çok ayıp Badem, Mahmut bizim çalışanımız!" diye azarlardı Defne.

İşte, Defne yine gidiyor diye perişandı Badem. Her gidişinde aynı korkuyu taşıyordu çünkü: *Ya dönmezse?*

O sabah umutsuzca arka patileri üzerine oturdu. *Gözümü gözüne dikersem üzülür kalır belki,* diye boynunu büktü. Ama Defne hiç dönmüyordu ona. Arabanın yanında onu yolcu etmek için bekleyen otel müdürüne ve yardımcısına son notlarını iletiyordu.

"Pazar akşamı dönmüş olurum. Herhangi bir şey olursa iki telefonum da açık zaten. Badem'i yanından ayırma Dilber," dedi. Sonra eğilip Badem'in burnunu öptü.

"Dilber, sen içeri alsan Badem'i. Arabanın ardından koşunca çok üzülüyorum. Gittiğimi görmesin."

Dilber, ona direnen Badem'i sürükleye sürükleye içeri götürdü. Defne arabaya bindi.

Şoför, "Kayseri havalimanı, değil mi Defne Hanım?" diye sordu, emin olmak için.

"Evet evet. Pazar akşamı da oradan alırsın bir aksilik olmazsa."

"Siz hiç merak etmeyin efendim. Müzik açmamı ister misiniz?"

"Yok yok, sessizlik iyidir."

Babası hatırladığı gibi miydi acaba? Mine Hanım ve kızının bu anma törenini düzenlemesi ne trajikomikti. "Yaşadığım sürece o kadın bu aileye giremeyecek!" diyen Rüçhan Hanım'ı *o kadın* yolcu etmişti.

Ve Rüçhan Hanım'ın kendi kayınvalidesini yolcu edişinden daha asildi cenaze töreni. Defne katılmamıştı. Gazetelerden, haftalık cemiyet dergilerindeki fotoğraflardan takip etmişti. Doktorların tahmininden uzun yaşamıştı Rüçhan Hanım. New York'tayken birkaç hafta içinde ölecekmiş gibi konuşuyordu ama neredeyse bir yıla yakın mücadele etmişti hastalıkla. Üstelik kemoterapi de almamıştı.

Hey gidi koca Rüçhan! Kolay kolay bırakır mıydın sen dünyanın yakasını? İşte şimdi gerçekten vedalaşacağız seninle. 'O kadın'la ilk defa karşılaşacağım bugün. Biliyorum, elinde olsa asla izin vermezdin böyle bir şeye. Ama ne kadar müdahale etmek istesen de hayat senden daha inatçı be babaanne.

Çantasındaki dosyaları kontrol etti. Hepsi düzgünce hazırlanmış, büyük bir zarfa konmuştu.

Babaannesinin ölüm haberini Kartal Bey vermişti Defne'ye. O günlerde Defne otelde işleri oturtmak için kolları sıvamış, her birimde, herkesle birlikte kan ter içinde çalışıyordu. Şarap kavlarını düzenliyorlardı cep telefonu çaldığında.

"Babacım yarım saate arasam seni?" diyerek açtı telefonu ama Kartal Bey onu dinlemedi bile.

"Defne yavrum başın sağ olsun. Rüçhan Hanım vefat etmiş. Biliyorum, beklenen bir şeydi ama yine de üzücü tabii."

Defne, babaannesiyle New York'ta görüştüğünü çok detaylandırmadan anlatmıştı ailesine. Hasta olduğunu, vedalaşmaya geldiğini, mirasından ona düşen payı alt soydaki ilk sıra babasının olduğu için hemen devretmek istediğini ama kendisinin kabul etmediğini söylemişti bir tek.

"Üzüldüm. Allah rahmet eylesin."

Dudaklarından dökülen sıradan kelimeler sıra dışı bir hayranlıkla, nefretle, kinle, özlemle sevdiği babaannesinin gidişi için hissettiklerinin asla karşılığı değildi.

Otelin altındaki taştan oyma mahzende, tozlu ve yıllanmış şarap şişeleri arasında hıçkırarak ağlamak isteyen, on bir yaşında bir kız çocuğuydu aslında.

Kartal Bey konuşmaya devam etmişti:

"Ben avukatımla konuştum. Eğer ondan kalanlardan pay istemiyorsan, özel bir vasiyet bırakmış bile olsa reddetmek için üç ayın var. Üç ay içinde reddi miras davası açmazsan..."

"Babacım zaten Somer Bey..."

"Bırak şimdi Somer'i filan. Onlardan önce bu hamleyi yapmanı istiyorum. Vasiyetin açılıp okunmasını beklemeden. Lütfen. Bugün her şeyimi senin üstüne geçiririm. Ben de yazdım vasiyetimi, her şeyim senin ama onların hiçbir şeyini alma. Avukatıma bir vekaletname gönder bugün, hemen. Çok rica ediyorum. Duydun mu beni? Sende birazcık hakkım varsa, ne olur dediğimi yap!"

"Baba ben zaten bir şey istemiyorum onlardan. Hem oğlu hayatta. Diğer torunu da var. Bunu açıkça dile getirdim. Anladı."

"Sana anladım demiştir. Ben biliyorum. Bunun vasiyeti açılıp okunacak, ondan sonra Somer ve ailesi sana dava açacaklar. Benim asabım yine bozulacak. Huzurumuz kaçacak. Biz onlardan önce davranalım. Biz yarın sabah davamızı açalım, onlara yasal belge gitsin, ben de rahat edeyim. Olur mu kızım?"

Defne karmakarışık duygular içindeydi.

"Tamam baba," diyerek kapattı telefonu. Üstü başı toz içindeydi. Odasına gidene dek Kartal Bey gerekli bütün bilgileri telefonuna göndermişti bile. *Hemen gönder, bu akşam elimde olsun* diye yazmıştı.

Rüçhan Hanım belki de hiçbir şey bırakmamıştı Defne'ye ama bu hamle madem bu kadar önemliydi Kartal Bey için, elbette dediğini yapacaktı.

Noterden aldığı vekaletnameyi gönderdiğini haber vermek için aradığında onu kalbinden bir kez daha vuran, kendine daha da derinden bağlayan bir konuşma yapmıştı Kartal Bey.

"Teşekkür ederim kızım," demişti. "Gözünün, gönlünün tokluğunu biliyorum. Sen gerçekten kızımsın, bu aile hakikaten ailem. Ben sizi beni daha çok sevin diye sevmiyorum, biliyor musun? Deden, teyzelerin, yeğenler, Nezahat hala... Bozulmasından çok korktuğum bir emanet gibisiniz bana. Sizi sevdikçe daha mutlu, daha iyi biri oluyorum.

Bu davayı açarak yıllar önce bu ailenin onurunu defalarca kıran, ayaklar altına alan o aileye bir yanıt vereceğiz kızım. Annen için, anneannen için, deden için yaptın sen bunu. Türkân para için evlenmemişti o adamla. Ne Nesrin Hanım'ın, Sadık Bey'in ihtiyacı vardı onların parasına ne de şimdi torunlarının var."

Defne değil bir kelime etmek, yutkunmakta dahi güçlük çekiyordu. Güçlükle kendini toparladı.

"Baba... Senin hiçbir şeyin olmasa da... Sen dediğin anda ben bunu yapardım. Seni çok seviyorum. Allah'a emanet ol."

Kartal Bey'in yanıtını beklemeden kapattı telefonu.

İkisi de telefonun iki ucunda dolan gözlerini sildi.

Avukat davayı açtı, karar çıktı, karar ailenin avukatlarına iletildi fakat onlardan hiçbir tepki gelmedi. Hiç!

Bir yıl sonra anma törenine çağırmaları onlardan gelen ilk hareketti. Defne özellikle ailesine söylememişti bu çağrıyı. *Gündüz törene giderim, çıkınca da doğru Ayvalık'a geçer, her şeyi anlatırım,* diye düşünmüştü. Aldırdıkları ret kararından sonra neler yaşandığını, neler olup bittiğini o kadar merak ediyordu ki... Bu yüzden kararın örneğini çıkartmış, tören sonrasında Somer'e vermek için yanına almıştı. Bu mesele Kartal Bey'in istediği o sonuç için yüz yüze bitirilmeliydi.

Uçağa bindiğinde, neler olabileceğini düşünüyordu. Acaba törende kim konuşacaktı? Rüçhan Hanım'ın hayatını *o kadın* anlatırsa ne komik olurdu.

Uçak İzmir'e tam vaktinde indi. Önünde üç saatlik bir araba yolculuğu vardı. Alanın kapısından çıkar çıkmaz, tanımadığı, gözlüklü bir adam hemen yanına geldi. "Hoş geldiniz Defne Hanım. Ben alayım bavulunuzu. Buyurun, araba şu tarafta." Adamın kendisini tanımasına şaşırmıştı. Adının yazıldığı bir kart aramaya hazırlanıyordu oysa.

Çok lüks bir arabanın kapısını açtı güneş gözlüklü adam. Defne oturduktan sonra kendisi de ön koltuğa, şoförün yanına geçti.

Şoför, "Hoş geldiniz Defne Hanım," dedi ve arabayı çalıştırdı. Diğeri gözlüğünü çıkarıp arkaya döndü:

"Yolumuz uzun. Daha önce uğramak istediğiniz bir yer var mıdır? Bir kahve içmek ister misiniz?"

"Yok hayır, istemem. Adınızı öğrenebilir miyim?"

"Teoman efendim. Kiraz Hanım'ın asistanıyım."

Kiraz Hanım...

Adı hiç geçmeyen, konuşulmayan *o kadın*'ın kızı. Yıllar önce o dergide babasının dizi dibinde oturan üvey kardeşi. *Kiraz...*

Kendi kendine tekrar edip duruyordu ismini. Adı geçmeyince yokmuş gibi yapabildikleri, yok sayınca önemsemedikleri, önemsemeyerek varlığının acısını görmezden geldikleri Kiraz...

Ama vardı. Dünyanın bir yerinde Defne'yle aynı kanı taşıyan, adı anılmayan bir Kiraz yaşıyordu.

Ondan iki yıl önce dünyayı selamlamış bir kız çocuğu. Defne'nin üvey kardeşi. Defne çocukken herkesten saklanan, yıllar sonra kabul gören, Rüçhan Hanım öldükten sonra Defne'yi karşılamak için asistanını gönderecek kadar aileyi temsil eden Kiraz.

Kiraz Hanım...

Nasıl hitap edecekti ona? *Abla dermişim!* Kendi kendine gülümsedi.

O sırada Teoman yine Defne'ye döndü:

"Ayvalık'ta durup ailenize uğramak ister misiniz?"

"Sağ olun, *akşam yemeğine evde olurum,* dedim. Vakit kaybetmeyelim."

"Aaa, Kiraz Hanım sizin için büyük konakta akşam yemeği hazırlatıyordu. Kalacağınızı düşünüyorlardı ama..."

Defne şaşırdı. *Akşam yemeği mi?*

"Bana sadece anma töreni için davet geldi. Dolayısıyla böyle bir program yapmadım. Hatta mümkünse tören biter bitmez Ayvalık'a bırakabilir misiniz beni diye soracaktım."

"Tabii efendim. İzniniz olursa Kiraz Hanım'a bu durumu ileteyim."

Vay vay vay... Akşam yemeği? Demek dostça bir karşılama olacak. E tabii, o kadar paradan vazgeçince düşmanlık mı kalır? Belki Somer istemiştir. Vicdan yapmıştır.

Defne düşünceleri içinde kaybolmuşken Teoman, "Tamam efendim, Kiraz Hanım, öğlen yemeğinde ağırlayalım o halde, dedi. Doğruca konağa geçeceğiz."

"Anma töreni ne olacak?"

"*Yemekten sonraya alırız,* dedi."

"Aaa! O kadar insan? Olur mu öyle şey? Ben bir şey yemem, lütfen iletin. Biz doğruca tören binasına gidelim. Nerede olacak? Fabrikada mı, çiftlikte mi?"

"Ayvacık'taki köy evinde olacak efendim. Sadece aile arasında bir anma. Birkaç kişi olacak sanırım. Fabrika ve çiftlikte tören yok. Bu sene Rüçhan Hanım adına Körfez köylerinde yaşayan beş yüz kız çocuğuna ömür boyu eğitim bursu verildi. Kiraz Hanım şirketin sosyal politikalarını yönetiyor. *Bu tür özel, önemli günleri hamasetten kurtarmak gerek, anlam yüklemeyi biz yapmalıyız,* dedi. Bu sene resmi anmamızı burslarla yaptık."

"Kiraz Hanım şirketin sosyal politikalarını yönetiyor dediniz. Ne yapıyor tam olarak?"

"Çok genç bir ekibiz efendim. Ama kısa sürede çok başarılı işler yaptık. Bu sene kadın işçilerimizin çocukları için fabrikalarımıza yakın kreşler kurmayı planlıyoruz. Bedelsiz olarak bırakabilecekler. Böylece daha çok kadın işçi istihdam edebileceğiz. Organik tarımda ve zeytin işlemede makineden çok insan iş gücüne değer veriyoruz. Tabii ki amacımız var olan sistemi bozmak değil. Yeni oluşumları biraz böyle ayrıştırmak istiyoruz. Aynı şekilde geri dönüşüm bilincini yerleştirmeye de çalışıyoruz. Projelerimiz çok aslında. Bugünlerde en çok kendi enerjimizi üretmek adına heyecanlıyız. Aslında Kiraz Hanım kendi de anlatır, kusura bakmayın, ben heyecanla biraz gevezelik ettim."

"Rica ederim, çok etkilendim anlattıklarınızdan. İşinizi seviyorsunuz."

"Evet, hem de çok. Kiraz Hanım hepimizin gelecekte çok önemli işlere imza atacağını düşünüyor. O yüzden hepimizin her işi yapması, öğrenmesi gerektiğini söylüyor. Onun yanında asistan olarak çalışan beş kişiyiz. Birbirimizden iş kapıyoruz. Ben gıda mühendisiyim mesela. *Kardeşimi İzmir'den buraya kim getirecek,* diye sorunca hemen gönüllü oldum."

"Neden?"

"Çünkü yüzünüzü bizim ekipte bir tek ben biliyorum. Sonbaharda arkadaşlarımla Kapadokya turuna katılmıştım. Sizin otelde kalmıştık. Kiraz Hanım sizinle çok gurur duyuyor. *Kardeşim çok özel bir otelin yöneticisi, oteldeki kültür sanat hizmetleri nedeniyle ödül aldı,* diye anlatırken, *biliyorum, ben kaldım orada,* dedim. O da, *görev senin o zaman,* dedi."

Defne sustu.

İçindeki sorular yerlerine çekilmiş, bu kez de duyguları en çıplak halleriyle ortaya çıkmıştı. Duyguları ve düşünceleri, *ben senden daha güçlüyüm* itişmesi içinde Defne'nin zihnini bulandırıyor, düzgün düşünmesine izin vermiyorlardı.

Arabanın penceresini açtı. Biraz temiz hava almak istedi.

Sahi hangi duygusu en güçlüsüydü?

Şaşkınlık?

Öfke?

Merak?

Kıskançlık?

Yenilgi?

Korku?

Merak zarifçe aralarından sıyrıldı, şaşkınlığı bile aşıp ön sıraya geçti.

Evet, Defne delice merak ediyordu onu bekleyen öğleden sonrayı, Kiraz Hanım'ı ve göreceklerini.

"Ne kadar vaktimiz kaldı Teoman Bey?"

"Bir saat sonra konaktayız efendim."

Bir saat...

SADIK BEY'İN SORGUSU

Dönüş, kardeşleri masayı toparlarken, "Ben de çıkayım, işimin başına geçeyim baba. Derya, geliyor musun, bekleyeyim mi seni?" diyerek ayaklandı.

Derya, bir gözü Türkân'da, "Benim ilk görüşmem öğleden sonra, sen çık," diye yanıt verdi.

Dönüş'ü yolcu ettikten sonra Sadık Bey aile komutanı olarak ayağa kalktı ve direktiflerine başladı.

"Derya, ara kocanı, hemen buraya gelsin."

"Erdem şimdi çalışıyordur baba, işini bırakamaz."

"Bıraksın!" diye gürledi Sadık Bey.

Derya derhal sindi ve telefonunu almak için çantasına yöneldi.

"Türkân git halanı çağır, o da buraya gelsin."

"Bir arkadaşıyla konuşacaktı ama..."

"Yahu itiraz etmesenize bana! Çağır dedim!"

Türkân yerinden fırladı, içeriye halasını almaya koştu.

Kartal Bey kayınpederinin yanına gitti.

"Niye sinirlendiniz baba? Bir şey mi oldu?"

"Yahu Kartalcığım, şu ailede en güvendiğim insan sensin. Her kararımı sana danışır, sana bırakırım. Şimdi ölüp gitsem gözüm arkada kalmaz."

"Tövbe deyin, söylemeyin öyle şeyler, Allah korusun."

"Şurada Dönüş'ün ailesinin dağıldığını beraber haber almadık mı? Çocuk ağlayınca biz de onunla ağlamadık mı? Sen demin Serdar'ı bulmak için kapıdan çıkmıyor muydun?"

"Evet."

"O halde neden bana, *baba bir şey mi oldu,* diye soruyorsun? Daha ne olsun?"

Kartal Bey kayınpederini alttan alarak koluna girdi, koltuğuna götürdü.

"Aşk olsun baba! Ben sizin ayrıca başka bir şeye sinirlendiğinizi düşündüm. Gözümden kaçan bir şey mi var diye merak ettim. Ama siz sinirlenince iyi olmuyor, biliyorsunuz. Şöyle bir oturun. Derya bir kahve yapsın."

"Yapmasın!"

"Yapsın, yapsın!"

"Yapmasın yav, istemiyorum."

"Tamam yapmasın."

Kartal Bey cepheden geri çekilmesi gerektiğini anladı. Kanepede onları izleyen Derya'nın yanına oturdu.

"Aradın mı kızım kocanı?"

"Aradım baba."

"Geliyor mu?"

"*On dakikaya gelirim,* dedi."

"İyi."

Türkân ve Nezahat hala da girdiler içeri.

"Ay abi, Atiye'yle konuşuyordum. Kurşun döktürelim Dönüş'ün eve diye. Çocuklara nazar değdi. Türkân da konuşturmadı ki, *babam çağırıyor, hadi, hadi,* diye çekiştirip durdu kolumdan. Ayıp oldu kıza da."

"Hala ama sen başka bir konuda konuşuyordun. Babam *hemen getir,* deyince acele ettim."

"Ay, kız uykusuzluk çekiyormuş. Melisa çayı iç dedim. Meğer oğlu memuriyet sınavlarında yeterli puan alamamış. Yine işe giremeyecek diye dertlenmiş. Uykuları ondan kaçıyormuş. Oğlanın sevdiği kız varmış da. Babası devlet bordrosu olmadan vermiyormuş kızı. Dedim, ayol kredi mi çekiyorsunuz, kız mı alıyorsunuz? Kefil olalım da, alalım kızı. Hahahahah. Ay neyse, iki güldük. Ondan sonra dedim ki... Ay ne dedim? Unuttum."

"Neyse hala, babam istedi seni işte."

"Ne oldu abi, niye çağırdın beni?"

Sadık Bey hepsine tek tek baktı. Kafasıyla Kartal Bey'e yanındaki boş berjeri işaret etti.

"Sen şuraya otur."

Kartal Bey hemen fırladı, ikinci adam olarak başkumandanın sağındaki yerini gururla aldı.

"Derya, sen ayağa kalk. Türkân ve Nezahat, siz ikiniz de şu kanepeye geçin."

Derya da ayağa fırladı. Türkân ve halası el ele kanepeye geçip oturdular.

Sadık Bey tekrar Derya'ya döndü.

"Şuradan iki sandalye çek, yan yana koy, şöyle karşımıza."

Derya denileni yaptı.

Hepsi soru dolu gözlerle Sadık Bey'e bakıyordu. Fakat o konuşmuyordu. Birbirlerine kaş göz ederek *nedir, ne oldu,* diye sorarlarken Kartal Bey, *susun, idare edin, çok sinirli,* dedi aynı kaş göz işareti diliyle. Aile kadınlarının konuşmadan anlaşabilme lisanını çoktan öğrenmişti. Artık onlardan biri olmanın rahatlığı içinde Nezahat halaya son mesajı iletti: *Babam dinamit gibi halacım, çok fena çok!*

Haaaa, öyle mi, diye yine hiç konuşmadan yanıt verdi Nezahat hala gözlerini kocaman açarak.

Kartal Bey başını eğip kaldırdı, sonra da dudağını ısırdı. Beş on dakika hiç konuşmadan oturdular. Nezahat hala kalkıp saatin tozunu almak istedi ama Sadık Bey'in sert bakışlarıyla yerine döndü hemen. Hepsine âdeta yüz yıl gibi gelen sessizlikle dolu on beş dakikanın ardından kapı zilinin sesi duyuldu. Derya kapıya koştu.

Erdem, "Ne oldu baba, beni istemişsiniz?" diyerek telaşla girdi içeri.

Sadık Bey sandalyeleri işaret etti.

"Siz Derya'yla ikiniz oturun bakalım şöyle."

Erdem endişeyle karısına baktı. İkisi de söyleneni yaptı.

Sadık Bey ailesini bir kez daha süzdükten sonra konuşmaya başladı:

"Derya, Erdem, önce siz, sonra da diğerleriniz, Dönüş'ün yaşadığı bu ayrılık meselesiyle ilgili ne biliyorsanız şimdi bana tek tek anlatacaksınız."

Erdem hemen atladı:

"Babacım ne bilebiliriz? Ayrılıyorlar mıymış? Şimdi sizden duydum."

Daha devam edecekti ama Derya araya girdi:

"Erdem bizim bir şeyleri tahmin ettiğimizi ve senin bu konudaki çabanı ablamla babama söyledim. Tam detayıyla anlatmadım. Dönüşler boşanma kararı almışlar da..."

"Hadi canım? Boşanma mı? Bu kadar çabuk mu? Konuşmuşlar mı? Dönüş mü söyledi?"

"Evet evet."

"Yapma ya!"

Erdem'in yüzündeki hakiki üzüntüyü görünce Sadık Bey damadının bu meseleye uzun zamandır vâkıf olduğunu anladı.

"Erdem, oğlum, biz üzülürüz diye saklamayın hiçbir şeyi. Başından bilirsek, yapabileceğimiz bir şey varsa yaparız. Ama her şey olup bittikten sonra sonucunu öğrenirsek üzücü olur. Bak, bütün aile bir aradayız. Serdar'ı çok sevdiğini biliyorum. Hepimiz çok seviyoruz. Hep söylüyorum, benim üç kızım varsa üç de oğlum var çok şükür diye. O yüzden, lütfen Serdar'ı korumak adına bizden bir şey saklama, saklamayın. İkiniz de ne biliyorsanız anlatın. Başka biri mi var?"

Erdem ve Derya aynı anda konuştu:

"Evet."

"Hayır."

Sadık Bey içini çekti.

"Var mı, yok mu?"

Karı koca yine aynı anda konuştular.

"Olabilir."

"Sanmıyorum."

Sadık Bey sinirlenmeye başlamıştı ki, Kartal Bey söze girdi:

"Babacığım, çok özür dilerim, araya giriyorum ama belli ki Derya ve Erdem farklı düşünüyorlar. İsterseniz tek tek anlatsınlar. Önce Derya anlatsın. Sonra da Erdem'i dinleyelim. Sonra hep beraber değerlendirelim. Olur mu?"

Sadık Bey kafasıyla *olur* dedi, eliyle Derya'ya *başla* işareti verdi.

"Vallahi babacığım, sabah size söylediğim gibi. Dönüş'teki durgunluğun bir süredir biz de farkındaydık. Ben yeniden mi hastalığı nüksediyor diye telaşlandım. Kontrollerini yeni yaptırmış, çok şükür hiçbir şeyi yok. Erdem'le de bu kaygımı paylaştım. Onlar Serdar'la çok yakındır, bilirsiniz. *Bir ağzını yoklasan,* dedim. Bizim bilmediğimiz bir şey mi var acaba diye. Erdem biraz konuşmuş, hep işle ilgili sıkıntılarından bahsetmiş. Buradan sıkıldığını söylemiş. *Gitmem lazım,* demiş. Ona İstanbul'daki işi bulan kadını bir gün benim ofise getirdi. Buradan ev alıp yaptırmak istiyormuş da hanımefendi. Benim gözüm pek tutmadı. Fazla hayran hayran bakıyordu Serdar'a. Sevmedim yani kadını. Ev yok şimdi, olursa söylerim Serdar'a, dedim. *Aa, biz zaten sık görüşüyoruz. Buradaki hayatlarına hayranım,* filan dedi. Yani bana Serdar'a yakın olmak için buraya yerleşmek istiyor gibi geldi, bilmiyorum ama. Erdem'e de söyledim. O da bana, *olur mu öyle şey, Serdar öyle bir adam mı, sevgilisi olsa alıp yanına mı getirecek,* dedi."

Nezahat hala lafa girdi.

"Ay sen kıskançsındır. Şu bizim komşu kadını da kıskanmıştın da Erdem'den boşanmaya kalkmıştın. Böyle sinsi fikirlerini kardeşinin kafasına sokma hiç."

Derya'nın tepesi attı.

"Hala şimdi babamın önünde saygısızlık etmek istemiyorum ama o yılan Perihan'ı sen soktun içimize. Yalan mı? Erdem için, *ay böyle kocam olsa vallahi göz açtırmam,* diye diye az canımı sıkmadı. Hem sinsi ne demek Allah aşkına?"

"Aman sen de. İş güç sahibi koskoca mimar kadın, genel müdür yardımcısı olmuşsun, koca götlü Perihan'ı kıskanıyorsun! Peh!"

Erdem hayatının hatasına yaparak, "Halam doğru söylüyor," dedi.

Derya gözlerinden ateşler saçarak Erdem'e döndü. Erdem yutkundu.

"Halam doğru söylüyor... Çünkü... Seninle kıyas kabul etmezdi demek istedim."

"Halamın ne dediğini ben de duyuyorum Erdem!"

Karı koca büyük bir kavgaya tutuşmak üzereyken Sadık Bey müdahale etti:

"Derya, Erdem! Konuyu dağıtmayın. Geçmiş gitmiş bir mesele. Nezahat sen de uyuzu kaşıma oturduğun yerde! Derya yavrum, halan kötü niyetle söylemedi. Biz tabii ki senin o dönem ne hissettiğini, neler yaşadığını bilemeyiz. Senin için de zor günlerdi. Bak şimdi ne güzel yeni bir hayat kurdunuz, çok şükür. Eskileri anarak bugünü zedelemek manasız değil mi?"

Derya başını salladı.

"Senin Dönüş'e nazaran olaylara, insanlara daha şüpheci, daha temkinli yaklaştığını biliyoruz. Aşırı şüpheci davranıp kardeşini yanlış düşünmeye sevk etme demek istedi halan. Değil mi Nezahat?"

"Haa evet. Ben senin gibi güzel söyleyemedim ama."

"Tamam, şimdi konumuza dönelim. Derya'nın düşünceleri bunlar. Erdem, sen anlat oğlum şimdi."

Erdem kafasını kaşıdı.

"Vallahi babacığım, bu aşamaya bu kadar çabuk gelebileceklerini tahmin etmemiştim. Serdar'ı bir süredir çok sıkıntılı görüyorum. Arkadaşlarla yemeğe, yelkene, balığa çağırıyoruz, gelmiyor artık. Birkaç kez konuşmak istedim, döndü dolaştı her seferinde buradan gitmek istediğini söyledi. Geçici bir hevestir, ikna ederiz diyordum. Fakat Derya'nın bahsettiği hanım ona İstanbul'da çok iyi bir iş buldu. Serdar da bu fırsatı kaçırmak istemedi. Kadın başka amaçla mı iş bulmuş, orasını bilemem. Buradaki hayat, bacanağı sıkmaya başladı sanırım. Serdar'ı korumak için söylemiyorum ama ben o kadınla duygusal bir ilişkisi olduğunu düşünmüyorum. Öyle bir adam değildir o. Gözünün içine baktığı karısını, çocuğunu bırakacak bir adam değildir yani. Öyle bir şey yaşayacak olsa, aksine aşkını içine gömüp ailesini seçer. Ben böyle düşünüyorum."

"Anladım," dedi Sadık Bey. "Peki, biz aile olarak ne yapmalıyız sizce? Dönüş çok gönüllü değil bence. Serdar'ın ayrılığı istediğine inanmış, o yüzden dili öyle söylüyor gibi geldi bana."

"Bence de," dedi Türkân.

"Aynı fikirdeyim baba," diyerek karısını onayladı Kartal Bey.

"O zaman şöyle yapalım: Bu akşam Defne de burada zaten, değil mi? Aile yemeğinde çaktırmadan eski günleri konuşalım. Bakalım Serdar da duygu olarak Dönüş'ün anlattığı gibi mi? Eğer bir kriz yaşanıyorsa hep birlikte bunu çözeriz. Kızlarıma ne kadar güveniyorsam, oğullarıma da güveniyorum. Bir hali yolu bulunur inşallah. Siz şimdi kalkın, torunumun sevdiği yemekleri yapın. Hadi hadi, herkes iş başına!"

Sadık Bey kardeşine döndü:

"Nezahat sen de her ihtimale karşı kurşun murşun döktür. Dua zinciri, muska arama işleri yine sende. Haydi bakalım, git ara Atiye'yi. Bana bak, unutma ha, *nazar için kurşun dökeceğiz,* diyeceksin. Kadına kredi çektirmeyeceksin, anladın mı?"

REDDEDİLİŞİN İKİ KIRGIN UCU

Araba konağın kapısına yanaştı.

Güm, güm, güm... Defne'nin kalbi kulaklarında, boğazında atıyordu.

Teoman fırlayıp kapıyı açtı, arabadan inmesine yardım etti.

Defne'nin bütün vücudunu ter bastı.

Bir adım atmıştı ki, konağın oymalı dev kapısı açıldı.

Dışarı kırmızı rujlu, saçları ensesinde toplu, kolyelerle bezeli siyah ipek gömleğiyle genç Rüçhan çıktı.

Kollarını iki yana açmış, gülerek Defne'ye doğru yürüyordu.

Defne donup kalmış, ona yaklaşan *babaannesine* bakıyordu.

Ne tuhaf bir rüya bu? Babaannem hiç bu kadar güleç, güzel olmadı ki...

Babaannesi ona sarıldı.

Hayret... Sanki o kuru ağaçtan gövdeye su vermişler. Gençleşmiş. Kokusu değişmiş.

Babaannesi elini tutarak konaktan içeri çekti onu. Konuştuklarını tam anlayamıyordu.

Çünkü rüyadayım. Belki de babaannem gençken böyle güzeldi.

"Sen iyi misin? Defne? Yol mu tuttu?"

Defne uyandı.

Genç babaannesi karşısında endişeyle ona bakıyordu.

Yoksa Kiraz mı bu?

"Tuvalete gidebilir miyim?"

"Tabii, tabii. Defne Hanım'a eşlik edin hemen."

"Elbette Kiraz Hanım."

Tuvaletin altın varaklı aynasında kendine bakarken, duyduğu son cümleyi tekrar etti: *Elbette Kiraz Hanım.*

Bu benzerlik inanılır gibi değildi. Babaannesinin cenaze töreni sırasında çekilmiş fotoğraflarda gördüğü bütün kadınlar siyah gözlüklü, siyah eşarplıydı. Adını bile anmadığı, neye kime benzediğini bir gün bile düşünmediği üvey kardeşinin varlığıyla ilk kez karşılaşmak için zar zor topladığı duygusal gücü bu benzerlik karşısında tamamen kaybetmişti.

Ama kendine gelmek zorundaydı. Ellerini yıkadı, gömleğini, ceketini düzeltti. Dışarı çıkmadan önce derin bir nefes aldı.

Babaannesinin konağı, eski pek çok eşya ana hatlarıyla korunarak yenilenmişti. Onu, babaannesinin meşhur kahve odasında bekleyen Kiraz'ın yanına götürdüler.

Şu odanın dili olsa da anlatsa, *neler neler yaşandı bu evde. Kimler geldi geçti, ne bedeller ödediler bu koltuklarda.*

Kiraz, Defne içeri girince ayağa kalktı.

"Seni büyük bir heyecanla bekledik, ne yalan söyleyeyim. Annemle babama, *izin verin biz önce iki kardeş bir tanışalım,* dedim. Onlar bize yemekte katılacak. Tekrar hoş geldin Defnecim."

Defne bu yakınlıktan huzursuz oldu bir an. Buna hazırlıklı değildi.

Belki de samimi değildi bu kadın. Belki bir stratejiydi bu. Belki herkese aşırı yakınlık gösteren yüzeysel insanlardan biriydi.

"Hoş bulduk. Kiraz Hanım ben daha resmi bir tören olacak sanıyordum. O yüzden zaman planımı da o şekilde yaptım. Davetinize teşekkür ederim ama yemeğe kalmasam?"

Kiraz'ın yüzü gölgelendi.

"Ben heyecanla sınırımı biraz aştım mı acaba?"

"Yooo... Sadece... Dediğim gibi, kendimi daha resmi bir törene hazırlamıştım. Doğrusu bu kadar candan bir karşılama beklemiyordum. Hem buna şaşkınım hem de..."

Sustu. Söylese mi, söylemese mi, karar veremedi.

"Hem de?"

"Babaanneme ne kadar benziyorsunuz. Siz ondan çok daha güzelsiniz tabii. Ama böyle kapıda aynı topuz, aynı kırmızı ruj, siyahlar içinde, onun kolyeleriyle görünce..."

Kiraz'ın elleri kolyelere gitti. Yüzü daha da gölgelendi.

"Kendisi vermişti bunları, ölmeden önce."

Defne karşısındaki kadını kırdığını anladı.

"Yanlış anladınız. Doğru ifade edemedim sanırım. Yani ona o kadar benziyorsunuz ki... Üstüne bir de onda görmeye alıştığım bir stille karşılaşınca... Siz çok daha modernsiniz elbette. Kısaca çok şaşırdım."

Kiraz güldü.

"O da çok şaşırmıştı. Annemle babamın nikâhına kadar beni görmeyi reddetmişti, biliyorsundur. Nikâhta bana bakmamıştı bile. Hastalığından kısa bir süre önce bir gün çiftlikte at binerken görmüş beni. *Kim bu kız,* diye sormuş."

Bir kahkaha attı.

"Düşünebiliyor musun, o kadar yok sayıyor ki beni, *bu kız kim,* diye soruyor. *Torununuz,* diyorlar. *Vay canına, amma da bana benziyormuş, güzel at binerdim ben de,* diyor. O gün tesadüfen görmese benimle ilgili hiçbir fikri olmadan ölecekti."

Kiraz'ın bu hikâyeyi gülerek anlatışı bir saklanma mı, yoksa bir savunma mıydı?

"Ben belli bir yaşa kadar yanındaydım, biliyorsunuz. At binmeyi severdi. Ama bir şey olur diye bana izin vermezdi."

"Evet, sana çok düşkün olduğunu herkes anlatır. Kendi de söylerdi zaten."

"Size mi söylerdi?"

"Defne..."

"Efendim?"

"En azından *siz* diye hitap etme bana, lütfen. Ben bugün gelmeni, seninle görüşmeyi çok istedim. Geçmişte yaşadığımız trajik bir hikâye ve onun hasarları elbette sürüyor. Babaannemizin varlığı bizi ayırdı, doğru. Ama aynı zamanda ondan taşıdığımız parçalarla birbirimize bağlanıyoruz. Belki arkadaş olmayı deneyebiliriz, ne dersin?"

Enteresan bir kadındı bu Kiraz aslında. Defne ona daha dikkatli bakma ihtiyacı duydu. Eli kolu Rüçhan Hanım gibi bilezikler, yüzüklerle doluydu. Kısa paçalı, dar pantolonu babaannesi gibi incecik olduğunu ortaya çıkarıyordu. Modern kesimli siyah ipek gömleğin onunkilere benzeyen tek yanı, kol boyunun dirseğe yakın başlamasıydı. *Truvakar kol,* derdi Rüçhan Hanım. Ha, bir de Kiraz, babaannesinin topuklu ayakkabılarının aksine siyah düz ayakkabılar giymişti. *Daha modern bir Rüçhan.*

Elini kolunu kullanışı, kahkahası, kullandığı kelimeler...

Düşündüğü gibi art niyetli, samimiyetsiz biri olmayabilirdi pekâlâ. Zaten Teoman da yolda ne kadar sevgiyle bahsetmişti ondan.

"Defnecim, birazdan yemeğe oturacağız diye hiç sormadım ama kahve içer misin?"

"Madem yemek kaçınılmaz, çok geç kalmadan oturalım o halde. Ben de çok gecikmeden Ayvalık'a, ailemin yanına gideyim."

"Tabii. Yemekte bize çocuklarım da katılacak. Eşim yurt dışında ne yazık ki."

"Aaa, çocukların mı var?"

"Eveeettt! Beş yaşına girdi ikizlerimiz. Leo ve Deniz. Şimdi gelirler. İzin verirsen ben son kontrollerimi yapayım, annemle babamı da alıp öyle ineyim aşağı. Sonra hemen geçelim masaya."

"Tamam, tabii."

Defne odada yalnız kaldı. Her yaz Edremit'teki bu konakta çocukluğun kaygısız neşesi içinde koşturup dururdu. Öğleden sonraları babaannesi bu odada otururken onu dizine yatırır, denize bakarak Suzan'ın misafirleri konuşturmasını dinlerdi. O vakitler mavi kadife kaplıydı koltuklar. Şimdi lacivert-beyaz çiçekli ve çizgili kumaşlarla döşenmişlerdi. Daha neşeli bir oda olmuştu bu haliyle.

Defne etrafını incelerken dadılarının elinden tutmuş iki tatlı çocuk girdi içeri. Dadıları İngilizce, "Misafirimizi selamlayın ama lütfen Türkçe söyleyin," dedi. Çocuklar, "Hoş geldin," dediler.

Kız olan pembe beyaz bir elbise giymişti. Saçları lüle lüle, sarı sırmalar gibi omuzlarına dökülüyordu.

Defne'ye yaklaşarak "Sen bizim teyzemiz misin?" diye sordu. O kadar şeker, o kadar tatlıydı ki... Defne elini uzattı.

"Evet, ben Defne teyzenizim."

"Annemin kardeşi misin?"

"Evet."

"Ben sana benziyor muyum?"

"Bilmem. Sen çok güzelsin. Keşke ben sana benzesem."

"Somer dedem diyor ki, *Defne'ye benziyor Deniz.*"

"Gerçekten mi?"

"Gerçekten."

Defne kızın yanaklarını sıkmamak için kendini zor tutuyordu. O sırada ikizi Leo kaşlarını çatarak yanlarına geldi.

"Ben de Defne'ye benziyorum."

Küçük kız sinirlendi.

"Hayır, benzemiyorsun!"

"Benziyorum."

"Benzemiyorsun!"

"Benziyorum işte!"

"*No, you don't!*"

"*Oh! Yes, I do!*"

"*No!*"

"*Yes!*"

"*Noooooo!*"

İkizler avaz avaz bağrışmaya başlamışlardı ki, onları odaya bırakan dadıları ve Kiraz aynı anda koşarak içeri girdiler.

Deniz ağlayarak şikâyet etti kardeşini.

"Ben Defne'ye daha çok benziyorum ama Leo, *ben benziyorum,* diyo!"

"Evet. Yes. Ben daha çok çünkü."

"Bir kere ikiniz de Türkçe konuşun ve terbiyeli olun. Evet, ikiniz de benziyorsunuz. Neden? Çünkü siz ikiz kardeşsiniz. Aynı gibisiniz yani! Kapiş? And hey Leo! Lütfen bir maço gibi davranma. Centilmen ol. Baba buradayken babayla ve sadece Kate'le İngilizce konuşuyorsunuz. Anlaştık mı? Masada kavga yok. Söz mü?"

"Ben Defne'nin yanına oturayım."

"Ooo no! Ben Defne'nin yanına oturayım."

"Vallahi ikinizi de gebertirim!"

Defne kendini daha fazla tutamadı ve Kiraz'ın İngiliz anneden Türk anneye yıldırım hızıyla geçişine bir kahkaha attı.

Çocuklar Türkçe fırça yedikleri anda koşarak İngiliz dadılarının ellerine yapıştılar. Kiraz eli belinde, Defne'ye döndü: "Çare Türkçede!" dedi gözlerini açarak.

"Çok tatlılar ama çoook!"

"Ah, sorma! İkisiyle birden aynı anda uğraşmak zor iş. Bir de bu kadar adam var yardım eden. Hadi gel. Annemler yemek odasında bekliyor."

Çocukların Defne'nin üzerinden alıp dağıttığı gerginlik ve heyecan yeniden kendini gösterdi. Yerinden kalktığında bir dizi titriyordu. Kiraz'ı takip ederken nefesini düzenlemeye çalıştı. Yemek odasına girdiklerinde Somer Bey ve Mine Hanım'ı onları ayakta beklerken buldular.

Mine Hanım, Kiraz gibi güler yüzle yaklaşıp "Hoş geldiniz kızım, memnun oldum sizi gördüğüme," dedi ve Defne'yi yanaklarından öptü. Kiraz'daki sıcakkanlılık annesinde de vardı. Kadın yanaklarını öperken birden ona sarılmak istedi Defne. O öpüşme bittiğinde Somer'le yüz yüze gelecekti çünkü. Kiraz ve annesini günü birinde, beklenmedik bir anda kendine bu kadar yakın hissedebileceği, öz babasına karşı onların arkasına saklanmak isteyebileceği kırk yıl düşünse aklına gelmezdi.

Lakin kaçış yoktu.

İstemeyerek babasına döndü.

Somer Bey ellerini arkasında kavuşturmuş, ifadesiz bir yüzle karısıyla Defne'nin selamlaşmasını izliyordu.

Karşısında duran Defne'ye resmi bir görüşmede düşman tarafın temsilcisiymiş gibi soğukça elini uzattı.

"Hoş geldin," dedi.

Kısacık tokalaştılar.

O kadar.

Ne öpmeye yeltendi ne de sarılmaya. Eliyle masayı göstererek "Buyurun oturalım," dedi.

Defne'nin kalbi seslerin, kokuların, ışıkların kaybolduğu yerçekimsiz bir boşlukta savruluyordu. Bir el Defne'nin kalbini yutup yok edecek bir karadeliğe sürüklenmekteyken yakaladı. O kalbin soğumasına izin vermeyecekti, sevecenlikle ısıttı ve tekrar Defne'nin göğsüne, tam yerine bıraktı.

Defne koluna girip, kendisini sandalyeye oturtan, iki omzunu sıvazlayan ve masanın altından buz gibi olmuş elini yakalayıp dostça sıkan, ona göz kırparak babasını işaret eden Kiraz'a minnetle baktı.

Kiraz, "Nasıl Prens Charles? Yaşlanmış mı?" diye sordu Defne'ye.

Defne önce anlamadı. Bu manasız soru acaba peşinden bir şakayı mı getirecek diye düşündü.

"Bilmem, evet yaşlandı sanırım," diye mırıldandı.

Kiraz güldü. Kararlıydı; Defne'nin kalbini o karadeliğe bırakmayacaktı. Göz kırptı.

"Biliyor musun, anneme hep derdim ki, siz babamla ikiniz aslında Prens Charles'la Camilla'sınız. O yüzden soruyorum sana bizim Prens Charles yaşlanmış mı diye. Neyse ki bizim hikâyemizin Diana'sı mutlu oldu; Allah uzun ömür versin annene. Seninle ben bu üçlünün trajedisinden geriye kalan çocuklarız. Öyle değil mi?"

Defne de gülümsedi. Doğruydu aslında. Evet. Babası Somer ve Kiraz'ın annesinin hikâyesi tıpkı İngiltere kraliyet ailesinin aşkından vazgeçmeyen prensi Charles ve meşhur sevgilisi Camilla'nın hikâyesi gibiydi. Hiç düşünememişti bunu. Hayata bak! Kraliçe Elizabeth de, *yaşadığım sürece o kadın bu saraya girmeyecek,* demişti ama şimdi torunlarının yanında o kadın oturuyordu.

"Hı, hı. Evet."

Somer Bey yemekte hemen hemen hiç konuşmadı. Kiraz ne kadar çabalasa da Defne'yle ikisi arasındaki buzdan dağı delemedi. Mine Hanım fevkalade nazik bir kadındı. Daha çok ikizlerin şamatasıyla sürüp bitti yemek.

"Kahveni nasıl içersin?"

Defne, Kiraz'ın sorusunu yanıtlayacaktı ki, Somer Bey ayağa kalktı ve "Benim işlerim var. Çıkmam gerek. Kahvemi şirkette içerim. Gördüğüme sevindim Defne. Ailene selamlar," diyerek çıkıp gitti.

Aileme selamlar mı? Ailemden kimin kendisinin selamını alacağını düşünüyor acaba?

Kiraz üzüntüyle baktı babasının arkasından.

Bu kez Defne onu teselli etti.

"Boş ver. Benim için uzak bir arkadaşımın sevmediğim babasından farkı yoktu zaten. Ama bugün değişti bu. *Sevdiğim bir arkadaşımın hiç sevemeyeceğim babası* oldu."

Kiraz, "Onun adına özür dilerim," dedi içtenlikle.

Mine Hanım kalktı, Defne'ye elini uzatarak "Hadi biz kahvemizi içelim. Kızım sen de çocuklarını öğle uykusuna hazırlayıp gel," dedi.

Oturma odasına geçtiler. Mine Hanım, Defne'nin oturmasını bekledi, sonra kendi de oturdu.

"Somer'in kusuruna bakmayın Defne. Sizi incitmek için yapmadı, inanın. Duygularını doğru ifade edemez. Panikler. Korkar. Bu nedenle de saklanır. Yemekten sonra konuşmaktan korktuğu için kaçtı. Bu kez yapmaz diye umuyorduk ama hep böyle. Annesiyle olan ilişkisini az çok biliyorsunuz. Bütün bunlar hep Rüçhan Hanım'ın bıraktığı izler aslında. O kadar büyük bir baskıyla büyümüş ki, Somer'i tanıdığımda annesinden uzaklaştığı için çok mutluydu. Kanatlarını yeni fark eden bir kuş gibiydi. O dönem arkadaşlığımız hayatı keşfetmenin coşkusuyla doluydu. Meraklı ve yaşama aç bir delikanlıydı. Öğrenmeye çok hevesliydi. Ben de ondan çok büyük değildim ama daha tecrübeliydim. Saatlerce yürümek, konuşmak isterdi. Bende sevdiği şey hürriyetti sanırım. Annesinin hayatı boyunca tüm davranışlarına, konuşmalarına hatta düşüncelerine bile baskı kurduğunu söylerdi. Küçük bir erkek çocuğu sadece şefkatle sevilmek istemiş ama Rüçhan Hanım onu sadece gelecekte teslim edeceği servetin ve gücün vârisi olarak görmüş, öyle yetiştirmiş."

Kahveler geldi.

"Kiraz inmiyor mu kızım?"

"Çocukları giydirip geliyormuş efendim. *Onlar içsin kahvelerini, beni beklemesinler,* dedi."

Defne kahvesinden bir yudum aldı. Saatine baktı.

"Hemen mi gideceksiniz?"

"Çok geç kalmayayım. Ben fabrikada resmi bir anma var sanmıştım. Eve davet edildiğimi anlamamışım. O yüzden planımı başka türlü yaptım."

"Anladım. Ayvalık'a ailenizin yanına geçeceksiniz sanırım."

"Evet."

"Kiraz kendi bildiğini okur biraz. Anlamışsınızdır. Yaşadığımız kimi zorluklar onu daha girişken, daha çalışkan biri yaptı. Komik kızdır. Bir başkası anlatsa pek üzüleceğiniz hadiseleri öyle bir yorumlar ki, gözlerinizden yaş gelerek gülebilirsiniz. Mesela Kiraz bir sene isimsiz kaldı. *Bebek* derdik ona. *Az daha bebek kalacakmış adım, neyse ki annem ülkesinin kirazlarını özlemiş de bir ismim olmuş,* der. Çok şükür babası dışında kimseyle kavgası yok. *Değiştiremezsin kızım, uğraşma adamla,* diyorum, dinlemiyor. Rüçhan Hanım'ı bile güldürürdü, biliyor musunuz? O yüzden, *Rüçhan'ı bile sarhoş ettim, Somer'i de dize getiririm,* diyor. Kadıncağıza içki içmeyi de giderayak bu öğretti."

Kapıdan içeri giren Kiraz önce dışarı seslendi:

"Bana da bir sade kahve getirir misiniz?"

Sonra Defne'nin karşısında oturdu.

"Ya ne yapsaydım? *Her şey boş babaanne,* dedim bir gün. *Gel sana içki içireyim.* Şampanyayı merak ediyormuş. Bayıla bayıla içti. Onu üzen ne varsa anlattırırdım. Seni çok merak ediyor, çok üzülüyordu. Senin New York'taki izini ben buldum, biliyor muydun?"

"Hadi canım!"

"Yaaa! Son bir yılını ömrü boyunca hiç yaşamadığı gibi yaşadı."

"Ne güzel..."

"Bugün onu şöyle anacağız Defne: Senden reddi miras kararı geldiğinde hepimiz çok şaşırdık. Babaannem senin hiçbir şey kabul etmeyeceğini biliyordu. Bana da söylemişti. Vasiyetname bırakmadı. Zaten yasa gereği her şey babama kalıyor, babamın vefatı halinde de annem ve seninle ikimiz arasında dağılacaktı. Tabii bu işlerin sırası yok. Yasal olanı anlatmak için böyle söylüyorum. Neyse. O kararı aldırıp gönderdiğin gün senin benim kardeşim olduğunu daha iyi anladım. Ne kaldığını bilmeden, baştan hiçbir şey istemeyişindeki o kırıklığı ben bütün çocukluğum boyunca yaşadım. Annem ve babam öbür kadın yüzünden evlenemiyordu. Ben öbür kadın ve kızı yüzünden saklanmak zorunda kalıyordum. Öbür kadın bizim hayatımızı mahveden, birbirini çok seven annemle babamı ayıran kadındı. Annem o kadar zarif ve sessizdi ki... Hayatında yapmak istediği her şeyi ertelemek zorunda kalmış, büyük acılara katlanmıştı. İftiralar atılmış, dedikodusu yapılmıştı. Babamın ailesi, onların serveti ve babaannemin hırsı yüzünden yaşıyorduk bütün bunları. Onun parasını istediğimizi sandığı için aslında hakkımız olan o izni de vermiyordu. Sonra büyürken, genç kız olurken fark ettim ki, benim annem de sen ve senin annen için öteki kadın. Biz annelerimize yaşatılan reddedilişin iki ucuyduk seninle. Rüçhan Hanım'ın ölüme giderken hüzünle baktığı bir aynayız. Birimiz aynanın sırı, diğerimiz camıyız."

Defne'nin kızaran gözlerine bakarak devam etti:

"Babaannem bir gece, annene takılan mücevherlerin olduğu bir kutu verdi bana. *Bunu ben öldükten sonra kardeşine ver,* dedi. Bir de ona ailesinden kalan köy evini senin için saklamamı istedi. Başkaca bir şey bırakmadı. Ben bugün seni o köy evine götürüp bunları orada anlatmak istiyordum. Ama bir an önce gitmekte kararlı olduğunu görüyorum. Babamın kabalığı üzerine de ısrar etmeyeyim dedim. İzin verirsen, hemen geliyorum."

Tam odadan çıkıyordu ki, Mine Hanım, "Kirazcım Defne'nin adını taşıyan şişelerden bir kasa hazırlatıp arabaya koydurur musun lütfen?" dedi.

Kiraz odadan çıktığında Defne'ye döndü.

"Çok dedikodulara sebep olmuştu ilk eşim. Eşim dediğim, aslında gerçekte eşim değildi. Ben yanında çalışırdım. Sağ koluydum. Yanlarında büyüdüm diyebilirim. Babam siyasi olaylara karışmış, aranan biriydi. Hoş o tarihlerde olaylara karışmayan yok gibiydi. Ailem babam yüzünden bana da zarar gelecek diye korkuyordu. Türkiye'de yaşam çok zordu. Giraldo Bey de Türkiye'den ayrılmayı, İtalya'ya yerleşmeyi planlıyordu. Formalite bir nikâh yaptık, böylece beni İngiltere'ye kolayca çıkarabildi. Soyadım değişti. Orada şarap üretimi üzerine özel bir okula yazdırdı beni. Kısa bir süre sonra Somer'le tanıştık. Giraldo Bey'in oğulları kardeşlerim gibiydi. Rüçhan Hanım babanla görüştüğümüzü duyunca onları çağırtmış. Epey tehditler savurmuş. Tabii onlar hakikati bildikleri için Rüçhan Hanım'ı çok ciddiye almamışlar. Aile benim yüzümden çok sıkıntı çekti. Giraldo Bey'in bağları yandı o sıra. Günahı boynuna, onu bile Rüçhan Hanım'ın yaptığını düşündük."

Defne bir an, "Evet, o yaktırmış," demek istedi ama vazgeçti. *Günahı boynuna...*

Mine Hanım anlatmaya devam ediyordu:

"Derken, bir gün İngiltere'ye geldi, *benim oğlum nişanlı, senden saklıyor,* dedi. Kahroldum. Somer'e inanıyordum ama Giraldo Bey'e ve çocuklarına da çok sıkıntı vermiştim. Bir de Somer'in hayatını mahvetmek istemedim."

O sıra Kiraz girdi içeri.

Elinde bir büyük siyah kutu, bir de kırmızı şarap şişesi vardı.

"Ah, aşk hikâyeni mi anlatıyorsun?" dedi.

Defne'ye kutuyu uzattı, şişeyi de annesine. Pencerenin önündeki koltuğa otururken, "Sonra, Somer ve Türkân evlenir. Dünyanın diğer ucunda sevdiği adamın evlendiğini öğrenen Mine kahrolur. En büyük aşkını kaybetmiştir. Ama aslında Somer sevdiği kadına yani Mine'ye ihanet etmemiş, diğer kadına elini bile sürmemiştir. Bir başka genç kızın hayatı mahvolmuştur ama Somer aşkı için gerekeni yaptığına inanmaktadır," dedi gülerek.

Kiraz'ın gülerek söyledikleri Defne'nin kalbindeki kırığı büyüttü.

Mine'ye ihanet etmemiş? Ya anneme? Bana?

Yine de bunu onu içten bir misafirperverlikle ağırlayan Kiraz'a yansıtmaması gerektiğini düşündü. Yüzüne bir tebessüm yerleştirdi.

"Sevdiği kadına ihanet etmediğini söyleyemeyiz aslında. Benim dünyaya gelişimi düşünürsek..."

Sessizlik...

Kiraz önce biraz şaşkın, sonra söylediğine pişman, annesine baktı.

Mine Hanım başını salladı.

Kısa bir suskunluktan sonra bir sigara yaktı. Kiraz tam, "Anne içmemelisin," diye itiraz ediyorken, eliyle susturdu onu. Defne'ye döndü.

"Haklısın. Aslında bir çocukluk ettik karşılıklı. Ben onun boşanamayışından, yaşadığım sürgün hayatından usanmıştım. Çok hırçınlaşmıştım. Somer'in silkinmesi, kendine gelmesi gerektiğini düşünüyordum. Çocuğumuz konuşmaya başlamıştı. Onun büyümesi, ilk adımlarını atması ikimizin ortak sevinci olmalıyken ben bu sevinci yaşayamıyordum. Kızgınlığım her gün daha da büyüyordu. Ben artık ortaya çıkmak, özgürce ilişkimi yaşamak istiyordum. Takdir edersin ki, ben de kendimce haklıydım. Aşkım için elimden geleni yapmış, aşağılanmayı, yok sayılmayı kabul etmiştim. Fakat doğum sonrası yaşadığım bunalıma belirsizlikler, Somer'in ailesine karşı zayıflığı da eklenince bir gece içimde biriken öfke patladı ve aramızda büyük bir kavga koptu. O gece Somer'e bir süre verdim. O süre içinde ya annesine itiraz edecek, boşanacaktı ya da artık hayatında biz olmayacaktık. Kiraz'ı da alıp Londra'daki ressam arkadaşlarımdan birinin evine gittim. Ertesi sabah gelip bizi alır diye düşünüyordum ama gelmedi. Hatta bir hafta gelmedi. Öfkem çok büyüktü. O zamanlar Londra'da yaşayan Türkiye'den arkadaşlarımız içinde Somer'in pek sevmediği bir genç vardı. İstanbul sosyetesinin kızları pek hayrandı o delikanlıya."

Sigarasının külünü eline aldığı seramik küllüğe çırptı ve küçük bir kahkaha attı.

"Hatta o delikanlı şimdilerde de hayli meşhur bir çapkın olarak anılıyor gazetelerde. İnanamıyorum ama etrafında da bir dolu genç kız var. Adam ne iş yapar diye sorsan, bir işi yok ama ünlü. Her neyse... Ne diyordum? Ah evet. O delikanlının olduğu bir davete çağırıldım. Kıbrıslı çok zengin meşhur bir iş adamının antikaya ve sanata düşkün karısı veriyordu daveti. *Türkiye'den de konukları geliyormuş, aman mutlaka sen de gel,* dediler. Somer'e nispet yapmak için şahane bir fırsat diye düşündüm. Çocukluk işte. Eğer zaafına, aşkına öfken de ekleniyorsa gençken pek mantıklı düşünemiyorsun, ne yazık ki. Sadece Somer'in kulağına gitsin de, beni kaybedebileceğini anlasın diye o delikanlının bana kur yapmasına izin verdim. Flört ettim açıkçası. Flört dediğim de ne olacak? Bir iki kere dans ettik işte. İçkimi getirmesine izin verdim, yaptığı aptalca şakalara gereksizce yüksek kahkahalar attım, falan filan. Velhasıl..."

Bir es vererek sigarasını söndürdü. Tablayı sehpaya bıraktı ve ardına yaslandı.

"Velhasıl arzu ettiğim oldu. Somer'e dedikoducu kuşlar haberi ertesi gün ulaştırdılar. Birkaç gün sonra da Somer'in Türkiye'ye gittiğini işittim. Ortak bir arkadaşımızdan bana evlenme tekli etmek için hazırlık yaptığını, hazırlığı bitince bana sürpriz yapacağını, bizi ressam arkadaşımın evinden bu sebeple almadığını hatta bana nikâhta takmam için meşhur Fransız bir kuyumcunun o yıl pek gözde olan bir tasarımını, pırlanta bir gerdanlık aldığını öğrendim. Kadınlar o gerdanlık için ölüyorlardı âdeta. O kadar mutlu oldum ki... Belli ki annesiyle konuşup içinde bulunduğumuz bu belirsiz duruma bir son verecekti, o yüzden Türkiye'ye dönmüştü. Kiraz'ı alıp beraber yaşadığımız eve döndüm. Umutla Somer'in geleceği günü beklemeye başladım. Ben onu beklerken onun yerine bir haber geldi. Aralarında hiçbir münasebet olmadığını söylediği karısını alıp o hiç sevmediğini sandığım insanların eğlendiği bir kulübe götürmüş. Kapısında foto muhabirlerinin olduğunu herkes bilir, kimileri kendilerini göstermek için oraya giderdi. Anlatılanlara göre o gece çok mutlu görünüyormuş. Karısının güzelliği dillere destanmış. Kahrolmuştum. Birkaç hafta sonra Londra'ya gelen bir arkadaşım annenle ikisinin fotoğraflarının olduğu bir gazete getirdi bana. Bilirsin, haberci kargalar bayılır insanları mutsuz etmeye. Gazeteyi elime aldığımda gördüğüm tek şey annenin boynundaki kolyeydi. Somer'in beni terk ettiğini anladım. Rüçhan Hanım kazanmıştı sonunda. Kızımla ikimiz yapayalnız kalmıştık. Perişandım. Günler sonra kendimi toplamam gerektiğini idrak ettim. Kızım için ayakta kalmalıydım. Bu ilişki fazla bile sürmüştü. Kendime yeni bir düzen kurmalıydım. Erkeklerde garip bir alıcı sistem vardır. Kadın kendini topladığı anda bunu hissederler ve kadına yaşattıkları her ne ise kaldıkları yerden devam etmek üzere çıkıp gelirler. Somer de aynen bunu yaptı. Ben ayağa kalktım, iş aramaya başladım ve bir sabah kapıda belirdi."

Kiraz da Defne gibi merakla dinliyordu.

"Böylece barıştınız yani," dedi.

"Evet. Defne'nin doğumunu öğrenene kadar."

"O zaman ne oldu?"

"Somer sürekli *imkânsız* diyordu. *Böyle bir şey olamaz, ben elimi bile sürmedim,* diye yemin ediyordu. Yıllar önce de asla evlenmeyeceğine yemin eden ama ailesine itiraz edemediği için nikâhlanıp yanıma dönen adamdı o. Kalbim onun söylediklerine inanmak istese de ortada değiştiremeyeceğimiz bir gerçek vardı. Somer'in soyadını alan bir bebek dünyaya gelmişti. Haftalar süren mutsuzluktan sonra bir karara vardım. Kendimi bu belirsizliğin kölesi yapmayacak, elimdekilerle mutlu olacaktım. Kızımı büyütecek, işime bakacaktım."

Defne bizzat yaşadığı, teyzesinin yazdıklarından ve babaannesinin anlattıklarından öğrendiği hikâyenin diğer tarafını dinlerken Mine Hanım'a hak vermekle kendisine yapılan haksızlığı hazmetmeye çalışmak arasında gidip geliyordu. Herkes haklıysa kim hatalıydı peki? Soğuk bir sesle sordu:

"Neden ayrılmadınız? Çok mu sevdiniz böyle zayıf karakterli bir adamı?"

Mine Hanım ailesinin onaylamadığı bir delikanlıyı savunan genç kızlar gibi telaşla yanıt verdi:

"Somer'in tek zayıflığı, ailesi ve taşıdığı isimdir. Ona zayıf karakterli bir adam diyemeyiz. Duygusaldır ama duygularını çok iyi ifade edemediği için ilişkilerde bocalar. Çok sevdikleri dışında herkese bu yüzden mesafelidir. Tanımadığından, bilmediğinden zarar geleceğini düşünür. Bunlar dışında beni çok mutlu eden özelliklerle doludur karakteri. Biz birlikte çok gülerdik, güleriz. Zevklerimiz, hayata bakışımız ortaktır. Ne bileyim, bir dolu şey sayabilirim sana. Her sabah çiçeklerle konuşur. Okumaya, okuduğunu anlatmaya bayılır. Onun dünyasının bir parçası olabilirsen çok mutlu eder karşısındakini."

Defne alaycı bir tebessümle, "Dünyasına girebilen için ne mutlu o halde," dedi.

Mine Hanım daha da telaşlandı.

"Defne, canım, olabildiğince açık yürekli konuşuyorum ama sanırım seni kırıyorum. Kiraz büyüdükten sonra en iyi arkadaşım oldu. Onunla çok konuşuruz bu meseleleri. O da, ben de seni tanımayı çok istedik. Tanımadığımız bir genç kadının bize düşman yaşamasını istemedik."

"Size düşman değilim ki... Ayrıca davetinize çok teşekkür ederim. Anlattıklarınız, açık yürekliliğiniz için de teşekkür ederim. Benim için çok kıymetli. Size karşı bir nezaketsizliğim olduysa özür dilerim. Elbette siz anlatırken kendi tarafımdan bakıyorum olaylara. Ben de sizi kırmak istemem."

Mine Hanım bir şey söyleyecekken sustu. Sonra, söylemekten sakındığını ortaya dökmeye karar verdi:

"Aslında... Hepimiz kişisel hikâyemizi, varlığımızı anlamlandırmak isteriz. Başkalarının bize olan ihtiyaçlarıyla anlam bulmaya çalışırız. Belki bunun da bir etkisi vardır, bilemiyorum fakat ben Somer'i çok sevdim. Dünya üzerindeki en yalnız insandı ben onu tanıdığımda. Ben de gidersem ayakta kalamazdı. Beni acıtan gerçeklere gözümü kapadım ve onunla yaşamayı tercih ettim."

Defne karşısında oturan *o kadın*'ın seçtiği yolu bugün hâlâ bütün kalbiyle savunmasına hayranlık duydu. *O kadın* yanlış bir şey yapmamış, bir adamı sevmişti. *Sahi hiç mi yanlış bir şey yapmamıştı?*

Yerinde kıpırdandı. Ona gülümseyen Kiraz'a gülümsedi.

Mine Hanım'a döndü yine.

"Son bir şey sormak istiyorum. Madem bunları kabul ettiniz, böyle yaşadınız, bir magazin dergisinde kendinizi, Kiraz'ı afişe etmeyi nasıl kabul ettiniz?"

"Annenin seni de alarak babaannene başkaldırdığını ve evi terk ettiğini öğrenmiştik. Somer kendi yapamadığını yapabilen annene gıpta etmişti. Yemin ederim, *helal olsun kadına*, demişti. O röportaj Rüçhan Hanım'a bir başkaldırıydı, Kiraz'ın yıllardır yaşadığı ezikliğe bir son vermekti ona göre. Biz bir aile olsak da buradakilerin gözünde Kiraz, bir metresin çocuğuydu. Somer'e ağır geliyordu bu laflar, sözler. Ben kulağımı tıkamayı öğrenmiştim ama Kiraz büyüyordu, genç kız oluyordu. Artık ona da söyleniyordu böyle şeyler. Kiraz bu tür şeylere kulak asan bir çocuk değildi. Fakat duyduklarını bize komediye çevirip anlattığında dahi Somer'de etkisi yıkıcı oluyordu. O röportaja çok gönüllü değildim. Ama bizi topluma sunarak onurlandırmayı istediğini anlamış ve bu yüzden kabul etmiştim. Derginin çıktığı sabah Somer'in, *işte benim gerçek kızım,* cümlesini manşete aldıklarını gördüğümde çok üzülmüştüm. Kiraz'ı hak etmediği bir yaftadan kurtarmak isterken bir başka çocuğun boynuna takmıştı aynısını."

Defne'nin gözleri doldu.

"Evet, ne yazık ki öyle oldu."

Mine Hanım üzüntüyle bakıyordu.

"Özür dilerim Defne. Ne annen ne de sen hak etmiştiniz bunu. Ama bazen olaylar bizi üzse de sonuçları beklemediğimiz yerlere ulaşıyor. Annen şimdi mutlu sanırım. Senin gibi şahane bir insan yetiştirmiş üstelik."

Bir sigara daha yaktı.

"O dergi çıktığı gece Somer eve burnu kırık geldi. Üyesi olduğu kulübün başkanı barda otururken birden saldırmış, burnunu kırmış. Sonra avukatlarımız davacı olmamamızı önerdiler. Meğer onu döven kulüp başkanı annenin nişanlısıymış. İş büyümesin, burada kapatalım, dediler."

Defne güldü.

"O gün nişanlısı değildi aslında. Ama o günden sonra oldu."

Kiraz konuyu değiştirmek istedi.

"Eee, açmayacak mısın kutuyu?"

Defne kutunun kapağını açtı. En üstte ince uzun kadife bir mücevher zarfı duruyordu. Zarfın içinden düz, boydan boya iri pırlantalarla kaplı bir gerdanlık çıktı.

"Bu o gerdanlık mı?"

Mine Hanım güldü.

"Evet."

Defne gerdanlığı havaya kaldırdı, evirdi çevirdi, sonra da Kiraz'a döndü:

"Bu gerdanlık benim dünyaya gelişime neden olan o gecenin anısını taşıyor. Ben takmam, takamam böyle şeyleri. Gecikmiş bir buluşmanın anısı olarak bu mücevheri sana hediye ediyorum Kiraz. Diğerlerini anneme teslim edeceğim."

"Aldım gitti," dedi Kiraz hiç itiraz etmeden.

Mine Hanım üzerinde *Defne* yazan şişeyi işaret etti.

"Giraldo Bey'den kalan bağlar benim için çok kıymetli. Öğrendiğim ne varsa o bağlara gömdüm. Buraların en güzel şarap üzümlerini biz yetiştiririz. Çünkü üzüm ne kadar acı çeker, ne kadar çileli büyürse şaraba verdiği lezzet de o kadar güçlü, etkileyici olur.

"*Defne* bizim en acılı üzümlerimizden elde ettiğimiz, en güzel koleksiyonlarımızdan biri. Sadece dört bin şişe üretildi. O sene sadece üç kez yağmur yağdı. Tam zamanında üstelik. *Defne*'nin üzümleri suya en çok hasret kaldığında yağmura kavuştu.

"Bir hikâye vardır. Bir ülkenin kralı çok sevdiği üzümlerinden şarap yaptırmış ve meşe fıçılara koydurtmuş. Bir hafta sonra şarabı kontrol ettirdiğinde fıçının yarısı boşmuş. Kral bu işe çok öfkelense de, öfkesinin şarabına zarar vermesini istememiş ve fıçıları yeniden ağzına kadar doldurtmuş. Ve tedirgin bir bekleyiş başlamış. *Ya yine birileri cesaret edip de çalmaya kalkarsa fıçıdaki şarabımı,* diye daha erken baktırmış fıçılara. Yarısına kadar değilse de, yine boşalmış fıçılar. Tekrar doldurtmuş. Başına da bir nöbetçi koymuş. Fakat on gün sonra zavallı nöbetçi fıçıları boşaltan hırsızı görmediği, yakalayamadığı için başından olmuş. Kral fıçıların başında kendi beklemeye karar vermiş. Ama ne yaparlarsa yapsınlar, ne önlem alırlarsa alsınlar, fıçıdaki şarap hep eksiliyormuş.

"Kral onca kilide, tuzağa, önleme rağmen bu fıçıların kapağını açıp da içindekileri içenin ancak periler olabileceğine inanmış sonunda. O günden sonra fıçıdan eksilen kısma *peri payı* denmiş.

"Oysa kuru meşe fıçı şarapla ilk dolduğunda yarısını kendi içer, yani kendine çeker. Her dolduruluşunda ekleneni eksilten fıçının ta kendisidir. Şarabı eksiltir ama karşılığında kendi aromasını verip şarabı olgunlaştırır, güçlendirir. Meşe fıçıda verilen fireye bu yüzden *peri payı* denir. *Peri payı* dedikleri eksik, aslında şaraba özünü veren sihirdir.

"İyi bir şarap için iyi acı çekmiş üzüm, üzümden çıkanın yarısını alacak bir fıçı ve zaman gerekir. Şarabın kadehin iç yüzünde akan damlaları -ki biz onlara *gözyaşları* deriz- ne kadar sıksa, o şarap size neler çektiğini anlatır. O güne gelene dek yaşadıkları şarabın gözyaşlarında saklıdır.

"Sen ve Kiraz hayatınızdan eksilenlerle bugüne gelebilen güçlü kadınlar oldunuz. Hislerimde yanılmam; iyi bir insan olduğunu da görebiliyorum.

"Bu şişedeki şarabın gözyaşına bakmayı unutma. Camın iç yüzeyinde yol yol aşağı inen damlaları gördüğünde onların hepimizin kayıp yıllarının gözyaşı olduğunu bil. Ve babana kızma... Bu şarabın adını baban *Defne* koydu..."

ÇAN

Sadık Bey ve ailesi yine bir masanın etrafında toplanmıştı. Herkes yine bir ağızdan konuşuyordu. Defne ise hâlâ Mine Hanım ve Kiraz'ın anlattıklarının etkisindeydi. Çok özlediği ailesiyle yine bir aradaydı. Yine aidiyetin mutluluğuyla dolu bir akşamdı ama hissettiği derin bir eksiklik vardı. Konuşulanları duymuyor, düşüncelerinin içinde o eksikliğin sahibini arıyordu.

Ayrılık ne zor bir kelime. Yokluk da öyle. Ayrılmak ölmek gibi. Her ayrılık biraz ölmektir. Kimden duymuştum bunu? Ölmek işte... Ne kötü. Ömer ölmüş gibi.

Şimdi burada olsaydı... Dedem kesin çok severdi onu. Hemen sevdirirdi zaten kendini.

Ne kadar özlüyorum onu. Birlikte yaşadığınız zaman kadar ayrı kaldığınızda özlem biter derler. Kaç ay geçti ama özlem bitmedi.

Bugün olanları anlatmaya nereden, nasıl başlayacağım ben?

Ah be Ömer ya... Burada olsa benden önce başlardı konuşmaya. Kızardım büyük ihtimalle ama rahatlardım da. Defne'yle bugün bir yere gittik, derdi. Sonra, hadi anlatsana, diye bana dönerdi. Kiraz'dan bahsetsene, görseniz, çok şeker bir kadın, diye devam ederdi.

Niye yoksun Ömer?

Niye öldürdün kendini bende?

Sadık Bey, Defne'nin sessizliğini fark etti.

"Defne, yavrum, ne daldı gözlerin öyle? Bir şey de yemedin. Hasta mı oldun sen yoksa yollarda?"

"Dedecim hasta değilim de yoruldum bugün. Sabah çok erken kalktım. Sonra uçak yolculuğuydu, araba yolculuğuydu derken, vallahi iştahım kalmadı."

"Ama senin için yapıldı bütün bunlar. Köfteleri mangalda ben pişirdim."

"Canım dedem, ellerinize sağlık. Ama gerçekten yiyemiyorum. Hem daha buradayım. Yarın yerim."

Dönüş masanın öbür ucundan seslendi:

"Yarına kalmaz ızgara köfte. Bu gece ye! Hem yarın akşam Dilek'le Musa abinin yeni evine davetliyiz. Köşkün tamiratı bitti sonunda Defnecim. Dilek evi döşerken çok özendi. Hepimiz çok merak ediyoruz. Sen de görmüş olursun. Çok sevinir Dilek seni görünce. Rahmetli Volkan V.'nin eşi Hülya Hanım, bizim Dilek'in akrabasıymış. Buradan ayrılmadan arkadaşlarına teşekkür etmek istiyormuş. Belki o da bir uğrayacakmış. Hem onunla da tanışırsın."

"Dede, siz de gidecek misiniz?"

"Yavrum şimdi gençler kendi aralarında konuşurlar... Benim olmam uygun kaçmaz. Uykum da erken geliyor. Oturamıyorum çok. Biz Nezahat'la evde kalırız."

"O zaman ben de sizinle kalayım, ne olur. Teyzecim ben gelmeyeyim."

"Kal yavrum. Nasıl istersen."

Kartal Bey hemen itiraz etti.

"Aaa! Ben Defne kızımı bir gececik mi göreceğim yani? Tamam. Biz de gitmeyiz o zaman. Zaten ben de hiç istemiyorum."

"Ay, Kartal abi, olur mu hiç? Musa abi senin yakın arkadaşın değil mi? Hani seni Türkân ablamla tanıştırdılar diye başının tacıydı ikisi de? Adamcağız kaç gün önceden haber verdi; gelmezsen çok ayıp olur."

Derya soluk soluğa kapıdan içeri girdi. Arabanın anahtarını sehpanın üzerine bıraktı.

"Ay, öldürdüler beni gidene kadar! Yediğim iki lokma burnumdan geldi!" dedi.

Küçük kızı Elif, Dönüş'ün oğlu Can'a çok düşkündü. Can nereye, Elifçik oraya! Can arada bir sıkılsa da Elif'in sevgisine karşı koyamıyordu. Derya'nın artık genç kızlığa adım atmış olan büyük kızı Gülce ise odasından çıkmak istemiyor, "Misafir geliyor," dendi mi gözlerini devirip surat asıyordu. Dedesine geldiklerinde bile yalvar yakar, masada yarım saat zorla oturuyor, sonra da, "Ben artık eve gideceğim," diye tutturuyordu. Defne büyürken bu tür aksiliklerine hiç tanık olmadıkları için Gülce'nin aksi ergenliği, odasından çıkmayışı, aralarına karışmayışı bütün aileyi şaşırtıyordu.

Nezahat hala arada bir, "Aynı anası! Anası da aksiydi bunun!" diyerek Derya'nın o yaşlarını hatırlatan anıları sıralamaya başlardı.

Ama onlar böyle bir aileydi. Derya ve Gülce bağrış çağrış tartışırken, küçük Elif kuyruğunu yakaladığı kedileri kucağında sıkıştırıyor, evdeki diğer kediler bahçedeki tavukları bağırtıyor, Erdem'se tüm bu gürültü içinde, hiçbirini duymadan maç izlemeye devam edebiliyordu.

Gülce, Defne'nin hatırına yemeğin sonuna kadar oturmayı başarmış, sonra yine tutturmuştu, "Eve gideceğim," diye. Küçük Elif de ablasıyla eve gitmek istemiş, Can'ı da götürmek için çok ısrar etmişti. Can, Defne'nin yanında kalmak istese de küçük Elif o kadar çok ağladı ki, Derya sonunda bütün çocukları toplayıp arabaya doldurdu ve yola koyuldu. Onları eve bırakıp dönmesi yirmi dakikayı bulmamıştı.

Kapıdan içeri girerken kardeşinin söylediğini duymuştu. Bir yudum su içtikten sonra, "Dönüş doğru söylüyor Kartal abi. Orada olmamız lazım. Aman sen de Defne ya! Ne mızmızlanıyorsun Gülce gibi! Ay, bir tane huysuz yeter. Gel işte bizimle. Hepimiz özledik seni. Sonra yine burada toplanır, sabaha kadar muhabbet ederiz," dedi.

Gönülsüzce, "Teyze vallahi evi çok özledim. Siz gidersiniz. Ben de evde olmanın tadını çıkarayım, ne olur," diye yanıtladı Defne.

Defne'nin geldiğinden beri içinden çıkamadığı tutukluk Türkân'ın da gözünden kaçmamıştı elbette. New York'tan döndüğü o gün nasıldıysa, yine aynı hale dönmüştü çocuk. Oysa işinde mutlu, yerini buldu diye seviniyorlardı. İş dünyası, aldığı sorumluluk yormuştur çocuğumu, iki günde toplar, diye kendini teselli etti.

"Ay hadi, tamam. Yemeyecekseniz kaldıralım sofrayı?"

"Yahu hala, dur! Boğazımıza dizme lokmaları. Muhabbet ede ede yiyoruz işte," dedi Derya ağzına bir köfte atarken.

"O zaman siz kaldırırsınız."

"Allah Allah, tabii ki biz kaldırırız. Sana iş mi yaptırtacağız *sinsi sinsi*?"

"Sen bana şimdi laf dokunduruyorsun ama ben oralı olmayacağım Derya Hanım."

"Aaa, ben niye sana laf dokundurayım hala? Babamın yanında hem de?"

"Sus. Seni bilmem mi ben? *Babamın yanında, babamın yanında,* diye diye istediğini söylüyorsun. Asıl sen beni konuşturma abimin yanında."

"Sen üçümüzün içinde en çok beni sevmiyorsun, değil mi hala? Hadi söyle."

"Boyun minare kadar oldu, hâlâ, *onu mu seviyorsun, beni mi sevmiyorsun*. Tövbe tövbe!"

Hep birlikte gülüştüler.

Sadık Bey torununa döndü, "Seninkiler bugün biraz atıştılar da. Anıların kapağı açıldı yine. Maçı bitiremedikleri için didişiyorlar," dedi

"Niye atıştılar ki? Ne oldu?"

"Ooof, çok uzun. Anlatırım yarın," dedi Derya.

Dönüş de şaşırmıştı.

"Aaa, benden sonra mı atıştınız? Ne oldu?"

"Evet, sen gittikten sonra. Yılan Perihan meselesi açıldı yine. Halam bana, *sinsilik yapma, kardeşinin kafasına kötü şeyler sokma,* dedi."

"Kimin? Benim mi? Niye böyle bir şey söyledi?"

Derya kırdığı potu o anda fark etti.

"Aman işte. Ben cadıyım ya... Neyse, boş ver. Serdar niye gelmedi? Erdem'e, *kesin gelirim akşam yemeğine,* demiş. Kaldı bak o kadar yemek."

"Bilmem. Akşamüzeri aradım ama telefonu kapalıydı."

Masada bir sessizlik.

Sessizliğin taşıdığı kırık hikâye...

Defne'nin bunu fark etmemesi mümkün değildi.

"Ne oldu teyze? Bir şey mi var benim bilmediğim?"

"Biz Serdar'la boşanmaya karar verdik."

"Siz?"

"Evet, biz."

"Ama teyze... Siz de boşanırsanız aşka inancım kalmayacak benim."

"Aşka inanmak için beraberliğin bitimsiz olması mı gerekiyor? Bitse de, yaşadığımız onca yıl, biriktirdiğimiz onca anı aşkın kendisi değil miydi? Ölümsüzlüğe, bitimsizliğe inanırsa hayal kırıklığına uğrar insan. Benim Serdar'la yaşadığım çok güzel bir aşktı. Hâlâ da öyle. Aşkı evlilik dediğimiz, aslında pek de gerçekçi olmayan bir yeminle sınıyoruz. Olmuyor elbette."

Sadık Bey su içtiği bardağı şaşkınlıkla masaya bıraktı.

"Ne demek gerçekçi değil? Dönüş bunları söyleyen sen misin kızım?"

Dönüş büyük bir sakinlikle yanıt verdi:

"Benim baba, evet. Sabah da söyledim size. Birdenbire ayrılık noktasına gelmiyor ki uzun evlilikler, ilişkiler. Hep düşündüm, düşünüyorum: Mesela ben o ağır hastalığı yaşarken bazen kardeşlerim, bazen Serdar tuttu başımı kusarken. Onlardan farksız bir şefkatle temizledi, besledi, sevdi beni. Aşkından zerre eksilen bir şey olmadı o günlerde, ya da hiç hissettirmedi bana. Ama ben kusarken saçımı tutan ablam ve kardeşim, onlar ben ne yaşarsam yaşayayım her halimi bilen, birlikte büyüdüğüm kanım, canım. Ablam beni öpmek için yeniden güzelleşmemi, saçımın çıkmasını beklemez. Ya da kilo almam onun bana göstereceği ilgiyi şekillendirmez."

"Anlamıyorum kızım ben seni. Kadın çirkinleşiyor, kilo alıyor diye mi bitiyor evlilikler? Erkekler de kilo alıyor. Onun da saçı dökülüyor."

"Hayır, hayır. Sadece bu nedenle bitiyor demiyorum. Yaşananlar, hastalıklar, göz çapakları, ter kokuları, zayıflıklar, insani zaaflar... Bütün bunlar insanı bedenen ve ruhen deforme ediyor ya yıllar içinde. Hepimizin, herkesin yaşadığı gibi. Olağanlaşıyor bir dolu şey. Yani nasıl anlatsam... Eskisi gibi heyecan verici gelmiyor insanlar birbirine. Ben hastayken Serdar bana hiç hissettirmemişti nasıl çöktüğümü. Dökülen saçlarımı toplar, kafamı öperdi. Hastayken bile kendimi güzel hissetmemi sağlayan o sihirli güç zaman içinde yıpranıyor demek istiyorum. O sevme gücüne âşık olduğun adam ya da kadın, gün geliyor, o yıpranmışlık içinde sana kendini dünyanın en çirkini olduğunu hissettirebiliyor."

"Ama ben annen için hiç böyle bir şey hissetmedim. Ona da hissettirmedim."

"Çünkü sen annemi, annemin seni sevdiğinden daha çok sevdin baba!"

Dönüş bu son cümlesiyle görünmeyen dev bir çana vurdu.

Çan bir o yana, bir bu yana giderken, Sadık Bey'in kalbi çok eski bir yerden sızladı. Dönüş'ün yüzüne bakakaldı.

Yaşlanırken acının ta kendisi olan insanlar, acıya genç yaşta yakalananlardır. Dönüş onlardan birine mi dönüşecekti yoksa?

Sadık Bey'in sızısını oturduğu yerde kendi kalbinde hisseden Kartal Bey, Dönüş'e yanıt verdi:

"Biliyor musun Dönüş, eğer bir koca karısını, karısının kendini sevdiğinden daha çok seviyorsa, o kadın mutlu bir kadın, o evlilik mutlu bir evlilik olur."

Kartal Bey o dev çanı bütün gücüyle Dönüş'e itmişti.

Türkân ve Derya içleri hop ederek Dönüş'e baktılar. Kartal Bey'in söyledikleri Dönüş için ağır bir darbeydi.

Dönüş bir an durdu.

"Haklısın Kartal abi. Ben Serdar'ı onun beni sevdiğinden daha çok sevdim sanırım. Kendi bildiğimce sevdim. Severken bıktırdım, yordum belki. Çok haklısın. O beni daha çok sevse evliliğimiz bu noktaya gelmezdi."

Türkân, Kartal'a kızgınlıkla baktı.

"Yok be kardeşim, onu demek istemedi Kartal."

"Ben anladım ablacım. Doğru söylüyor. Bir grup insan için kabul edilebilir bir gerçek olabilir bu. Babamların kuşağı için mesela. Onlar bizim gibi yaşamadılar ki. Halam haklı. Dışarıda sırtlan gibi bekleyenler insanların ayarlarını bozuyor. Bak şimdi Kartal abi... Ben arıyorum arıyorum, Serdar'ın telefonu hep kapalı ya..."

"E adam doktor. Hasta bakıyor. Senle muhabbet mi edecek?"

"Hah işte, bak sen de, *normali budur,* diyorsun. Ama acil bir durumda defalarca aradığın halde ulaşamamışsan, o anda sorun neyse güç bela kendin çözmüşsen, adam akşam eve geldiğinde sitem etme hakkın yok mudur? Ablam böyle bir şey yapsa, telefonu hep kapalı olsa, sen akşam sormaz mısın? *Neredesin, merak ettim, şu oldu, bu oldu,* demez misin? Peki ben sitem ettiğimde ne duyuyorum? *Telefonunu açamamışsam açamamışımdır, doktorum ben kızım! Senin çikolata dükkânın gibi işlemiyor hastane!*"

"Sen şimdi telefonunu açmıyor diye kızıyorsun. Serdar seninle kaba konuşuyor. O yüzden mi ayrılıyorsunuz?"

"Allah Allah, niye anlatamıyorum ben? Uzattım da ondan anlatamıyorum. Bak Kartal abi, ben eşi olarak ufacık bir konuda soru soramaz hale gelmişsem burada bir yanlış var demektir. Yanlışı ben de yapmış olabilirim ya da onun yanlış yapmasına neden olmuş olabilirim. Kıyası değişti derken bunun söylemeye çalışıyordum. Dışarıdaki sırtlanlar güzel sözler söyler; senin evdeki bolarmış eşofmanınsa adamın canını sıkar! Bir bakarsın seni sevmelere doyamayan o adam gitmiş, yerine, *tepemin tasını attırma, don lastiği gibi sıktın ama,* diyen kaba saba bir adam gelmiş!"

Nezahat hala dayanamadı:

"Hah, işte o yüzden diyorum size, eşofmanla dolaşmayın kızım, siz sporcu musunuz? Kocalarınızın karşısına güzel güzel giyinin çıkın. Makyajınızı yapın. Fırsat vermeyin diğer kadınlara."

Derya, Nezahat halanın sözünü kesti.

"Hah tamam, süper. Adamın söylediği laflara bak hala! Kadın bakımsız göründü, eşofmanla dolaştı diye böyle sözler işitmeyi hak ediyor yani, öyle mi? Ayrıca Serdar'a inanamıyorum!"

"Aaa, kötü bir şey mi dedim ben? Evlilikleriniz için iyi şeyler söylüyorum hep. Mutlu olun istiyorum. Ayrılık mayrılık konuşulmasın istiyorum. Erkek dediğin zaten kaba saba olur. Arada olur böyle şeyler."

"Tamam hala, tamam. Hikmet eniştem seninle böyle konuşsaydı, don lastiği mon lastiği diye..."

"Rahmetliyi karıştırma şimdi. O eski adamdı. Eski adamlar zarifti. Eski adamlar tanımadıkları kadınlara bile kibar davranırdı. Şimdikilerin hepsinin ağzı bozuk. Cep telefonlarıyla küfürlü küfürlü konuşuyorlar herkesin içinde. Garsonlara bağırıp çağırıyorlar. Böööööyle bacaklarını yayarak oturuyorlar hanımların karşısında. Benim kocam başkaydı. Şimdikilerin hepsi bozuk. Siz ikiniz hariç," dedi Erdem ve Kartal Bey'i parmağıyla göstererek.

Erdem kızlara destek olmak istedi.

"Halacım çok teşekkür ederim. Nazarında iyi bir yerim varsa çok memnun oldum. Ama kadınlar evde eşofmanla dolaşıyor diyorsun ya, erkekler her yere eşofmanla gidiyor artık. Kadınlar da onlara tepki göstersin o halde. Erkekler de kendilerine bakmalı, değil mi Derya?"

Sadık Bey, Derya'nın yanıtını beklemeden, buruk bir sesle konuşmaya girdi.

"Evliliğe her şey dahildir çocuklarım. Hastalık, bakımsızlık, mutsuzluk. Eşofmanlar yüzünden değil, kolay pes edildiği için bitiyor evlilikler. Sorunlara nedenler bulup çıkarıyorsunuz. Dönüş'ü tanımasam o da kolay pes etti derim ama benim kızım dirençlidir, savaşçıdır. Biliyorsunuz hepiniz, Serdar'ı da çok severim. İyi tanıdığımı düşünürdüm. Fakat anlam veremedim bu değişikliğine."

Dönüş babasının üzüntüsünü görünce pişman oldu anlattıklarına.

"Babacım her zaman böyle konuşmuyor. Ben de şimdi onu şikâyet etmiş gibi oldum. Sadece çok değişti diyorum. Üzülmeyin ama siz..."

Masada konuşulanları hiç ses çıkarmadan takip eden Defne, Mine Hanım'ın Somer için söylediklerini hatırladı o anda. "Niye ayrılmadınız? Çok mu sevdiniz o zayıf karakterli adamı?" diye sorduğunda nasıl da savunmuştu Somer'i...

Ah, ya şimdi söyleyecekti bugün olanları ya da hiçbir zaman.

Birden ayağa kalktı.

Derin bir nefes aldı.

"Tartışmanızı bölüyorum ama size anlatmak istediğim bir şey var. Belki tam da yeridir. Nasıl başlasam, bilemiyorum. Ben şanslı olduğumu düşünürüm hep. Çünkü siz büyüttünüz beni. Mutlu bir aile çocuğuyum. Herkesin aşk, evlilik, mutluluk tanımı kendine göre. Benimki de sizlerde gördüklerimle şekillendi. Annemin ve teyzelerimin yaşadıkları beni o kadar etkilerdi ki, hangisi gibi sevilmek istediğimi düşünürdüm."

Teyzelerine ve annesine baktı tek tek. Sonra annesinin bakışlarından kaçmak için başını eğip konuşmaya devam etti.

"Bugün bir kadınla tanıştım ben. Kendisiyle ilgili önyargılarım çok büyüktü. Hayatımın ünlü *kötü kadın*'larından biriydi. Kocası da *kötü adam*'larımdan. Onların hayatını, yapıp ettiklerini, yakıp yıktıklarını, sebep oldukları hasarları konuşurdu insanlar. Hiç tanımadığım bu iki insandan nefret ederdim."

Masada herkes dikkat kesilmiş, Defne'yi dinliyordu.

"Ben bugün kızları vesilesiyle o iki insanı tanıdım. Benim için çok ağır, hatta şoke ediciydi. Senelerce *kötü kadın* olarak bildiğim kişi neşeli, nazik, sevecen, sabırlı ve yapıcı biriymiş meğer. Yani kolay pes etmeyenlerdenmiş dedeciğim. Eski kadınlardan... O konuşurken anneme ne kadar benzediğini düşündüm. Adamla ilgili kişisel bir fikrim yok, hatta eski düşüncelerim pek değişmedi diyebilirim. Ama o hiç hoşlanmadığım adam, pek çok canı acıtmak uğruna aşkından vazgeçmemiş bir adam. Bunu o taraftan baktığında takdir etmemek mümkün değil. Bir kadını sevmiş ve hâlâ sevmekte. O kadın bu kadar sevildiği için mutlu mu, mutlu bir evliliği olmuş mu, orası biraz şüpheli. Kadının, adamın ona olan aşkı uğruna ödediği bedel bir esaret olmuş bence. Fakat kızları, kızlarının kişiliği, başarısı, gücü kadının bu hayattaki en büyük zaferi."

Defne derin bir nefes daha aldı. Türkân'a bakarak, "Anne, ben bugün Somer Bey'in eşi Mine Hanım ve kızları Kiraz'la tanıştım," dedi.

Annesinin bir şey söylemesini bekliyordu ama hayır, Türkân gözlerini masada bir noktaya dikti. Başını çevirip ona bakmıyordu bile. Bir süre öylece durdu. Sonra hiçbir şey söylemeden yerinden kalktı, çantasını aldı ve çıktı. Kartal Bey, "Türkân, Türkân dur!" diyerek arkasından koştu. Derya ve Erdem de onların ardından...

Dönüş, Sadık Bey ve Nezahat hala Defne'ye bakıyordu.

"Çok mu kötü bir şey yaptım dede?"

Sadık Bey çok emin olmasa da Defne'nin yüzündeki suçlu ifadeye kıyamadığından büyük bir tepki vermedi.

"Hayır, bu tabii ki çok kötü bir şey değil de... Ne münasebetle bir araya geldiniz?" diye sordu.

"Bugün babaannemin vefatının sene-i devriyesi. Anma törenine çağırdılar, ben de gittim."

Sadık Bey'in yüzü gölgelendi. Bunca yıl olmuş, her şey geçmiş, kaç kişi gelip gitmiş ama Rüçhan Hanım'ın bu ailenin mutluluğuna bıraktığı o ateşten kor Sadık Bey için hiç sönmemişti. Kinci bir adam değildi ama Nesrin'in kahırdan ölmesine neden olan o kadının adı bile yetiyordu o korun yeniden harlanması için.

Hiç konuşmasalar da biliyordu ki bu, Türkân için de böyleydi. Defne'yi de üzmek istemiyordu ama Türkân'ın seneler süren o kötü evliliğinde olup bitenleri az çok tahmin etmesine rağmen sustuğu, basiretsizliğe teslim olduğu için çok pişmandı. Yaşı ilerledikçe o günlerin konusu her açıldığında o pişmanlık daha da perişan ediyordu Sadık Bey'i.

Kızını üzenlerle torunu tanışmış demek.

Kızı Türkân kadar, hatta belki daha çok torunu Defne üzülmüştü. Bugün kocaman, aklı başında bir insandı Defne. Onu azarlasa -ki bu mümkün değildi- olup biten neyi değiştirebilirdi?

Dönüş, babasının suskunluğunu ve senelerce tanığı olduğu o büyük pişmanlığın babasına neler ettiğini en iyi bilenlerden biriydi.

Üstelik bu akşam ihtiyar kalbinin kaldırabileceğinden fazlasını yüklemişlerdi ona. Üzüntüyle yerinden kalkıp babasının elini tutarak önünde diz çöktü.

"Baba... Defne'ye kızamayız, değil mi?"

Sadık Bey bir çocuk gibi başını sağa sola salladı.

"Kızamayız," diye mırıldandı.

"Tamam o zaman. Sen bu gece konuşulan, olup biten hiçbir şey için üzme kendini. Her şey olacağına varır nihayetinde."

Sonra kalktı, ağlamak üzere olan Defne'nin yanına gitti, elini omzuna attı.

"Kardeşinle tanıştın demek sen, ha?"

"Evet... Ama annemi küstürdüm sanırım."

"Biraz zaman ver. Onun bunu anlaması seninki kadar kolay olmaz. Hadi gel, bana gidelim. Konuşuruz hem azıcık."

"Annem çok mu kızdı acaba teyze?"

"Mevzuyu sensiz değerlendirsin. Yan yana olursanız soruları seninle tartışmaya götürebilir onu. Hadi, al çantanı, çıkalım. Çok merak ettim neler oldu."

"Gideyim mi dede?"

"Git kızım."

Dönüş ve Defne birlikte çıktılar.

Onlar çıkar çıkmaz Derya kapıdan başını uzattı, "Baba, ablamları bize götürüyoruz. Ablam ağlıyor. Biraz konuşalım, sakinleştirelim, sonra gelirler," diye haber verdi.

Sadık Bey başını salladı. Dağınık masada kardeşi Nezahat'la ikisi kalmıştı. Sanki az önce neşeli bir akşam yemeği yenmemişti o masada. Sadık Bey üzüntüyle masaya bakarken Nezahat Hanım abisine doğru eğildi.

"Gördün mü abi, bak. Sofra yine bana kaldı. Sinsi sinsi kaçtı o Derya."

Sadık Bey sonunda patladı:

"Yeter yahu Nezahat! Taktın mı takıyorsun sen de!"

"Aman sustum. Kızlarını koru hep sen!"

KANADI KIRIK GÜVERCİNLER NEREYE GÖÇ EDER?

"Ömer olmasa o gün babaannemi görmeye zorlayamazdım kendimi. İyi ki gitmişim diyorum şimdi. Gitmeseydim, anneme nasıl anlatacağımı bilemediğim o hikâyeleri hiç öğrenemeyecektim. Babaannem bana bunları neden anlatıyor diye düşünüyordum onu dinlerken. Özür diliyor, günah çıkarıyor, kayıp, acılı bir zamanı telafi etmeye çalışıyor gibiydi. İnsan bir hikâyeye kendini kaptırdığında, bir bakıyor ki karşısındakini anlamaya başlamış. Bugün Mine Hanım konuşurken de aynı düşünceler geçti içimden. Rüçhan Hanım'ı anlamak, yaptıklarını onaylamak değil elbette ama sanırım onu affettim. Bu hakikaten affetmek mi bilmiyorum ama yüreğimi kısmen hafifleten bir değişiklik oldu içimde. O değişiklik babaannemi öfkeyle değil de, sızılı bir anlayışla hatırlatıyor bana artık. Ona acıyabileceğim hiç aklıma gelmezdi. Ölüm haberini, cenaze töreninin fotoğraflarını gazetede gördüğümde üzülmüştüm. Hatta cenazesine gitmediğim için huzursuz olmuştum. Bu yüzden bugün Edremit'te olmak istedim."

Aralık pencereden içeri dolan esinti ve denizin sakin dalga sesleri genç kızın hikâyesini büyütüyor, kim bilir belki de alıp Rüçhan Hanım'ın doğduğu çiftliğin zeytin ağaçlarına bırakıyordu. Dönüş anlatılanları karanlıkta ses çıkarmadan dinliyordu.

"Hakikaten Ömer olmasa bir dolu şeyi yapamazdım ben. Kısacık zaman içinde bende o kadar güçlü izler bırakmış ki. *Gerçek çok boyutludur,* derdi. *Yerinden kıpırdamadan gerçeği göremezsin, gördüğün sadece senin baktığın yönüdür.* Öyleymiş. Babaannemin anlattıklarından sonra bunu daha çok düşünür oldum. Bugün Somer, Mine Hanım ve Kiraz'la bir yemek masasında oturdum teyze. İnanabiliyor musun! Onların hayatında, o bilinmez dağın arka yanında ne olup bittiğini dinlerken bu serüvenin Ömer'in bana verdiği cesaret ve kattığı merakla başladığını düşündüm. O kadar isterdim ki bugün benimle olmasını. Başlattığı yolculuğun nerelere vardığını görmesini. Beni yüreklendirirken sanki bir ömür yanımda duracakmış gibiydi. O kara kutunun kapağını açtırdı ama kendi şimdi yok. İçimde bilinmeyeni merak eden Defne'yi harekete geçiriyordu onun varlığı. Bugün Mine Hanım, *Somer bilinmezden korkar,* dedi. Sanki kendi varlığının Somer'e verdiği güçten besleniyordu o da. Ömer de beni harekete geçirdiği o anlarda çok mutlu olurdu."

Karanlıkta teyzesinin elini tuttu. Annesiyle birlikte bir gün çıkıp gittikleri İstanbul'daki o evde geçen koyun koyuna geceleri andırıyordu bu gece. Hoşlandığı ilk çocuğu anlattığı, gelecek hayallerini sıraladığı o gecelerde olduğu gibi el eleydiler yine. Bir yabancıya en mahrem sırlarını anlatırken yargılanmayacağını bilen, yargılansa bile bunu umursamayacak insanların kabuğunu kuşanırdı karanlıkta.

Sorgulanmaya değil, içini dökmeye ihtiyacı olduğu anlarda sığındığı karanlıkta en sadık *yabancı*'sı olurdu Dönüş.

Bir zamanlar küçük bir yatakta kocaman bir dünyayı paylaşan teyze yeğen için değişen tek şey, aradan geçen yılların yüzlerine, ellerine bıraktığı izlerdi.

Kırık kalpleri biraz daha yaş almış, hepsi bu.

Dönüş ses çıkarmadan elini sıktı Defne'nin.

Yan bahçelerden birinden bir ut sesi yükseldi birden. İkisi de kulak verdiler sese. Öyle kederli çalıyordu ki çalan, kelimeler olmadan anlatıyordu derdini. Konuşmadan dinlemeye başladılar. Cırcırböcekleri de sustu o an. Odaya yasemin kokusu doldu esintiyle...

Dönüş kokuyu içine çekerek fısıldadı:

"Son yaseminler bunlar... Bak, nasıl kokuyor!"

Defne'nin sırtından çıkıp omzuna dolanan, boynunu sıkan bir yılandı şimdi özlemek. Öyle bir sıkıyordu ki, ağlamasına izin vermiyordu. Nefes aldırtmıyordu acıdan. Şimdi şu anda burada olsaydı, o da alsaydı bu kokuyu, o da duysaydı şu müziği...

Dönüş, dirseğinin üzerine dayanarak doğruldu.

"Demek sen Ömer'i bu kadar çok sevdin. Niye bugüne dek hiç anlatmadın? Amerika'dan döndüğünde sormuştum sana, sevdiğin birini mi bıraktın geride diye ama sen hayır demiştin."

"Konuşmanın zor olduğu günleri bilirsin teyze."

"Niye ayrıldınız peki?"

"Türkiye'ye gelmek istemedi."

"Sen kalsaydın yanında?"

"Kalamazdım. Göze alamazdım öyle büyük bir adımı. Hem giderken hepinize söz vermiştim döneceğim diye."

"O da hayatını orada bırakmayı göze alamadı?"

"Ama hiç aklımda yokken birlikte gidelim diyen oydu. Bütün hayallerimizi benim yerime de kurup, beni heveslendiren oydu."

"Sonra ne oldu?"

"Sonra... Gelmedi işte. Bitti."

"Hiç mi görüşmüyorsunuz?"

"Hiç."

"Neden?"

Defne yanıt vermedi, veremedi.

Özlemek bir yılandı. Hayal kırıklığı dediğinse bir kanadı kırık güvercin; insanın kaburgalarının içinde yaşayan. Vakti gelince uçurmazsan, salmaz da saklar, büyütürsen, sığmazdı ciğerine. Nice insanlar, büyüttükleri eski kırıklardan ölüp gittiler. Biliyordu bunu Defne. Belki şimdi tam sırasıydı o güvercini salmanın. *Yeter bu kadar içinde tuttuğu.*

"Senin Serdar eniştemi sevmene o kadar hayrandım ki... Sizinki çocukluktan genç kızlığa geçişimde tanığı olduğum en güzel aşk hikâyesiydi. Kartal babamın anneme hayranlığına, Erdem eniştemin Derya teyzeme bağlılığına da bayılırdım ama siz ikiniz başkaydınız. Hastalığının en zor zamanlarıydı. Kemoterapiden çıkmıştın bir gün. Can'ı alıp bize götürmek için size gelmiştim. Serdar eniştem seni kucağında tuvalete taşımıştı. Sen ağlıyordun, *istemiyorum, sen götürme,* diye. O da sana, *vallahi bakmayacağım, söz veriyorum,* diyordu. O kadar etkilenmiştim ki... Kapıda seni beklerken ağlamıştı. Gözlerini yumruklarıyla silmişti bir çocuk gibi. Sonra seni tuvaletten çıkarmış, kucaklayıp yatağına yatırmıştı. Az önce ağlayan o değilmiş gibi seni güldürüp uyutmuştu. Sonra da hastaneye, nöbete gitmişti. Birlikte bir şeylere kahkaha atmanızı çok severdim."

Dönüş kalbinden yükselen gözyaşı lavını bu kez durduramadı. Babasının karnına kafasını gömerek saklayabileceği, durdurabileceği bir an değildi bu. Zaten karanlığın birbirine sadık iki *yabancı*'sı değil miydiler?

Kendini bıraktı. Güçlü görünmek, olup bitenler için aklı başında nedenler aramak, kimse üzülmesin diye derdi, kederi örterek saklanmak zorunda olmadığı tek yer Defne'nin yanıydı. Gözyaşları kulaklarını, boynunu yaka yaka, iz bırakarak akıyordu karanlıkta. Burnunu çekti.

"Defne, bizi mi konuşacağız şimdi? Bu gece o mutlu günlerimi anmaya hiç gücüm yok inan. Konuşmayalım."

"Seni ağlatmak için söylemedim bunları. Yani gördüğüm, özendiğim o şahane aşkın erkek kahramanı Serdar eniştemdi. Ömer'i gördüğüm ilk anda, *işte benim Serdar'ım,* demiştim. İlk defa anlatıyorum bunu birine... Bir Katia şahit olanlara, bir de Kaan. Onların evinde tanıştık zaten. Ömer, Kaan'ın arkadaşıydı. Türkiye'de hiç yaşamamış ama yaşasaymış ancak o kadar taşırmış buraları kanında, ruhunda. Tanısan sen de çok severdin, biliyorum. Ömer tam bizimkilerin kumaşından dediğim, seninle, dedemle tanıştırmak istediğim ilk ve tek kişiydi."

"İlk gördüğünde, *işte benim Serdar'ım,* dediğinde ne hissetmiştin, hatırlıyor musun?"

Defne gülümsedi.

"Sıcak bir rüzgâr eser... Mutlu bir andır hani o! Onu gördüğüm anda öyle bir rüzgâr esti sanki. Ama yine de başlarda bir yabancıydı tabii. Zamanla arkadaş olduk. Hatta bir süre sonra, şu dersler *bir an önce bitsin, akşam olsun da, Kaanlara gidip Ömer'i göreyim,* diye beklediğimi fark ettim. Ömer'in gelmediği akşamlar üzülüyordum. Ne tatlı bir heyecandı onu görmeyi beklemek. Babaannemle yemeğe çıktığım o akşam samimi olduk aslında. Babaannemin yanından kaçıp eve zor atmıştım kendimi. Katia kapının sesini duyup arayınca dünyalar benim olmuştu. Ömer o gece bana o kadar çok soru sordu ki... İşte sana anlattığım o maceracı yanım, onunla o gece, o sorularla gün yüzüne çıktı. Sonra da zorla aldı götürdü beni babaanneme. İyi ki de götürmüş."

Sustu.

"Neden sustun kuzum?"

"Bir insanı hem delice sevmek hem de ona nefret edercesine kızabilmek, bu iki duyguya aynı anda esir olmak mümkünmüş. Hem çok özlemek hem de bir daha hiç görmemeye yemin etmek..."

"Her şey mümkün."

"Her şey."

Gökteki ay yer değiştiriyordu yavaşça. Yan evin geç saate kalmış misafirleri gidiyor, ev sahipleri yolcu ediyordu gidenleri. Bahçe kapısı kapanıyordu gıcırdayarak. Köpekleri havlıyordu laf olsun diye.

Dönüş anlıyordu elbette Defne'yi. Anlamaz mı? Kim yardım edecekti ona?

Sorular kolaylaştırır yanıtları, diye düşündü:

"Nasıl biriydi Ömer?"

"Şefkatli. Sevecen, neşeli, konuşkan. İyi bir dinleyiciydi. Bütün kalbiyle dinlerdi. Kaan'la Katia'nın bebeğiyle bile konuşurdu. Çok gülerdim ama nesnelerin dahi onu dinlediğini düşünür, onlara hep bir şeyler anlatırdı. Koltuğuyla, arabasıyla, gitarıyla arkadaş olduğunu söylerdi. Bugün Mine Hanım, Somer'in çiçeklerle konuştuğunu söyledi.

Babamın da bir kadın tarafından sevilebilen biri olduğunu düşündüm o anda. Ama Ömer onun gibi hoyrat, kaçak bir adam değil. Çevresindekileri öyle güzel yüreklendirirdi ki... Sana cesaret veren birini sevmek eşsiz değil mi sence de? Çok gülerdim ben ona. Her probleme saniyeler içinde bir çözüm bulurdu. Aç kalmazdın onunla, üşümezdin, üzülmezdin. Hiç bilmediğim şarkılar dinletirdi bana. Hiç bilmediğim türküler, şansonlar söylerdi. Sesi çok güzeldir. Ben müzik dinlemeyi öğrendim onunla diyebilirim. Yapamayacağımı düşündüğüm çılgınlıklar onunla birlikteyken korku olmaktan çıkar, bir oyuna dönüşürdü. Beraberken çok eğlenirdik. Ömer'in yaptığı yorumlar hiç görmediğim köşelerden bakmamı sağlar, başka türlü düşündürtürdü beni. Çok gülerdim onunlayken. Mine Hanım'la Somer de öyleymiş. Neden bilmiyorum, Mine Hanım'ın o adamı sevme nedenleri benimkilere çok benzediği için gıcık oldum. Birbirine hiç benzemeyen iki insan çünkü onlar. Ama belki her aşkta, her ilişkide başka bir insana dönüşüyoruzdur. Bir de Ömer, ben üzüldüğümde, göğsüne yaslardı başımı. Acım geçiverirdi."

"Aşk ne etkili bir ağrı kesici, değil mi? Başlarda öyle. Sonra bir bakmışsın ağrının ta kendisi olmuş. İnsan her aşkta başkasına dönüşürken, aşkın içinde de ne çok değişiyor. Yıllar geçiyor. Sonra bir bakıyorsun birlikte güldüğünüz şeyler azalmış. Hatta artık birlikteyken gülmez olmuşsun. O seni incittiği günü, ânı, nedenini unutmuş bile. Senin incindikçe ondan uzaklaştığını görememiş. Neyse... Aşkının zamana yenilerek un ufak olmasından daha güzel bu ayrılık, biliyor musun?"

"Ömer'le ayrıldığımızdan beri, ait olduğum bütünden kopmuş bir parça gibiyim. Onu ne kadar özlediğimi düşündüğüm her an bunu çok daha güçlü hissediyorum. Sanki bir bedenin sağ eli, sağ ayağıymışım da, o beden yok olduğunda ben garip bir biçimde canlı kalmışım. Ait olduğum bedeni arıyorum sürekli."

"Ne güzel anlattın."

"Bilmem. Öyle mi?"

"Hem de nasıl! *İnsanın ilkleri mutlulukla eşlenmişse onları ömrü boyunca bir daha yaşayamayacağı hazlar zannediyor,* demişti Kartal abi bir gün. Ne kadar doğru aslında. Hatırlamıyorum, sen de var mıydın o gün? Yoktun galiba. Madra Dağı'nın tepesine çıkmıştık. *İlk öpücüğünü çok sevdiğin bir kızdan aldıysan ve o gün kalbin mutluluktan patlamadıysa bir daha kimse patlatamaz,* diye düşünüyormuş gençken. Yıllarca kadınların her birinde o ilk öpücüğün tadını aramış. *Kalbimi patlatacak kadın nerede oğlum,* diyormuş. *Oysa öptükçe öptükçe eskiyordu dudaklarım. Kalbim eskiyordu,* dedi. Sonra Türkân ablamla tanışmış. Seni, bizi çok sevmiş. Hiç bilmediği sevinçler, mutluluklar yaşamış bizimle. Sonra, anneni öpmek için çok beklemiş, çok sabretmiş. Türkân ablamı öptüğünde artık başka bir kadını öpmeyeceğini anlamış. *Nereden anladım biliyor musun? Kalbim patlayacaktı lan mutluluktan,* dedi."

Defne gözündeki yaşı silerken kahkaha attı.

"Ben yoktum o gün. Ne güzel adamdır benim Kartal babam. İşte yani teyze... Ömer nasıl biriydi, biliyor musun? Al, o sohbette oturt Kartal babamın yanına, bin yıldır dostuymuş gibi eşlik ederdi ona. Al dedemin yanına koy, onunla Ayvalık sokaklarında yetmiş yıldır yürüyen oymuş gibi anlardı sızısını. O kadar bizdendi ki... Neler, kimler gelip geçiyor gözümün önünden. Kimleri kimleri tanıyorum, bilsen. Kendinden çok unvanına, titrine güvenenlerle dolu bir dünyada Ömer'i nasıl özlemem teyze? Otele binlercesi geliyor. Adam zannediyor ki, o telefonu ben filanca şirketin CEO'suyum diye açmasa, her cümlenin başına bunu koymasa kaliteli hizmet alamayacak, kimse onu insan yerine koymayacak. Sıkılıyorum teyze. Hem de çok. Ömer'i gözümde büyütmüyorum, inan. Fakat bana öyle bir şablon, öyle bir ölçü verdi ki, kimi görsem ondaki insanlık, ondaki kalp var mı o kişide diye bakıyorum."

"Belki barışırsınız, değişir her şey?"

"Yok teyze. Sanmam. Artık değişmez. Değişecek olsaydı şu kadar zamanda bir ses, bir haber gelirdi. Hayatı boyunca göçebe yaşamış bir çocuk. Ailesi askeri darbe sonrasında Almanya'ya iltica etmiş. Orada doğmuş Ömer. Bir odanın içinde altı kişi yaşıyorlarmış. Sonraları kısmen düzelmiş hayatları ama anne babası ayrılmışlar. Farklı ülkelerde yaşamışlar. O benim özgür ruhumdu, ben onun evcimen parçasıydım. Kaan, *benim yerime otelin başına siz geçsenize,* dediğinde ben oralı bile olmamıştım. Tamam diyen Ömer'di. O kadar şaşırmıştım ki... Ömer'in babası Kapadokyalıymış. Kaan'la da zaten bu vesileyle tanışmışlar. Hiç görmediği ama hep anlatılan o büyülü diyara gitmekle bozdu kafasını. O anlattıkça ben de ikna oldum. O hayal ettikçe ben sürüklendim."

Defne'nin kanadı kırık güvercini çıkıyordu artık göğüs kafesinden. Hayal kırıklığını salmanın tam vaktiydi. Sahibi derdini anlattıkça özgürleşen bütün kırık kanatlı kuşlar karanlık denizin kıyısındaki taşlara tünemişlerdi. Sonuncu hayal kırıklığı geldiğinde göçeceklerdi buralardan. Az kaldı, geldi, gelmek üzere. Ama kolay değil, onca yıl birlikte yaşadılar Defne'yle. Hatta Defne sevdi onları.

*

Acısını sevenler, hikâyesini böyle büyüttüğünü zannedenler aslında. Dönüş bunu söylemeliydi Defne'ye. *Kırık bir anıyı saklamadan da hikâyesini sevebilir insan,* demeliydi. Ama öncesinde o güvercinin çıkışına yardımcı olmalı. Göğüs kafesini açmalı incitmeden. Usulca sordu:

"Eee, sonra ne oldu? Niye vazgeçti Ömer bu hayalden?"

"Bilmem."

"Bir şey söylemedi mi?"

"Hayır."

"Anlamadım, nasıl söylemedi? Ne demek vazgeçti ama bir şey söylemedi?"

Defne derin bir soluk aldı. Doğruldu. Kafasının altındaki yastığı sırtına yerleştirerek yatağın içinde bağdaş kurdu.

"Benim eğitim programımın bitmesini bekledik. Bitti. Biletlerimizi aldık. Planımızı yapmıştık: İstanbul'da Kartal babamla ve annemle tanışacaktı. Onlardan izin isteyip, hatta mümkün olursa onları da alıp hemen Kapadokya'ya gidecektik. Projeyi birlikte görüp bizimkileri de ikna edecektik. Kaan'ın anneannesi de destek olacaktı bize. Sonra Ayvalık'a gelecekti herkes. Yazı burada arkadaşlarımız ve aileleriyle geçirecek, sonbaharda da otelin başına geçecektik. Kiraladığım evi başkasına devrettim. İki gün Katia'larda kaldım hatta. Uçuşumuzdan bir gün önce Katia bize veda yemeği hazırladı. Yedik içtik, güldük eğlendik. Sonra Ömer sabaha karşı çıktı. Bavullarını alacak, stüdyoya uğrayacak, işlerini diğer asistan arkadaşına teslim edecekti. Birimiz New York'un aşağı yakasından, diğerimiz yukarı yakasından gideceğimiz için alanda buluşalım diye sözleşmiştik. Ben havaalanına gittim. Bir süre bekledim. Baktım Ömer gecikiyor, onu daha fazla beklemeden uçağa alınması için hiç olmazsa bavulumu teslim edeyim dedim. Yanımdaki koltuğu rica minnet onun için ayırttım. Bu arada cep telefonunu arıyordum, sürekli meşgul çalıyordu. Delirecektim meraktan. Mesaj atıyordum fakat yanıt vermiyordu, beni aramıyordu. Uçuşa bir saat kaldı, Ömer hâlâ yoktu ortada. Kaan'ı, Katia'yı arıyordum; yok, onlar da ulaşamıyordu. Başına bir şey geldi diye delirmek üzereydim. *Uçağa geçiniz* anonsu geldi. Tam görevliye gidip *vazgeçtim, uçmayacağım, şehre dönüyorum,* diyecektim ki, Kaan aradı. *Defne çok üzgünüm. Ömer Türkiye'ye gitmekten vazgeçmiş. Seninle konuşmaya cesareti yokmuş. Bizi aradı, Katia'nın seninle konuşmasını istedi ama Katia konuşamayacak kadar üzgün. İnan, ne diyeceğimi bilemiyorum. Bütün bunlara biz sebep olduk. Ne olur, ne olur bizi affet, çok çok üzgünüm,* dedi."

Bir martı bağırdı çığlık çığlığa. Bir balıkçı motoru açıldı karanlık denize. *Pat pat pat...* Rüzgâr şiddetlendi, perdeyi havalandırdı. Defne'nin hayal kırıklığı artık göğüs kafesinde değildi. Bir kanadını tam açamasa da uçup gitti pencereden dışarı. Onu bekleyen diğerlerinin yanına kondu.

Defne devam etti:

"Kulağımda telefon, boş boş elimdeki biniş kartına bakıyordum. Kaan'ın benden özür dileyen sesi, Ömer gelmiyor, diyordu bana. Çok garip bir duyguydu. Çok! Sanki bir iğne sapladılar kalbime ve oradan başlayarak bütün bedenime, zihnime bir uyuşukluk yayıldı. *Neden seni ya da Katia'yı affedeyim Kaan? Siz ne yaptınız ki? Lütfen Katia'yı ver bana,* dedim. Katia benim yerime ağlıyordu, konuşamadı telefonda. Telefonu kapadım. Ömer yapmaz böyle şey, diyordum sürekli. *Beni böyle bırakmaz. Kesin bir şey oldu. Bana söylemiyorlar. Kaza mı yaptı yoksa?* Hemen tekrar Kaan'ı aradım. Telefonu meşgul çalıyordu. Sürekli arıyordum. Hep meşgul. *Tamam,* dedim, *kesin bir şey oldu!* Bir kez daha aradım, telefon açıldı. *Doğru söyle ne olur, bir şey mi oldu, kaza mı geçirdi, benden bir şey mi saklıyorsunuz,* dedim. *Katia neden bu kadar ağlıyor? Ömer bunu yapmaz. Bir şey oldu, değil mi? Gitmiyorum ben Türkiye'ye. Neredesiniz, evde misiniz? Geliyorum yanınıza,* dedim. Kaan o kadar sessizdi ki telefonda. Dizlerimin bağı çözüldü. Yere çöktüm. *Öldü mü, ne oldu,* diye bağırdım. Kaan çok kötü bir sesle, *dün gece bizden çıkmış ve doğruca Chicago'ya uçmuş,* dedi. Telefonu kapadım.

"Ölmediyse, yaralı değilse, beni böyle burada bıraktıysa, dün bütün gece, bütün gece yalan söyledi, diyordum kendime. Sonra yerde oturduğumu, herkesin bana baktığını fark ettim. Ayağa kalktım. *Hadi gidelim,* diyen, biletine kadar her şeyi hazırlayan o adam bana hiçbir şey söylemeden ortadan kaybolmuştu."

Bunca zaman Defne'nin göğüs kafesinde yaşamış kanadı kırık güvercin, Ömer'in kırıp bıraktığı bir kanat, bir hayal kırıklığıydı. Defne anlattıkça çırpındı. O göğüs kafesinden çıkarken çok paraladı, yırttı Defne'nin ciğerini. Şimdi incecik hüzün sızıyor bıraktığı o boşluğun duvarlarından.

Dönüş dinlerken, *nasıl bir aile dokusudur bu? Bütün kadınlarının içinde kapağı kapalı sırlar, hatıralar... Kutularca. Dizi dizi. Bu kadar zaman nasıl, neden tutmuş içinde bunları,* diye düşünüyordu.

"New York'a giderken yol boyu senin defterini okumuştum. O defteri okuduktan sonraki altı ay içinde başka birine dönüşmüştüm. Defter sırt çantamdaydı. Kaan'la konuştuktan sonra telefonu pilini çıkarıp çantama attım. Defteri aldım. Uçakta yerime otururken içimde cılız bir umut vardı: Uçak kalkmadan Ömer birden gelip yanıma oturacak, *nasıl kandırdık ama,* diyecek. Ama gelmedi. Sonra uçak havalandı. Defteri göğsüme bastırmıştım. Sen, annem, teyzem, dedem, hepiniz yanımdaydınız sanki. Size sarılıyordum. Bir saat sonra bütün keskinliği ile anlamıştım: Kimse gelmeyecekti yanıma. Ömer beni hakikaten bırakmıştı. Canım mı acıyordu, aç mıydım, ağlamak mı istiyordum, bilemiyordum. Ömer bunu nasıl yaptı, neden yaptı, diye soruyordum kendime. Asla bir yanıt bulamıyordum. Çok büyük yalancı, büyük sahtekârdı demek. İnsan kendine bir karakter yaratıp nasıl oynardı? Aylarca hem de? Yani bize tanıttığı o Ömer yoktu! İnsan ufacık bir açık vermez mi? Hayır! Asla! O yüzden şaşkındım. İnanamıyordum. Sonra defteri açtım. İstanbul'a inene kadar ilk satırından itibaren bir kez daha ağlaya ağlaya okudum. Mesut'un hakkını ilk okuyuşumda da, ona okuma yazma öğretirken de, onunla geçirdiğim bütün o güzel günlerde de verememişim. Hayatınıza girişi, kimsesizliği, büyümeyi bırakarak dünyaya başkaldırışı, paraları yaktığını düşündüğün o sabah, onu ardınızda bırakıp İstanbul'a gelişiniz... Yanımdaki koltukta, Ömer'in olması gereken yerde kimse yoktu ve ben doya doya ağlıyordum. Annemin, senin yaşadıklarınız yanında benim havaalanında piç gibi bırakılışım neydi ki? Tesellimi ailemin acısında buldum. Uçağın İstanbul'a inmesine bir saat kala kapadım defterini.

"Ömer'in yaptığına o kadar anlam veremiyordum ki, yaşadığım son altı ayın gerçekliğinden şüphe eder oldum. Ona yazmak, sormak, gururuma yedirebileceğim bir şey değildi. *Herhalde bana yazar, nedenini anlatır,* diyordum. Ama hayır, hiçbir şey yazmadı ve hiç aramadı. Utancı o kadar büyük olmalı ki Katia ve Kaan'ı da uzun süre aramamış. Katia benden daha öfkeli bekliyordu Ömer'i. Kaan'la konuşmuşlar birkaç ay sonra. Chicago'da bir müzik stüdyosunda çalışıyormuş. Oraya yerleşmiş. Kaan, *neden böyle bir şey yaptın,* diye sorduğunda, *bir gün konuşuruz,* demiş. Hepsi bu. Bir daha hiçbirimiz hiçbir haber almadık Ömer'den."

Sabahın ilk kuşları ötüyordu karanlıkta. Bir balıkçı teknesi daha açılıyordu denize. Yıldızlar birer birer sönüyor, kanadı kırık bütün güvercinler güneye doğru yol alıyordu. Gün doğacak, karanlıkta kanayan kalpler gündüz gözüyle teselli edilip öpüleceklerdi.

Defne, teyzesinin omzuna başını dayadı.

Dönüş genç kadının saçlarını okşarken Ömer'i böyle kaçak yapan, korkutan o ilk acıyı merak etti.

"GÜN HİÇ BAŞLAMASAYDI KEŞKE"

Derya, her sabah olduğu gibi, kedileri Müjde, Sevinç ve Asuman'ın miyavlamalarıyla gözünü açtı. Kedilerin uyanışı gün doğumuyla eşti ama Derya bir gece önce geç yattığı için uykusunu alamamıştı.

"Allah aşkına susun! Ben bütün günümü sizin gibi uyuyarak geçirmiyorum!" diye söylendi. Puflayarak doğruldu, uykusuz gözlerle bir süre kedilere baktı. Üç kedi de karşısına geçmiş, onu izliyordu.

"Kahvaltı hazırlamak gerek. Şimdi hepsi bize gelecekler," dedi Derya, Müjde kedisine.

Müjde kedisi gözlerini açıp kapadı.

Sevinç kedisi kısaca miyavladı: *Bizim kahvaltıyı bir ver de*

Derya gözünü ovuşturarak "Tamam kızım ya, öncelik sizin tabii!" dedi Sevinç kedisine. Asuman kedisi bir adım öne çıkıp kuyruğunu kıvırarak bacaklarına dolandı Derya'nın. *Sen bu şıllıklara yüz verme, en çok ben seviyorum seni annecim,* diye mırıldandı.

Üç köpek kardeşin en küçükleri Bayram, daha minicik bir yavruyken yaşadığı kaza yüzünden bir patisini ve bir gözünü kaybetmişti. Bu nedenle Mutlu ve Bahtiyar'ın aksine bahçede değil, evde yaşıyordu. Kardeşleri bahçede oradan oraya koşarak büyürken, o daha sakin bir çocukluk geçirmek zorundaydı.

Yukarıdan gelen sesleri duyunca Derya'nın uyandığını anladı. Merdivenin başına gelip *vooof* dedi kısaca. Ne havlama ne uyarıydı bu. Kısa ve net: *Günaydın anne!*

Küçük Elif, Bayram'ın sesine uyandı. Kurulmuş bir oyuncak gibi uyanıp yatağın üzerinde zıplamaya başladı. Avaz avaz bağırıyordu: "Anne? Anne! Can'la bana ballı krep yapsana!"

Gülce'nin odasından bir haykırış yükseldi: "Uyumaya çalışıyoruz şurdaaaaa!! Nefreet ediyorum bu evden yaaaa!"

Gülce haykırınca Bayram korktu ve yüksek sesle havlamaya başladı.

Onu duyan bahçedeki kardeşleri kapının önüne koşup bağırmaya başladılar: *Havv! Hav hav! Herkes uyandı mı? Yaşasın! Kapıyı açın, hadi! Oğlum çekilsene* şurdan. *Önce ben duydum!*

Mutlu ve Bahtiyar'ın itişmeli havlamasına horoz Ramazan katıldı: *Yav mesaiye benden önce başlıyorsunuz, asabımı bozuyorsunuz!*

Bütün bu hengâme içinde iki kişi mışıl mışıl uyumaya devam ediyordu: Evdeki iki erkek, Erdem ve Can.

Derya yüzünü yıkarken, "Başından aşağı su döksem rüya gördüm zannedip uyumaya devam eder bu adam!" diye söylendi. Üzerini değiştirip aşağı indiğinde yardımcısı Elena kedilerin mama kaplarını doldurmuş, panjurları açıyordu.

"Bir tanesin Elena! Kahvaltıya bizimkiler gelecek. Sen çocuklara krep yap, ben de köpekleri gezdirip geliyorum."

Elena, "Sız hıc marak etmiyorsunuz, bean sufrayu azırlayacam," dedi gülerek.

*

Derya'nın evinin gürültülü uyanışına karşılık, Sadık Beylerin evinde derin bir sessizlik hâkimdi. Nezahat hala uyuyor, Sadık Bey üzerinde pijamalarıyla balkondan denizi izliyor, Türkân ve Kartal ise yatakta gözlerini açmış, konuşmadan yatıyorlardı. Kartal Bey tavana bakan karısının saçlarını okşadı.

"Daha iyi misin canım?"

Türkân gözlerini tavandan ayırmadan mırıldandı:

"Galiba evet. Defne bana ihanet etmiş gibi hissettim."

"Haklısın. Bir an için öyle hissetmen olağan. Seni üzmek istemediğimiz için anlatmamıştık bazı şeyleri."

Türkân yataktan kalktı. Uzun saçlarının ince askılı geceliğinin üzerine dökülüşüne, duru yüzüne ve vücuduna aşkla baktı Kartal.

Kocasının onu hayranlıkla seyrettiğinin farkında bile olmayan Türkân, sabahlığını giyerken, "Zaten en büyük hata da bu değil mi? Bir şeyleri sonradan öğrendiğimde, üstüne bir de benden sakladığınız için üzülüyorum. Keşke kimse kimsenin yerine düşünmese, üzülmesine engel olmak için gereğinden fazla çaba sarf etmese," dedi.

"Bence de."

"Sence de mi? Sen beni dinlemiyorsun! Ben sana söylüyorum bunları. Üzülmeyeyim diye bir şey saklama benden. Bu beni kırıyor."

"Sakın ha! Kırılmak filan, söyleme öyle şeyler. Anlattım sana işte bir tanem. Daha kaç kere söyleyeceğim? Defne'yi benden daha iyi tanıyorsun. Onu sen yetiştirdin. Sana her şeyi nedeniyle anlatacaktır. Dün gece o da kim bilir ne kadar gerildi. Bugün sakin sakin konuşuruz."

"Konuşuruz elbette."

Kartal Bey yataktan kalktı. Karısının elinden tuttu. Dolabın üzerindeki boy aynasının önünde duruyorlardı. Türkân'ın beline sarıldı. Aynadaki görüntülerine bakarak sordu:

"Türkân, çok yaşlanmadık daha, değil mi?"

Türkân ona sarılan kocasının ellerinin üzerine ellerini koydu.

"Hayır, yaşlanmadık."

"Biraz daha vaktimiz var, değil mi?"

"Deli misin sen? Ne biçim konuşuyorsun?"

"Ölürsem az yaşamış olurum bu mutluluğu diye korkuyorum."

"Korkma... Korkma aşkım."

Dönüp kocasının yanağını öptü.

"Babam çoktan kalkmıştır. İki lokma bir şey hazırlayayım da ilaçlarını içsin. Derya'ya gidene kadar aç kalmasın. Sen de giyinip hazırlan o arada."

Tam odadan çıkacaktı ki, Kartal Bey karısının kolunu tuttu.

"Bu Dönüş'le Serdar'ı ne yapacağız? İzin ver, ikisiyle de konuşayım."

"Aşkım bence de iyi olur ama babama sor."

Türkân mutfağa geçti ve Dönüş'e mesaj attı.

Dönüş mesajın sesiyle açtı gözünü. Ablası soruları arka arkaya sıralamıştı:

"Konuştunuz mu Defne'yle? Morali nasıl? Uyudu mu?"

Gözünü ovuşturdu. Sonra harflere tek tek basarak yanıt yazdı:

"Üstümüz başımızla uyuyakalmışız. Sabaha kadar konuştuk. İyi geldi ona. Merak etme. Sonra ben sana detaylıca anlatırım her şeyi. Derya'yla gece haberleştik. Kahvaltıda görüşürüz ablacım."

Defne derin bir uykudaydı.

Dönüş telefonu bırakıp bir süre tavanı seyretti. Serdar'dan bir mesaj yoktu. Eve de gelmemişti yine. Can'a nasıl anlatacaktı bütün bu olanları? Olduğu gibi söylemek en güzeliydi belki. Lakin *olduğu gibi*'si nasıldı? İşte bunu bilmiyordu.

Yataktan kalktı. Yumuşak bir sesle Defne'ye seslendi:

"Defne, kuzum, hadi uyan yavaş yavaş. Ben duşa giriyorum. Sen bir kahve iç o arada."

"Tamam teyze," dedi Defne, gözlerini açmadan.

Bu yatakta, Dönüş teyzesinin yanında, hep o huzurlu çocuk uykusuna kavuşurdu. O uykudan sıyrılmayı hiç istemiyordu şimdi.

Uykudan sıyrılmak istemeyen bir başkası da Can'dı. Küçük Elif'in bağrışları içinde uyumak mümkün değildi ama yine de uyanmak istemiyordu bu sabah. Başını yastığın altına soktu. *Bugün hiç başlamasaydı keşke. Hatta keşke hiç büyümeseydi Can...*

Küçük Elif onu uyandırmak için başında bağırıyordu ama Can kafasını yastığın altından çıkarmıyordu. Derya teyzesi gelip Elif'i aldı, Can'ın yattığı misafir odasının kapısını kapadı. Can derin bir soluk alarak kafasını yastığın altından çıkardı. Yatağın altına koyduğu telefonunu çıkardı. Babasından gelen belki yetmiş kere okuduğu mesajını açtı yeniden:

"Oğlum, annenle ayrılmayı düşünüyoruz. O seninle konuşana kadar sen bir şey söyleme. Sen artık büyüdün. Sana güvendiğim için önden haber vermek istedim. Düşünmeni istiyorum: Benimle İstanbul'a mı geleceksin, yoksa annenle burada mı kalacaksın? Karar senin. Düşün ve bana bir cevap yaz."

Cevap?

Babasının adını görünce sevinçle açmıştı mesajı. Okuduktan sonra ilk düşündüğüyse şu olmuştu: *Annem bu mesajı görürse çok üzülür!*

Mesajı silmek istemiş ama bunu bir türlü yapamamıştı. İki gündür bu mesajla yaşıyordu. Her an annesinin onunla konuşmasını bekliyor, ne yanıt vereceğini düşünüyordu. Fakat annesi açmıyordu konuyu. Hiçbir şey yokmuş gibi yapıyordu.

Can'ın endişesi bekledikçe daha da büyüyordu. Büyük olasılıkla bugün o konuşma yapılacaktı. Bütün ailenin kahvaltıya buraya gelecek olması garanti bu yüzdendi. Can'dan karar vermesini isteyeceklerdi. *Annenle mi kalacaksın, babana mı gideceksin,* diye soracaklardı.

Böyle bir güne uyanmamış, öyle bir mesajı hiç almamış olsaydı keşke. Anne babası ayrılacak olmasaydı...

Her şey, geçen yıl olduğu haline dönseydi mesela. Ailecek uyandıkları sabahlara, babasının, matematik ödevini eksik bıraktığı için kızdığı günlere dönseler. Can bir karar vermek zorunda kalmasa. Sadece matematik problemlerini çözmek zorunda olsa.

Nasıl bırakır annesini burada? Annesi onsuz ne yapar? Babası gitmek zorunda mı sahiden? Seneye basketbol seçmelerinde babası olmayacak mı yani yanında? Matematik ödevlerini annesi mi kontrol edecek? Markete kim gidecek peki? Annesi ağır torbaları taşıyamaz ki. Can hepsini tek tek taşısa belki yardım edebilir ama... Keşke bir kardeşi olsaydı. Yardım ederlerdi birbirlerine. Tek başına karar vermek zorunda kalmazdı. Belki babası iki çocuk oldukları için bırakmazdı onları... Evet, evet, annesinin yanında kalmalıydı. Gitmeye karar veren babasıysa eğer... *Ama çok özlerim ben babamı. Olsun. Özleyince yanına gider, biraz kalır, sonra yine annemin yanına dönerim.*

Can yanıt aradığı soruların, çözümsüz sorunların içinde kıvranırken kapı açılıverdi ve küçük Elif daldı içeri. Can hemen telefonunu yorganın altına sakladı. Küçük Elif'i yakalamak için arkasından koşarak Erdem eniştesi girdi odaya. Elif'i yakaladığı gibi kucağına aldı.

"Uyandın mı Can? Hadi kalk bakalım, kahvaltıya hazırlan," dedi.

Can yanıt vermedi.

Erdem ona dikkatlice bakınca pek iyi görünmediğini fark etti. Elif'i yere bırakıp yatağın yanına oturdu. Elini Can'ın alnına koydu.

"Ateşin mi var senin? Hasta mısın? Bir yerin mi ağrıyor?"

Can kafasını iki yana salladı.

"Ne oldu Can?"

"Hiç..."

"Bir şey olmuş, ben anlarım. Canını sıkan bir şey mi var? Kız meselesi mi? Erkek erkeğe konuşalım mı?"

"Yok, değil."

"Hımm, kız meselesi değil yani? O halde başka bir mesele?"

Can başını bu kez aşağı yukarı salladı.

"Bir karar vermem gerek bugün."

"Çok mu zor bir karar bu?"

Can'ın alt dudağı aşağı sarkmıştı. Dişlerini sıkıyordu.

Erdem çocuğun ağlamamaya çalıştığını görünce Elif'i elinden tutup odadan çıkmaya hazırlandı.

"Hadi kalk, yüzünü yıka. Kimse gelmeden yürüyüşe çıkalım seninle," dedi.

Can, "Tamam," dedi çatallı bir sesle.

*

Can yüzünü yıkarken Kartal Bey arabasını Deryaların evinin arka bahçesine park etti. Sadık Bey ve Nezahat hala birbirlerine tutunarak arabadan indiler. Sadık Bey bastonuna dayanarak tavukları kontrol etmeye gitti. Nezahat hala Türkân'ın koluna girmiş eve doğru yürürken, "Ayol şu erkek Fatma'ya bak! Kaç tane köpek, kedi, tavuk, keçi, çocuk! Derya'nın içinizdeki en anaç, doğurgan kadın olacağı kimin aklına gelirdi?" dedi.

Türkân güldü.

"Keşke Derya duysaydı bu dediğini. Sevinirdi. Benden geçti de, sakın Dönüş'ün yanında söyleme. Çocuk neler yaşadı biliyorsun."

"Ay, evet evet. Kız öyle bir şey yaparsam sen beni dürt. Kaş göz yap."

"Ay hala! Yapıyorum ama anlamayıp insanı rezil ediyorsun. *Ne var? Ne oynuyor kaşın gözün,* diye mahcup ediyorsun."

"Üf! Yaşlı insanım kızım ben. Çekiliyor beynim yavaş yavaş işte. Sizi de göreceğiz. Ben göremem de, kendiniz görürsünüz inşallah, nasıl bir şeymiş yaşlanmak!"

"Aşkım halam benim. Allah uzun ömür versin sana inşallah."

"Kız bu Elena hâlâ çalışıyor mu burada? Bitmedi mi bunun vizesi? Kaçmadı mı hâlâ kocaya mocaya?"

Elena gülerek elini uzattı Nezahat halaya. İçeri girmesine yardım etti.

"Dönüşler gelmedi mi kızım?" diye sordu Nezahat hala.

Dönüş ve Defne arabada radyonun sesini sonuna dek açmış bağıra bağıra şarkı söyleyerek eve yaklaşmaktaydılar o sıra.

"Ta uzak yollardan, çıktım geldim senin kollarına..."

*

Erdem merdivenlere oturmuş, Can'ı bekliyordu. Can yüzünü yıkamış, üstünü değiştirmiş bir halde çıktı banyodan. Erdem'in yanına gidip oturdu. Kollarını dizlerine dayadı.

"Biz çıkamadan geldiler galiba?"

"Evet. Ama biz konuşabiliriz istersen. Kimse çıkmaz şimdi yukarı."

"Elif gelirse?"

"Yok yok, dedesinin yanına gitti. Anlat bakalım, neymiş bu vermen gereken karar?"

"Erdem enişte, sen şimdi çocuk olsan... Yani tam çocuk da değilsin ama tam büyük de değilsin. Benim kadarsın yani, tamam mı?"

"Tamam."

"Baban sana dese ki: *Anneni mi daha çok seviyorsun, beni mi?* Sen ne cevap verirdin?"

"*Böyle soru mu olur babacım, soru baştan yanlış,* derdim"

"Ya enişte... Hadi ama."

Erdem meseleyi sezmekle beraber emin olamadığı için açık açık sormaktan çekindi.

"Nereden çıktı şimdi bu? Ben mesela tam senin kadar olsam, bir karar vermek için nedenini bilmem gerekir diye düşünüyorum. Yani ben neden böyle bir karar vermek zorundayım diye sorarım."

"Çünkü baban istiyor."

Erdem üzüntüyle yüzüne bakan Can'ı kucaklamak, ona sıkı sıkı sarılmak istedi. Sonra böyle aşırı şefkatli bir hamlenin onun gibi bir delikanlının hoşuna gitmeyebileceğini düşünüp kendini tuttu. Ama geç kalmıştı vazgeçmek için, eli havada kaldı.

Can, Erdem'in ona sarılmak istediğini ama tereddüt ettiğini anladı. O attı elini eniştesinin beline. Erdem de kolunu Can'ın omzuna sardı. Kolunu sıkıp bıraktı.

"Eğer bunu babam soruyor ve benden bir karar vermemi istiyorsa, ben de enişteme anlatırım. Eniştem de der ki, *affedersin, yanlış anlama ama senin baban bir eşek!*"

Can kıkırdadı.

"Ben şimdi babama ne diyeyim? *Erdem enişte sana eşek diyor* mu diyeyim?"

Erdem, Can'ın ıslak saçlarını düzeltti.

"Haaaa? O adam senin baban mı? Olur mu oğlum? Senin baban çok değerli bir doktor. Yanlış soru sormaz. Sana tam olarak ne sordu? Soruyu tam olarak öğreneyim de öyle yanıt vereyim. *Anneni mi, beni mi daha çok seviyorsun,* diye mi sordu gerçekten?"

"Tam olarak öyle değil."

"Hah! Bak yanıltma beni evladım. Soruyu alayım, yanıtı bulalım, kahvaltıya inelim."

"Annemle ayrılacaklarmış. *Benimle mi geleceksin, annenle mi kalacaksın, karar ver,* diye soruyor. Düşünüp ona yanıt yazacakmışım."

"Ne zaman sordu bunu?"

"Cep telefonuma mesaj atmış."

"Ver bakayım. Ulan bu telefonlar hep bela işte kardeşim..."

Erdem mesajı okudu. Bir daha okudu. Okudukça sinirlendi. Serdar'ın psikolojisinde bir şeyler yolunda gitmiyordu, kesindi bu. Onun gibi bir adam böyle bir yükü çocuğuna nasıl yüklerdi?

"Can, sen babana hiçbir şey yazma. Çünkü böyle bir karar verebilmek için henüz yetkin değilsin. Yani yaşın yetmiyor daha, anladın mı? Baban bence meşgul olduğu bir anda pek düşünemeden yazmış bunu. İznin olursa ben babana kendi telefonumdan yanıt yazabilir miyim?"

"Kötü bir şey yazmayacaksın ama değil mi? Çünkü, *kimseye söyleme,* diyor."

"Sen merak etme. O bana da bir sürü şey anlatıyor, *kimseye söyleme,* diye tembih ediyor. Bunu bana anlatmış olmana kızmaz."

"Tamam o zaman."

"Bana bak, dert etme artık bunu. Bugün eğlenelim. Onlar senden büyük. Onlar senin annen baban. Kendileri karar vermek zorunda oğlummmm. Annnadın mı?"

"Annnnadımmm!"

Can gülerek merdivenden indi.

Erdem telefonunu çıkardı. Serdar'ın numarasını seçip mesaj yazdı:

"Bacanağım değil, arkadaşım dedim sana. Arkadaştan öte, kardeşim oldun. Ama bu çocuğun gözünden dökülen bir damla yaşın daha sebebi olursan, yemin ederim, seni silmekle kalmam, herkesten önce ben sorarım hesabını. Kendini topla!"

Dönüş ve Defne içeri girdiklerinde kahvaltı masası hazırlanmıştı, herkes onları bekliyordu.

Türkân, Defne'ye sarıldı. Derya, Erdem ve Kartal Bey'le gece yaptıkları uzun konuşmanın da etkisiyle sakinleşmişti. Üstelik kimse bir gece önce yaşanan o tatsızlığı anımsamak istemiyordu. Mutlu bir sabaha başlamışlardı işte.

Defne annesinin koluna girdi. Masadakilerden bir iki adım uzaklaştıklarında karşısına geçti.

"Annem... Öncelikle seni üzecek hiçbir şey yapmak istemediğimi biliyorsun, değil mi? Neler olup bittiğini sana böyle ayaküstü anlatamam. Senin de bilmen gerektiğini düşündüğüm çok şey var. Babaannem ve Mine Hanım'ın anlattıkları benim bazı meselelere bakışımı değiştirdi. Elbette onları anladım, yaptıklarını onayladım demiyorum, sakın yanlış anlama. Bunları zaten uzun uzun konuşuruz. Babaannem sana aldıkları bütün mücevherleri saklamış. Dün bana teslim ettiler. Ben de akşam sana vereceğim. Biliyorum sana danışmadan, haber vermeden oraya gittiğim için kızgınsın ama ben sana sormadan bir şey daha yaptım. Somer'in sana taktığı o pırlanta gerdanlık vardı ya. Onu kızları Kiraz'a verdim. Gerisi kutuda. Gelinliğine takılan küçük altınlar bile duruyor içinde. Hatta Nesrin anneannemin sana benim doğumumda taktığı yüzük var ya, o da kutuda!"

Türkân bir süre ne söyleyeceğini bilemeden kızına baktı.

"Sen yetişkin bir insansın. Sana ve aklına her zaman çok güvendim. Sen küçücük halinle neyi ne zaman yapman gerektiğini hep bildin. Ben hep senden cesaret aldım. Sen benden daha cesur oldun hep. Belime kadardı boyun; babaannenin karşısına geçtin. O yüzden elbette bu hesabı görmek, kapatmak için onlarla görüşmen en doğal hakkın. Sadece önceden bilmek isterdim. Dün gece öyle pat diye söyleyince hem çok şaşırdım hem de kırıldım. Ama gece vakit geçtikçe tepkimin yüksek olduğunu anladım. Sen de kusura bakma kızım. O mücevherleri istemiyorum. Sen nasıl uygun bulursan öyle kullan. Sadece annemin yüzüğünü bana versen yeter. Sana neler anlattılar, çok da merak etmiyorum artık. Nasılsa günü gelince konuşuruz. Üzme sen de kendini."

Defne'nin içi rahatlamıştı. Sevinçle annesine sarıldı. Sonra el ele masaya oturdular. Neşe içinde çaylar kondu, krepler elden ele uzatıldı. Nezahat hala yine ne yiyeceğine karar veremedi. Çünkü zaten odasında herkesten gizlediği lorlu kurabiyelerden üç tane yemişti. Her sabah aynı oyunu oynuyordu: "Çok da iştahım yok ama ne yapsak?"

Kahvaltının ortasına gelmişlerdi ki, Gülce pijamalarıyla ayaklarını sürüye sürüye indi merdivenlerden.

"Merhabalar, herkese günaydın," dedi kimsenin suratına bakmadan.

Bütün masa bir an donup, dönem filminde unutulmuş bir elektronik saat gibi o neşeli aile resminde aykırı duran Gülce'ye baktı. Sonra herkes kaldığı yerden devam ettirdi şamatayı.

Gülce tabağını doldurdu. "Dedecim çok özür dilerim. Önemli bir *facetime* görüşmesi yapacağım arkadaşlarla. Odamda yesem olur mu?" diye sordu.

"Olur kızım, nasıl rahat edersen," dedi Sadık Bey.

"Sağ ol dedecim. Bir de yani şimdi Dönüş teyzemin boşanma meselesini, Defne ablamın üvey annesinin anlattıklarını filan konuşursunuz, hiç çekemiycem bu muhabbeti. Sınav da var."

Derya ve Erdem aynı anda gürledi:

"Gülce!!!"

Derya yerinden fırladı.

"Bu nasıl bir konuşma? Bu nasıl bir düşüncesizlik?"

"Ay anne, ne dedim ki ben? Özür dilerim, tamam. Yani böyle kasınç şeyler konuşulurken burada olmak istemiyorum demek istedim. Zaten ben ne desem kabahat, ne desem suç! Uff, tamam hadi, durmuyorum yanınızda."

Gülce merdivenden koşarak çıktı.

Masada bir bomba patlamıştı. Herkes Can'a bakıyordu.

Can çatalını masaya bıraktı.

"Anne ben biliyordum zaten. Üzülme lütfen. Bak, biz hepimiz buradayız. Gülce ablam ergenlik krizi yaşıyor. Ona anlayış göstermek zorundayız."

Masadakiler gülüştüler. Dönüş'ün gözleri doldu.

Türkân şefkatle, "Senin o ergenlik mergenlik diyen dilini, kuzeni için anlayış isteyen kalbini severim güzel oğlum! Sen nereden biliyorsun ergenlik krizlerini?" diye sordu.

"Rehberlik saatinde öğretmen anlattı. *Sizden üç dört yaş büyük ablanız, abiniz varsa onlarla çatışmayın. Hem sınav stresi yaşıyorlar hem de hormonları değiştiği, vücutları geliştiği için bu değişime uyum sağlamaya çalışıyorlar,* dedi. *Siz de birkaç sene içinde yaşayacaksınız, bunları bilmelisiniz,* dedi."

Kartal Bey peçetesini abartılı bir oyunculukla masaya savurdu.

"Vay arkadaş! Eğitim sisteminin geldiği yere bak. Ben Can'ın yaşındayken kara önlüğümün üstünden sarkan beyaz yakamı yerinde tutamıyordum yahu!" dedi.

Nezahat hala dışındaki herkes Gülce'nin patlattığı bombanın hasarını onarmak için çabalıyordu.

Lakin o bomba bir tek Can için patlamamış gibiydi. Herkesten sakin görünüyor, Kartal eniştesinin komikliklerine gülüyordu. Türkân teyzesinin, annesinin dolan gözlerini silip ona sarılması, Sadık dedesinin Kartal eniştesine verdiği yanıtlar, Derya teyzesinin kreplere krem çikolata sürüp zorla ona yedirmeye çalışması, hatta küçük Elif'in, "Lütfen, Can beni bir kere daha öpsün!" diye ağlaması bile onu mutlu ediyordu.

Birden aradığı yanıtı bulduğunu fark etti.

Gözleri parlayarak Erdem eniştesine döndü:

"Enişte! Ben galiba kararımı dün gece vermişim. Evet, kesinlikle annem!"

Erdem çay bardağını kaldırdı, Can'a göz kırptı.

Dönüş daha fazla kendini tutamayacağını anladı. Masadan bir anda fırladı. Derya onun arkasından koşmak için kalkarken Erdem'e, "O Gülce'yi parçalayacağım, yemin ederim!" diye fısıldadı.

Nezahat hala Derya'ya bakmadan, "Neyi parçalıyormuş? Gülce'yi mi? Hah hah! Güleyim bari. Ayol Gülce de aynı kendisi. Hık demiş burnundan düşmüş. Aynı dangul dungulluk çocuğunda da var işte. Eee, boşuna dememişler; *anasına bak kızını, kenarına bak bezini al,*" dedi ve kızların masada olmayışını fırsat bilip kaşla göz arasında büyük bir parça reçelli ekmeği tek hamlede yiyip yuttu.

Erdem, Nezahat halaya bozuk bir bakış attı ama saygısından hiçbir şey demedi. Sadık Bey'e eğilip "Baba ben bir Gülce'nin yanına çıkayım da Derya'yla daha fazla kapışmasınlar," dedi.

"Çık tabii oğlum. Ama sen de çok kızma. Can haklı. Geçici bir dönem bu. Hem bak, Can'ın keyfi yerinde çok şükür, büyütmeyin meseleyi."

Kartal Bey, Can'ın sessiz sedasız kahvaltı edişini izliyordu. Küçük Elif kafasına sardığı kurulama beziyle ortalıkta koşturuyor, Elena onu yakalamaya çalışıyordu.

Sadık Bey'e döndüğünde onun da kendisine baktığını gördü.

Kayınpederinin çaresiz gözleri, Can'dan daha savunmasız, daha üzüntü doluydu. Kartal Bey yerinden kalktı. Kayınpederinin yanına bir sandalye çekti. Hafif bir sesle konuşmaya başladı:

"Baba, iznin olursa ben ikisiyle de konuşayım. En azından kesin karar vermek için biraz beklesinler. Ne dersiniz?"

Sadık Bey elini minnetle Kartal'ın omzuna koydu.

"En azından ben yaşarken dava açmasalar. Ben gittikten sonra düşünseler mahkeme işini. Hem belki o zamana kadar değişir bir şeyler."

"Böyle şeyler söylemeyin."

"Söylemeyince değişiyor mu sonumuz? Çok bile dayandım. Bana şu kalan ömrümde bir de adliyeden gelen ayrılık acısı yaşatmasalar keşke."

Erdem ve Gülce merdivenlerden el ele indiler.

"Babacım, ablacım... Can... Gülce ablan bir şey daha söyleyecekmiş."

Gülce'nin ağlamaktan gözleri ve burnu kızarmıştı. Burnunu kaşıdı.

"Dedecim, halacım, eniştecim, hepinizden özür dilerim. Size saygısızlık etmek istemedim. Hele Cancım, sana asla! Seni çok seviyorum, biliyorsun."

Can başını salladı. "Biliyorum."

"Biz seninle bu konuyu daha önce konuştuk mu?"

"Konuştuk, evet."

"Nasıl konuştuk, anlatır mısın?"

"Ben sana dedim ki, Gülce abla dedim, babam eve gelmiyor, annem çok üzgün. Ya ayrılırlarsa dedim. Sen de bana, boş yapıyorlar, ayrılmak o kadar kolay değil, dedin."

"Başka ne dedim?"

"Onlar ayrılırsa hiç üzülme, bize taşınırsınız," dedin.

"Hayır onu demiyorum. Annenle ilgili ne dedim?"

"Haaa! Şey dedin... Büyükler çocuklardan daha çok üzülür. Sen de annem üzülüyor diye üzülme sakın. Üzülecek gibi olursan bana gel, ben sana *iPad*'imi veririm, oynarsın, dedin."

"Biz bunu ne zaman konuştuk?"

Can gözlerini yukarı dikip biraz düşündü.

"Okullar tatil olmadan galiba."

"Yani?"

Can anlamadan baktı.

"Yani ne?"

"Kaç hafta önce?"

"Bilmiyorum ki kaç hafta önce? Okullar kapanmadan önce işte."

Gülce babasına döndü.

"İşte duydun. Can bunu zaten haftalardır biliyordu. Biz konuşuyorduk. Benden duymadı. Annemle ikiniz kendimi suçlu hissetmeme neden oluyorsunuz. Kötü biri gibi hissediyorum kendimi," dedi ve ağlamaya başladı.

Erdem kızına sarıldı.

"Sana kendini öyle hissettiriyorsak biz de özür dileriz kızım. Tamam, her şey açığa kavuştu. Teşekkür ederim, çık odana, güzelce kahvaltını yap şimdi."

"İnsanda iştah mı bıraktınız? Bütün moralim bozuldu. Yemek istemiyorum," diye oflayarak odasına çıktı Gülce.

Dönüş yüzünü yıkamıştı. Derya'yla kol kola masaya döndü.

Nezahat hala olup bitenin dışında bir dünyada yaşıyor gibiydi. Ne Gülce'yi duymuştu sanki ne de Can'ın anlattıklarını. Bir börek daha aldı tabağına.

Masaya oturan Dönüş'le Derya'ya bakmadan konuştu yine.

"Aha! Geldiler. Edi'yle Büdü, Şakire Dudu! Ay Allah'ım! Şişşşt, Büdü! Misafire sofra toplatmıyorsun, değil mi?"

Derya acıyla Dönüş'e baktı.

Gözlerinden yaşlar gelerek gülmeye başladılar.

SENİ EN İYİ KİM ANLAR?

Akşam iniyor Ayvalık'a. Güneş yönünü değiştiriyor artık, mevsim dönüyor. Yuvaya bırakılan küçük kuşlar büyüdü, uçmayı öğrendi, göçe hazırlar. Zeytinler ilk gençlik tanesi dallarda, minik narlar büyümeye hevesli, gelip geçene göz kırpıyor.

Nezahat hala yatağına yan uzanmış, bir eliyle sinek kovalayarak yarı uyukluyor. Defne, dedesinin yanındaki koltuğa oturmuş, denizi izleyerek yuvada olmanın huzurunu çekiyor içine. Sadık Bey'se kitabını okuyor: *Kalbimi Vatanıma Gömün**.

Kim bilir kaç kez okudu bu yıpranmış kitabı. Başka bir kıtada yaşanan acılarla kendi topraklarında yaşananlar arasındaki *aynılığın* şunca yıl içinde hiçbir değişiklik göstermeden durmaksızın kendini tekrar etmesine kim bilir kaç kez şaştı. *Gözyaşı Yolu* denen o büyük göçteki çocuk, yaşlı, hasta, kadın, binlerce Kızılderili'nin yaşadığı sefaletin, acının kendi ailesinin hikâyesindeki benzerliğine, insanlık tarihinde milyonlarca masum canlının toprak kavgası yüzünden toprağa gömülmesine bu kaçıncı ağlayışı...

* *Kalbimi Vatanıma Gömün*, Dee Brown, Çev: Celal Üster, E Yayınları

Sadık Bey kitaptan başını kaldırıp torununa baktı. Nasıl da huzurlu, mutlu görünüyordu. *Defne yaşadığı onca zorlukla bu yaşa böyle geldiyse, Can haydi haydi gelir. Hep bizimle büyüdü. Yine bizimle yaşar gider,* diye düşündü.

Bir ses, *belki sen göremezsin,* diye fısıldadı sanki. Sesi duymak istemedi, kitabına döndü yeniden.

Arka odada Dilek ve Musa'nın evine gitmek için hazırlanan Türkân'ın içinde ince bir huzursuzluk belli belirsiz kendini gösterdi. Kartal Bey'e mavi gömleğini uzatırken aldığı nefesi zorla vermeye çalıştı ama hayır, yapamadı.

Kartal Bey gömleğe uzanırken karısının veremediği o nefesi de aldı sanki içine. Bu gece o yemeğe gitmeye sadece kendisinin değil, Türkân'ın da pek gönüllü olmadığını anladı. Elini tuttu eşinin.

"Siyah elbiseni giy. Boynunu ortaya çıkaran var ya hani, kol uçları dantelli..."

"Ama o elbise bu geceye fazla şık olmaz mı?"

"Olmaz. Öyle güzelsin ki, ne giysen fazla olacak orada zaten."

"Tamam canım."

"Saçlarını toplamasan..."

"Olur, toplamam."

Dolaptan elbiseyi çıkardı. Düz, dar kesimli, diz altı, uzun kollu bir elbiseydi. Kare yakasından ufacık siyah bir dantel şerit görünüyordu. Siyah ayakkabılarını giydi, saçlarını fırçaladı. Sadece alyansı ve saati vardı üzerinde. Defne'nin akşamüzeri verdiği, annesinden kalma yüzüğünü taktı.

"Makyaj yapmayacak mısın?"

"Bilmem ki, gerek yok sanki?"

"Sen bilirsin."

Kocasının bu sıra dışı ilgisinin nedenini anlamıştı aslında. Olası karşılaşmalar için rahatlatmaya çalışıyordu, hem kendini hem de karısını. Kendince söz veriyordu. Bütün bu ilginin altında şu cümleler saklıydı aslında: *Bak, kıskanmıyorum seni. Hani ola ki birileriyle karşılaşırız orada... İnan, sorun çıkarmayacağım.*

Türkân'ı basan ateş zaten yanaklarını al al yapmıştı. Kirpiklerini boyadı, hafif bir ruj sürdü. Kartal Bey'in en sevdiği portakal çiçeği parfümünü sıktı ve kocasına döndü.

Kartal Bey takım elbisesini giymiş, aynaya bakarak pantolonunun kemerini düzeltiyordu. Arkasına geçti.

Kocasının kırlaşmış şakaklarına, uzun boyuna, sıcak gözlerine ve ellerine ne kadar âşık olduğunu düşündü. İfade edemez, pek dile dökemezdi ama çok seviyordu kocasını.

Kartal Bey, Türkân'ın kendine baktığını fark etti.

İlk defa böyle bakıyordu...

İlk defa bu kadar büyük bir aşkla bakıyordu Türkân ona. Utandı. Gözlerini kaçırdı. Bir çocuk gibi mutlu oldu o anda. İçinde bir sevinç balonu yükseldi. Bir şey söyler de bu ânı bozar diye korktu, elini kolunu nereye koyacağını bilemedi. Aynanın önündeki işini uzatmak istedi ama aklına yapacak hiçbir şey gelmeyince onu da beceremedi. Eli belinde, mahcup bir gülümseyişle Türkân'a döndü.

Türkân da gülümsedi. Sevgiyle, şükranla ve aşkla.

Kartal Bey elini uzattı karısına.

Türkân elini tuttu kocasının. O elden bütün bedenine geçen sıcaklık ve güvenle, içinde sıkışıp kalmış nefesi verdi.

Hiç konuşmadan çıktılar odalarından.

Annesini ve Kartal babasını el ele kapıdan çıkarken gördüğünde içi titredi Defne'nin.

"Senin kadar şanslı olabilecek miyim ben de bir gün anne? Ne kadar güzelsiniz, maşallah."

Nezahat hala sesleri duyunca odasından çıktı. Türkân ve Kartal'ı iki dirhem bir çekirdek giyinmiş görünce merakla, "Nereye gidiyorsunuz?" diye sordu.

"Musaların yeni evine. Konuşuyoruz ya kaç gündür."

"Aman oğlum, pek güzel olmuşsunuz. Böyle ev gezmesine mi gidilir? Düğüne gider gibi takım makım giymişsin. Göz değer, nazara gelirsiniz. Ay siz de boşanırsanız filan? Peygamber efendimiz mezarlığın önünden geçerken, *bu yatanların yarısı nazardan öldü,* dermiş. Sen de ölürsen ne yaparız? Ay biri boşanır, öbürü dul kalır... Dul kalmak ne zor, bilsen. Hele severken. Sen tanımadın enişteni. Çok anlaşırdık, pek düşkündük birbirimize. Nazar değdi bize. Böyle oluyor. Bir bakıyorsun, adam tak gidiyor."

"Sağ ol hala. Çok moral oldu bana. Beğendin yani beni?"

"Aman seni ne beğeneceğim be? Türkân'ıma bak, maşallah diyorum. Yakasına ne taksan, yanına ne koysan güzel görünür. Vallahi şanslısın, üçünün içinde en güzelleri bu. Tü tü tü, maşallah!"

"Ha, sen Türkân'ın yanında olduğum için nazar değecek diyorsun?"

"Ne diyorsam diyorum. Dur, azıcık oyalanın siz, çıkmayın hemen. Bir adaçayı, zeytin dalı yakıp geliyorum ben."

Defne kollarını kavuşturmuş, gülerek onları izliyordu. Dedesi koltuğundan seslendi:

"Ne diyor yine Nezahat?"

"İkisini çok beğendi ama babam şımarmasın diye ona söylemiyor. Nazar duası okuyup öyle gönderecekmiş. Adaçayı almaya gitti mutfağa."

Sadık Bey güldü.

"Aman aman, okusun. Dönüş'ü siz mi alacaksınız oğlum?"

"Yok baba, o Derya'da. Beraber gelecekler. Gülce sabahki hatasını telafi etmek için çocuklarla ilgilenmeyi teklif etmiş. Film izleyeceklermiş. Onların yemeğini filan halledeceklerdi. Çıkmışlardır bile. Defne, kesin gelmiyorsun yani? Kalacaksın illa burada?"

"Kalayım babacım, burada sizi bekliyor olacağım dört gözle."

Nezahat hala elinde bir tavayla tüte tüte çıktı mutfaktan.

"Allah yavrularımın mutluluğunu daim etsin. Kem gözler götüne dönsün. Defne'm hayırlı koca bulsun. Serdar'ın yediği bir halt varsa ayağına dolansın. Gülce iyi bir okul kazansın."

Kartal Bey, gözleri yanarak dumanı savurdu elleriyle.

"Hala dualarını bütün aileye bağlarsan biz geç kalacağız. Üstümüz başımız köz patlıcan gibi kokacak. Hadi yeter, sağ ol, Allah razı olsun. Gidelim biz artık."

"Tamam oğlum, siz gidin. Ben arkanızdan devam ederim."

Türkân ve Kartal arabaya bindiklerinde birden aklına akşamki dizi gelmiş, duayı çoktan unutmuştu bile Nezahat hala.

Kartal Bey arabayı çalıştırdığında Derya, Dönüş ve Erdem, eczacı Musa ile karısı Dilek'in Çamlık'tan geçen yıl alıp onarttıkları köşkün önüne gelmişlerdi. Erdem arabayı sokakta uygun bir yere park etti. Derya evin yenileme işini İzmirli ünlü bir mimarlık firmasına verdikleri için Musa ve Dilek'e biraz bozulsa da bir şey dememişti ama köşkün son halini çok merak ediyordu. Şu anda kusur bulma konusunda ona eşlik edebilecek tek kişi Nezahat halaydı aslında.

"Mimarlık şirketi ilk verdiği bütçenin bir milyon üstüne mal etmiş diyorlar," dedi.

Erdem arabanın anahtarını ceketinin cebine koyarken, "Yuh! Ne yapmışlar? Bahçeye iki ayrı ev daha mı dikmişler?" dedi.

"Bilmem artık. Peyzajı meyzajı, çok özenilmişmiş. Göreceğiz bakalım."

Dönüş kardeşinin koluna girdi.

"Derya! Sakın ha! Güzel bir hayırlı olsuna geldik. Sakın Dilek'in moralini bozacak bir şey söyleme. Öyle varlığıyla övünen insanlar değildir ikisi de, biliyorsun, üzülürler. Çok özendiler buraya. Aman diyeyim!"

"Yok be! Söyler miyim? Yüzlerine söylemem, söz!"

"Allah seni bildiği gibi yapsın, ne diyeyim!"

Erdem kızlara bahçe kapısını açarken, "Serdar da gelecekmiş," dedi.

Dönüş'ün kalbi hop etti.

Kapıda durdu. O durunca Derya ve Erdem de durdular.

"Sana mı söyledi?"

"Evet, mesaj atmış."

"Kim çağırdı onu?"

"Bilmem, Musa abi çağırmıştır herhalde."

"Sen mi çağırdın, doğru söyle!"

"Hayır ya, vallahi ben çağırmadım."

"Niye sana mesaj attı peki?"

"Ben ona bir şey sormuştum da sabah. O da bana yanıt olarak, *akşam Musa abilere geleceğim, orada konuşuruz,* yazmış. Ben de oradan biliyorum."

Dönüş'ün heyecanı Derya'ya da bulaştı ama belli etmedi.

"Hadi topla kendini. Bu gece belki de son kez kalabalık içinde birlikte olacaksınız. Bunca yılın ardından bunu yapabilirsin artık. Düşmanın değil ya? Serdar o!"

Dönüş, Derya'nın kolunu sıkıyordu.

Erdem girdi araya.

"Ya, sen de Derya! Ne son kez bir arada olması? Moral vereyim derken iyice geriyorsun kızı. Haydi çok oyalandık, girelim artık içeri. Bir iki saat kalır, sonra çıkar gideriz."

Dilek köşkün yeni büyük kapısında arkadaşlarını kucaklayarak karşıladı. Hakikaten, köşk dergilerde yer alan emsallerine taş çıkartacak kadar güzel döşenmişti. Geniş salonda onlardan önce gelmiş bir iki kişi daha vardı. Dönüş içeri girer girmez, gazeteci Doğan D.'nin de orada olduğunu gördü.

Derya'yı dürttü.

"Bu gece heyecan fırtınasında fındık kabuğu olacağız, anlaşıldı," dedi.

Derya önce ne dediğini anlamadı ama sonra Dönüş'ün işaret ettiği köşeye bakınca o da Doğan D.'yi gördü.

"Eyvah, Kartal abi ters bir şey yapmasa bari!" dedi dişlerinin arasından.

"Derya..."

"Ne?"

"Serdar gelince nasıl davranayım?"

"Sakin ol. Hiçbir şey yokmuş gibi davran. Herkesin içinde durumu belli etmenin manası yok. Hem daha kesin bir karar da yok ki ortada! Bir kere konuştunuz diye bitmedi herhalde her şey!"

"Değil mi? Ben öyle söyledim ama o istiyor diye söyledim. Yani kabul edeceği aklıma gelmedi."

Derya'nın içi cız etti. Dönüş'ün en ufak bir teselli sözüne bile tutunmaya nasıl da muhtaç olduğunu gördü. Kardeşi ne kadar da hazırdı kanmaya, hatta kandırılmaya ve yaralanmaya. Onu daha önce böyle gördüğünü hiç hatırlamıyordu. Çocukluklarında, genç kızlıklarında bile.

Onlar fısır fısır konuşurken Musa abileri gülümseyerek yanlarına geldi.

"Hoş geldiniz gençler. Kartal'la Türkân nerede?"

"Yoldalar, şimdi gelirler."

"Abi çok güzel olmuş ev! Ama pahalıya çıkmış, öyle mi?"

"Eh, biraz. Anıtlar'dan izin almak çok yorucu, biliyorsun. Ufacık bir kayma oldu diye koca bahçenin taşlarını söktürdüler. Her adımda izin gerekiyor. Çok yorulduk, usandık. Fakat güzel iş çıktı galiba."

"Bütçeyi ne kadar aştınız abi?"

"Aştık işte biraz. Ama ne yapalım."

"Ne kadar?"

"Tam bilemiyorum."

"Uluorta konuşmaya çekiniyorsun anladım. Sen kulağıma söyle."

"Ne yapacaksın öğrenip, boş ver."

"Bir milyon diyorlar?"

"Yok artık! Çok şükür, o kadar değil. Onda biri filandır belki."

"Haaa! 100 bin filan. E iyiymiş o zaman."

Eczacı Musa kibar adamdı. Utanırdı böyle para pul işlerinin ortada konuşulmasından. Derya'nın ısrarlı soruları biraz canını sıksa da yine kibarlığından belli etmemeye çalıştı. Alnındaki ince teri silerek etrafa bakındı. Dönüş,

Musa'nın sıkıldığını anladı. Kardeşinin mesleki merakı bin yıllık Musa abisinin kalbini kıracak diye endişelendi. Konuyu değiştirmek istedi.

"Volkan V.'nin eşi gelecek mi?"

"Gelecek ama çok ısrar etmemize rağmen yemeğe kalmak istemedi. *Sadece uğrayayım, bizi ziyarete gelenlere teşekkür edip gideyim,* dedi."

Derya bu kez başka bir merakla sordu.

"Doğan D.'yi de çağırmışsın. Başka gelecek olan var mı?"

"Bizim yaş grubundan birkaç arkadaş sadece. Kalabalık olmayacak çok. Biz bizeyiz."

Erdem, Derya'ya bakmadan cevap veren Musa'nın alındığını düşündü.

"Tamam abi, bir şeye ihtiyaç var mı?" diye sordu.

Musa gülümsedi.

"Yok yok, olursa söylerim. Siz bakın keyfinize."

Diğer misafirleriyle sohbet etmek için yanlarından ayrıldı.

Derya hemen yoruma başladı:

"Vay anam! Millet nasıl da abartıyor yahu! Fakat çok güzel olmuş köşk. Halam olsa hakkını verirdi her detayın."

Halasının taklidini yaparak, "Aman canım, Musa için lafı mı olur? Anadan babadan görgülü, toprak sahibi, buranın çocuğu. Elbette o yaptıracak. Fakat o duvarların rengi niye öyleydi ayol?" dedi.

Erdem kulağına eğildi:

"Kızım sen de bazen halamı aratmıyorsun ya! Küçük Nezahat! Adam söylemek istemiyor işte. Niye ısrar ediyorsun?"

"Aaa? Ne varmış bunda? Akrabamız sayılır onlar. Sorarım tabii."

Karı koca fısır fısır didişirlerken Dönüş ve Derya'nın çocukluk arkadaşları Önem'le Hakan geldi yanlarına. Sarılıp öpüşürlerken, "Serdar yine mi nöbette?" diye sordu Önem.

Dönüş'ün yerine Erdem yanıt verdi:

"Yok, bacanak yetişecek bu akşam inşallah."

"Vallahi ne zamandır göremedik Serdar'ı. Özledik."

Dönüş tedirginlikle Derya'ya, sonra da salonu dolduran uzak yakın tanıdıklara baktı.

Yeni anlıyordu. Ayrılık, boşanma filan öyle kolay işler değildi, evet! Eşe dosta, akrabalara, hatta yaşadığın şehre, kısacası evliliğine tanık olan kim ve ne varsa, hepsine bir açıklama yapmak zorunluluğun vardı. Evlenirken sadece sevdiğine değil, belediyeye, devlete, mahalleye, ailelere, kim var kim yok hepsine bir söz verdiğine göre... Şimdi verdiğin sözün, o akdin bozulduğunu ve evlilik birliğinin yıkılmasının nedenlerini de anlatacaktın her birine. Sadece kendi derdine, aşkının bittiğine yanmakla bitmiyordu. Büyük bir paniğe kapıldı. Pişman oldu Serdar'a boşanalım dediği için. Belki de acele etmişti. Belki yeterince uğraşmamıştı.

Yüzüne yerleşen kaygılı bakışı gören Derya kardeşini kendine doğru çevirdi. Göz gözeydiler yine. Yanlarında Erdem, Hakan, Önem, etraflarında insanlar...

Yine tek kelime etmeden göz göze konuştular.

Yapma, dedi Derya.

Korkuyorum, diye yanıtladı Dönüş.

Korkma, dedi Derya.

Beni bırakıp gitme bir yere, diye yalvardı Dönüş.

Bir anda salondaki bütün başlar kapıya döndü.

Türkân ve Kartal el ele içeri girdiler.

"Heyyt be, ne giriş yaptın Kartal abim!" diye fısıldadı Erdem. Elini kaldırarak *buradayız* diye işaret etti.

Derya ablasını öptü.

"Ablaaa! Artistler gibi girdiniz içeri vallahi. Maşallah size. Kartal abim özenmiş kendine bu akşam."

"Yaaa, öyle oldu."

Kartal Bey kızları öptü, beylerin elini sıktı. Bir eli yeleğinin cebinde, bir ressama poz veren kral gibi umursamaz ve vakur bir havayla etrafı süzüyordu.

Aslında aradığı bir kişi vardı ve onu salonun bir köşesinde yine birilerine hararetle bir şeyler anlatırken gördü. Türkân kardeşlerine, "Hülya Hanım nerede?" diye fısıldadı.

"Biz de görmedik. Çok kısa kalacak dedi Musa abi. Yemeğe katılmayacakmış."

Derya lafını bitirmişti ki, Hülya Hanım arkasında bir grupla içeri girdi.

Siyah bir pantolon ve bej bir gömlek vardı üzerinde. Saçlarını toplamıştı. Makyajsızdı. Musa ve Dilek, iki yanındaydı. Doğan D., Hülya Hanım'ın geldiğini görünce davetlilerin arasından sıyrılıp yanına gitti. Kucaklaştılar. Kısa bir süre konuştular. Hülya Hanım bir zarf uzattı, Doğan D. cebine koydu.

Salona sessizlik çökmüştü.

Musa bir iki öksürdü. Sesini yükselterek misafirlerine döndü:

"Sevgili dostlarımız, biliyorsunuz sizlerle bugün burada buluşmak üzere haftalar önce sözleşmiştik. Fakat hayat bizi geçen hafta çok değerli hocamızın cenazesinde buluşturdu. Kıymetli Hülya Hanım eşim Dilek'in büyük kuzenidir. Bugünkü buluşmayı iptal etmek istedik ama kendisi bize, *ben de uğrar, gelen dostları görüp teşekkür ederim, lütfen iptal etmeyin*, dedi. Lakin çok kalamayacakmış. Sanırım kendisi de bir şeyler söylemek ister," dedi ve Hülya Hanım'a döndü.

Kadın bu beklenmedik durum karşısında bir an duraksadı. Sıkılarak "Musacığım, teşekkür ederim. Ben böyle ani konuşmalara alışık değilim ama," dedi.

O sırada Doğan D. cebinden zarfı çıkarıp Hülya Hanım'a uzattı:

"Belki bunu okumak istersin. Herkesten önce buradaki dostların hakkıdır."

Hülya Hanım kendisine bir can simidi gibi uzatılan zarfı açtı.

Sesi titriyordu.

"Sevgili Doğan'a köşesinde yayınlaması için bir teşekkür mektubu yazmıştım. İzninizle, sizlere de onu okuyayım."

Yutkundu. Elleri titriyordu. Kâğıdı düzeltti.

"Sevgili dostlar, kardeşler...

Ben kocamı, çocuklarımın babasını, Türkiye ise çalışkan bir evladını, gerçek bir barışseveri ve önemli bir adalet savaşçısını kaybetti.

Volkan geleceğe ve gençlere inanırdı. Öğrencilerini evlatları gibi sever, onlara yetişebilmek, yeni bir ufuk açabilmek için geceler boyu çalışır, okurdu.

Ona göre hayat şimdiye dek yeryüzünden silinmediyse bunda yürekli insanların adalete olan inancının payı çok büyüktü. Adaletin bir gün gerçekleşeceğinin sadece umut ediliyor olması ya da adaletin yokluğuna isyan eden insan vicdanı bile hayatın devam etmesine yetiyordu. *Bir de tam olarak gerçekleştiğini düşünsene, kim bilir nasıl bir cennete dönerdi dünya,* derdi. Biliyor musunuz, bu konu-

da bir çocuk gibi umutluydu o. Bir çocuk kadar da saf duygular beslerdi bu düşüyle ilgili. İnsanlar bunu elbirliğiyle niçin denemez *Hülya,* diye sorardı. *Adalet duygusunun içine yerleşmediği tek bir insanın, ayak basmadığı tek karış toprağın kalmadığını bir hayal etsene,* derdi.
Yazılarında, sohbetlerinde, derslerinde son nefesine kadar bağlı kaldı bu ezeli ve ebedi insanlık düşüne. Ve ben de inanıyorum ki, adaleti sadece düşlemek bile yarınlara inanmamız, insanı sevmemiz ve hayatın devamlılığına umut bağlamamız için yeterli. Gönül ister ki, insanlık bir gün Volkan hocamızın o düşüne, adaletin cennetine de kavuşsun.
Haklının hakkını almadığı, haksızın hep kazançlı çıktığı yıllardan geçtik. Geçeceğiz de. Toplumsal adalete olan inancımız yıkılırsa içten içe yanan bir ormana döneriz, diye başlardı öğrencileriyle sohbetine.
Sevilen birinin kaybı sonrasında acı daha anlaşılır oluyor sanırım."

Bir nefes aldı. Elleri artık titremiyordu. Kendini dik tutmaya çalışarak okumaya devam etti:

"Volkan'ın ölümünün acısını öyle içten paylaştınız ki benimle ve çocuklarımla, acımızı azaltan varlığınız büyük bir kardeşlik sevinci büyüttü içimizde. Volkan hocamızın çocuklarına, bu sevgiyi, uğruna bir ömür çalıştığı değerlerin adamı olmayı hak ettiğini gösterdiniz.
Ben de bir Ayvalık çocuğuyum. Onu sevmeye yedi yaşında başlamıştım. Sokakta tek kale maç yapıyor-

lardı. O gün bugündür bu sevgiden hiç pişman olmadım. Bana çok güzel anılar, muhteşem iki çocuk ve yeri doldurulamaz bir boşluk bıraktı. Volkan'ımı eşsiz bir kalabalık, büyük bir sevgi ve hürmetle yolcu etti. Minnet doluyum. Kocamı, çocuklarımın babasını, arkadaşımı, sevgilimi bağrına basan Türkiye'ye ve Ayvalık'taki tüm yakınlarımıza, dostlarımıza ve kıymetli ağabeyim Doğan D.'ye bana köşesini açıp bu mektubu paylaşabilme şansı verdiği için teşekkür ederim. Hepiniz iyilikle kalın."

Hülya Hanım elindeki kâğıdı indirince alkışlar yükseldi. Kâğıdı zarfa koydu ve Doğan D.'ye uzattı.

"Hepinizin iznini rica ediyorum. Yarın sabah dönüyoruz. Çocukları daha fazla yalnız bırakmayayım," dedikten sonra salondakilerle tek tek tokalaşmaya başladı. Üç kız kardeşin olduğu grup en sona kalmıştı. Dönüş'ün ve Derya'nın ellerini sıktı. Ve bir duvara sırtını vermiş, sırasını bekleyen Türkân'ı gördü.

Bir an duraksadı...

Sonra...

Türkân'ın ellerini tuttu iki eliyle.

Konuşmasını bekliyorlardı ama hayır, çıt çıkarmıyordu.

Ağlamasını bastırmaya çalıştığını anladılar. Sessizliğin üzerine ağır bir hüzün yerleşti.

Hülya Hanım, Türkân'a sarıldı.

Türkân, ona sarılan o zayıf bedenin sarsılmasından ağladığını anladı. Teselli etmek istercesine sıkıca sarıldı o da.

Türkân'dan kopmadan, boğuk bir sesle, "Hayatım boyunca bir tek sizi kıskandım. Sadece sizi. Biricik aşkımın ilk sevdasını... Hatıranızı öyle incelikle saklardı ki. Beni incitmez ama o hatıradan da vazgeçmezdi. Şimdi sizi görünce... Onun ebediyen gittiğini anladım. Gençliğinin, nefesinin bittiğini idrak ettim. Türkân Hanım, ah Türkân Hanım, Volkan öldü!" dedi.

Türkân yanıt veremiyordu.

Hülya'nın ona sarılmasını izleyen kalabalığın içinde Doğan D. ile göz göze geldi, o da ağlıyordu.

Türkân bin parçaya dağıldı. On bin parçaya dağıldı. Her parçası acı acı çarptı duvarlara.

Hülya Hanım yüzünü saklayarak ayrıldı Türkân'dan. Yere bakarak konuşuyordu:

"Üzdüm sizi. Şimdi tam giderken sizi görünce birden boşaldı içimden bir şeyler. Özür dilerim, çok özür dilerim. Hoşça kalın."

Neredeyse koşar adımlarla çıktı salondan.

Türkân'ın dağılan bütün parçalarını gören kardeşleri ablalarına sarıldılar.

Kartal Bey sanki sağda solda kalan son parçaları arıyormuşçasına etrafa bakınıyor, dik durmaya çalışıyordu. Türkân kardeşlerinin kollarından sıyrılıp Hülya Hanım'ın arkasından koştu. Bahçe kapısından çıkmadan yakalamak için merdivenlerden seslendi:

"Hülya Hanım, Hülya Hanım!"

Hülya döndü. Türkân'ı görünce şaşkınlıkla ona doğru birkaç adım attı.

"Bir dakikanızı rica edeceğim. Sizinle yalnız konuşabilir miyiz?"

"Tabii," dedi Hülya.

Arabanın başındaki gruptan ayrılıp biraz ilerideki çardağa doğru yürüdüler.

Türkân nasıl başlayacağını bilmiyordu. Tereddüt içindeydi ama bunu yapması gerektiğine bütün kalbiyle inanıyordu.

"Hülya Hanım, sizden yaşça büyük olduğum için, söyleyeceklerimi ne olur bir ablanızın size emanet ettiği hatırası olarak dinleyin. Umarım sizi kırmam. Ben hayatımın çok önemli bir kısmını *öbür kadın*'ın gölgesi altında yaşadım. Kızımın babası tarafından hiç sevilmedim. Hiç istenmedim. Kayınvalidemden büyük eziyetler gördüm. Kızım büyümeye başladığında benden daha cesur çıktı ve o evden aslında onun sayesinde kurtulduk. Yıllar boyunca kimseye anlatamadığım acılar sakladım içimde. Pek konuşkan biri değilimdir, inanın. Bunları şimdi nasıl anlatabiliyorum, bilmiyorum. Ama gitmeden bilmenizi istedim. Kızım dün benim çektiğim çilelerin nedeni olan öbür kadın ve kızıyla buluşmuş. İlk duyduğumda çok kızdım. Kendimi ihanete uğramışım gibi hissettim. Fakat bana dedi ki, *anne, seni ondan daha iyi anlayabilecek kimse yok. Beni de onun kızı anlıyor. Çünkü biz de onlar için* öbür kadın ve kızı'*yız.* Başta kızsam da, düşündükçe haklı olduğunu anladım. Hepimizin içinde, hayatımızın bir döneminde merak ettiği, eski veya yeni bir öbür kadın kaygısı yaşar. Belli ki, sizin için tam olarak öyle değilse bile, ben de hatıralardaki öbür kadın olmuşum. Size ne kadar hayran kaldığımı söylememe izin verin. Ben sizin kadar metin olamazdım sanırım. O kadar güzel konuştunuz ki, o kadar güzel durdunuz ki aramızda... Bana ne dediğinizi anımsıyor musunuz? *Volkan öldü,* dediniz. Bana o haberi bir yakınınıza verir gibi söylediniz. Çünkü sizi en iyi benim anlayacağımı, bu acıyı en iyi benim paylaşacağımı düşündünüz. Fakat ben öbür kadın değildim. Doğan Bey'in geçen hafta yazdığı yazıdaki karanfil hadisesini anımsıyor musunuz?"

Hülya başını salladı. "Evet, hatırlıyorum. Onu sevdiğiniz için sakladığınız karanfil..."

Türkân gülümsedi.

"İşte bütün bunları o yüzden böyle ayaküstü anlatmak için telaş ettim. Yeri zamanı değil belki ama bunu gitmeden bilmenizi istedim. Kaç yaşına gelirsek gelelim, sol yanımızdaki kalp hep çocuk. O çocuk kalbimle söylüyorum: Ben Doğan'a âşıktım aslında! Elime karanfili sıkıştırdığında Doğan görmesin, kimse fark etmesin diye cebime atmıştım. O kadar kızmıştım ki... Yıllar sonra bir gazetenin köşe yazısında bu olaya tam da tersi bir anlam yüklendiğini okuduğumda bütün hayatımızın bir yanlış anlamalar yığını olduğuna inandım. Volkan Hoca bu dünya üzerinde sadece sizin tarafınızdan bu kadar eşsiz sevilebildi. Ne mutlu ona!"

Türkân, Hülya'nın ellerini tuttu.

"Alıkoydum sizi. Ama bunları anlatmasam içim rahat etmezdi. Allah'a emanet olun. Kardeşlerimle aynı yaşta olduğunuzu düşünüyorum. Ayvalık'ta bir de ablanız var artık. Hiç unutmayın bunu, olur mu?"

Kucaklaştılar. İçten, sımsıkı.

Türkân arabaya kadar geçirdi Hülyayı. Sonra konuşmalarını bir köşede sessizce beklemiş olan Dilek'le köşke doğru yürüdüler. Büyük kapıda Kartal Bey merakla Türkân'a bakıyordu.

"Ne oldu, ne konuştunuz o kadar?"

Türkân kocasının koluna girdi.

"Onun içini rahatlatacak birkaç şey söyledim. Volkan'ı böyle seven tek kadının kendisi olduğunu, onun benim ilk aşkım olmadığını söyledim."

Kartal Bey'in gözleri parladı.

"Aha! Değil miydi?"

"Değildi."

"Kimdi peki?

Türkân'ın yanıt vermesine fırsat kalmadan Doğan D. geldi yanlarına.

"Merhaba, tanışamadık sizinle. Ben Doğan," diyerek elini uzattı Kartal Bey'e. Kartal Bey az önce duyduklarından mutlu ve kendinden emin bir biçimde, dostça sıktı kendine uzanan eli. Doğan D., Türkân'a döndü:

"Türkân Hanım, yıllar sonra sizi görmek çok duygulandırdı beni. Eşiniz Kartal Bey'den ve sizden geçen hafta yazdığım duygusal yazı nedeniyle çok özür dilerim."

"Rica ederiz, estağfurullah. Gençliğimiz hepimizin en değerli hatırası," dedi Kartal Bey.

Doğan D. devam etti konuşmasına.

"Açıkçası, ölümlerin ardından, sizlerin de bildiği gibi, insan biraz kendine yanıyor. *Giden gitti de, sen kaldığında neler olacak?* O yazıyı yazarken biraz fazla bencilce davrandım sanırım. Sevgili Hülya'yı da üzebileceğimi hiç düşünmemiştim. Ondan da defalarca özür diledim ama dediğim gibi, biraz da kalem sahibi olmanın bencilliği diyelim. Yazarken hatıralar sadece bizimdir zannediyoruz."

Kartal Bey yanıtladı yine.

"Elbette yazarken sadece size ait hatıraları yazıyorsunuz ama biz kendi parçalarımızı buluyoruz o yazılanlarda. Karımın gençliğini az çok tahmin edebiliyordum ama yazdıklarınızdan sonra benim için daha somut bir hale büründü. *Ne mutlu bana,* dedim. *Bu ülkenin çok değerli iki adamının gençliğinin en değerli hatırası Allah'ın büyük bir hikmetiyle bana emanet edilmiş.*"

Derya, Dönüş ve Erdem tatlı bir şaşkınlık ve hayranlıkla izliyorlardı eniştelerini.

Türkân yine susuyordu.

Biliyor musun Doğan?.. Ben seni seviyordum aslında. Okul çıkışı kaldırımda beni beklediğinizi bilmek dünyaları verirdi bana. Sen hiç bakmazdın bana. Biliyordum, Volkan için geliyordun, yani ona öyle diyordun ama kalp yanılmaz; sen de beni seviyordun.

Siz gittiniz. Ben gelin oldum. Sevmediğim bir adamla evlendirdiler beni. Hiç sormadılar sevdiğin biri var mı diye. Sorsalar da ne diyecektim? Doğan'ı seviyorum ama onun haberi yok.

Gelin olduktan sonra dört gün bir evde unuttular beni. O dört gün Allah'a çok yakardım. Doğan değilse bile yeter ki beni seven biri olsun, beni kurtarsın diye dua ettim.

Dualarım nice bedellerden sonra kabul oldu. Allah beni çok seven bir adam çıkardı karşıma. Onu çok seviyorum. Şimdi çok mutluyum. Sen de mutlu ol inşallah.

Ama bil lütfen... Sen de benim ilk aşkımdın...

Bunları söyleyebilmeyi çok isterdi. Hepsini değilse bile, belki o son cümleyi.

Ama yine söyleyemedi.

Gülümsedi sadece.

PIRLANTA KAPLI YILAN

Sadık Bey evdekilere sesini duyurmamak için gayret ediyor ama çok kızgın.

"Biz kimiz ki böyle zengin bir aileyle dünür olmaya kalkıyoruz? Arzular imkânlarla sınırlıdır Nesrin, neden kabul etmiyorsun bunu?" diyor.

Eski evin yatak odasındalar. Kızlar uykuda. O gün Rüçhan Hanım Türkân'ı istemeye gelmiş. Uyku tutmuyor karı kocayı. Sadık Bey kalkıp tur atıyor odanın içinde. Bir şey içine sinmiyor ama nedense Nesrin bu iş olsun istiyor. Yatakta sırtına yastığı almış, yanıt veriyor Sadık Bey'e.

"Bu ülke bizler gibi arzularını ve inançlarını imkânlarıyla sınırlandırmayanlar sayesinde ayakta Sadık Bey. Size kalsa elimizdekiyle yetinmesi gereken ve daima ezilmeye mahkûm küçük insanlarız biz. Ama öyle değil efendim, öyle değil! Bakın! Biz ailelerimizden daha iyi yaşıyoruz; kızlarım da benim yaşadığım hayattan daha iyisini yaşamaya layıklar. Benim ideallerim olmasaydı, size kalsaydık Sadık Bey, çoktan darmadağın olurduk biz! Hatırlamak istemezsiniz muhtemelen!"

Sadık Bey irkiliyor! Nesrin üstüne gidiyor kocasının.

"Üstelik Rüçhan Hanımlarda olmayan çok değerli bir şey var bizde! Onlar sadece kızımıza değil ailemizdeki değerlere talipler aslında."

Sadık Bey, Nesrin'in hayalindeki kaloriferli evi tutamaz. İki memur maaşıyla üç çocuk okutuyorlar. Bir ev dönüyor ama nasıl dönüyor? Olsun, mutlular ama. Yoksa değiller mi? Sesi kırık yanıt veriyor karısına:

"Biz küçük hayatların insanlarıyız Nesrin. Yatılı okullarda büyümüş, sınırlı parayla yaşamaya alışmış insanlarız. Paranın düzeninden anlamayız. Paradan para kazanmayı, insan üzerinden yükselmeyi bilmeyiz. Lakin sakın bana bizi onlardan daha altta gördüğünü ima etme. Sana olan saygımı ve sevgimi zedeleme. Ailemizdeki değerlere talip olduğunu söylüyorsun... Bugün girdiği evin düzenini küçümseyerek ayakkabılarıyla basıp geçen insan yarın çok kıymetli değerlerimizin üzerine de basıp geçecektir. Buna izin verecek miyiz?"

Nesrin susuyor.

Yatak odasının kapısı açılıyor o sırada. İçeriye Rüçhan Hanım giriyor. Ayağında yine topuklu ayakkabıları var. Sadık Bey gözlerine inanamıyor. Yatak odasına kadar nasıl girer bu kadın? Gecenin bu saatinde hem de!

Rüçhan, Sadık Bey'in odadaki varlığını hiç önemsemiyor. Görmüyor bile sanki. Kolunda çantasıyla gidip Nesrin'in yanına, yatağın kenarına oturuyor.

Sadık Bey çok öfkeleniyor.

"Bu ne densizlik? Bu saatte burada ne işiniz var sizin?" diye bağırıyor.

Ama Rüçhan umursamıyor bile. Duymuyor gibi Sadık Bey'i.

Nesrin'in elini tutuyor. Gülümseyerek tatlı tatlı konuşuyor:

"Oğluma şu koca Körfez'de gelin alabileceğim onlarca zengin kız var elbette. Ama hayır. Onlardan biri olmamalı. Benim yaşadıklarımı gelinim, oğlum yaşamamalı. Toprakları birleştirerek daha zengin olmak için yuva kurulmaz."

Sadık Bey deliye dönüyor. Bu kadın deli midir nedir? Kim açtı bu kadına kapıyı? Nasıl girdi gecenin bu saatinde eve?

"Beni işitmiyor musunuz siz? Rüçhan Hanım, size diyorum!"

Rüçhan dönüp bakmıyor.

Kolundaki siyah çantayı açıyor. İçinden uzun bir yılan çıkarıyor. Yılanın her yanı pırlantalarla kaplı. Yılanı Nesrin'e gösteriyor gülümseyerek. Nesrin çok beğenmiş, hayranlıkla bakıyor yılana.

Rüçhan Hanım konuşmaya devam ediyor:

"Gençliğimde ve evliliğimin ilk yıllarında ne kadar mutsuz bir hayatım olduğunu size anlatamam. Benim yaşadığımı hiçbir kadın yaşasın istemiyorum. Sizi Cumhuriyet balosunda gördüğümde, *işte bu genç hanım,* dedim. *Kültürlü, saygın bir ailenin iyi yetiştirilmiş, eğitimli, saygılı kızı benim gelinim, böyle saygın bir hanımefendi de benim dünürüm, akrabam olmalı.*"

Nesrin'in suratında büyük bir memnuniyet ifadesi var.

Yatak odasının kapısında komşuları Emel Hanım ve temizlikçi Zekiye beliriyor. *Demek ki Zekiye açtı kapıyı. Bu kadınlar delirdi mi bu saatte? Hususi hayata taarruzdur bu, düpedüz terbiyesizlik!*

"Zekiye!" diye gürlüyor ama o da umursamıyor Sadık Bey'i. Emel Hanım'la gülümseyerek Rüçhan'ı dinliyor.

Rüçhan yılanı alıp Nesrin boynuna doluyor. Ama Nesrin hiç korkmuyor yılandan. Taşlar gözünü almış, yılan onu büyülemiş gibi. Rüçhan yılanın bir ucuyla da Nesrin'in iki bileğini birbirine bağlıyor. Bir yandan da tatlı tatlı konuşmaya devam ediyor:

"Siz bu şehir için çok şey demeksiniz Nesrin Hanım. Yetiştirdiğiniz onlarca talebe bugün Balıkesir'in en önemli simaları oldu. Sizin gibi aydın ve kültürlü bir aile ile akraba olmak bizi daha da güçlendirecektir. Oğlumun bir ecnebiyle değil, kızım gibi seveceğim, benim çektiklerimi çekmeyecek, buranın sevilen, sayılan ve iyi bir ailesinin kızıyla evlenmesini istiyorum. Kitap okuyan bir gelinim olsun istiyorum Nesrin Hanımcığım."

Nesrin'in boynu ve bilekleri elmas kaplı yılanla birbirine bağlı artık. Kapıdaki Zekiye ve Emel, Rüçhan Hanım'ı alkışlıyorlar.

Sadık Bey yerinden fırlamak, yılanı Nesrin'in boynundan, bileklerinden söküp almak istiyor ama yerinden kıpırdayamıyor.

İnme mi indi, ne oldu? Neden kıpırdayamıyor?

Ağzını açmak, konuşmak istiyor ama yapamıyor.

Rüçhan yine Sadık Bey'e hiç bakmadan kapıdan çıkıp gidiyor.

Derya giriyor içeri.

Küçücük bir çocuk olmuş yine.

"Baba kadın evimize ayakkabıyla girdi!" diyor.

Sadık Bey inliyor, çırpınıyor konuşmak, hareket etmek için.

Dönüş'ün defteri var Derya'nın elinde.

"Bak baba, ne yazmış Dönüş defterine: *Hayatımız Rüçhan Hanım'ın sivri topuklu ayakkabılarıyla annemin canım halılarına gümbür gümbür bastığı o gün tepetaklak oldu.*"

Yılanın başı Nesrin'in yüzüne yakın.

Sadık Bey koşmalı, söküp almalı o yılanı ama yapamıyor. Yılan gözlerini açıyor. Sadık Bey'e bakıyor. Sonra Nesrin'i göğsünden sokuyor.

Sadık Bey içindeki bütün sesle haykırıyor:

"Nesrin!!!"

"Dede! Dede? İyi misin? Rüya mı gördün? Ne oldu?"

Sadık Bey ona eğilmiş olan Defne'nin endişeli yüzünü gördü önce. Koltukta uyuyakalmıştı. Elleri, kolları uyuşmuştu. Defne'ye daha dikkatle baktı. Sonra eve, karşıdaki denize... *Oh, çok şükür,* rüyaymış diye sevindi. Defne koşup su getirdi dedesine.

"Rüya gördün herhalde dedeciğim. İnlemelerini duyunca koştum. Korktum bir şey oldu diye."

Sadık Bey suyu bir dikişte içti. Defne'nin saçlarını okşadı.

"Rüya gördüm, evet. Sanırım sen Rüçhan Hanım'dan söz edince eski meseleler zihnimde açığa çıktı."

"Kötü şeyler mi gördün?"

"Rüya gerçeğe çok yakın olunca kötü rüya diyoruz. Gerçeği yaşarken de bir rüya olsun istiyoruz. Keşke hepsi bir rüya olsaydı..."

Defne dedesinin elindeki bardağı aldı. Yaşlı, buruşuk elini öptü.

"Annenler dönmedi değil mi daha?"

"Yok dede. Zaten daha bir saat oldu onlar gideli. Yemek de hazır olur şimdi. Bir isteğin var mı benden?"

"Hep böyle cesur ol!"

GÜNEŞ YÖNÜNÜ DEĞİŞTİRİYOR

Doğan D., onları yemeğe geçmeleri için çağırmaya gelen Dilek'e, "Ben izninizi isteyeceğim. Sabah geldim ama hemen dönmem gerekiyor bu akşam. Tekrar teşekkür ederim davetinize," dedikten sonra Kartal Bey'e uzattı elini.

"Çok memnun oldum sizi tanıdığıma. Yine görüşmek üzere," dedi. Herkesle tek tek tokalaştı, Türkân'ı en sona bıraktı.

Türkân elini uzattı ve ilk aşkına bütün ömrünün ilk ve son cümlesini kurdu:

"Gördüğüme sevindim."

Doğan D. gitti.

Erdem, Kartal Bey'in diğer koluna girdi.

"E hadi abi, geçelim artık yemeğe, acıktım ben?" dedi.

Kapıya doğru hareketlendiler.

Serdar hâlâ gelmediği için Dönüş hayal kırıklığı içinde takip etti bahçeye yürüyenleri. Önem'in sorusuyla bedenine hâkim olan o panik duygusunu, Serdar geldiğinde iyi niyetli bir selamla kovmaya karar vermişti. Elbette yeniden inşa edebilirlerdi aralarında kırılan, bozulan şeyleri. Dönüş de çok bırakmıştı kendini. Kendinden bu kadar emin olmak da iyi bir şey değildi. Ayvalık'a geldikten sonra aralarındaki heyecan bitmişti ama bu, biraz da hormonlar yüzünden oluyordu. Bunu en iyi Serdar anlamalıydı. Kolay şeyler yaşamamıştı. Olsun, Serdar bu gece gelsin de, herkes bir aradayken daha kolay olurdu sıcak bir diyalog kurmak.

Ama bir türlü gelmiyordu Serdar.

Birkaç büyük yuvarlak masa kurulmuştu bahçeye. Uzun bir servis masasında yemekler sunuma açılmıştı. Derya masalardan en köşede olanı işaret etti. Hep beraber, Önem ve Hakan'ı da yanlarına alarak oturdular.

Erdem, "Ben içecek bir şeyler getireyim," dedi.

Hakan, "Ben de yardım edeyim," diye Erdem'in peşinden gitti.

Tam Dönüş, Derya'ya, "Serdar niye gelmedi acaba?" diye soracaktı ki, Serdar bahçe kapısından girdi.

Dönüş büyük bir sızıyla yıllar önce Nezahat halanın bahçe kapısından giren genç ve mutlu Serdar'ı anımsadı. Şimdi kapıdan giren şu sakallı, mutsuz bakışlı adam yeniden eski Serdar olabilir miydi? Olabilirdi evet, yeniden yapabilirlerdi.

Serdar bir süre etrafına bakındı. Dönüş'ü gördü. Masaya doğru yürümeye başladı.

Dönüş için, ağır çekimdeki bir film karesinde yürüyordu Serdar. Attığı her adımda bütün o mutlu yıllar, hatıralar sonbahar yaprakları gibi dökülüyordu sanki üzerinden. Dönüş en büyük aşkını, kocasını, çocuğunun babasını, en iyi arkadaşını ne zaman, nerede kaybettiğini düşündü. *Bunu bir hatırlasa, oradan başlardı aramaya.*

Serdar, "Merhaba, kusura bakmayın, geciktim," dedi ve kimsenin elini sıkmadan oturdu masaya.

Kartal Bey dönüp bakmadı. Türkân, kocasının dizini sıktı. Sakin olmasını isteyen bir uyarıydı bu. Kartal Bey, Türkân'ın elini okşadı.

Serdar masadakilere şöyle bir bakıp "N'aber Dönüş?" dedi.

Dönüş'ün kalbi buz kesmiş bir göle döndü önce. Hemen ardından, o buz çıt etti. Çıt, çıt, çıt...

Ne düşünüyordu az önce? Yeniden başlamayı mı? Kırılanları onarmayı mı? Kâğıttan umutlar mı yapıyordu yine kendine?

Kırık bir sesle yanıt verdi:

"İyilik Serdar. Sende ne var ne yok?"

Önem şaşkınlıkla ikisine bakıyordu. İkisi arasında esen bu soğuk rüzgâr, Serdar'ın bu mesafeli tavrı, kırk yıl düşünse ihtimal vermeyeceği şeylerdi. Ne olup bittiğini anlamak için Derya'ya döndü.

Derya gözlerini kısmış, Serdar'a bakıyordu.

"Önem, bizim sanayi mahallesinden Serdar ustayı tanırsın, değil mi? İstanbul'da dükkân açıyormuş kendisi."

Dönüş, kardeşinin öfkelendiğinde nasıl yırtıcı olduğunu en iyi bilenlerden biriydi. Tırnakları çıkmıştı işte. Serdar'la kavgaya girecekti, belli.

"Derya... Yapma," dedi.

Önem hâlâ anlam veremiyordu olup bitene.

Serdar oralı değil gibiydi.

"Derya, sana getirdiğim bir arkadaşımız vardı ya, kadını başından savmışsın ama kadın çok sevdiğimiz bir doktor abimizle evlendi. Abimizin hatırına iyi bir yer bul bari," dedi.

Derya şaşırdı.

"Aaa! Sana İstanbul'daki işi ayarlayan kadın mı? Bekâr sanmıştım ben onu."

"Koskoca kadın sana bütün hayatını mı anlatsın? Bizim buradaki hayatımız git gel olunca hoş geliyor tabii insanların gözüne. Varsa güzel bir yer, sen ilgilen. Başka bir mimara iş verilince de bozuluyorsun."

Derya hem şüphelerinin boşa çıkmasından hem de Serdar'ın son cümlesindeki kinayeden rahatsız oldu.

"Niye bozulayım canım?" dedi ağzının içinde.

"Erdem yok mu?"

Erdem elinde bardaklarla, omzunun arkasından, "Buradayım, bana mı bakmıştın?" dedi sertçe.

Dönüş gerilen ortamı dağıtması için yalvaran gözlerle Kartal Bey'e baktı. Kartal Bey içini çekti. Sandalyesinde doğruldu, Serdar'a döndü.

"Yahu bacanak, yöneticilik işi seni şimdiden bu hale getirdi. İstanbul'da neler olacak kim bilir? Hiç tanımayacaksın artık bizi. Benim kardeşim masaya oturmadan, önce ablasını sonra beni öperdi. Çok mu ağır işler? Çıkalım mı bir tekneyle filan, ha?"

"Kusura bakma Kartal abi. Çok haklısın. Özür dilerim Türkân abla. Hiçbir yere yetişemiyorum. Her şey hep son dakika. Yorgunluğuma verin."

"Yemek yedin mi sen?" diye sordu Türkân.

"Yok vallahi. En son dün yedim galiba."

"Kızlar, hadi yiyecek bir şeyler alalım biz."

Türkân, Derya ve Önem'i ayaklandırdı ama Dönüş kıpırdamadı. Kalkamadı yerinden. Taş dolu bir çuvala dönmüştü. Türkân, Dönüş'ün halini anlayınca, "Hadi gelin, biz gidelim," diyerek kızları masadan uzaklaştırdı.

Kimse konuşmuyordu.

Erdem öksürdü.

"Mesajıma yanıt vermedin."

Dönüş ikisinin arasında kendisinin dahil olmadığı başka bir gerginlik olduğunu anladı. Meraklandı. Serdar sıkıntılıydı yine.

"Mesajını aldım," dedi Erdem'e.

"Eee?"

"Aldım işte."

"Eyvallah..."

Büyük, kocaman bir aile resmindeki kendi yerini bir kor parçasıyla yakıyor Serdar. Bunu bilerek, isteyerek yapıyor. O resimde kalmak istemediği öyle belli ki. Bu kelimeler, bu tavır, bu kayıtsızlık... Bunların hiçbiri Serdar'a ait değil. O böyle biri değildi. Ama belli ki, artık böyle davranmak istiyor. Taraflar keskinleşsin, herkes yerini alsın diye düşünüyor belki de.

Dönüş bunları düşündü ve teslim oldu ayrılığa.

Serdar'ın bu halini görmektense, böyle birine dönüşmesine sebep olmaktansa, eski güzel günlerin üzerine beton dökmektense, ayrılığa teslim olmayı yeğlerdi.

Erdem'in telefonundan mesaj uyarı sesi geldi. Erdem telefonunu cebinden çıkardı. Mesajı açtı ve bir süre ekrana baktı. Bir şey yazmadı. Düşünceli bir ifadeyle telefonu cebine koydu. Telefonuyla ona iletilen haber her ne ise Erdem'i çok etkilediği fark ediliyordu.

Serdar, Erdem'in omzuna dostça dokundu ama Erdem başını kaldırıp bakmadı bile.

O sıra kızlar ellerinde yemeklerle geldi.

Hava karardı. Masalarda mumlar yandı.

Eski günlerin konusu açıldı yine.

Önem bir ara Serdar'ı da sohbete katmak için ona döndü.

"Serdarcım, kaçırdın. Hülya Hanım çok güzel bir konuşma yaptı. Çok duygulandık hepimiz. Ben bilmiyordum, meğer Volkan hoca çocukluk aşkıymış. *Yedi yaşımdan beri âşığım ona,* dedi."

Dönüş tebessüm etti.

"Çocukluk aşkına kavuşup kaybedenler kuşağı bizimki."

Bir sessizlik...

Derya elini pat diye masaya vurdu.

"Bir şey anlatayım da hepiniz gülün. Benim de bir çocukluk aşkım vardı. Allah'ım, nasıl bir aşktı ama! Size anlatamam! O zamanlar herkes bana *erkek Fatma* diyor. Kediyle köpekle aklımı bozduğumu düşünüyorlar. Hatta kimse benim bir kalbim olduğuna inanmıyor. Oysa nerede aşk var, vallahi ilk ben fark ederdim. Bizim postacı İrfan abi vardı, hatırlıyor musunuz? Zekiye ablayla fingirderlerdi de kimse bilmezdi. Ama benden kaçar mı? Asla! Neyse, ben de o sırada büyük aşkımı kendi kendime yaşıyorum ama bu tuttu bizim okuldan bir kızı sevdi. Bana da, *aramızı sen yapsana,* demez mi!"

Kartal Bey gülerek "Hadi oradan kız. Vallahi inanmam. Sen bu kadar erken mi başlamıştın aşka meşke? Kimmiş o bakayım? Okuldan mıydı?" diye sordu.

"Yoook, bizim mahalledendi. Komşumuzun oğluydu."

Önem bir kahkaha attı.

"Ayy yoksa Hakan mıydı?"

"Evet..."

"Hadi canım?"

"Vallahi."

Masada kahkahalar koptu. Hakan şoktaydı.

"Kız sen düz duvara tırmanan bir deliydin. Vallahi haberim yoktu bir şeyden."

"Aman Hakan abi, benim çocukluğum işte, sen ne bakıyorsun bana. Üniversitede Erdem'i tanıyana kadar bilememişim ben aşk ne demekmiş."

"Ne demekmiş?"

"Annemi kaybetmiştik. Zaten başımda saçım da yok o sıra. Okulun merdivenlerinde oturuyorum. Erdem geldi yanıma. Kaç gündür yemek yememişim. Hatırlamıyorum bile aç olduğumu. Bir şey, tost muydu neydi, uzattı, yedirdi zorla. Benim gibi keçiye bir kız olduğumu öğretti. Biliyor musunuz, bana bir şey yaptırmak için iddiaya girerdi benimle. Ya bilek güreşi yapardık ya da bildiğin güreşirdik. Öyle öyle çoluk çocuk sahibi olduk. Aşk birlikte başka bir güçlü yapıya dönüşebilmek galiba... Kaç yıl oldu bilmiyorum ama kaç farklı insan olduk ilişkimiz içinde. Bazen ağzını burnunu kırmak istiyorum; sonra onu çok sevdiğim aklıma geliyor."

Erdem az önce okuduklarının etkisindeydi hâlâ. Yine de kendini zorlayarak yüzüne bir gülümseme yerleştirip Derya'ya yanıt verdi.

"Şişşt, yavaş, ağız burun girdin yine, ayıp. Yani tabii şiddetli tartışmalarımız oluyor da, bizde galibiyetin kimde kaldığı sonuçlanmadan tartışma bitmez. Kaybeden centilmendir ama."

"Biz de çok kavga ederiz. Benim küsme huyum yoktur ama Hakan küser."

"Biz kavga etmeyiz. Ben Türkân'ımı zaten zor bulmuşum, ne kavga edeyim? Başımın üstünde tutarım."

Kartal Bey, Türkân'ın saçlarını okşadı.

Erdem, Derya'nın bardağını doldurdu.

Hakan, Önem'in omzuna ceketini koydu.

Kimin anne babası çok kavga ederdi, kim nasıl barışırdı, kim albino şekerciyi hatırlıyordu, kim sinemaya biletsiz giriyordu, kim daha iyi yüzüyordu?

Konudan konuya atlayarak gülüp konuşuyordu masadakiler.

İki kişi hariç.

Dönüş ve Serdar.

Paylaştıkları son şey suskunluktu.

Erdem susarak farklı yönlere bakan Serdar ve Dönüş'ü üzüntüyle izlerken telefonuna gelen mesajı düşünüyordu:

"Erdem, bacanağım, kardeşim... Haklısın. Yaptığım eşeklik değil, eşekliğin daniskası! İşte, benim bunun için gitmem lazım. Anlıyor musun kardeşim? Eğer gitmezsem bu eşekliğim devam edecek. Kimseyi kırıp geçirmemek için ve kimseyi kırıp dökmeden gitmem lazım!"

VEDA

Sadık Bey neredeyse bütün gece gözünü kırpmadan kalktı yataktan.

Çok terliyordu geceleri. Kızlar, "Gece kalkarsan mutlaka değiş baba fanilanı, pijamanı," diye tembihliyordu. Islanmış fanilasını, pijamasını çıkardı. Gece başucuna bıraktıkları yedekleri giydi. Bir bardak su içti. Uykusu iyice dağılmıştı. Yine de yastığı ters çevirip yattı. Ama yok, uyku tamamen gitmişti. Bir sağa bir sola dönüp durmaktansa kalktı yataktan. Hırkasını giydi. Bahçeye çıktı.

Alacakaranlık serinliği iyi geldi ciğerlerine. Kapıdan biraz etrafını seyretti. Bastonunu aldı, bahçeyi dolaştı.

Güller bu yıl coşmuştu. Zeytinlerin de, narların da *var yılı* olacaktı, belli. Evin arkasına diktiği domatesler, biberler bile salkım salkım dökmüştü bu sene maşallah.

Yaseminlerin altındaki banka oturdu. Gözlerini yumup sabahın kokusunu çekti içine. Çiy düşmüş otların sabah başka gece başka tütüşü hep şaşırtıyordu onu. Limonotu kokusu yükseldi, sıyrıldı diğerlerinin arasından. Bir öncü kuş cıvıldadı. Diğerleri onu takip etti. Uzaktan bir horoz ötüşü duyuldu.

Tebessüm etti Sadık Bey. Sabahı dinleyip Allah'a şükrederken bir ayak sesiyle irkildi.

"Baba?"

"Serdar? Ne işin var oğlum bu saatte burada?

"Ben... Uyumadım da gece... Musa abilerdeki yemekten sonra Edremit'e, hastaneye gittim. Kalan işler vardı, onları halledeyim dedim. İşler bitince de sen erken kalkarsın diye düşündüm. Bahçede oturur, biraz beklerim demiştim. Ama epey erken kalkmışsın."

"Oğlum niye kapıdan konuşuyorsun? Girsene içeri. Gel, otur şöyle."

Serdar çekinerek girdi içeri.

"Allah Allah, yabancı gibi davranmasana, gel, otur dedim."

Sadık Bey, Serdar'ı süzdü. İyi görünmüyordu. Çok zayıflamıştı. Gömleği buruşuktu. Anladı: Eve gitmemek için işleri bahane etmiş, sonra da hastanedeki odasında koltukta uyumaya çalışmıştı. Gözlerinin feri kaçmıştı. *Nerede o pırıl pırıl, zıpkın gibi yakışıklı delikanlı.* Serdar'ın bu derbeder haline üzüldü. Ellerini ovuşturması, yüzüne bakamayışı... Anladı, Serdar veda etmeye gelmişti.

"Baba... Ben bir şey konuşmak istiyorum sizinle."

Oysa bir zamanlar bu cümleyi ne kadar heyecanla, sevinçle kurmuştu karşısında. Dönüş'e evlenme teklif etmek için izin istemeye gelmişti. Türkân'la Kartal'ın düğünü vardı o akşam. Yanına gelişinden, sesinin titremesinden anlamıştı zaten ama söze *baba* diye başlayınca nasıl da mutlu olmuştu.

"Baba ben bir şey söylemek istiyorum size. Bu gece Dönüş'e Türkân ablanın düğünü bittiğinde evlenme teklif etmek istiyorum. İzniniz var mı?" diye sorduğunda gözleri dolmuştu Sadık Bey'in.

İkisinin kavuşması herkese umut veren, mutlu bir hikâyeydi.

Demek hikâyenin sonuna gelinmişti ha...

Serdar'a baktı.

"Dinliyorum."

Serdar başlayamıyordu konuşmaya.

Anlıyordu: Az sonra aralarına dökülecek kelimeler kırık cam parçaları gibi söyleyenin dilini, dinleyenin kalbini kanatacaktı.

"Sizi ne kadar sevdiğimi biliyorsunuz, değil mi? Kendi babamla bu kadar güzel, bu kadar mutlu bir ilişkim olmadı benim."

"Biliyorum oğlum, ben de seni seviyorum. *Oğlum,* diyorum sana, daha ne olsun?"

"Beni damadınız değil, oğlunuz gibi dinler misiniz o halde?"

Sadık Bey, Serdar'ın bu perişan hali karşısında, bu ayrılığın Dönüş'ün değil, Serdar'ın sınavı olduğunu anladı. Nesrin rüyasında bunu söylemişti ona. *Dönüş iyi olacak, merak etme, bunu kaldırabilecek,* diyordu demek ki. Ama Serdar?

"Tabii oğlum..."

Serdar yutkundu. Göğsünden bir hıçkırık yükselecekti ki tuttu kendini. Kafasını çevirdi. Kendini toplamaya çalışıyordu.

"Baba..." dedi. "Ben Dönüş'ü, onunla kurduğum hayatı, oğlumu çok seviyorum. Sizi, kardeşlerimi, yeğenleri, enişteleri... Ama benim de engel olamadığım bazı şeyler var. Kimseyi kırmak istemiyorum aslında. Beni bilirsiniz, bilerek isteyerek yapmam böyle şeyler. Fakat istemeden de olsa ailemi, sevdiklerimi kırıyorum. O yüzden benim uzaklaşmam gerek."

Serdar kesik kesik konuşarak, neden gitmek istediğini anlatmaya çalışırken Sadık Bey yıllar öncesine gitti yine.

Nesrin karşısında nasıl da kararlı, öfkeli oturuyordu: "Katiyen dönmem Ayvalık'a. İstanbul'a tayinimi istiyorum. Sen ister gelirsin, ister gelmezsin!" diyordu. Bütün özlemi büyük şehirdi. İdealleri vardı. Bir öğretmen olarak kalmak istemiyordu. Sonra Dönüş doğunca her şey değişmişti. Bütün hayallerinden, ideallerinden vazgeçip buraya dönmüştü ama Ayvalık'ta yaşadığı her günün acısını istemeden hep hissettirmişti Sadık Bey'e. Kaloriferli eve, tiyatrolara, kalabalık caddelere, daha büyük bir kariyere duyduğu özlemini, gerçekleşemeyen hayallerini anlattıkça onu suçladığını düşünürdü Sadık Bey. Oysa sahip oldukları huzur yeterliydi. Daha ne isterdi insan? Dönüş de ona benziyordu. Sahip olduğuyla yetiniyordu.

Serdar burnunu çekince, ağlamak üzere olduğunu anladı.

Nesrin gitmiş, Serdar gelmişti şimdi.

"Babacım, buraya hepimiz Dönüş iyileşsin, sakin bir hayat yaşasın diye döndük."

"Biz hepimiz kendi hayatımız için döndük. Sadece sen Dönüş için geldin."

"Evet, öyle oldu aslında. Ve Dönüş iyileşti. Kontrol sonuçları da çok iyi çıktı."

Sadık Bey giderek daha iyi anlıyordu Serdar'ı. Haklıydı. Bütün aile kendi isteğiyle buradayken o, karısının hatırı, sağlığı, mutluluğu için gelmişti.

O hatırın da vadesi dolmuştu işte. Serdar'ın suçu yoktu. İnsanın fıtratında vardı bu. Özveri, ödün, hatır için dediğin... Hepsi vadeli yatırımlardı. Kiminde çok kazanıyor, kiminde kaybediyordun işte.

Serdar öksürdü. Elinin tersiyle yanağını sildi.

"Dönüş burada çok mutlu. Sizinle, sevdiği bu topraklarda çok mutlu."

"Mutlu mu?"

"Nasıl? Anlayamadım."

"Sordun mu ona bunu? *Mutlu musun* diye sordun mu?"

"Sormaya gerek yok ki. Görüyorum. Görünüyor."

Serdar demek ki artık bakmıyordu Dönüş'le yaşadığı hayata. Baksa o da görürdü Sadık Bey'in görebildiğini. Dönüş bir süredir mutlu değildi. Dile dökmüyordu ama değildi. Ne var ki, Serdar, Dönüş'ü mutlu görüyordu.

"Anladım oğlum. *Onu mutlu görüyorum,* diyorsun. Peki, sen ne istiyorsun?"

Serdar bir süre sustu.

"Ben bir iş teklifi aldım İstanbul'dan. Çok iyi bir teklif."

"Dönüş bahsetti, biliyorum. Kabul ettin mi?"

"Evet. İki hafta içinde gidiyorum."

"Dönüş ne diyor?"

"*Sen git, ben kalacağım,* diyor. Bir de boşanmak istediğini söyledi dün."

Sadık Bey bir an, "Yoo, Dönüş, *sen git,* dememiş, seninle gelebilir. Sen hakikaten çağırdın mı?" diye sormak istedi ama sonra durdu. Serdar'ın yürekten ne istediğini anlayabileceği tek andı bu.

"Sen ne düşünüyorsun?"

"Dedim ya baba. Ben onu kırmak, üzmek istemiyorum. Oğlumu ağlatmak istemiyorum. Kendimi kontrol edemediğim için en çok ben üzülüyorum. O yüzden... Böylesi daha iyi olacak baba."

Sadık Bey'in içinde Dönüş, *sen annemi, annemin seni sevdiğinden daha çok sevdin,* dediğinde duyduğu sızıyla açılan o eski yerdeki çatlak kanamaya başladı.

Bütün umudunun bittiği yerdi orası. Defalarca kabuk tutmuş, defalarca kabuğu düşmüş... *Bu yaşa geldim, artık kanamaz ya,* dediği o eski yer bu kez çocuğu için kanıyordu.

Serdar'ın perişan halini gördüğünden beri içinden geçen, onları yeniden bir araya getirme, barıştırma hevesi boğazında sıkıştı kaldı.

"Peki oğlum. Madem öyle diyorsun... Eğer böylesinin daha iyi olacağından eminsen, Allah ikiniz için de hayırlısını versin. Can'dan nasıl ayrılacaksın peki?"

"Can kararını vermiş. Annesiyle kalacakmış. Ama benimle gelmek isterse, kararını değiştirirse onu İstanbul'un en iyi yatılı okuluna vereceğim. İsterse tabii."

"Yatılı okul mu? Ne gerek var buna? Dönüş'ün bir şeyi mi var yoksa?"

"Hayır baba, hayır! Sakın öyle düşünmeyin. Ben yoğun olurum da onunla, dersleriyle ilgilenemezsem eğer, iyi bir eğitim alsın diye. Sadece bir fikir. Dönüş'ün sağlığı çok iyi vallahi. Yemin ederim. O burada sizinle olunca çok sağlıklı, çok mutlu. Hem burada sen varsın, bacanaklar var diye rahatlatıyorum kendimi. Zaten hepsi bana karşı birleştiler bile. Onları da anlıyorum, haklılar ve böyle olduğu için seviniyorum da. Oğlum ve Dönüş sevgiyle korunacaklar daima. Benim gözlerim de hep üzerlerinde olacak. Can'a yokluğumu hissettirmemek için elimden geleni yapacağım. Dönüş benim için çok değerli. Hem sen de buradasın..."

"Ben şimdi buradayım oğlum. Yarına, seneye var mıyım, bilmiyorum. Yaşlandım artık. Evlatlarımın kırıklarını düzeltmelerine yardım edebilecek kadar gücüm kalmadı. O yüzden onu çok kırmadan git."

Serdar'ın gözleri doldu yeniden.

"Kırmam baba."

"Başka biri var mı oğlum?"

"Yemin ediyorum yok baba."

"Peki."

"Peki..."

Serdar kalkacaktı ama kalkamıyordu bir türlü. Sanki dizlerinde derman kalmamıştı, oracığa yığıldı yığılacaktı.

Görüyordu Sadık Bey: Gitmek istiyor ama gidemiyordu.

"O kadar çok gitmek isteyip gidemeyen, kalınca çürüyen gördüm ki, sana gitme diyemem."

Sustular.

"Peki baba," dedi Serdar bir kere daha, boğuk bir sesle.

Bir güç bulup kalktı. Sadık Bey'in eline uzandı öpmek için. Sadık Bey damadının elini tutarak kalktı.

"Serdar, oğlum... Belki bir daha görüşemeyiz seninle. Hayat bu. Sana pek çok nedenle teşekkür borçluyum. Dönüş'üme benim bile hayran olduğum bir aşk yaşattın. Kızımı bir değil, üç kere hayata döndürdün. İnancını boşuna çıkarmadın, onu kanserden kurtardın, ona bir oğul verdin. Ve..."

Sadık Bey'in de gözleri doldu. Sesi boğuldu.

"Hani beni Mesut'la buluşturduğun o akşam... Garibimin o eksik dişleriyle gülerek o koridordan çıkıp *ben geldim müdür baba,* diye boynuma sarılışı var ya..."

Serdar artık ağlamasını saklamıyordu.

Sadık Bey'le göz göze geldiler.

Sadık Bey, Serdar'a sarıldı.

"Hayatımda o kadar mutlu olduğum kaç an var bilmiyorum. Teşekkür ederim oğlum. Hakkını helal et. Kahraman gibi gelmiştin hayatımıza... Allah'a emanet ol!"

Serdar, Sadık Bey'in omzunda bir süre ağladı.

"Sen de hakkını helal et baba... Gitmem lazım... Gitmem lazım!"

Tekrar kucaklaştılar.

Serdar koşar adım arabasına gitti.

Sadık Bey yaseminlerin altında gözlerini silerek Serdar'ın ardından baktı.

İKİNCİ BÖLÜM

KIŞ

"ONU KAHRAMAN YAPAN BENİM HİKÂYEMDİ"

Bu sabah uyandığımda aklımda sen vardın. Senin evindeki ilk sabahımı, bana özenle kahvaltı hazırlamanı anımsadım. Gözlerimi kapadım yine. Bütün kalbimle o sabaha dönmek istedim. O gün uyandığımda ev kahve kokuyordu. Yüzümü mutlulukla yastığına gömmüştüm. Sen, ben, senin terin, benim tenim, senin kokun, benim kokum; ikimizin kısa tarihinden çıkıp yastıklara, çarşafa sinen o kokuyu unutmam mümkün değil. Biz kokuyor, demiştim kendi kendime. Biz... Seninle ikimiz.

Fransızca bir şarkı dinliyordun. Sessizce yataktan kalkmış, birkaç adım uzağında durup seni izlemiştim. Yumurtaları bir kâsede çırparken kolunla alnındaki teri silmiştin. Kollarını ne çok severdim ben senin. Sonra hazırladıklarını masaya koymak için döndüğünde beni görmüştün. Elindekileri bırakarak gelip bana sarılmıştın. Sonra beni öpüp masaya oturtmuştun. Tabağımda rengârenk çiçeklerle yapılmış küçük bir buket vardı. O kadar mutluydun ki, mutluluğunun bana geçip daha da büyümemesi mümkün değildi.

"Dışarı çıktım sen uyurken. Sana *bagel* aldım, çiçek aldım, krem peynir, reçel aldım," dediğinde uzanıp öpmüştüm seni. Gözlerini kapamıştın mutlulukla. O Fransızca şarkıyı ilk kez duyuyordum. Müzik dolu haftalarımızın ilk sabahındaydık. "Bu güzel şarkıyı söyleyen kim?" diye sormuştum sana.

"Francis Cabrel. Herifi pek sevmem ama şarkılarını ondan ayrı tutarım," demiştin. Sonra masadan kalkmış, gitarını almış, adamla birlikte söylemeye başlamıştın. Fransızca bilmene şaşırmıştım. Sonra müzik çaları kapatmış, şarkıyı baştan sona bana bakarak söylemiştin. Gülüyordun. Gülmen ne güzeldi.

"Je t'aimais, Je t'aime, Je t'aimerai..."

"Seni sevdim, seviyorum, seveceğim diyor," diyerek gitarını bırakmış, yanıma gelmiştin. Sanki ben senin eline konmuş bir kelebektim ve uçmamdan korkar gibi seviyordun beni. Kahvaltıdan sonra evime gitmek için ayakkabılarımı sen giydirmiştin bana. Bağcıklarını ben bir çocukmuşum gibi bağlamıştın. Kapüşonumu geçirmiş, akşam buluşup sinemaya gitmeye sözleşmemişiz de son kez birbirimizi görüyormuşuz gibi uzun uzun bakmıştın gözlerime.

Bu sabah bunları hatırlamak bir çocuk gibi ağlattı beni. Kızgınlıkla, kırgınlıkla dolu kalbim neden senin yerine birini koymak istemiyor?

Sen ölmüşsün gibi yasını tutuyorum ben senin. Şimdi şimdi anlıyorum bunu. Bu hatıraların ışığını kaybetmek istemiyorum. Eskitemiyorum henüz seni içimde.

Ayrılığı kendi iradeleriyle başlatanlar, iki sevdalıdan biri ölüp de ayrı düşenler gibi koruyamıyorlar hatıralarını. Öfke un ufak ediyor bütün güzel geçmiş anları. Oysa ölüm, koruyucu bir kalkan oluyor yaşanmışlıklara.

İçimde bir şeyler birikiyor ve kocaman bir kalabalığın içinden anlatmak istediğim tek kişinin sen olduğunu fark ediyorum hayretle. Dinlendiğini bilmek ne kadar önemli, değerliymiş. Babaannemin hiç yorulmadan anılarını anlattığı o saatleri düşündükçe, ona o gücü verenin benim bütün kalbimle, merakımla dinlemem olduğunu daha iyi anlıyorum. Sen de beni dinlerken, anlattıkça anlatmak isterdim.

Yoksa bunca zamandır beni niçin yüzüstü bıraktığını hâlâ öğrenemediğim, kendisinden hiç haber almadığım birine neden yazayım ki?

Dönüş teyzemin önerisiydi:

"Birine olan kırgınlığın, kızgınlığın üzerine çok düşünme. Düşünce her duyguyu hak ettiğinden fazla büyütür."

O yüzden kırgınlığımı düşünmüyorum. Aksi takdirde o kırgınlık büyüyerek yaşar ve bir gün kalbimi çatlatabilir! Yaşamımı devam ettirmeme izin vermeyecek bir kanama başlayabilir benliğimde.

Bir de ilişkimizi, arkadaşlığımızı bitirme şeklin o kadar senin tarzın, tavrın değildi ki, haklı bir sebebin olabileceği ihtimalini yok saymadan, seninle geçen mutlu günlerimin anısını sana rağmen korumak istiyorum.

Bu yüzden ölmüşsün sayıyorum.

Dedem ara ara anneannemin mezarına gidip konuşur olmuş. Eskiden yapmazdı böyle şeyler. Belli ki kızlarını anlatırken onu anlayabilecek, dinleyebilecek en iyi kişinin anneannem olduğunu düşünüyor.

Benim bu yaptığım da bir çeşit mezar başı konuşması sayılabilir aslında.

Dönüş teyzem ve eşi bir süredir ayrı yaşıyorlar. Ayrıldılar aslında ama dedem üzülmesin diye boşanmıyorlar. Belki ikisi de dedemi bahane ediyor, *bir gün yeniden birleşiriz,* diye düşünüyorlardır.

Biliyorsun, onların aşkı da çok güzeldi, evliliği de. O yüzden ilişkilerinin dönüştüğü bu hal hepimizi derinden sarstı, şaşırttı. Teyzem pek konuşmak istemiyor bu konuda.

Anlıyorum, dediği gibi, kırgınlığı üzerine çok düşünmek istemiyor. Yine de, bölük pörçük anlattıklarından bile düşünmek istemediği, bize göstermediği üzüntüsünün çok büyük olduğunu hissedebiliyorum.

Serdar eniştem bir tartışmalarında, "Neden anlamıyorsun? Bensiz de bir hayat kurabilmeyi başarman gerekiyor! Ömrümün sonuna kadar senin istediğin, sevdiğin beğendiğin Serdar olarak kalamam. Bensiz de mutlu olabilirsin, neden kendini bana bu kadar bağlıyorsun?" demiş Dönüş teyzeme.

"Yenildiğimi o an anladım aslında. O benim onu nasıl sevdiğimi anlamıyor ve kendi sevgi biçimini tek doğru kabul ediyordu. Onu nasıl ve neden sevdiğimi onca yıl anlatamamışsam, gösterememişsem, o anda nasıl başarabilirdim ki bunu? Sevdiğim için onu özgür bırakmam gerektiğini düşündüm. Bence yanılıyordu ve yanılgısını ancak özgür kaldığında görebilirdi," dedi teyzem.

"Hiç mi üzülmüyorsun Allah aşkına? Nasıl böyle konuşabiliyorsun?" diye sorduğumda, "Her yanım sızlıyor aslında," demişti.

Eniştem İstanbul'a yerleştikten kısa bir süre sonra bildiğimizin dışında bir adam oldu. Sürekli yurt dışında. Sırtında bir çantayla gezip duruyor. Oğlu Can, babasının fotoğraflarını gösterdikçe, Dönüş teyzem sakinliğini bozmadan, "Merak ediyorum, İstanbul'a ne ara uğrayıp da hastaneyi yönetiyor?" diyordu.

Bir gün, "Hiç böyle bir adam değildi, hayret!" dedim ve teyzemin sakinliğini kaybettiğini ilk defa gördüm.

"Çok merak ediyorum, biliyor musun? Serdar aslında nasıl biriydi? Ben onu o kadar sevmesem ne olurdu? Siz yine de çok sever miydiniz onu?" dedi sinirle.

Şaşırmıştım.

"Serdar eniştemi herkes severdi. İyi bir adamdır. Hepimizin gözünde kahramandır," diye yanıt verince daha da sinirlendi.

"Onu kahraman yapan benim hikâyemdi!" dedi. "Öyle sevilmek ona kendini bir kahraman gibi hissettirdi. Her şey rutine girdiğinde, hayatımız sıradan bir hayata döndüğünde, yani onun görevi bittiğinde, artık uğraşması gereken bir sorun kalmadığında varlığı boşa çıktı. Serdar gibi adamlar anlam buldukları hikâyelerin içinde olmak isterler. Onlara ihtiyaç duyulan durumları severler. Çocukluğundan beri doktor olmak isterdi. Hayat kurtarmak filan. Tanrıcılık oynamaktı bir nevi. Beni, *evde kalmış Dönüş teyze*'yi, ilk aşkı olarak, gelip o sıkıcı hayattan kurtardı. Yaşı çok geçmeden anne yaptı. Babama manevi oğlunu alıp getirdi. Halama neşe verdi. Sizlere rol model oldu. Sonra ben hastalandım. Bütün ailenin ama en çok benim kahramanım oldu. Ben size gözlerimi, kalbimi ödünç verdim. Hepiniz onu ben öyle sevdiğim için sevdiniz. Serdar'ın hayatından benim hikâyemi çıkar, ne kalır geriye? Hiç!"

Haklıydı belki de.

Dönüş teyzem böyle bir kadın işte.

Onun meşhur turkuaz defterini hatırlıyorsun, değil mi?

Sesini duyar gibiyim: *Unutmak mümkün mü? O defter yüzünden ne maceralar yaşadık!*

Dün gibi gözümün önünde. Kaanların evinde defteri okuyoruz, sonra sen, *Miami'ye gitmeliyiz,* diye tutturuyorsun. O kadar emindin ki o defterde okuduklarınla Miami'de bulduğun son parçayı birleştireceğine... Ne komiktin Ömer! Sana uyduğumuz için biz daha komiktik aslında. Yine de aramızdaki bağı o defter kurdu.

O yüzden sen de unutmuş olamazsın!

Sen de...

Teyzemle Serdar eniştemin aşkına o kadar hayrandım ki, seninle yaşadığımız o güzel birkaç ayı *aşk* diye isimlendirmem belki bu yüzdendi.

Benim tanımımı tanık olduklarım şekillendirdiği için bugüne uygun bir tarif bulamıyorum belki de.

Ama o cümlesi de hiç aklımdan çıkmıyor Ömer:

"Serdar'ın hayatından benim hikâyemi çıkar, ne kalır geriye?"

*

Benim sıra dışı hikâyemin içine girdiğinde anlam bulmuştu varlığın. Yapamadıklarım için beni cesaretlendirirken, kolumdan tutarken, beni elimi ateşe sokmaya ikna edip *korkma, ben buradayım,* derken anlamlıydı varlığın.

Sonra önümüze kocaman bir hayat çıktığında korktun muhtemelen. Ben de sana destek olabilirdim oysa. Yaşamaya cesaret edemediğin o hayatın kıyısından sana elimi uzatabilir, senin beni yüreklendirdiğin gibi ben de yüreklendirebilirdim seni.

Her neyse...

Bugün 27 Aralık.

Dört gün sonra yeni bir yıl başlayacak.

Kaan'la yeni yılı burada, Kapadokya'da ailelerimizle birlikte karşılamaya karar verdik. Katia ve Ege bebekle birlikte şu anda Berlin'deler. Yarın Kaan'ın annesi ve annesinin eşiyle birlikte hepsi burada olacaklar.

Bizimkiler de yılbaşından bir gün önce Ayvalık'tan gelecekler.

Hepimiz burada, otelde olacağız.

Belki biraz bu yüzden, fazlaca düşündüm seni bugünlerde. Kaan ve Katia'nın sesini duyduğumda seni anımsamamak mümkün değil zaten.

Bu *mail*'i yazıyorum ama gönderir miyim, bilmiyorum.

Sana anlatmak istediğim o kadar çok şey var ki...

Şu anda yağan karı görmeni çok isterdim mesela. Güvercin vadisi üzerine düşen o kocaman kar taneleri, beyaz dantel bir örtünün motifleri gibi dans ediyorlar havada. O güzelim kar sessizliğini düşün. Tam karşımda ocaktan bozma küçük bir şömine var. Odunların çıtırtısını ve o yanık kokusunu, bir de köy evlerinin önünden geçerken yükselen taze pişmiş yufka ekmek kokusunu şu mektuba iliştirebilsem keşke.

Senin memleketin burası. Eğer gelseydin, hayalini kurduğun bu diyarı, eminim düşündüğünden daha çok sevecektin.

Eminim, birlikte çalışsak kavga edecektik ve bizi bile hayrete düşüren güzellikte işler çıkaracaktık ortaya. Geceleri kar yağarken bilmediğim şarkılar söyleyecektin bana. At binmeye gidecektik sabah erken. Yapamadıklarımız sıralamayı bırakıyorum. Yapabildiklerimizi bile önemsemedin sen.

Şimdi neredesin acaba? Chicago mu, New York mu?

Kaan ve Katia önümüzdeki yıl Türkiye'ye yerleşmeyi düşünüyorlar. Belki Kaan'la görüşüyorsundur, haberin vardır. Katia'nın okulu bitti. Onları orada tutan bir bağ yok artık. Bu yüzden benim buradaki son yılım olabilir. Sana bir sır vereyim mi? Bana zor gelecek; onlara severek büyüttüğüm bir bebek bırakacağım eğer gelirlerse.

Kaan'ın annesi Lorin Hanım aslında çok memnun benden. Ama belli olmaz. Yılbaşından sonra bir toplantı istediler. Belki yeni planları vardır. Göreceğiz bakalım.

Bu arada Kaan'ın anneannesi Yaşar Hanım'a bayılıyorum. Hani Kaan, "Kapadokya'ya gidip otelin başına geçerseniz anneannemi de size emanet etmiş olurum," demişti ya, aslında o beni emanet aldı desem yeridir. Dünya tatlısı bir kadın. Eskilerden anlatmaya başladı mı işi gücü bırakıp onu dinlemek istiyorum. Eski bir öğretmenmiş.

Türkçesi, kullandığı kelimeler, tonlaması öğretmenliğinden kaynaklı diye düşünüyordum.

"Mutlaka payı var ama okumayı çok severim," dedi.

Sonra konu konuyu açtı, "Benim de anneannem öğretmenmiş. Anneme, teyzelerime zorla kitap okutur, güzel konuşmaları için çok baskı yaparmış," dedim.

Nerede öğretmendi, kaç yaşındaydı derken ortaya çıktı ki, anneannem Nesrin Hanım, beni New York'ta koruyup kollayan arkadaşım Kaan'ın anneannesi Yaşar Hanım'ın öğretmen okulunda büyük sınıftan ablasıymış!

O zamanlar öyleymiş. Yatılı okullarda küçük sınıfların, büyük sınıflardan abileri, ablaları olurmuş.

Görecektin, aman ikimizde de ne sevinmek!

"Böyle bir tesadüf olamaz! Hayat nasıl küçük! Benim için Kaan'dan farkın yok artık," deyip durdu.

Yılbaşı buluşmasını aslında bunun için organize ettim. Annemi, teyzemleri, babamı görmeyi çok istedi.

Anneannem çok korumuş Yaşar teyzeyi okuldayken.

"Cılız bir köy çocuğuydum okula girdiğimde. Nesrin abla son sınıftaydı. Zorla yemek yedirirdi bana nöbetçi öğrenci olduğunda. Kabadayı kızları benden uzak tutardı. Ödevlerime yardım ederdi. Çok şeyi o öğretmiştir bana okulda. Nurlar içinde yatsın inşallah. Neredeyse ağlayacağım coşkudan! Mektuplaştığı bir nişanlısı vardı, bütün okul bilirdi. Memleketinden yakışıklı bir delikanlı imiş. Ailesi istemezmiş delikanlıyı. *Onlara inat onunla evleneceğim,* derdi. Aşk mühim meseleydi Nesrin ablam için. Demek o delikanlı dedenmiş ha?"

O anlattıkça, ne yalan söyleyeyim, ben de çok duygulandım. Bu tür hikâyelere bayılırsın, biliyorum.

Defne'nin çalışma odasının kapısı açıldı. Yardımcısı başını uzattı.

"Yarın için üçlü ev hazır. Kontrol etmek istemiştiniz. Haber vereyim dedim."

Defne başını kaldırıp "Tamam, hemen geliyorum," diye yanıt verdi.

Tekrar bilgisayarına dönüp son satırlarını yazdı:

"Evet, iş başına geçmem gerek. Sana gönderip göndermeyeceğimi, senin okuyup okumayacağını bilmesem de yazmak iyi geldi."

Yazdıklarını göndermedi, bir dosyaya kaydetti. Telefonunu aldı, kalın şalına sarınıp odasından çıktı.

Kaanlar için üç eski köy evinin aynı bahçeye açıldığı bir bölümü ayırmışlardı. Restorana ve manzaralı kahvaltı terasına yakın olmalarına özen göstermişti Defne. Hem küçük çocuk hem Yaşar Hanım rahat etsin, karda kaymasınlar diye her türlü önlemi aldırmıştı.

Asıl sorun Nezahat hala geldiğinde başlayacaktı. Defne adı gibi emindi, hiçbir yeri beğenmeyecek, Yaşar Hanım'ın kaldığı eve kafayı takacaktı.

Onlar için de tepedeki diğer üç evlik bölümü hazırlatmıştı. O evlerin manzarası vadinin oldukça geniş bir kısmından oluşuyordu. Yer altı tüneliyle restorana ve diğer yaşam alanlarına da ulaşmaları mümkündü. *Nezahat halayı yürütmeyiz zaten, kapıdan alır, kapıya bırakırız,* diye düşünmüştü. Otel içi ulaşımı küçük elektrikli açık arabalarla yapıyorlardı.

Yılbaşında iki ailenin bir araya toplanması çok iyi bir fikir olsa da, otelin tam kapasite çalıştığı döneme denk gelmesi Defne'nin iki ayağını bir pabuca sokmuştu aslında. Birbirine küçük yollar ve tünellerle bağlanan 36 köy evinden oluşan bu müze otelde yılbaşı için kendilerine o altı evi ayırabilmek, deveye hendek atlatmaya benzedi. Herkes bir arada olsun, birbirlerine ihtiyaçları olur, kapıyı açınca avluda kendi yakınlarını görsünler diye çok uğraştı. Haftalar önce rezervasyon yaptıran müşterileri aradı, yerlerini değiştirmek için dil döktü, ikramlarda bulundu. Müşterileri genellikle yurt dışındandı ve otelde misafir olmuşlarsa, mutlaka gözlerine kestirdikleri ya da daha önce kaldıkları evi istiyorlardı ısrarla.

Otel, Güney Amerika'nın zengin topluluklarının rağbet ettiği bir mekân olmuştu kısa zamanda. Geleneksel yapısı korunarak modernize edilmiş, minimal bir tasarım anlayışıyla döşenmiş kayadan oyma evlerin mimarisi ve dekorasyonu hayranlık uyandırıyordu. Defne'nin organize ettiği piyano konserlerine, dolunayda gece yürüyüşlerine, tarihçilerin, yazarların ve gezginlerin akşamüzeri sohbetlerine de bayılıyordu misafirler.

İki büyük salonu vardı otelin. Bunlar otelin yapımı sırasında ortaya çıkan tarihi yapılardı. Biri, zemini dahil, her tarafı camla kaplanarak korumaya alınmıştı. İnsana her an düşecekmiş hissi veren ve bir süre sonra müzikle, anlatılanlarla gerçekten de insanın ayağını yerden kesen büyülü bir yapıydı.

Defne her geçen gün daha çok bağlanıyordu işine, otele, çalışanlara. Kaan'ın annesi, "Seni kendime benzetiyorum," ya da "Şahanesin! Çok büyük değer kattın hayalimize!" dedikçe daha yeni şeyler yapmak için hevesleniyordu. Ömer'e de yazdığı gibi, yılbaşının ertesinde kendisine, "Buraya kadardı, teşekkür ederiz," derlerse gerçekten üzülecekti.

Merdivenlerden inerken çalışanlardan birine, "Araç Giriş'i ve sokağı tuzladınız mı?" diye sordu.

Çocuk kafasını kaldırmadan, "Bilmiyorum," dedi.

Defne merdivenlerde duraksadı. Yanıt veren delikanlıya döndü.

"Nasıl bilmiyorsun? Yanıtın bu mu, böyle mi?"

Defne'nin sert sesini duyunca delikanlı toparlandı.

"Yani ben yapmadım. Başkası yaptı mı, bilmiyorum."

"Bugün kimler sorumlu dış temizlikten?"

Delikanlı birkaç isim saydı.

"Tamam, git sor bakalım, dediğim yapılmış mı?"

"Ben mi sorayım?" dedi delikanlı.

Defne sert bir bakış atınca kıvırdı:

"Burayı temizliyorum diye dedim."

Defne yanıt vermeden merdivenden indi. Bu delikanlı geçen ay aldıkları yeni elemanlardan biriydi. Girdiğinden beri bir cenaze, iki hastalık izni kullanmış, *paramı çaldırdım, yolda kaldım,* diye ağlamış, Defne de delikanlıya avans vermelerini söylemişti. İşte bir tane daha, dedi içinden. *Bir kıymet bilmez daha bulmuşuz!*

Bazen böyle anlarda yoksa babaannesi haklı mı diye içerliyordu kendi kendine. Ve hiç hoşlanmıyordu bu duygusundan.

Yardımcısı Dilber ve oda temizliğinden sorumlu şefle evleri kontrol etmeye başladılar. Şömineler temiz mi, odunlar kuru mu, kalorifer petekleri çalışıyor mu, banyolarda kötü koku var mı? Defne hızlıca göz attı üç eve de.

"Yarın sabah taze çiçekler koymayı unutmayın odalara. Dolaplarına meyveleri, yoğurtları, her şeyi güzelce yerleştirin. Kaan Bey'in evine bir buhar makinesi koydurun çocuk için. Bir de küçük bir ecza sepeti hazırlatın. Kulaktan ateş ölçen elektronik derece de olsun içinde. Hatta iki tane hazırlatın, teyzemin de küçük çocuğu var. Aslında ateş ölçen bantlar vardır. Onlardan aldıralım da, çocuklu aile geldiğinde bir sorun olursa verelim."

"Tamam Defne Hanım, not ettim hepsini. Şükrü'yü yolluyorum Nevşehir'e, eczaneden dereceleri alsın."

"Tamam, yollarsın. Bitmedi diyeceklerim. Lorin Hanım ve Franz Bey'in odasına şarap kavına yeni dahil ettiğimiz şaraplardan koyalım. *Kiraz* ve *Defne,* unutma! Ben bir kart yazacağım, unutturma. Kartları her zamanki gibi lavanta buketiyle bırakalım."

"Tamam, onu da not ettim."

"Dilber..."

"Buyurun?"

"Bir saat içinde bütün temizlik sorumlularını, özellikle dışarıdakileri odamda istiyorum. Bütün birimlerin şefleri de hazır bulunsun."

"Tabii Defne Hanım, bir sorun mu var?"

"Evet, var. Bir de senden özel olarak rica ediyorum, hemen şimdi gidip bizzat kendin kontrol eder misin, Araç Giriş'in önü ve bütün sokak tuzlanmış mı?"

"Tamam."

"Hemen, şimdi!"

Dilber, elinde not defteri, koştura koştura çıktı merdivenlerden. Defne temizlik şefine teşekkür edip odasına geçti. Badem de koşarak peşinden girdi.

"Neredesin ülen sen? Bu karda kışta üşümedin mi?"

Badem heyecanla havladı birkaç kere. Kuyruğunu sallıyor, bir kapıya, bir Defne'nin yanına koşuyordu.

"Ne oldu? Ne var dışarıda? Kar mı? Kar topu mu oynayalım?"

Hoffv!

"Olmaz, çok soğuk. Hem toplantı yapacağım şimdi, oynayamayız. Gel bakalım, otur şuraya. Ödül bisküvisi vereyim mi sana?"

Badem yanına gelmedi. Kapıda durup dışarıya bakarak havladı birkaç kez daha.

"Ne var oğlum dışarıda?"

Hoffv, vofff!

"Sen şimdi bu ödül bisküvisine hayır mı diyorsun?"

Hav!

"Allah Allah, bu bir ilk... Peki tamam, geldim. Bakalım ne var dışarıda?"

Defne yerinden kalktı. Şalına sarındı yine. Kapıyı açar açmaz Badem dışarı fırladı. Biraz koşuyor, sonra durup Defne geliyor mu diye arkasına bakıyordu.

"Tamam geliyorum, dur koşma. Ne buldun Allah aşkına?"

Badem üst yolun üzerindeki iki taş çiçekliğin başına gidip havlamaya başladı.

"Geldim geldim, havlama dur!"

Badem burnuyla çiçekliklerin arasına bir şeyi iteledi.

Burada işte, bak, diyordu sanki.

Defne, Badem'in burnuyla gösterdiği yere baktığında, masmavi gözleri kocaman açılmış, titreyen, siyah beyaz, ıslak, minik bir yavru kedi gördü. O kadar korkmuş ve üşümüştü ki, o pembe minik patilerini kocaman açarak kendini savunmaya çalışıyordu. Sesi miyavlamaktan kısılmış olmalıydı. Ağzını açıp kapıyordu ama sesi duyulmuyordu bile.

"Badem, oğlum sana inanmıyorum! Sen ne güzel bir çocuksun!" dedi Defne kediyi gördüğünde.

"Annesi nerede acaba? Nasıl geldi buraya?"

Hava hava vogfff! Hav havvv ahavav hav! Yani, *bırak şimdi annesini mannesini, görmüyor musun, ölecek çocuk! Çabuk al onu, götürelim, kurtaralım!*

"Tamam tamam, haklısın. Gel bakalım buraya miniğim benim, ah çok mu korktun sen? Çok mu ıslandın? Gel canım..."

Badem sevinçle dört dönüyordu Defne'nin etrafında.

Kucağında yavru kedi, arkasında sevinçle havlayan Badem, hep beraber Defne'nin odasına girdiler.

"Ah Badem, aferin sana oğlum! Bugün gerçekten kahramansın. Şimdi bu yavru kediyi bir ısıtalım, ona bir mama verelim de, sonra annesiyle kardeşlerini arayalım, olur mu?"

Hav!

Dilber kapıdan başını uzattı yine:

"Defne Hanım, tuzlamamışlar yolu. Ayyyy, bu ne? Ay çok tatlııı!"

"Badem bulmuş. Beni buradan kaldırıp götürdü, o gösterdi yerini. İnanamıyorum ben de."

"Ayyy, açtır bu yazıık. Annesi nerede acaba?"

"Bakındım ama göremedim. Şükrü gitti mi Nevşehir'e?"

"Yok, şimdi çıkıyordu."

"Tamam, kediyi bir güzel kutuya koy, veterinere götürsün. Muayene ettirsin, gereken neyse hepsini yapsın, mama da alsın. Yapabilir mi sence?"

"Yapar yapar."

"İyi. Al sen şimdi bu yavruyu, Şükrü'ye yetiştir hemen, koş. Toplantı için de herkese haber ver."

"Tamam Defne Hanım."

Defne, Badem'e, "Gel bakalım buraya, gel çabuk!" dedi, kucağını açarak.

Genç irisi Badem sevinç ve gururla atladı elbette o kucağa. Sarıldılar, öpüştüler. Şımardı da şımardı Badem.

"Tamam, yeter, in şimdi," dedi Defne.

Badem söz dinledi. Gözünü Defne'ye dikip beklemeye başladı.

"Ne? Yine ne var?"

Hav huv vof!! Yani, *ne oldu bizim ödül bisküvisi?*

"Haaaa! Tamam. Ödülü çok hak ettin bugün. Al bakalım, bir değil, iki tane ödül sana!"

Hav! Yani, teşekkür ederim ama ben bunu ödül için yapmadım. Köpeklik öldü mü yahu? Yazık, yavrucak orada ölecekti neredeyse. Sen üzülme diye söylemedim. Kardeşleri ölmüştü bunun. Annelerine de bir şey olmuş kesin. Yukarıda buldum, ben getirdim oraya kadar. Ama onu yiycem sandı, çok ağladı. Sonunda oraya bıraktım. Kar yağmayan, kuru bir yer diye yani. Öyle işte.

Bisküvilerini yedi, Defne'nin masasının yanındaki minderine iç huzuruyla kıvrıldı.

Bir saat sonra, bölüm şefleri ve Defne'yi sinirlendiren delikanlı da dahil, bütün dış temizlik sorumluları odasında toplanmıştı.

Defne masasından kalkmadan konuşmaya başladı.

"Arkadaşlar, çok uzun tutmayacağım konuşmamı. Bugünkü toplantının ana sorumluları dış temizlikte görev alanlar. Fakat söyleyeceklerim elbette her çalışanı ilgilendiriyor. Şefler bu konuşmayı olduğu gibi birimlerinde çalışanlarına aktarsınlar. Arkadaşlar... Bir işin yapılması için mutlaka o bölümün şefini arayıp ona isim isim talimat mı vermeliyim?"

Ses yok.

"Sokağın tuzlanması gerektiğini kime söyledim?"

"Bana," dedi bir delikanlı.

"Sen ne yaptın?"

"Ben üst sokağı temizleyip tuzlayacaktım. O yüzden ona söyledim," diye bir başkasını işaret etti.

İşaret ettiği delikanlı sıkılarak savunmaya geçti:

"Defne Hanım ben çöplerle uğraşıyorum zaten. Her şeyi benim üstüme yıkıyorlar. Ben kendi işimi bitirmeye çalışıyordum. Şef nasılsa birimize yaptırır, dedim."

Defne şeflerine baktı.

"Ekibim adına özür dilerim Defne Hanım. Sizin uyarınızdan haberim yoktu. Siz hatırlatmadan yapacaktık zaten. Fakat önceliği otelin içindeki sokaklara ve evlerin önüne verdiğim için malzemem bugün erken bitti. Siparişimiz gelene kadar da herhangi bir kaza olmasın diye belediyeye haber verdim, destek istedim. Şimdiye kadar gelmiş olmaları gerekirdi ama bugün onlar da çok yoğun. Gerçekten özür dilerim. Ama atlamış değilim, inanın."

Defne önündeki kalemleri, defterleri düzeltti.

"Biliyorum. Sana değil sözüm zaten. Burada ilk günden beri senin de dahil olduğun bir ekiple omuz omuza çalışıyoruz. Hepimiz işimizi severek yapıyoruz. Bazen çok yoruluyoruz, bazen oturup hep beraber kahvemizi içip dertleşiyoruz.

"Aramızda yeni arkadaşlar var. Bu konuşma onlara verdiğim son şanstır.

"Bakın... Ben zalim bir patronun, çok sert bir iş kadınının torunuyum. Teşekkür etmeden, ödemede asgarinin üzerine asla çıkmadan, insanları gücünün sonuna kadar çalıştıran, yine de memnun olmayan bir kadındı. İşçi ve patron arasındaki uçurumun kapanmasına izin vermezdi. Merhametsizdi. Çalışana merhamet edersen seni mağdur eder, derdi. Velhasıl ben o şah gibi, ağa gibi kadının yanında büyüdüm. Bir işi kamçıyla yönetmeyi, yürütmeyi bu yüzden çok çok iyi bilirim. Bilirim ama tercih etmem.

"Benim inandığım düzende patron işçisine kahve ikram ederse dünya güzelleşir. Bu ikramın kıymetini bilen, başımın tacıdır. Bilmeyen asla yol arkadaşım olamaz.

"Yarın buraya otelin sahipleri geliyor. Burası onların bana emaneti. Ben bu emanetin sorumluluğunu bu kadar zamandır sizinle paylaşıyorum. Bir yılda *dünyanın en güzel otelleri* listesine girdik. Bunu birlikte yaptık. Hep teşekkür ettim, yine edeceğim. Ama verdiğim bir işin ne durumda olduğunu sorduğum kişi, bana başını kaldırmadan, *bilmiyorum,* diyorsa, bunu saygısızlığından değil, ekmek yediği yere şükürsüzlüğünden yapıyordur.

"Şükürsüz, teşekkürsüz, gayretsiz insan bugün burada bizi mutsuz eder, yarın başka bir yerde kendi mutsuz olur. Ben yine size ellerimle çay kahve yaparım. Sizlerle birlikte ter döker, her birimde çalışırım. Benim için esas olan işyerinde mutlu çalışmaktır. Bugün bu söylediklerimi düşünün. Yeni yıla tam kapasite giriyoruz. Bir kişi daha bu otelde yapılacak herhangi bir şey için, *bu benim işim değil,* derse inanın, yeni yılın ilk günü külahları değişiriz. Yerde gördüğünüz çöp, unutulmuş bir bardak, bir meyve suyu şişesi, kapıdan içeri giren her kişi hepinizin sorumluluğudur. Anlaştık mı? Hepinize teşekkür ederim. Çıkabilirsiniz."

Herkes süklüm püklüm çıktı odadan. Defne'nin canı sıkılmıştı. Sevmiyordu böyle konuşmaları ama arada bir böyle dağılan, tembelliğini, şikâyetini bulaştıranlar çıkınca mecbur kalıyordu.

Zorbalıkla yönetilmeye bayılan insanları anlaması hiçbir zaman mümkün olmayacaktı. Fakat belki de gerçekten insanın doğası böyleydi.

Dilber, kırmızı mini bir yastığın içine konmuş yavru kediyle içeri girdi.

"İlk iğneleri yapılmış. Damlalarını vermişler. Mamasını yedirdik. Sakinleşti şimdi. Bırakayım mı buraya, yoksa benim odamda mı dursun?"

"Bırak bakalım buraya, bırak..."

"Adını ne koyacaksınız Defne Hanım?"

"Diyorsun ki, artık bir de kediniz var!"

"Ayyy, verecek misiniz birine?"

"Dur bakalım, şimdilik kalsın. İsim düşünelim. Bulana kadar *bebek* deriz."

"Ayyy çok tatlı ama bu *bebek!*"

"Güzel isim oldu bu. Hoş geldin Bebek!"

KAYIPLARDAN SONRA

"Allah'ım, niye bunların aklına uyup da peşlerine düştüm ki! Otur evinde sıcacık. Kestaneni soy, pilavını yap. 67 numara oldu ayaklarım! Ellerime bak! Fırıncı küreği gibi! Nasıl şişti her yanım. Böyle uçak mı olur? Kibrit kutusu gibi. Önümdeki kadın da kucağına yavrusunu almış, arkaya yatırıp duruyor koltuğu. Getir, ağzımda büyüt çocuğu!"

"Tamam Nezahat halacım, bitti. İndik işte. Başka direkt uçuş yokmuş. Bir tek bu uçaklar kalkıyormuş. Yoksa önce mecburen İstanbul'a, sonra Kayseri'ye uçacaktık. İn kalk, bekle, aktarma yap, daha mı iyi olacaktı? Defnoş İzmir'den ayarladı işte direkt uçuşu. Söylenme artık, hadi güzel halam."

"Aaa, niye söyleneyim? Durumumu anlatıyorum ben. Derdimi de mi söylemeyeyim?"

"Haklısın sultanım. Erdem'le ikimiz de çok zorlandık. Dizlerimizi sığdıramadık koltuk boşluğuna. Sıkıştık kaldık. Ama çok güzel vakit geçireceğiz. Kızımızın başarısını, yaptığı işleri yerinde göreceğiz. Arkadaşlarını tanıyacağız. Bir arada eğleneceğiz, yeni yıla gireceğiz."

Çocuklar ne kadar dil dökse de Nezahat halayı ikna etmek mümkün görünmüyordu. Hem yolculuktan hem kardeşinden sıkılan Sadık Bey sonunda patladı.

"Nezahat, çok değiştin sen be! Eskiden ne eğlenceli, ne mülayim bir kızdın."

"Aaa, yine eğlenceliyim. Neyim değişti ki?"

"Tamam! Sen benimle otele gidene kadar konuşma. İki saat boyunca söyleneceksin, anlaşıldı."

"Neee? Otele iki saat mi sürüyor yol? Ay vallahi bayılacağım!"

"Bayıl Nezahat. Allah aşkına bayıl! Yerden kaldırırsam ne olayım!"

Sadık Bey sinirle, bastonuna dayanarak çıktı havaalanından. Dönüş arkasından koştu.

"Baba, dur. Sen de halamla bir oluyorsun! Şimdi bir şeyler yediririz, sakinleşir. Şekeri düşmüştür. Artık zorlanıyor böyle seyahatlerde, biliyorsun. Çoluk çocuk gürültüsü içinde kafası şişti kadının. Ben onu uyuturum arabada, sen merak etme."

Sadık Bey çocuk gibi somurttu.

"Tamam, uyut sen onu. Ben de yoruldum ama Dönüş! Şöyle ağız tadıyla bir gezmeye çıkalım kızım... Her şeyden şikâyet eder mi insan?"

Defne aile efradını aldırmak için iki büyük siyah minibüs göndermişti. Dönüş, kapıda ellerinde otelin kartıyla bekleyen şoförleri görünce el salladı. İki genç adam onlara doğru hareketlendi hemen.

"Arabalar şu tarafta efendim, buyurun," diyerek Sadık Bey'in koluna girdi biri.

Nezahat hala bir kolunda Türkân, bir kolunda Kartal Bey'le çıktı kapıdan. Derya, Elif'in elinden tutmuş, Can ve Gülce'yi önüne katmış, arada arkasına dönüp Erdem'e bakarak onları takip ediyordu. Erdem bütün ailenin bavullarını bir arabaya yüklemiş, kan ter içinde kafilenin arkasından geliyordu.

Kim nereye oturuyor, kim hangi arabayla gidiyor hengâmesi, bavulların yerleştirilmesi, çocukların emniyet kemeri, suyu meyvesi derken, nihayet Güvercin Vadisi'nde onları bekleyen Defne'ye doğru yola çıkabildiler.

Sadık Bey; Derya, Erdem, Elif, Can ve Dönüş'le aynı arabadaydı. Nezahat halanın söylenmelerinden kaçıp kendini attığı bu sözüm ona sakin alanda Elif yola çıkar çıkmaz şarkı söylemeye başladı. Büyüdüğünde şoför olmaya karar verdi, vazgeçirdiler. Acıktı, doyurdular. Yolda gördüğü peri bacalarına isimler verdi ve sonra babasının dizinde uyuyakaldı.

Sadık Bey çok sevdiği en küçük torununun kırmızı yanaklarına bakarak gülümsedi.

"Şu yaşam sevinci ne güzel bir kuvvet. Bir çocuğun içindeki o neşe etrafındaki herkese sirayet ediyor. Sonra insan nerede, ne zaman kaybediyor o sevinci de durmaksızın şikâyet etmeye başlıyor acaba?"

Dönüş içini çekerek babasına yanıt verdi.

"Kayıplarla oluyordur belki baba. İnsan yaşam boyu topladıklarını, sahip olduklarını ya da sahibi olduğunu sandıklarını kaybederken, arada o sevinci de kaybediyor."

Sadık Bey başını hak verircesine salladı.

"Anneni kaybettikten sonra bile birbirimize tutunup gülecek bir şeyler bulabilmişiz. Ama insanın üzerine bir yılgınlık gelmeye görsün. Halanın üzerindeki de öyle bir şey işte."

"Hepimiz payımıza düşeni aldık baba. Sen demez misin; *zeytinin var yılı, yok yılı gibidir insan hayatı.* İyi yıllar da olacak, zor yıllar da. Çok şükür, bir aradayız. Halamı da idare edeceğiz artık."

Erdem, uyurken horlamaya başlayan Elif'in kafasını düzeltti.

"Bu çocuğu bir doktora götürmemiz lazım Derya. Bu yaşta, bu bedenle nasıl bu kadar horlayabilir yahu?"

Can oturduğu yerden kıkırdadı.

"Bu minibüsle yarışır, di mi enişte?"

"Yarışır valla Can."

"Dizel olduğu için bu kadar ses yapıyor, di mi?"

"Evet."

"Elif de çok süt içtiği için ses yapıyor olabilir mi?"

"Anlamadım?"

"Babam ben hasta olunca, burnum akınca filan, bana süt içirtmiyordu. Çünkü o zaman çok sümük oluyormuş, burnum tıkanıyormuş. Onun için de kulağım ağrıyormuş. İkisi birden tıkalı olunca ağzım açık uyuyormuşum. O yüzden boğazım da çok ağrıyormuş. Onun için süt vermiyordu. Normal günlerde çok iyi olan bir şey bazen iyi olmayabilirmiş. Ya da bazen iyi olabilirmiş ama başka şeylere de neden olabilirmiş. Hasta çocuk süt içerse horlarmış. Dizel benzinle çalışan araba gibi."

"Vay canına Can! Bu yaşımdayım, bu bağlantıyı kuramazdım, inan."

Dönüş gülümsedi.

"Aferin benim güzel oğluma. Kaç kitap aldın yanına?"

"Üç."

"Çok güzel."

Derya uflayarak Dönüş'e gözlerini devirdi.

"Üç gün için geldik şuraya. Üç günde üç kitap mı okutacaksın çocuğa?"

"Aaa halacım? Ben seni öbür arabadasın sanıyordum! N'aber? Bu Derya var ya, aynı sen vallahi!"

Derya güldü.

"Tamam tamam, sustum," dedi.

Hemen arkalarından gelen minibüste, çocuklardan rahatsız olmasın diye Kartal Bey, Türkân ve kulağından kulaklığını katiyen çıkartmayan, kimseyle konuşmayan Gülce'yle yolculuk ediyordu Nezahat hala. Minibüse biner binmez ayakkabılarını çıkartmış ve birkaç dakika içinde uyuyakalmıştı. Horlayarak uyuyan Elif'in yaşlı ve birkaç eski modeli gibiydi. Türkân ve Kartal birbirlerine gülerek el ele tutuştular. Sessiz sedasız yol alıyorlardı ki, Kartal Bey dayanamadı.

"Ya Türkân... Ben sana bir şey diyeceğim. Bu Defne, *size bir sürprizim var, sizi biriyle tanıştıracağım,* dedi ya..."

"Evet?"

"Biriyle evlendi filan da bize emrivaki mi yapacak dersin?"

"Yok artık! Defne mi? Ya hayatım, şimdiki kızların derdi evlilik filan değil. Defne'yle ne zaman bu konuyu konuşsam, *anne ortada adam mı var,* diyor. Kariyer peşinde hepsi. Bana çıtlattı azıcık."

"Neymiş? Patronları mıymış sürpriz? Zaten kızımızı aldılar bizden, mağaraların içine sürüklediler!"

"Yok yaa... Bizden çok, babamı sevindirecek biriyle tanıştıracakmış bizi. Büyük ihtimalle eskilerden biri."

"Haaa! İyi o zaman. Aslında çok gurur duyuyorum Defne'nin yaptıklarıyla. Yine de, şimdi o aileyle yılbaşına girmek filan, ne bileyim. Ya sevmezsek? Allah'ın Alman'ıyla bütün gece ne konuşacağım ben? *Ja Ja, hertingen prost prost yavol* da bir yere kadar!"

Türkân gülüyordu.

"Hertingen ne ayol?"

"Ne bileyim? Uydurdum!"

"Defne ailedeki herkesin az çok Türkçe konuştuğunu, sorun olmayacağını söyledi. Sıcakkanlı, tatlı insanlarmış.

Hatta Kaan'ın annesi ve eşi de bizim gibi geç kavuşmuş, mutlu bir çiftmiş."

"Bizden mutlu olamazlar. Aman *nazar değmesin* de!"

"Aman aman! Fakat çok merak ediyorum onları. Aslında bizi Berlin'e de davet etmişler. Havalar ısınınca gideriz dedik."

"Aaaa, gideriz vallahi. Oradaki otelleri de güzelmiş. İnternetten baktım ben."

Gülce kendi dünyasında, Nezahat hala ve Elif rüyalarda, ailenin diğer fertleri de sohbet ederek, Kayseri'den Nevşehir Uçhisar'a doğru yavaş yavaş yaklaşıyorlardı.

Sakinleşip yola çıkmadan önce havaalanında yaşadıkları telaşın bir benzeri de aynı dakikalarda otelde sürmekteydi. Bir gün önce gelip kendileri için hazırlanmış evlere yerleşen Kaan'ın ailesi, Kaan'ın çocukluğundaki gürültülü günlerine geri dönmüştü. Anneanne Yaşar Hanım o gün mutfağa kendisi girmeye kararlıydı. Onca yıl sonra manevi ablasının ailesiyle karşılaşacaktı ve onlara otel yemeği yedirmeye hiç niyeti yoktu.

Ihlara'daki evi küçüktü, misafirleri orada ağırlayamazdı ama hiç olmazsa burada yemekleri kendisi yapmalıydı.

Kızı Lorin'le her zamanki *olur / olmaz, yapamazsın / yaparım, ne gerek var / onlar özel insanlar, ne halin varsa gör / göreceğim zaten* temalı kısa kavgalarını ettiler. Damat Franz ve torun Kaan olaya hiç karışmadı. Gelin Katia arayı buldu.

Otelin yöneticisi olarak Defne, aile içi karmaşanın ve özel gün hazırlıklarında kopan fırtınaların nasıl bir şey olduğunu bildiğinden, olup biteni uzaktan takip etmeye özen gösterdi. Yemekler yapıldı, masa donatıldı, odalara çiçekler, hediyeler kondu. Herkes Defne'nin ailesini karşılamak üzere hazırdı.

Hatta Badem'le Bebek bile süslenmişti. Defne, Badem'e bir fular, Bebek kediye boynunda dönüp duran minik bir papyon takmıştı. Bebek, birkaç günde gözle görülür bir şekilde toparlanmış, neşesine kavuşmuştu. Badem'in yanından ayrılmıyordu. İki birader Defne'nin odasında birlikte uyuyordu. Bebek yaramazlık yapmak isteyince Badem'in *höt* demesiyle koltuğun altına kaçıveriyordu. Defne bayılıyordu ikisini izlemeye. Keyfi çok yerindeydi zaten. Lorin Hanım ve eşi Bay Franz otelden ve Defne'den çok memnun olduklarını söylemişlerdi. Hiçbir şeye karışmamış, Defne'nin odasına sadece kediyi sevmek için girmişlerdi.

Defne neler yaptığını ve planlarını anlatmaya çalıştıkça, "Tamam tamam," diyordu ikisi de. "Biz zaten Berlin'deki otelde bütün yıl çalıştık. Lütfen! Buraya tatil yapmak için geldik. Bizi rahat bırak!"

Ve minibüslerin ana kapıdan girdiğini gördü Defne. Birden çok duygulandı. Göğsünde bir mutluluk fırtınası patlayabilirdi her an.

Minibüsler lobi binasının önünde durdu. Önce annesi ve babası indi arabadan. Kucaklaşmalar, sarılmalar, çocukların sevinçli kahkahaları, Badem'in havlaması ve arabanın içinde ayakkabısını giymeye çalışırken ağlayan Nezahat hala...

Defne telaşla yardım etmek için yanına gitti.

"Halacım? Neden ağlıyorsun, ne oldu?"

"Bu senin köpeğin mi?"

"Evet. Bir şey mi oldu?"

Nezahat hala burnunu çeke çeke, bir elinde ayakkabısının tekini tutup diğer eliyle gözyaşlarını silerek "Mesut geldi aklıma," dedi. "Bizim de köpeğimiz vardı ya. *Kardeşim, Kardeşim,* diye koşardı peşinden. O da bizim bahçede böyle bayram seyran diye toplandığımızda sevinçten havlar, hoplar zıplardı. Gitti ikisi de... Toprak oldu çocuklarım."

Dönüş geldi.

"Ne olmuş, niye ağlıyor halam?"

"Mesut'u ve Kardeşim'i hatırlamış da. *Eskiden bizim bahçede toplanırdık,* diye ağlıyor."

"Tamam kuzucum, sen in de bizimkilerle ilgilen. Ben yardım ederim."

Dönüş minibüse bindi. Kapıyı kapadı. Nezahat halanın ayağını bir çocuk ayağı gibi kucağına aldı. Biraz ovaladı. Sonra ayakkabısını giydirmek için eğildi.

"Ama sen böyle ağlarsan hepimiz çok üzülürüz. Gittiği için ağlayacaklarımızın sayısı o kadar çok ki... İyi ki girdiler hayatımıza. İyi ki mutlu ettiler bizi... Öbür ayağını da ver bana. Hah, tamam. Hadi, silelim şu yüzünü de. Al şu ıslak mendili. Aaa, ne güzel kokuyormuş. Ferahlatır seni. Hadi, bak bizi bekliyor insanlar. Ayıp olur, çok kaldık burada. Hepsine bir *merhaba* dersin, sonra odamıza çıkarız, oldu mu?"

Nezahat hala, Dönüş ne derse yaptı. Elini tuttu. Tam inerlerken Dönüş'ü durdurdu.

"Sen de Serdar'ı özlüyor musun her gün?"

"Özlüyorum hala. Özlemez miyim?"

"İyi o zaman. Ne zaman yemek yeriz?"

Dönüş, Nezahat halanın dalgalanan ruh hallerine, dalgınlığına, sık uyumalarına, huysuzluğuna hastalığının neden olduğunu biliyordu.

Serdar evden eşyalarını toplarken, sanki uzun bir seyahate çıkıyormuş gibi birkaç kitap, giysileri ve ayakkabıları dışında bir şey almadan, Dönüş'e bir dolu tembihte bulunmuştu.

"Can'ın her durumundan haberdar et beni. İstediğin vakit arayabilirsin. Babamla halama zatürre iğnesi yaptırmayı ihmal etmeyin. Halanın şekerine çok ama çok dikkat et. Huysuzluk ederse alttan alın. Bana haber ver bir anormallik olursa. Derya'ya söyle, halayla çatışmasın. Onu artık bir çocuk kabul edin. Sen de sağlığına çok dikkat et. Hazır gıda tüketme..."

O bavulu doldururken taşıdığı kayıtsızlık... Bir çocuğa bırakılan yapılacaklar listesini aktarır gibi tane tane anlatışı...

Kafasından o günü kovdu. Halasına destek olarak minibüsten inmesine yardım etti. Defne koşup diğer koluna girdi halanın.

"Odalarınıza geçmeden önce sizi patronlarımla, daha doğrusu en yakın arkadaşlarımın ailesiyle tanıştırmak istiyorum. Gelin, şuradaki oturma odasına geçiyoruz hemen. Bir de sürprizim var size!"

Zarif, zayıf bir kadın ve kır saçlı, kır sakallı bir adam kapıda karşıladılar halayı ve Dönüş'ü.

"Merhaba ben Franz ve eşim Lorin."

"Çok güzel Türkçe konuşuyorsun evladım, maşallah!" dedi Nezahat hala.

Hemen arkasından Katia, "Hoş geldiniz, ben de Katia, Kaan'ın eşiyim, bu da kızımız Ege," dedi gülerek.

"Bunların içinde Türk yok mu?" dedi Dönüş'e Nezahat hala.

Dönüş mahcubiyetle selamladı Katia'yı. Sonra Kaan'la tanıştılar.

Herkes yerini aldıktan sonra, Yaşar Hanım girdi oturdukları odaya. Defne, Yaşar Hanım'ın yanına geçti, beline sarıldı.

"Kısa bir süre önce öğrendim ki, Yaşar teyzem aslında benim manevi anneannemmiş. Bunu Kaan'a anlattım ve sizi bir araya getirmeyi çok istedik. Yaşar teyzem, anneannemin okulunda küçük sınıflardaki arkadaşlarından biriymiş. Daha doğrusu, anneannemin manevi kız kardeşiymiş. Bana anlattıklarını size bizzat anlatsın istedim."

Sadık Bey heyecanla Türkân'a tutundu. Türkân hemen koluna girdi babasının.

Defne, Yaşar Hanım'a aile fertlerini tek tek tanıtmaya başladı.

"İşte, yakışıklı dedem Sadık Bey ve kız kardeşi Nezahat halam. Annem Türkân, babam Kartal. Teyzem Dönüş ve oğlu Can. Derya teyzem, Erdem eniştem, çocukları Gülce ve Elif."

Yaşar Hanım, gözleri tatlı bir tebessümle nemlenerek her birini tek tek kucakladı. Sadık Bey'in ellerini coşkuyla sıktı.

"Hoş geldiniz Sadık Bey. Bizi çok mesut ettiniz. Defne'yle bir gün sohbet ediyorduk. Anneannesinin de öğretmen olduğunu söyledi. Hangi okul, hangi yılmış derken, anladım ki Nesrin ablam bana bir can parçasını, torununu göndermiş. Ben yatılı okula gittiğimde küçücük, zayıf bir köy çocuğuydum. Nesrin ablam bir melek gibi kol kanat germişti bana. Sonra kaybettik birbirimizi. Defne'nin onu torunu olduğunu öğrendiğim günden bu yana öyle sevinçliyim ki, size anlatamam. Allah rahmet eylesin, keşke o da bizimle olsaydı şimdi. O da görebilseydi bu güzel günü."

Sadık Bey ağladı ağlayacaktı.

"Bugün burada olduğum için çok mutluyum. İnanın bana, Nesrin'den bir rüzgâr getirdiniz sanki."

Yaşar Hanım kızların yüzüne bakıyordu gülümseyerek. Konuşmuyor ama her birinde Nesrin ablasından bir parça arıyordu.

"Sanırım içinizde en çok Defne benziyor Nesrin ablama," dedi. Kızlar gülüştüler.

Kartal Bey hemen araya girdi.

"Gerçi Defne'yi annesi Türkân'a da çok benzetirler ama..."

Dönüş eniştesine yanıt verdi.

"Annem ablamı bizden daha başka severdi. *Gençlik tomurcuğum,* derdi. Biz Derya ile hep *bu ikisi*'ydik annem için."

Gülüşmeler yükseldi.

Derya da Dönüş'e arka çıktı.

"Vallahi öyle. İyi bir şey yaparsak *benim kızlarım*, beğenmediği bir şey oldu mu *bu ikisi*. Biz Dönüş'le çok benzeriz birbirimize. Yaşlarımız da yakın olunca birlikte büyüdük, ondan herhalde."

Kızlar annelerini anlatırken Kartal Bey gözünü Bay Franz'a dikmiş, bakıyordu. Bay Franz, karısı Lorin'e Almanca fısıldadı:

"Bütün Türkler bana hep böyle mi bakacak?"

"Kimler?"

"Bu adam bana Gavras Bey gibi bakıyor!"

Lorin güldü. Hakikaten Defne'nin babasında otellerinin ilk yatırımcısı ve nikâh şahitleri Gavras amcanın havası vardı. Aynı bıyıklar, aynı heybetli duruş. Kocasının kulağına eğilip fısıldadı:

"Demek ki sonunda çok iyi dost olacaksınız!"

Bay Franz, Kartal Bey'in dik bakışlarına rağmen ona gülümsedi.

Türkân, babasının titrediğini fark etti. Heyecandan mı, soğuktan mı, yoksa başka bir şey mi oldu diye telaşla yanına gitti.

Sadık Bey elini uzattı kızına.

"Heyecanlandım galiba. Biraz uzansam geçer hemen."

Türkân babasının koluna girdi.

"Tamam babacım. İzin isteyelim Yaşar abladan. Odamıza gidelim. Elimizi yüzümüzü yıkayalım. Yemekte bol bol anarız eski günleri ve annemi. İzniniz olur mu, biz yarım saat odaya geçsek?"

"Tabii, tabii," diye ayaklandı Yaşar Hanım ve ailesi.

"Bir şeye ihtiyaç var mı?" diye endişeyle yanlarına geldi Kaan.

"Yok yok. Yol yordu, sabah da erken kalktılar, bir de şimdi heyecanlanınca... Biraz dinlensin hemen geliyoruz," diye yanıtladı Türkân.

"Çok güzel yemekler hazırladım size. Kendi ellerimle. Bu gece bizim buraların yemeklerinden yiyeceğiz," dedi Yaşar Hanım.

"Zahmet etmişsiniz."

"Olur mu hiç? Ablamın çocukları gelmiş, hepimizin çok merak ettiği, mektuplar yazdığı nişanlısı gelmiş, dünyayı ayaklarınıza sersem yine yetmez!"

Nezahat hala, Dönüş'ün kolunda odadan çıkarken dönüp Yaşar Hanım'a baktı dikkatle.

Tam bir şey söyleyecekti ki, Defne'yle Dönüş iki kolundan kaldırıp ayaklarını yerden keserek odadan çıkardılar onu.

"Aman halacığım, sakın ters bir şey söyleme kadına! Bak, misafiriz burada! Ne olur!"

"Aaa! *Nesrin'e ne kadar benziyorsunuz, aynı zarafet,* diyecektim. Ne diyecektim başka? Allah Allah! Siz de yani iki güzel laf ettirmiyorsunuz insana!"

AH, O MAZİ!

"Nesrin ablanın nöbetçi olduğu günler hepimiz çok mutlu olurduk. Etüt saatlerinde ödevlerimizi kontrol eder, sonra kitap okumamıza izin verirdi. Kendi de eline bir kitap alır, okuyormuş gibi yapardı ama içinde hep nişanlısından gelen mektuplar olurdu. Ya mektup okurdu ya da mektup yazardı."

Masada gülüşmeler yükseldi.

"Türkân ablamın kime çektiği belli oldu şimdi!" dedi Derya.

Türkân kahkaha attı. Parmağını dudaklarına götürüp *susun* dedi kardeşlerine.

Kartal bey meraklanmıştı.

"Aha! Hayatta susamazlar! Çabuk anlatsınlar!"

Eniştesini Dönüş yanıtladı.

"Ablamın meşhur, her tarafı yıpranmış bir *Dokuzuncu Hariciye Koğuşu* kitabı vardı. O roman senelerce bitmedi diye üzülürdü babam. Ama aslında ablam kitabın içine fotoroman koyup onu okurdu gizli gizli. Bizim eve fotoroman girmesi yasaktı. Babam hiç hoşlanmazdı nedense."

Sadık Bey gülerek kızına yanıt verdi.

"Sevmezdim çünkü gençlerin boşluğa baktıkları o fotoğrafların altını hiçbir edebi değeri olmayan gevezeliklerle doldururlardı. Kızımın saçma sapan hikâyelere vakit ayırmasını ve kardeşlerine kötü örnek olmasını istemezdim. Tabii o vakitler *Dallas* dizisi çıkmamıştı daha. Meğer neler neler bekliyormuş bizi. Fotoromanlar masum, temiz, aile işi kaldı o televizyon dizilerinin yanında."

Can merakla masanın öbür ucundan seslendi annesine:

"Fotoroman ne anne?"

Masada yine gülüşmeler oldu. Erdem eniştesi parmağıyla *bir dakika* diye işaret edip ağzındaki yemeği yuttu ve Can'a doğru yüksek sesle anlatmaya koyuldu.

"Sana hediye ettiğim, çocukluğumdan kalma çizgi romanlar vardı ya hani? *Sihirbaz Mandrake ve Abdullah*..."

Can hemen sevinçle tamamladı:

"*Kızıl Maske, Superman, Zagor*!"

"Evet! İşte onlar birinin çizdiği hikâyelerdi ve çocuklar içindi. Bir de genç kızlar için aşk hikâyeleri anlatan kitaplar olurdu. Onlarda fotoğraf kullanılırdı."

Derya girdi araya.

"Vay vay vay! Erdem enişteye bak sen! O kimseye el sürdürmediğin, çok kıymetli hazineni Can'a mı verdin?"

"Evet, benim iki kızım bir de oğlum var, oğlumun da tam bunları okuma yaşı gelmiş. Kıymetini bilir diye düşündüm ve Can'a verdim."

"Can! Eniştenin büyük çeyiziydi o biriktirilmiş çizgi romanlar ve dergiler. Evden eve taşındı bizimle. Aman iyi bak, sen de çeyizinde götürürsün belki."

Elif masanın diğer ucundan bağırdı:

"Çeyiz ne demek?"

"Evlenmeden önce gençlerin ailesi hazırlık yapar kızım. Evlendiklerinde evlerinde lazım olacak eşyaları önden alır, hazırlarlar. Ona çeyiz denir."

"Benim çeyizimi yaptın mı?"

"Daha yapmadım."

"Neden yapmadın? Ben evlenirsem ne olacak?"

"Aşkım evlenmene daha çok var."

"Hayır, çok yok bir kere! Ben Can'la evlenicem. Bugün evlenelim mi Can?"

"Evlenemezsiniz kızım. O senin kardeşin, olmaz."

Elif iki gözü iki çeşme ağlamaya başladı. Çocukların dibinden ayrılmayan yavru kedi, Elif ağlamaya başlayınca kaçıp bir masanın altına saklandı.

"Ama benim evlenmem lazım. Kimle evlenicem ben o zaman?"

Erdem yerinden kalktı. Elif'i kucağına aldı. Sakinleştirmeye çalışarak henüz çok küçük olduğunu, vakti geldiğinde kendisi bulamazsa ona kesinlikle bir koca bulacağına söz verdi.

Katia ve Kaan'ın kızları Ege yerinde sessiz ve şaşkın oturuyor, ne olduğunu anlamaya çalışıyordu.

"Mamannnn! Neden aaalıyooo Elif?"

Katia düzgün bir Türkçeyle yanıtladı:

"Çabuk büyümek istiyor. O yüzden ağlıyor."

"Ağlamasın ama."

"Söyle o halde, ağlamasın."

"Elif, ağlama. Yemek yiyelim, sonra uyumaya gidelim. Erken uyursak çok büyürüz."

Derya elini masaya vurdu.

"İşte buyurun! Yahu suyunda mı bir şeyler var, havasında mı, anlamıyorum. Avrupa, Amerika görmüş çocuğa bak, bir de benimkine bak! Maşallah Ege'den terbiye, mantık fışkırıyor; benimki de, *bana bi' koca lazım,* diye ağlıyor."

Nezahat hala masada öne doğru eğildi ve köşede oturan Derya'ya doğru, "Suyundan, havasından değil. Senin çocuğun başka nasıl olacaktı ki?" diye sordu.

"Ya hala, Allah aşkına! Bunu da mı getirip bana yapıştırdın? Gülce de benim çocuğum. Birbirlerine hiç benzemiyorlar ama sen ikisini de sürekli bana benzetiyorsun. Hem ben hiç Elif gibi değildim çocukken. Bizim ailenin romantiği Dönüş'tü bir kere. Daha üçüncü sınıfta karar vermişti Serdar'la evlenmeye."

Sadık Bey gülerken öksürmeye başladı. Bir yandan da konuşmaya çalışıyordu.

"Hayatta inanmam buna. Doğru mu? Ben lisede filan sanıyordum. Dönüş? Gerçekten o kadar mı erken karar verdin?"

Dönüş gülerek başını salladı.

Lorin merakla sordu:

"Ne oldu? Sonra evlendiniz mi?"

"Evlendik..."

"Ah, ne kadar güzel!"

"Ya, evet çok güzel."

Masada kısa bir sessizlik oldu.

Yaşar Hanım bir olumsuzluk olduğunu hissetti. Dönüş'e gülümsedi. Defne durumu toparlamak için devreye girdi.

"Dönüş teyzemle Serdar eniştemin aşkı, Ayvalık'ın en güzel aşk hikâyelerinden biridir. Bir gün anlatırım size. Biz şimdi konuyu dağıttık. Ne güzel anneannemi konuşuyorduk."

Sadık Bey, Defne'ye hak verdi.

"Karşımızda annenizin gençliğine tanık olmuş biri var. Yaşar Hanım sabaha kadar anlatsa dinleyin. Ben de onu düşünerek geçirdiğim o yılların tadına varayım bir daha."

"Nerede kalmıştım? Unuttum vallahi," dedi Yaşar Hanım.

Derya atıldı:

"Kitabın içinde mektup okuyordu en son. Kimden geliyormuş acaba o mektuplar?"

Yaşar Hanım, Sadık Bey'e baktı gülerek.

"Vallahi, nişanlısından geldiğini bilirdik hepimiz. Aman ne merak ederdik, kimdir güzeller güzeli Nesrin ablamızın nişanlısı diye. Bizden büyük sınıflardaki kızlardan çıktığı rivayet edilen ve kulaktan kulağa yayılan bir dedikodu vardı: *Nesrin ablanın nişanlısını ailesi istemiyormuş, kendi aralarından nişanlanmışlar, okul biter bitmez evleneceklermiş*, derlerdi."

Türkân babasına döndü.

"O yüzden mi annem akrabalarımızı sevmez, onlarla görüşmezdi baba?"

"Evet, kızım. Doğrudur. En büyük nedeni buydu. Aile büyükleri bize onay vermemişlerdi. Sonra sonra kabullendiler ama akrabaların huysuzlukları bitmedi. Ben zaten anne babamı erken yaşta kaybetmiştim. Annenizin anne babası da biz evlendikten sonra yakın aralarla vefat ettiler. Onlar yaşasa belki ilişkilerimiz sıcaklığını korurdu. Fakat annenizi genç kızlığında akrabaları çok üzmüştü. Bizi ayırmak için çok uğraştılar. Hatta anneniz bir vakit o kadar tesir altında kalıp bunaldı ki, yüzük atmaya kalktı. Gösterdiğim tepki hakiki sevgimi izah etmiş olmalı. Hemen vazgeçmişti kararından."

"Neden ayırmak istediler ki sizi baba?"

Sadık Bey elini bir sineği kovar gibi başını üstüne kaldırıp indirdi. Kötü bir konuşmayı, o günlerin hatırasını, onu üzenlerin hayaletini kovaladı.

"Amaan... Anlatmaya değmez. Az çok bildiğiniz şeyler aslında. Öyle saklı bir hikâye yok vallahi."

Kaan'a, ailesine, en çok da Yaşar Hanım'a bir açıklama yapma ihtiyacı duydu.

"Mübadele sonrasında benim ailem Midilli'den, Nesrin'in ailesi de Girit'ten gelmiş. Girit'ten gelen bazı aileler Midilli göçmenlerini ve Girit'in kendilerine göre alt sınıftan buldukları köylerinden, mahallelerinden gelenleri çok küçümserlerdi. Rum kültürüne daha yakın ailelerdi onlar. Bizim Midilli göçmenleri onlara göre *sofu* ailelerdi. Belki kendilerince haklıydı onlar da. Zira benim akrabalarım da Girit'ten göçmüş bir ailenin kızını istemiyordu. Onlara göre fazla rahat, fazla bilmişti Giritli kızlar. Çoğu okumuş kızlardı ve hemen çalışma hayatına atılıyorlardı. Elbette benim için annenizin atılganlığı, çalışkanlığı büyük bir hayranlık sebebiydi. Bu sadece bizim hikâyemiz değil, Ayvalık'taki pek çok evin hikâyesidir. Midilli kadını Giritlinin mutfağını beğenmez, Giritli Midilli'den geleni istemez filan... Nezahat'la tatlı tatlı çekişmeleri de o günlerde başlamıştı. Rahmetli bütün kızgınlığını halanızdan çıkarırdı. Bu zavallım da ağzıyla kuş tutsa yaranamazdı yengesine. Severlerdi aslında birbirlerini, bakmayın böyle dediğime. Nitekim ikisi de aşka inanırdı. Aşk düşmanlıktan, kinden, mal mülkten yücedir. Kimseyi dinlemez."

Kaan gülümseyerek Katia'ya döndü.

"Al sana bir mübadele ailesi daha. Annenlerle Sadık amcaları mutlaka tanıştırmalıyız. Yaza Ayvalık ziyareti şimdi daha elzem oldu. Katia'nın ailesi de Anadolu'dan gidenlerden. Büyük büyükannesi hiç unutamamış buraları. Onlar da orada benzer şeyler yaşamışlar. Katia'nın babası ve annesi bu büyük göçün belgeselini yapmışlar. Hala da çalışıyorlar. Sizin anlatacaklarınız eminim onların da çok ilgisini çekecektir."

Sadık Bey sevecenlikle yanıt verdi:

"Başımız üzerinde yerleri var Kaan oğlum. Biz, anlaşıldı ki, hep bir aileymişiz zaten. Yarım kalanları işte böyle birbirimizi bula bula tamamlayacağız inşallah. Katia'yla ikinizin hikâyesini de ben merak ettim bak şimdi. Bir ara da sen anlat dinleyelim."

Katia girdi konuşmaya:

"O başka anlatıyor ama. Ben başka. İkimiz anlatalım."

"Ah benim güzel kızım, sen olmadan olur mu hiç? Diğer yarısı olmadan hikâye tam olur mu?"

Kaan'ın Sadık Bey'e kanı her saat daha çok ısınıyor, Defne'nin dedesine duyduğu o büyük bağlılığın nedenini şimdi gayet iyi anlıyordu. Ailesinde hiçbir zaman yaşamadığı, tanık olamadığı bu sıcak, babacan varlığın hasretini çocukken çok çekmişti. Kendi küçük hayatında mutluydu ama babasının omzunda maça giden bir çocuk gördü mü çok imrenirdi. Annesi, anneannesi üzülür diye bunu hiç söylemezdi. Çocukluktan gençliğe, gençlikten ilk olgunluğa geçişi boyunca da onlar mutlu olsun diye elinden geleni yapmıştı. Kartal Bey'e her baktığında onun Sadık Bey'e ne kadar özendiğini fark ediyor ve ailenin bin yıllık ferdiymiş gibi hepsini sarıp sarmalamasını kendi üvey babası Franz'ın çabalarına benzetiyordu.

Çoğu insanın Alman diye genelleyerek bir çırpıda tarif ettiğini düşündüğü o Kuzey Avrupalı soğukluğundan eser yoktu Franz'da. Hatta zaman zaman annesinin Franz'dan daha katı, soğuk, disiplinli bir Alman olduğunu düşünürdü. Severdi Franz'ı. Annesini mutlu eden bu adamın varlığı, onu ilk gördüğü günden bu yana içini ısıtırdı Kaan'ın.

Bu yüzden sohbetin çoğunu kaçırdığını düşünerek, Sadık Bey'in sözü biter bitmez kadehini Franz'a kaldırdı. İngilizce, "Ah, keşke anlatılanları anlasan. Sana çevireceğim birazdan," dedi.

Franz, Türkçe yanıt verdi:

"Aşkın şerefine dostum! Ben belki çok konuşmuyorum ama artık her şeyi anlıyorum. Çünkü senin anne hiç susmuyor. Ben bu yüzden her sabah ve gece, evde ve işte hep pratik yapıyorum. Sen anlat, ben hep dinliyorum. Hep anlıyorum. Her şey anlıyorum ama az konuşuyorum. Ben iyi bir koca bu yüzden. Hep dinledim ve az konuştum. Bu mutlu bir evliliktir."

Masadaki kahkahalar, kadeh sesleri, alkışlar ve "Bravo Franz!", "Sırrı çözmüşsün enişte!" cümleleri birbirine karıştı.

Lorin yanakları kızararak gülüyordu. Türkân ve Kartal Bey'e bakıp "Haklı olabilir," dedi. "Zira o da pek konuşmayı sevmiyor. Ben de sessizliğe dayanamıyorum."

Derya gülerek "Bu gece de hep biz konuşuyoruz, bizi konuşuyoruz. Size fırsat vermiyoruz galiba," dedi.

Lorin, "Biz halimizden memnunuz bu akşam. Annemin gecesi bu gece. Eminim Franz ve Katia da aynı mutlulukla dinliyorlar," dedi.

Çocuklar, Badem, kedi Bebek, masaya gelip giden garsonlar sohbeti arada bir bölse de konuyla, geceyle, anlatılanlara ilgisi olmayan tek kişi masanın en ucunda kulağında kulaklıkla oturan ve kafasını elindeki telefonundan kaldırmayan Gülce'ydi.

Derya kızına yılgınlıkla bir bakış atıp içini çekti. Sonra yeniden Yaşar Hanım'a döndü.

"O halde devam ediyorum sorularıma."

"Tabii tabii, devam et."

"Peki Yaşar ablacığım, siz anneme, *nişanlın kim,* filan diye sormadınız mı hiç?"

Yaşar Hanım güldü.

"Aaa, olur mu hiç? Biz ona böyle bir şeyi soramazdık tabii ki. Ama yüzünden, mektubu elinden düşürmeyişinden bilirdik. Ona gelen mektuplar hepimizin heyecanıydı. Gerçi, *hepimizin* demeyeyim şimdi. Çok arkadaşım yoktu benim okuldayken. Bir Laz kızı vardı, benim gibi ufak tefekti. İkimiz çok arkadaşlık ederdik. Nesrin abla yemekte meyve çıktı mı mutlaka kendininkini saklar, ikimize paylaştırırdı. Onun o güçlü edasına, yürüyüşüne hayrandık. Çok desteklerdi bizi. *Allah'tan başka kimseden korkmayın, siz bu Cumhuriyet'in güçlü kadınları olacaksınız,* derdi. Özellikle Feride'yi, okuldaki en iyi arkadaşımı işte, onu çok yüreklendirirdi. Ailesinden saklı okuyordu Feride. Annesi doğumda ölmüş, babaannesi büyütmüş kızcağızı. Amcaları karşı çıkmış, fevkalade baskı yapmışlar. Babaannesi, Feride'yi kaçırıp bindirmiş otobüse, bir başına yollamış. Nesrin abla nöbetçi olduğu zaman bizi yanına çağırır, bizimle sohbet eder, hayatımızı dinlerdi."

Feride!

Nesrin ablasının koruyup kolladığı öğretmen adayı genç kız!

Dönüş bu ismi duyduğu anda, gerçek dünyadan koptu.

Gözleri açıktı. O masada oturuyordu, evet. Ama o bir saniye içinde Dönüş'ün gözlerinin gördüğü görüntüler yavaşladı, kulaklarının işittiği sesler boğuklaştı. Bir kalp çarpıntısı başladı. Yanakları, dili uyuşuyordu. Onu bu çarpıntıdan kurtaracak tek kişiye çevirdi gözlerini güçlükle.

Sadık Bey'e.

Ama o, bir türlü dönüp bakmıyordu Dönüş'e.

Dönüş gözleriyle sessizce haykırıyor, *baba bana bak, ne olur baba, elimi tut,* diye yakarıyordu ama Sadık Bey asla duymuyordu.

Rüya olamayacak kadar gerçek zamanlıydı her şey.

O sırada küçük bir çift el iki yanağından tutup yüzünü çevirdi.

Can'la göz göze geldiler.

"Annecim, iyi misin?"

Can'ın dokunmasıyla beraber karabasan bitti. O uğultu, o çekim, o nefessizlik, o baygınlığa kayış, o çırpınma, o soluksuzluk... Hepsi birden bitti.

Oğluna can havliyle sarıldı. Sanki derin bir denizin dibinde boğulmaktaydı ve son anda biri saçlarından çekip yukarı çekmişti.

"İyiyim oğlum, iyiyim. Başım döndü bir an. Ne oldu?"

"Sana sesleniyorum, sesleniyorum duymuyorsun. Defne ablam benim odamı Derya teyzemlerin kalacağı evde ayarlamış ya, ben şimdi onlarla giderken kitap yerine tabletimi götürsem çok mu kızarsın? Telefonumun şarjı bitmek üzere. Babam eğer bana mesaj yazarsa göremem. Ama internette birlikte oynadığımız bir oyun var, oradan da mesaj yazıyor. Hiç olmazsa orası açık kalsın anne, olur mu?"

Dönüş, Can'ın söylediklerini bir sersemlik içinde dinledi.

"Tamam oğlum, giderken götürürsün," dedi, çok da düşünmeden. Şimdi dikkatini toplamalı, Yaşar Hanım'ın anlattıklarını dinlemeliydi. Can sevinçle ayrıldı yanından.

Dönüş, yaşadığı büyük şokun ardından kendini toplamaya çalışırken babasının huzursuzluğunu fark etti. Yüzü kızarmış, rahatsızca bir bacağını sallıyor, belini tutuyordu. Yaşar Hanım'ın sözünü yalandan bir öksürükle kesti.

"Ah, Yaşar Hanım kardeşim, affedersiniz, ben yolda üşüttüm galiba. Sizlere ayıp olmazsa eğer, bu tatlı sohbete yarın sabah dahil olabilir miyim? Şimdi izninizi istesem? Siz rahatsız olmayın, devam edin lütfen."

Sadık Bey ayağa kalktı.

"Haydi Nezahat, biz kalkalım, gençler otursun. Hem çocukların da uyku saati geldi."

Sadık Bey'in birden ayaklanmasına masadaki herkes şaşırmıştı. Yaşar Hanım endişeyle kızlara baktı. Sonra telaşla o da ayağa fırladı.

"Ah Sadık abi, sizi üzecek bir şey mi söyledim yoksa? Nesrin ablayı fazlaca anıp hüzünlendirdik mi sizi?"

"Yok yok, olur mu hiç? Ama tabii yaşımız artık hayatın kıyısında, kalp dayanmıyor hatıralara. Birden iyi hissetmedim kendimi. Yarın devam edelim ama ne olur."

Dönüş'e bakamıyordu.

Dönüş'se kıpırdamıyordu yerinden.

Türkân ve Derya, Sadık Bey'in hastalandığı endişesiyle ayaklandılar.

"Ne oldu baba? Tansiyonun mu yükseldi acaba? İlacını almıştın değil mi?"

"İyiyim iyiyim, meraklanmayın," diyerek kimseyi dinlemeden, küçük adımlarla çoktan kapıya ulaşmıştı bile Sadık Bey.

Onun bu halini görünce hepsi endişeyle toparlandı. Bir karmaşa içinde hepsi odalarına dağılmak üzere kapıya yöneldi.

Dönüş'ün yerinden kalkmadığını gören Derya, "Gelmiyor musun sen?" diye seslendi.

Onu Defne yanıtladı:

"Teyzem benim evde kalacak ya zaten. Siz dedemi yatırın. İnşallah tansiyonu filan yükselmemiştir. Revirden birini yollayayım mı?"

"Gerek yok sanki. Ben şimdi ölçerim tansiyonunu. Annemden konuşulunca duygulanıyor. Siz merak etmeyin. İyi o zaman, ben de yetişeyim onlara, bekletmeyeyim bu haldeyken. Hadi iyi geceler."

Herkes gitti.

Dönüş kafasını pencereye çevirdi. Otelin ışıklandırdığı kayalara yağan karı izliyordu. Az önceki uyuşmanın, baygınlığın yerini karşı koyamadığı müthiş bir merak ve heyecan almıştı. Duyacaklarından korkuyor ama hikâyenin sonunu öğrenmeden duramayacağını da biliyordu. Bu geceden daha cesur olamazdı.

Feride ...

Cılız, bir kız çocuğu.

Ailesinde gizli okuyormuş. Babaannesi bindirmiş otobüse.

Kar Dönüş'ün kalbindeki delik deşik eski mağaraya yağıyordu artık.

Defne herkesi yolcu ettikten sonra gelip teyzesinin karşısına oturdu.

Bir süre konuşmadılar. Defne, teyzesindeki olağandışı sessizliğe daha fazla kayıtsız kalamadı.

"Teyze, ne oldu? Sana da bir şey oldu sanki. Bir şey mi dokundu acaba size?"

"Yaşar Hanım annemi tanıyor."

"Evet, söyledi ya."

"Yaşar Hanım, Feride'yi tanıyor!"

Defne o anda ayıldı. Teyzesinin hatıra defterindeki kadın! *Feride!*

"Teyze! Olabilir mi?"

Dönüş susuyordu. Camdan baktı. Kar hızlanmıştı. Kendini yüreklendirmeye çalışıyordu.

"Bu gece geçmişime dökülen o toprak kazılacak, altında ne var ne yok dışarı çıkarılacak Defne. Yanımda mısın?"

"Elbette teyzem, elbette yanındayım."

Yerinden kalkıp teyzesinin boynuna sarıldı. Dönüş sandalyesinden kalkabilecek gücü bulamıyordu; nasıl cesaret edebilecekti o soruları sormaya? Oturduğu yerde ona sarılan Defne'nin kollarına tutundu.

"Yaşar Hanım da gitti mi odasına?"

"Evet."

"Beni ona götürür müsün?"

"Arayayım, aşağıda zaten odası. Müsaitse ineriz hemen."

Defne masadan fırladı. Yaşar Hanım henüz girmişti odasına. Defne arayınca sevindi. Kızlar kapıdan girdiğinde bir solukta peş peşe özürler sıraladı.

"Babanızı üzdüm sanırım. Öyle apar topar kalktı ki... Kusura bakmayın, ne olur! Defne'nin anlattıklarından sonra sizin Nesrin ablanın kızları olduğunuzu anladım ya, sonrasında vallahi günler geçmek nedir bilmedi benim için. Sizi göreyim, o günleri konuşalım edelim derken, adamcağızı yorduk."

Dönüş kendini zorlayarak tebessüm etti.

"Yok yok. Babam gayet iyi. Kendisi de dedi ya, *Yaşar Hanım anlatsın, sabaha kadar dinlerim,* diye. Artık çok yaşlandı. Erkenden uyuyor, ondan gitti. İçiniz rahat olsun."

"Hadi inşallah."

Yaşar Hanım ayakta duran Dönüş ve Defne'ye oturmaları için şöminenin önündeki koltukları gösterdi. Oda, büyük bir stüdyo daireye dönüştürülmüş bir köy eviydi. Onlar yemekteyken şömine yakılmış, yatağı hazırlanmıştı.

Dönüş oturur oturmaz girdi konuya:

"Siz de yatmaya hazırlanıyordunuz aslında ama... Kusura bakmayın, siz Feride dediniz de yemekte..."

"Evet, okuldaki en iyi arkadaşımdı."

"Onu biraz anlatır mısınız?"

Yaşar Hanım çok anlam veremedi Dönüş'ün Feride'yi sormasına.

"Ne oldu? Neden merak ettiniz?"

"Sanki annem ondan bahsetmişti bana. Hayal meyal hatırlıyorum. Bizi de Defne'yle uyku tutmadı. Yarım yamalak duyduğumuz hikâyenin eksik kısımları Yaşar ablada varsa, o da uyumadıysa, belki anlatır bize dedik. Uykunuz varsa sonra da konuşuruz. Yormayalım sizi."

Defne dudaklarını ısırarak soluğunu tuttu. Kendisinin kapıldığı heyecanın aksine teyzesi soğukkanlı bir ifadeyle konuşuyordu.

Yaşar Hanım rahatladı.

"İyi yapmışsınız. Bende de uyku sorunu var. Yaş ilerledikçe uykuya ihtiyacı azalıyor sanırım insanların. Vallahi dediğim gibi, Feride'yle onca yılı beraber, sıkı fıkı okuduk. Birbirimizin her sırrını bilirdik. Ben ailemle çok sıcak bir bağ kuramamıştım. O da büyük bir zenginlik içinde kimsesiz kalmış bir kız çocuğuydu. Yatılı okul yılları boyunca birbirimizin ailesi, akrabası olduk. Annemle pek yakın olmadığımız için evci çıkmak istemezdim. Okulda kalır, yalnız bırakmamış olurdum Feride'yi. Nesrin abla ne sebeple bahsetmişti ondan size?"

"Galiba aynı yerde görev yapmışlar sonra. *Hazin bir hikâyesi var,* derlerdi. Biz de çok merak ederdik çocukken. Ama annem anlatmazdı tabii detayı. Onun ölümünden sonra dönmüş bizimkiler Ayvalık'a. Babam, ablam Türkân'ı alıp düzeni kurmak için annemden önce hareket etmiş. Annem de galiba Feride ablada mı kalmış, o tarihte ne olmuş, tam bilmiyorum. Meğer bizimkilerin arası çok iyi değilmiş. Sonra işte annemin büyük üzüntüsü olunca babam gidip almış annemi."

Yaşar Hanım üzüntüyle başını salladı.

"Evet, ilk görev yerinde Nesrin ablayla aynı şehre düşmüştü. Merkezde değil, bir kazada görev yapıyordu ama sık görüşebilecekleri için çok seviniyordu. Ölümüne kadar mektuplaştık. Maalesef çok genç, doğum yaparken kaybettik arkadaşımı. Nesrin ablayla görev yaptığı şehirdeydi. Feride de, bebek de vefat etmiş."

Defne titredi. Kalbi yerinden çıkacaktı. Oysa Dönüş teyzesi büyük bir sakinlik içinde dinlemeye devam ediyordu. Yaşar Hanım, *bebek de vefat etmiş,* dediğinde huzursuzca gözlerini kaçırarak "Hakikaten yazık olmuş gencecik kadına. Allah rahmet eylesin," dedi.

Yaşar Hanım devam etti.

"Aslında düşünüyorum da, Allah yüzüne baktı kardeşimin, onu yanına aldı. Son mektubunda, *sana büyük sürprizlerim var, evleniyorum yakında,* diyordu. Hamile olduğundan söz etmemişti ama. Doğumda öldüğünü duyunca anladım olup biteni. Bebek erken gelmiş. Nikâh kıyılmamış. Adam ortadan kaybolmuş. Kızcağız yaşasaydı bile ailesi katiyen sağ bırakmazdı onu."

"Çok mu bağnaz bir aileymiş?"

"Çoook. Aile değil aslında. Amcaları."

"Babası neredeymiş peki?"

"Bebeğin mi, Feride'nin mi?"

"Bebeğin."

"Onu hiçbir zaman öğrenemedik. Adam hiç çıkmadı ortaya. Feride, Nesrin abla dışında kimseye söylememiş zaten hamile olduğunu. Etrafa *nişanlıyım*, diyormuş sadece. Nesrin abladan başka kimse yokmuş zavallının başında."

"Peki Feride'nin babası? Kızını koruyamamış mı kardeşlerinden?"

Yaşar Hanım içini çekti üzüntüyle.

Feride, Nesrin, kendi gençliği, ilk aşkı, kocası...

O eskimeyen sızı, o kederli mazi çıktı geldi, baş köşeye oturdu yine.

Dönüş'ün gözlerinde nedenini bilmediği ama asla karşı koyamadığı ısrarlı bir merak, sanki onu anlayan bir keder vardı.

"Feride'nin babası çok çok zengindi. Rizeliydiler. Bana anlattıklarından hatırladığım kadarıyla Feride'nin anne ve babası kaçarak evlenmiş. Annesi çok güzel bir kızmış ama ağır hastaymış. Hastalığı yüzünden evliliğe karşı çıkmış olabilir aileler. Belki kadıncağız da bu yüzden inat etmiştir Feride'yi doğurmak için. Neticede Feride'yi doğurmuş ama emzirememiş bile. Doğumdan birkaç hafta sonra vefat etmiş. Babası genç adammış o zaman. Almış bebeği, kızın annesine götürmüş. *Kızınız sizlere ömür, bu bebek de böyle kaldı anasız,* demiş. Kadın da, *benim elimi öpmeden gitti, kızımı kaçırdın, sonra bana bunu getirdin, ben bakamam, ver devlete, devlet baksın,* demiş."

Defne'nin gözleri dolmuştu. Tanık olduğu bu an, yaşadığı hiçbir gerçeğe benzemiyordu. Hıçkırmasını bastırmaya çalışırken teyzesinin ağlamadan, kıpırdamadan Yaşar Hanım'ı dinleyebilmesine tekrar şaşırdı.

Yaşar Hanım anlatmaya bir kere başlamıştı, hatırladığı her detayla devam ediyordu.

"Feride'nin babaannesi ve dedesi gelinin öldüğünü, kızın ailesinin bebeği istemediğini öğrenince oğullarını affetmiş, torunu da sahiplenmiş. Feride'yi bir şartla kabul etmişler: Çocuk bizi anne baba bilecek, demişler. Oğullarını da Almanya'ya göndermişler. Feride çocukken çok mutluymuş. Dedesine *baba*, babaannesine *anne* diyerek büyümüş. Onlara hayat vermiş. O kadar sevmişler ki Feride'yi, dedesi, ömrüm, malım mülküm Feride'min olsun, diyormuş. E tabii, üç amca ve halalar rahatsız olmaya başlamışlar Feride'den. *Gezmeye götüreceğiz,* diye alıp saçlarını kestirirlermiş ki çirkin olsun. Velhasıl Feride'nin baba bildiği dedesi vefat edince büyük amca her şeyin başına geçmiş. Feride'nin yaşlı babaannesine çok eziyet eder, Feride'yi sokak ortasında dövermiş. Zavallı kızın tek suçu da okumak istediğini söylemesi..."

Dönüş daha fazla dik duramadı.

Daha fazla koruyamadı göğsünü.

Daha fazla tutamadı gözyaşlarını.

Defne, teyzesinin gözyaşlarını gördüğü anda bıraktı kendini.

İki kadın, Yaşar Hanım'ın anlattıklarını dinlerken el ele tutuştular.

"Feride yaşadıklarını unutmamak için defter tutardı. Bana da okuturdu. Çok merak ederim, o deftere ne oldu?"

Ah! Yazıyor muymuş o da? Ah, o hatıra defteri nerededir şimdi? Kimdedir?

Dönüş sol eliyle gözünü silerek Defne'ye baktı. Defne, teyzesinin elini sıktı.

Konuşmadan anlaşan ailenin iki kadını el ele vermiş, içlerinden birinin tırmanması gereken en zor dağı birlikte çıkıyorlardı.

"Feride, amcası eve gelince bütün kitaplarını, defterlerini saklarmış. Korkudan babaannesiyle yatarmış. Bir gece odasına girmiş amcası. Yastığının altında bir kitap unutmuş Feride. Unuttuğu da *Çalıkuşu* romanı. Başka bir şey değil."

Çalıkuşu mu? Bir oyun mu bu böyle? Nasıl olur?

Dönüş ilk gençliği boyunca defalarca okuduğu o kitaba annesinin neden tahammülü olmadığını, *Çalıkuşu* gibi öğretmen olmak istediğini söylediğinde neden o denli kızdığını anlıyordu. Feride'nin kaderinden korkuyormuş meğer. Dönüş'ün ona benzemesinden korkuyormuş. Feride'nin yaşadığı, birinci tanığı olduğu o günlerin hatırasına tahammül edemiyormuş meğer.

Yaşar Hanım içini çekti.

"Amcası kitabı bulunca hiç çekinmeden dalmış annesinin odasına, yaşlı kadının koynundan çekmiş Feride'yi, saçlarından sürüyerek evden dışarı çıkarmış. Kapının önünde, kaldırımda dövmeye başlamış garibanı. Erkek kardeşleri de yardım ediyor, bir diğeri, bir öteki vuruyormuş. Babaanne perişan, çığlık çığlığa... Komşular asker, polis kim varsa çağırmışlar. Jandarma mı, polis mi, artık bilmiyorum, zor almış Feride'yi ellerinden. Götürmüşler amcalarını. O gece babaannesi, Feride'yi ilkokul öğretmeninin evine saklamış. Amcaları nezaretteyken öğretmeni de yardım etmiş, babaannesi bunu bindirmiş otobüse, Türkiye'nin diğer ucuna göndermiş. Öğretmeninin ailesine yollamışlar. Zavallı çocuk yara bere içinde, bilmediği bir ailenin yanında kalmış okul başlayana kadar. Öğretmen Okulu sınavını kazanmak en büyük dayanma gücü olmuş. Bütün hayali okulu bitirip kendi gibi çocukları okutmaktı. Nesrin ablam onu bu yüzden çok severdi."

Defne'yle Dönüş'ün onu ağlayarak dinlemesi Yaşar Hanım'ı da etkilemişti. Gözünden akan yaşı sildi elinin tersiyle.

"Çok hayaller kurardık. Ben annem olduğu halde kendimi öksüz hissederdim, o da babası olduğu halde hem öksüz hem yetimdi. Babam beni annemin tersine çok severdi. Beni de babaannem ve dedem büyüttü, biliyor musunuz? Belki bu yüzden, kader arkadaşım sayardım onu. Annem babam Ankara'da yaşardı, ben Ihlara'da babaannem ve dedemleydim. Onların sevgisiyle büyüdüm. Annem hayattaydı ama öyle uzaktı ki bana... Feride'yi teselli ederdim, *bak senin annen cennette, benimki eve gittiğimde bana yemek bile vermiyor,* derdim. O yaşlarda insan ailesine karşı da zalim oluyormuş aslında. Çok sonra öğrendim ki, annem de annesi tarafından sevilmemiş, yarım akıllı bir çocukmuş meğer. Beni severse öleceğimi zannedermiş. Hayat bize çeşit çeşit oyunlar oynuyor işte. Üzdüm sizi de. Ağlattım gece gece."

Dönüş çantasından çıkardığı kâğıt mendili ikiye böldü. Yarısını Defne'ye uzattı. Burnunu sildi.

"Yok, siz ağlatmadınız. Biz zaten alışkınız ağlamaya. Duygulandık sadece. Sonra ne oldu? Okul bittikten sonra yani?"

"Tayinlerimiz çıktı. Ben Doğu'ya gittim. Feride şanslıydı, Nesrin ablanın olduğu şehri çekti kurada. Fakat garibimin kaderi annesi gibi oldu işte. Çok hastalanırdı okuldayken. *Anne sütü alamadım, ondan böyle oldum,* derdi. Annem de beni emzirmemiş. Biz ne anne sütüne doyduk ne mama gördük. Sanırım Feride'nin hastalığıyla annesininki benziyordu. Neredeyse aynı şeyleri yaşamış. Bebeği de onunla birlikte cennete gitmiş, kimsesiz kalmamış."

Dönüş ve Defne göz göze geldiler yine.

"Kötü haber tez yayılır derler. Tunceli'de yeni göreve başlamıştım, bir okul arkadaşımızdan mektup geldi. *Feride ölmüş,* diyordu. Hemen Nesrin ablanın çalıştığı okula telefon yazdırmıştım. Ama, *burada yok,* demişlerdi, konuşamamıştık. Nerede şimdiki gibi imkânlar? En çabuk telgraf çekilirdi, o da muhatabın inşallah adresinde, yerindeyse ulaşırdı. Nesrin ablaya evlendiğimin, hamile olduğumun haberini bile veremedim. Zaten birkaç ay sonra da ben eşimi kaybettim."

Defne anlatılanları dinlerken kendi hayatının üzüntülerini, sıkıntılarını düşündü. Karşısındaki kadın bir hikâye gibi anlatıyordu her şeyi. Teyzesi onu doğuran kadının, gerçek annesinin hikâyesini öğreniyor, Defne bütün bunları gözü yaşlı bir tanıklıkla kalbine gömüyordu.

Dönüş, Yaşar Hanım'ın eline uzandı, iki eliyle kavradı.

"Sizi çok üzdük gecenin bu vakti. Eşinizi o kadar erken mi kaybettiniz?"

Yaşar Hanım, Dönüş'ün ellerini annesi gibi okşadı.

"O yıllar hepimiz için de, Türkiye için de çok zor yıllardı. Her bakımdan çileli geçti bizim gençliğimiz. Şimdi sizi böyle bir arada, başarılı, neşeli görünce, çektiklerimizin bir nihayeti, meyvesi varmış ama diyorum."

Dönüş yaşlı kadını yorduğunun farkındaydı. Ama bu gece kendine bile hiç sormadığı o soruları sorabileceği biricik zamandı. Sanki eski bir mezarı kazdırıyor, kazıcının yorulduğunu gördüğünde elleriyle o da yardım ediyordu.

"Ne renkti Feride'nin gözleri?"

"Mavi yeşil gibi. Karışık. Açık tenliydi. Çok güzeldi."

"Sahi mi?"

"Upuzun açık kahve saçları arasında sarı lüleler vardı. Birbirimizin saçlarını örerdik."

Dönüş yerinden kalktı, Yaşar Hanım'a sarıldı. Yaşar Hanım kolları arasındaki kadının ona kırılgan, yorgun, şefkate muhtaç bir kalple tutunduğunu hissetti. Bir anne gibi kucakladı ve saçlarını okşadı bir eliyle...

"Ama siz niye bu kadar üzüldünüz? Niye bu kadar merak ettiniz Feride'yi?"

"O bebek ölmemiş ki Yaşar abla... Nesrin öğretmen bırakmamış elini."

Yaşar Hanım gece boyunca onu yoklayan o minik şüphenin doğru olduğunu anladı.

Hiç şüphe yoktu, evet, Dönüş güzel gözlü arkadaşı Feride'nin bir parçasıydı.

GECEYİ GECE YAPAN NEDİR?

Dönüş düşünüyor:

Geceyi gece yapan, güneşin dünyaya arkasını dönmesi midir?

Yoksa ayın ışığında parlayan kar, yastığa dökülen gözyaşı mı? Gözlerden firar eden uyku mu?

Kalbin duvarlarında bir delik, bir yol arayarak ışığı bulmaya çalışan kırgınlık mı, yoksa aklın parmaklıklarını sarsarak firar etmek isteyen öfke mi?"

Geceyi gece yapan, babanın evlattan, evladın kardeşten, kardeşin dünyadan sakladığı o gerçeğin karanlıkta yaşamayı sevmesidir belki, kim bilir.

O gerçek, Uçhisar'ı boydan boya kaplayan kar gibi ışıl ışıl parlıyor bu gece.

Uykusuz bırakacak hepsini, belli.

Gerçek, bir ışık olmuş, vuruyor üzerlerine.

Defne'yle Dönüş'ün yan yana yatıp ayrı yönlere baktığı odada, Sadık Bey'in yatağının başucunda, Derya ve Türkân'ın baş başa verip fısıldaştığı kapı önünde durmuş, onları seyrediyor.

Ben Dönüş'ün hayatını başlatan anneyim. Onu korumak için bunca yıldır yok saydıkları, üzerimi örtüp yılların arka-

sına bir yere sakladıkları gerçeğim. Benim adım Feride. Yaşlanmayan bir fotoğrafım ben, diyor.

Kimse uyumuyor bu gece.

Görmeseler de varlığını şiddetle omuz başlarında hissettikleri o gerçek izin vermiyor uyumalarına.

Defne şaşkın, karışık düşünceler içinde.

Hayat tuhaf, ince pamuktan iplerle, karmaşık, düğüm olmuş zincirlerle bağlıyor insanları birbirine. Kaan'ın anneannesi hayatlarındaki ne önemli bir boşluğun yanıtıymış meğer. İçi içini yiyor bir taraftan da.

Bu hikâyenin eksik kalanlarını tamamlamalı mıyım? Bildiklerimi anlatmalı mıyım?

Yaşar Hanım yatağında gözünü kırpmadan yatıyor. Şimdi anlıyor, Dönüş'ü görür görmez onu daha önceden tanıdığı hissine kapılmasının hakiki bir nedeni varmış. Masada kocası Serdar'ın adı geçtiğinde gölgelenen yüzü neden içini acıtmış, onu koruma arzusu belirmişti içinde... Şimdi her şey yerini buluyor. Feride ölmemiş aslında. Bir parçası yaşıyor, çıkıp geldi işte. Demek o yüzden bu kadar çok anlattı bu gece.

Acaba insanlar diğer âleme gidişlerine yakın bir vakitte mi başlıyorlar anlatmaya? Unutulmaktan, ölmekten korktukları için mi?

Korkuyor mu o da ölümden?

Herkes ölecek sonunda.

Öldüğünde Ali'yi görecek mi? Ali öyle gencecik mi çıkacak karşısına?

Feride de öyle. Erkenden gitti ikisi de. Biri arkadaşı, biri kocası.

Rahmetli annesi Samire, "Ahirette herkes 33 yaşında uyanacak," derdi.

Annesi, babası, herkes 33'ünde uyanacak demek? Kim bilir?

Dönüş'ün ona sarılışındaki o çocuksuluk içini ısıtıyor birden. Sonra Sadık Bey'in masadan neden kalktığını anlıyor.

Feride'nin adı geçince telaş etmiş olmalı. Sakladıkları bir şey demek ki. Ah!

Sadık Bey de gözünü kırpmıyor. Pişmanlık kemiriyor içini. Kendi kendine kızıyor.

Kaçmamalıydım. Dönüş'ü yalnız bırakmamalıydım.

Uyumuş mudur? Uyumadıysa da ne diyeceğim? Yavrum korkuyorum artık anılardan mı diyeceğim? Ben sizi daha fazla koruyamamaktan korkuyorum. Feride'yi anlatmamı istemedin, sen üzerini kapattın, ben de kabul ettim. Yaşayıp gittik ama önünde sonunda çıkacaktı karşımıza. Bildiğim çok şey de yoktu aslında. Suçluluğum dışında ne anlatabilirdim ki? Kardeşimi zapt edemedim ve bu yüzden genç bir kadının hayatının son bulmasına neden olduk, hepsi bu.

Derya cin gibi. Kardeşini tanımaz mı? Yaşar Hanım, "Feride," dediğinde nasıl soldu rengi, nasıl titredi eli ayağı. Babasının telaşına ne demeli?

Türkân'la kaşla gözle anlaşıverdiler, çoluğu çocuğu toplayıp yatırdılar ama şimdi konuşma zamanı. Derya ölüyor meraktan. Herkesi yatırdı. Kaldıkları iki evin ortak kapalı bahçesinde bekliyor ablasını. Pijamalarının üzerine kalın hırkasını giymiş, vadiye, kara, geceye bakıyor.

Kapı açılıyor, Türkân geliyor yanına.

"Uyumuş mudur Dönüş? Gitsek mi yanına?"

"Olmaz, gidemeyiz. Ben zaten emin de değilim ama Feride diye hatırlıyorum annesinin adını. Belki biz kendi kendimize kuruntu yaptık."

"Yok yok, ben babam ayaklanınca anladım. Babam annemle tartışmak istemediği zaman konuyu değiştirip odadan nasıl çıkardı, hatırlasana. Babam bu gece o âna kadar gayet neşeliydi. Kesin Dönüş'ün öz annesi Feride."

"Sen hatırlıyor musun peki?"

"Tabii. Hatırlamam mı? Çocuk diye, anlamaz diye düşünüyorlar ama anlamaz mıyım? Annemle babam, annem İstanbul'a gitmek istediği için değil, bu mesele yüzünden tartışırlardı. Annem, Feride abla hamile kalıp da amcam kaçınca babamdan ayrılmak istediğini söyledi. Babam beni alıp Ayvalık'a dönmüştü. Sonra Feride abla ölünce, bebek de çok yaşamaz denince annem Dönüş'ü Ankara'ya götürmüş, babamı da çağırmış. Dönüş ikisini barıştırmış. Kucaklarında bir bebekle çıkıp gelmişlerdi, *bu senin kardeşin,* diye. Yedi yaşında çocuktum, anlamaz mıyım olup biteni?"

"Sen Defne'yi aradın mı?"

"Yok aramadım, bir saat önce filan, *biz yatıyoruz,* diye mesaj attım. *Biz daha oturuyoruz, iyi geceler,* diye yazmıştı. Ama uyumuşlardır artık."

"Sanmam. Dönüş uyumamıştır. Konuşmuş mudur kadınla?"

"Kesinlikle konuşmuştur. Ne kadar kararlı oturuyordu masada, görmedin mi?"

"Ne yapacağız abla?"

"Hiçbir şey. O bize anlatana kadar biz zaten bilmiyoruz."

"Tabii ki öyle..."

*

Uçsuz bucaksız gökyüzündeki yıldızlar onlara bırakılan milyonlarca fısıltıyı topluyor.

O fısıltılarda dualar var. Yarım kalan hikâyelerin acısı, hiç başlayamamış yolculukların özlemi, kavuşmayanların, kavuşup ayrılanların, yalnızların, kimsesizlerin, annesini özleyenlerin, babasına yananların, evlat acısıyla kavrulanların, küskünlerin duaları saklı o fısıltılarda.

Yıldızlar o fısıltılardan bir küre yapıyor, ayın etrafını iki defa dönüyor.

Şimdi ay, çevresinde dualardan iki çemberle, yeryüzünde kalanlara bakıyor.

Badem kulaklarını dikip dışarıyı dinliyor, sonra yanı başında uyuyan küçük kediyi yokluyor patisiyle. Yanında, güvende olduğunu anlayıp yeniden derin bir uykuya dalıyor.

Yaşar Hanım uyku tutmayınca yatağından kalktı. İçinde bir sıkıntı vardı. Odanın içinde dolandı. Bir bardak su içti. *Temiz hava iyi gelir,* diye düşündü. Belki şöminenin dumanı rahatsız etmişti. Pencereyi araladığı sıra biri kulağına, *yukarı bak,* diye fısıldadı sanki.

Başını kaldırdığında gökte olağanüstü bir dolunay ve etrafında iki halka gördü. Gözlerine inanamadı. Sanki ay, bildiği ay değil, göğe çizilmiş bir resimdi. Soğuğa aldırmadan pencereyi sonuna kadar açtı ve beyaz karın ışıldadığı vadinin üzerindeki hareleri izlerken, "Allah hayırlara versin!" dedi hayretle.

Dönüş yattığı yerde, perdeden sızan ışığın giderek yükseldiğini fark etti. Yataktan kalktı. Kanepenin üzerindeki battaniyeye sarındı ve küçük balkona çıktı. Defne telaşla teyzesinin arkasından koştu.

"Ne oldu?"

"Şuna bak!"

"Aaa! Bu ne böyle?"

"Bilmem?"

"Güzel, değil mi?"

"Çok."

"Belki de biri Nesrin annem, diğeri Feride annemdir..."

Defne titredi.

"Belki..."

İçeri girdiler.

"Sen yat uyu, ben biraz gökyüzünü seyredeceğim," dedi Dönüş.

Defne itiraz etmedi. Yatağa girdi. Bir an, teyzesine Miami'de olanları anlatmaya niyetlendi. Sonra Ömer'le konuştukları geldi aklına.

"Bunu hiçbir zaman teyzene anlatma. Ne ona ne dedene..." demişti Ömer. Kaan ve Katia da onu desteklemişlerdi.

O gün kendisi de aynı fikirdeydi ama... Bir insandan onun yaşamıyla ilgili gerçekleri saklamak doğru muydu?

Fakat bu gece bir de kendi bildiklerini anlatırsa fazla gelecekti teyzesine. Duyduklarını sindirmesi, anlaması, kabullenmesi gerekiyordu.

Dönüş pencerenin önünden ayın etrafındaki iki halkaya tebessüm etti. Battaniyeye daha sıkı sarıldı.

Eğer siz ikiniz Nesrin annem ve Feride annemseniz, size söylemek istediklerim var. Öncelikle ikiniz de bilin; ben çok mutluyum. Her şeye rağmen mutluyum.

Birinizi hiç tanımadım, diğerinize hiç doyamadım. Bu eksiklik içimde baki kalacak ama onun dışında, hayatın bana verdiği her şeyi anlamaya çalışan kalbimden memnunum.

O kalbi kendi canıyla dünyaya getiren Feride annemse, beni ben yapan Nesrin annem oldu. Ah, ikinizi de daha iyi tanıyabilmeyi ne çok isterdim!

Ben de anne oldum. Oğlum on bir yaşında. Dünya güzeli bir çocuk ve biliyorum ki ikiniz de çok severdiniz onu.

Nesrin annem gittikten sonra çok yalnız kaldık babamla. Sonra güzel günler de geldi ama. Ben çok mutlu bir evlilik yaptım. Çok âşık olduğum bir adamdan çocuğum. Şimdiyse yalnızım. Tam olarak ayrıldık mı, bilmiyorum. Belki de ayrıldık. İlk birkaç ay her sabah öğleye kadar ağlıyordum. Artık iyiyim.

Burada hepimiz birlikteyiz. Çok iyiyim.

Nasılsa bir gün buluşacağız. O güne dek bizi merak etmeyin.

Defne'ye döndü.

Pencereden yüzüne vuran ay ışığında onun da uyumadığını gördü.

Yerinden kalkıp, yatakta ayak ucuna oturdu.

"Sence duygusal hafıza da anneden çocuğa geçiyor mudur? Yani hastalıklarımızı, tenimizi, göz rengimizi ailemizden alıyorsak, hatıralarımızı da onlardan aynı yolla miras alıyor olabilir miyiz?"

Defne doğruldu.

"Evet. Olabilir."

"Korkular akrabalık yoluyla kuşaktan kuşağa geçiyorsa, sevinçler, idealler de geçer, değil mi?"

"Evet, geçer..."

"Feride annemden kalan bir anıydı demek *Çalıkuşu*. Ondan kalan bir idealle Çalıkuşu olmak istermişim. Nesrin annem, benim de onunki gibi bir hayatım olmasından korkuyormuş. O yüzden öğretmen olma isteğime karşı çıkıyor, kitabı elimde gördükçe ne yapacağını bilemiyor, beni azarlıyormuş."

"Belki de..."

"Biliyor musun Defne, kelebeğin ömrü bir gün değilmiş. Diken kelebeği göç eden, haftalarca uçabilen bir kelebekmiş. Bir göçü altı nesilde tamamlıyormuş. Gücünün bittiği yerde yumurtluyor, kozasına bütün anılarını ve bilgisini bırakıyormuş. Ve o kozadan çıkan yavru neredeyse doğar doğmaz göçü tamamlamak üzere kanat çırpmaya başlıyormuş. Nesiller âdeta birbirlerinde yeniden doğa doğa yola devam ediyormuş. Ne güçlü bir gerçek..."

"Feride annen de sana bıraktı her şeyi, öyle mi?"

"Evet. Sadece haritasını değil, duygusal mirasını da bıraktı. Benim yıllarca babamı yalnız bırakamayışımda, hiçbir yere gidemeyişimde, okumak isteyip de okumaya cesaret edemeyişimde ondan bana geçen korkuların, anıların payı olmalı. Canını çok mu yakmışlar onun?"

Defne bilse... Bilse neler söyler, neler anlatır... Yakmamışlar dese ne değişir? Feride yanmış, gitmiş işte...

"Teyze..."

"Canım?"

Defne Miami'de olanları anlatmak için ağzını açtı ama birden Ömer'in gözleri geldi aklına.

Teyzene sakın bunu anlatma!

Dönüş, Defne'nin bir şey söylemek için niyetlenip vazgeçtiğini görünce ısrar etti.

"Ne oldu? Söyle hadi!"

Ve Defne birden, hiç hesapta yokken, başka bir şey söyleyiverdi.

"Annem ve Derya teyzem senin öz kardeşleri olmadığını biliyorlar. Hem de çocukluklarından beri."

Defne söyler söylemez pişman oldu ağzını açtığına. Miami'de olup biteni anlatsa daha iyiydi. Ne yapmıştı şimdi böyle? Yeri miydi, sırası mıydı bunu yumurtlamanın? Bir de kadını serbest bırak, bu gece duyduklarını sindirsin diyordu kendi kendine!

"Ne?"

Dönüş anlamamış gibiydi.

Defne ağzından çıkanın altında kalmak üzereydi. Pişmanlıkla geveledi.

"Yani... Belki onlardan bu gece duyduklarımızı saklamamıza gerek yok. Onlar biliyor gerçeği."

Dönüş kırgınlıkla bakıyordu Defne'ye.

"Sen mi söyledin bunu onlara?"

"Yo hayır, asla!"

"O halde nereden biliyorsun?"

"Defterini okurken... Hani dedemin sana seninle ilgili gerçekleri anlattığı gece vardı ya... Dedeme diyorsun ya, *ablam ve Derya bilmesin,* diye... Onların bilmesini istemediğini okuyunca... Sana söyleyerek yanlış mı yaptım, bilmiyorum ama ben çocuktum ve ben bile biliyordum. İkisini konuşurken duymuştum. Sen bunu öğrenirsen çok üzülürsün diye korkuyordu ikisi de."

"İkisi de benim öz kardeşleri olmadığımı biliyor mu?"

"Evet."

"Bunu ben üzülürüm diye hâlâ saklıyorlar mı?"

"Bence onlar bile hatırlamıyor, düşünmüyor teyze. Çünkü ne olursa olsun seni ve sevgini asla terk etmeyecek kardeşlerin ve bir ailen var."

"Biliyorum..."

Defne, teyzesinin ellerini öptü.

Ömer haklıydı.

Hayırsız bir herifin öldüğünü düşünmeleri, yaşadığını bilmelerinden daha değerliydi.

UÇURUM KIYISINDA

"Sonra, İsmail amca buraların en varlıklı adamlarından biri olmuş. Annemle onu ziyarete gittiğimiz günü unutamam. Yine böyle karlı bir gündü."

Yaşar Hanım, kızı Lorin'in sözünü kesti.

"Biz ona giderken yağmıyordu. Biz onun evinden çıktıktan sonra, teyzemin mezarını bulmak için yürürken yağmaya başladı."

"Tamam anne. Ama her tarafta kar vardı. Bir gün önce yağmıştı. Onu diyorum."

"Hah, tamam, ben kestim lafını. Anlat sen."

Yeni yılın ilk günüydü.

Yaşar Hanım ve Lorin, üç kız kardeşi ve Defne'yi almış, Ihlara'ya gezmeye gidiyorlardı. Dönüş ve Defne bir sırrı paylaşan iki çocuk gibi suskundu. Yaşar Hanım o sırrın tanığı olmuş bir ebeveyn gibi kendini coşkulu olmaya zorlayarak onları rahatlatmaya çalışıyordu. Üçü arasında yaşanan, konuşulan her ne varsa, Yaşar Hanım'ın kasasına emanet edilmiş bir mücevherdi artık.

Nezahat hala ve Sadık Bey, "Karda yürümek bizim için zor olur," diyerek otelde kalmak istediler. Yaşar Hanım da yetmişlerindeydi ama bedenen yaşıtlarından çok daha çevikti. Her yere yürüyerek gidip geliyor, beş dakika oturmuyordu. "Yürüyemeyiz" gerekçesi Nezahat hala için doğru olsa da Sadık Bey, Dönüş'ün durgunluğunu görünce, onu biraz daha kendi haline bırakmanın doğru olduğunu düşündü. Kız kardeşine uydu, otelde oyalanmayı tercih etti. Aksi halde hayatta kaçırmazdı bu geziyi.

Lorin'le Türkân'ın samimiyeti, arada fısır fısır konuşmaları, Dönüş ve Derya'nın gözünden kaçmamıştı. Ablaları kolay kolay sıcak ilişkiler kuran biri olmadığından bu yakınlaşma ikisini de şaşırtıyordu. Üstelik Kartal Bey de Franz'la tavla partileri yapıyor, Kaan'ı yere göğe koyamıyordu. Defne'yi aileden uzaklaştırdılar diye uzun zaman hoşnutsuzlukla andığı insanlarla bu denli yakın ilişki kurabilmesi de şaşırtıcıydı. Derya kendinden emindi, *iki üç güne kadar öğrenirim nedenini,* diyordu kendi kendine.

Gece yılbaşı yemeği çok güzel, neşe içinde geçmişti. Dönüş tüm günü hastalık bahanesiyle odasında geçirmiş, ancak akşam yemeğine doğru aralarına katılmıştı. Hiçbir şey yokmuş gibi yapmaya çalışsa da kardeşleri ve babasıyla göz göze gelmemeye özen göstermişti. Türkân ve Derya, tahmin ettikleri Yaşar Hanım-Dönüş konuşmasının detaylarını Defne anlatır mı diye beklediler ama Defne de otelde kendi koşturması içindeydi. Onlar da her zamanki gibi kardeşlerinin üzerine gitmemeyi tercih ettiler. İlerleyen saatlerde masadaki hareket artmış, gecenin akışı içinde Dönüş'ün sessizliği gözden yitmişti.

O yılbaşı gecesinin bir diğer sessiz kişisi de Sadık Bey'di. Sohbete pek katılmamış, yemek boyunca konuşulanları dinlemişti tebessümle. Arada bir göz ucuyla Dönüş'e bakıyor fakat onunla da konuşmaya cesaret edemiyordu.

Dönüş hastayım bahanesiyle odasından çıkmayınca, daha sabahtan kırılmıştı cesareti. Yoksa, sabahtan konuşmaktı niyeti...

Nezahat hala otelde olmanın tadını sonuna kadar çıkarıyor, bitimsiz istekleriyle servis elemanlarını bir aşağı bir yukarı koşturuyordu. Çocuklar hayatlarından memnundu, Gülce kulaklığı ve telefonuyla bir köşede kendi dünyasındaydı yine.

Yeni yıla girdikleri dakikada herkes birbirine sarılıp öpüşürken, Can cep telefonunu Dönüş'e uzatmış, "Babam seninle konuşmak istiyor anne," demişti.

Dönüş o telefon bir gün önce kendisine uzatılmış olsaydı o denli coşku ve sevinçle almazdı eline, bu muhakkak. Ama kızgın da olsa, ayrı da olsa, Serdar'ı oğlu dışındaki en yakın kişi olarak hissetmişti kendine o gece.

Bu yakınlık hissi telefonun diğer ucundan Serdar'a da ulaşmış olmalı ki, uzun zamandır duymadığı kadar içten bir "Nasılsın?" cümlesi, yüzünde büyük bir gülümsemeye dönüşmüştü. Telefonda gülerek konuşan Dönüş'ün sesi, Serdar'ın da tebessüm etmesine neden oldu. İyi dilekler, hal hatır sormalar... Tereddüt dolu kısa bir duraksama... Aynı anda konuşmaya başlayınca yeniden gülüşmeler... Dönüş'ün gülen gözlerinin özlemle dolmasına neden olmuştu.

Sonra, yeni yılın ilk saati biterken ertesi günle ilgili planlar yapıldı. Beyler oteldeki bazı işleri halledecek, damatlar Sadık Bey'i yalnız bırakmayacak, hanımlar Ihlara ve civarını görecek, Katia da çocukların başında bekleyecekti.

"Gerçi karda çok yürüyemeyiz, vadiye inemeyiz ama bahara inşallah... Size köyümüzü, evimizi göstermek, anılarımızı anlatmak isterim," demişti Yaşar Hanım.

Lorin söze girmişti.

"Annem çok iyi bir anlatıcıdır. Bizim ailenin hikâyesi de hayli dramatiktir. Rahmetli anneannemi çok severdim. Değişik, hisleri güçlü biriydi. Çocuksu bir masumiyeti fakat nereden geldiği bilinmeyen büyülü de bir bilgeliği vardı. Birbirimize çok düşkündük. Hayatımın çok zor bir dönemiydi. Psikolojik olarak büyük yıkım yaşıyordum. Bir kaza geçirmiştim. Öyle sözlerle öyle teselli ederdi ki, bir anda kuş olup uçardı kederim. Tanımanızı gerçekten çok isterdim. Koyun koyuna uyuyorduk vefat ettiğinde."*

Lorin'in anlattıkları Dönüş'ü bile durduğu mesafeden çıkarıp sohbetin içine çekmişti.

"Ah canım, kollarınızda öldü yani?"

"Evet... Ama nasıl bir melekti bilseniz... Hiç korkmadım, biliyor musunuz? Benim de rüyalarım çok çıkardı. Onun yanında uyurken, rüyamda öldüğünü gördüm. Uyandığımda öldüğünü biliyordum zaten. Annem pek hoşlanmaz bizim bu rüyalarımızdan, hislerimizden ama..."

"Hoşlanmamak değil de kızım, korkuyordum herhalde. Bir de bizler Cumhuriyet muallimleri olarak bilime inanan, hurafeye, gizeme karşı çok katı duruşlu gençler olarak yetiştirildik. Sanırım onun da etkisi vardı. Annemi senelerce anlayamamıştım. Sen de çocukken, şöyle rüya gördüm, böyle rüya gördüm, diye karşıma gelince korkuyordum. Tek başına gencecik bir anneydim. Ben de çocuktum."

Türkân merakla sordu.

"Çok özür dilerim. *Tek başıma,* dediniz. Eşiniz?.."

* Samire, Yaşar ve Lorin'in hikâyesi için bkz. *Bir Cihan Kafes,* İclal Aydın, Artemis Yayınları

Yaşar Hanım iç çekerek eteğini düzeltti.

"Tabii siz dün gece yoktunuz. Konuşmalarımızı duyamadınız."

Türkân ve Derya bakıştılar.

"Biz çok talihsiz bir nesildik. Her açıdan çok acılar çektik. Ben evlendiğimde 19 yaşındaydım. Eşim de benden bir iki yaş büyüktü. Doğu'da mecburi hizmetteydik. Eşim Ali orman mühendisiydi. Lorin'in doğumuna gelirken trafik kazası geçirdi, kaza yerinde vefat etti. Lorin babasını hiç göremedi. Rahmetli annem ve babamın çok emeği vardır ikimizin üzerinde. Hayat bu, böyle. Neyi alır, neyi verir, bilemezsin."

Dönüş, Yaşar Hanım'a sarılmak, Lorin'in ellerini tutmak için yerinden kalkmak istedi ama kımıldayamadı bile. Lorin'le göz göze geldiler. Gülümsedi. Lorin ona bakan gözlerin kendisini anladığı için değil, acıdığı için öyle dolduğunu düşündü. Yıllar içinde geliştirdiği savunu kalkanları açıldı.

"Ama hayatım böyle olmasaydı, elbette bugünkü ben olamazdım."

Bugünkü ben...

Eğer öyle olmasaydı...

Eğer bunlar yaşanmasaydı...

Eğer başıma bunlar gelmeseydi...

Dönüş, "Hepimizin tesellisi..." diye mırıldandı.

Türkân, kardeşinin koluna dokundu sevecenlikle. Dönüş başını kaldırdığında ona sevgiyle gülümseyen Derya'yı gördü. Ablasının eline dokundu aynı sevecenlikle. Derya'ya gülümsedi.

Lorin, kardeşler arasındaki bu sessiz diyaloğu gördü. Konuyu değiştirmek istedi.

"Bizim bu topraklarda olağanüstü hayatlar yaşanmış, müthiş hikâyeler iz bırakmıştır. Bilmem, siz reenkarnasyona inanır mısınız?"

Erkekler Sadık Bey'i de alarak şömine başına geçmişlerdi o ara. Konuşulanları duymuyordu hiçbiri. Nezahat hala ve Katia çocuklarla tombala oynuyordu.

Türkân ve Derya aynı anda yanıt verdiler.

"Hayır!"

Dönüş kardeşlerine bakarak "Ben inanırım," dedi. "Böyle hikâyeler mi var buralarda, neden sordunuz?"

"50'lerden 70'lere kadar anlatılmış hikâyeler var ama ben onları anlatmak için sormadım. Burası Hristiyanlığın ilk manastır bölgesi. Savaşlara çok açık olduğu için insanlar yer altı medeniyetleri geliştirmiş. İnşallah daha güzel havalarda her yere götüreceğiz sizi. Fakat otelin yapısı da size bir fikir veriyordur. Evler arasında hep yer altından geçen yollarla iletişim kuruluyor. Yer altı şehirleri çok daha basık, küçük ama akıllara durgunluk verecek mühendislik harikaları barındırıyorlar. Annem ve annemin ataları, hatta babam da kısmen bu bölgeden. Ben belli bir yaşa kadar çok sık gelip gitmedim doğrusu. İlk yer altı şehrine inişim de bu oteli yapmaya karar verdiğimiz döneme denk gelir. Beş altı yıl önce diyelim."

Kızlar lafın nereye geleceğini merakla bekliyordu. Lorin tadını çıkararak, hepsinin gözlerine bakarak anlatıyordu.

"Yıllarca rüyalarımda hep taş merdivenlerden indiğimi ama indiğim merdivenden bir türlü çıkamadığımı gördüm. Genellikle sıkıntılı dönemlerime denk gelirdi. Hep aynı rüya ama. Merdivenlerden iniyorum fakat çıkmam gerektiğinde bir de bakıyorum ki merdiven daralmış, küçülmüş. Bir türlü çıkamıyorum ve kendime, *ama ben bu merdiven-*

den indim, diyorum. Çok iyi hatırlıyorum indiğimi; şimdi neden çıkamıyorum? İçinde bulunduğum odada sıkışıp kalıyordum. Sonra bir gün Franz'la memleketimi karış karış öğrenirken bir yer altı şehrine indik. Daracık tünellerden, tek kişilik merdivenlerden geçtik. Bizi gezdiren tarihçi arkadaşım, *soğuktan korunmak için yer altına sonbaharda girer, yaz gelince çıkarlarmış. Buraya girerken hamileliğinin ilk ayında olan kadınların doğum yapmadan bu merdivenlerden dışarı çıkabilmesi mümkün değilmiş,* dedi ve bütün merdiven rüyalarım geldi gözümün önüne. Evet, tam olarak yaşadığım sıkıntı buydu. Dışarı çıkmak istiyordum ama merdivene sığamıyordum. Büyük ihtimalle geçmişte ailenin kadınları içinde bu büyük sıkıntıyı yaşayanlar oldu. Ve bu korku bana kadar geldi. O gün bugündür, burada anlatılan yeniden doğuş hikâyelerini düşünürüm. Ruh dediğimiz yeniden mi doğar, yoksa yaşadığını bir sonraki nesle mi aktarır?"

Defne sandalyesinden fırladı. Dönüş'ün arkasına geçerken, "Ayyy, vallahi korktum ben! Biz dün gece teyzemle bunu konuştuk! Sanki duymuş gibi siz de şimdi aynı konuyu anlatınca... Olabilir mi? İnsanlar birbirine konuşmadan bu mesajları veriyor olabilir mi? Gerçekten nesilden nesile geçiyor mu duygular?"

Dönüş, "İnan, ben de ürktüm Defne," dedi. Lorin'e döndü.

"Dün gece geç saatlere kadar biz de bunu konuştuk. Birbirimize sadece hücre, kan yoluyla, görebildiğimiz DNA bağlarıyla değil, göremediğimiz ama hissettiğimiz başka bir bağla da bağlıyız diye. Siz şimdi bunları anlatınca ben iyice emin oldum."

Lorin güldü. Yaşar Hanım'a bakarak "Anne, iznin olursa büyük teyzenin hikâyesini anlatabilir miyim?" diye sordu.

Yaşar Hanım başını salladı.

"Anlat, anlat. Hatta yarın gider, ziyaret ederiz."

"Türkân Hanım, Derya Hanım, sizi sıkmıyorum, değil mi?"

"Olur mu hiç! Biz Derya'yla bayıla bayıla dinliyoruz."

Defne sandalyesini Dönüş teyzesine yanaştırdı. Dinleme pozisyonu aldı. Herkes pür dikkat Lorin'e bakıyordu.

"Şimdi bir başka rüyamı anlatacağım size. Bu konuştuklarımıza, hatta sizin sorularınıza bir yanıt olacağını düşünüyorum. Berlin'de Franz'la yeni evlendiğimiz dönemlerdi sanırım. Anneannemi hemen her gece rüyamda görmeye başladım. Rüyamda hep kar yağıyordu ve anneannem bana ablasını soruyor, sonra da, *açıkta uyuyanın üstüne kar yağar,* diyordu. Hiçbir anlam veremiyordum buna. Bu arada, zaman zaman onun varlığını hâlâ hissederim. Korkmayın. Şimdi, *bu kadın deli,* diyeceksiniz ama onun varlığını hissetmek iyi gelir bana. Her neyse. Ben sürekli anneannemi görüyorum rüyamda, bir anlam veremiyorum filan... O sırada çok sevdiğimiz bir büyüğümüzü kaybettik, cenazesi için kalktık buralara geldik. Ben de anneme rüyamı anlattım. Annem kafasında rüyayı yorumladı ama bana doğrulatmak istedi sanırım. Elimden tuttu, beni birine götürdü. İsmail amca diye biri, çok yaşlı bir adam. O gün onu ilk kez gördüm ama sonra ölümüne dek kopmadık. Torunu, Kaan'ın yakın arkadaşı oldu. Hatta sen de tanıyorsun Defne. Ömer yok mu bizim? New York'taki?"

Ömer?

Defne'nin kalbi güm güm atmaya başladı.

Ömer mi?

Ömer'in dedesi mi?

Dönüş kolunu Defne'nin sandalyesinin arkasına atıp, kimseye göstermeden omuzunu tuttu.

Teyze yeğen arasındaki bir sır daha canlanmıştı.

Defne, "Aa evet, tabii tanıyorum," diye geveledi ağzının içinde.

Türkân, Defne'nin geçiştirmesinden bu Ömer'in öyle herhangi bir Ömer olmadığını anladı. Derya'ya takılan gözleri yine bakışlarla yanıtı aldı.

Abla! Bu Ömer'e dikkat! Kızımızı bir konuşturalım. Bak bu Dönüş kesin yine bir şeyler biliyor.

Lorin iki kardeşin birbirine bakışını sıkıldıklarına yordu. Saatine baktı.

"Ay, ben gevezeliğe daldım, bu saate kadar tuttum sizi."

"Ah, hayır, zevkle dinliyoruz. Çocuklar bile ayakta daha. Anlatın, ne olur," dedilerse de Lorin kararlı bir şekilde kalktı yerinden.

"Size bu hikâyeyi yarın yerinde anlatacağım, söz. Hem öyle daha etkili olacak, eminim. Geç yatmayalım ki, yarını da faydalı kullanalım."

Lorin'in ayaklanmasıyla birlikte hepsi mecburen toparlanmıştı.

Herkes odasına çekildikten sonra, Defne bitmeyen bir gecenin ortasında kalmıştı.

Ömer ve dedesi...

Kaan'la Ömer'in Lorin Hanım aracılığıyla tanıştıklarını, arkadaş olduklarını biliyordu ama onun adını böyle birdenbire duymak, ona ait bir hikâyeyle karşılaşmak kalbini acıtmıştı. Yaşar Hanım hakikaten içinden bin bir sürpriz çıkan bir hazine sandığıydı. Önce teyzesi, sonra kendisi... Kim bilir daha neler saklıydı onda?

*

Sabah kahvaltısından sonra otelin büyük arabalarından biriyle Ihlara'ya doğru yola çıkmışlardı. Yolda bir Lorin anlatıyordu, bir Yaşar Hanım. Gece hikâyenin gerisini Lorin'den dinleyeceklerini sanmışlardı ama minibüste sözü Yaşar Hanım almıştı.

"Şimdi, hüzünlü hikâyemizi baştan anlatayım, izniniz olursa. Olay 1940'larda geçiyor.* Teyzem Nariye, Ihlara'nın en güzel kızıymış. Ve onu çok seven üç yakın erkek arkadaş varmış. Musa, İsmail ve Ethem. Teyzeme çocukluklarından beri sevdalılarmış. İşte o üç gençten biri, Ethem, benim babam. Teyzemin gönlü de Ethem'de, yani babamdaymış. Kaşla göz arasında sözleşmişler. Sonra babam askere gitmiş. Nariye teyzem de babamı beklemeye başlamış. Kimseye yüz vermemiş, istemeye gelenleri geri çevirmiş. Nariye teyzem burada yavuklusunu bekleyedursun, babam da çalışkanlığıyla kendini komutanlara pek bir beğendirmiş. Askerlikten sonra, komutanlarının da sayesinde, Ankara'da kalmak için kendine uygun şartları oluşturmuş. Küçük bir iş kurmuş. Bir de şarkıcı bir kadına âşık olmuş mu? Kadın da çocuklu bir dulmuş! Şimdi ben size o zamanın bakışıyla, yorumuyla anlatıyorum, yanlış anlamayın. Fakat buralarda öyle bir durumun kabul edilmesi mümkün değil o tarihlerde."

Kızlar ilgiyle dinliyordu.

"Yok canım, yanlış anlar mıyız hiç, anlatın siz. Eee?"

"Neyse işte. Babam Ankara'da gününü gün ederken, zavallı Nariye teyzem burada onun yolunu beklemekten günden güne soluyormuş. Sonunda buralara o kara haber gelmiş, Ethem Ankara'da şarkıcı dost tutmuş diye. Nariye teyzem kahrolmuş. *Madem öyle, ben de beni ilk isteyene va-*

* Hikâyenin tamamı için bkz. *Unutursun*, İclal Aydın, Artemis Yayınları

racağım, demiş. İlk isteyen de babamın çocukluk arkadaşı, o üç delikanlıdan biri olan İsmail olmuş. Çok fakir ama çok ahlaklı, çok sevilen biriymiş İsmail. Teyzem ağlaya ağlaya gelin olmuş."

Derya, Yaşar Hanım'ın sözünü kesti.

"Bir dakika. Benim kafam karıştı. Hem *babam* diyorsunuz hem de *teyzem.* Yani sizin özbeöz babanıza teyzeniz mi âşıkmış?"

"Evet, aynen öyle. Annemin ablası âşıkmış."

"Aaa! Nasıl olmuş da âşık olduğu kızın kardeşiyle evlenmiş babanız?"

"İşte hikâye burada başlıyor asıl. Kafanız karıştı anlıyorum. Teyzem burada mutsuz bir evliliğe evet diyor. Babam da Ankara'da dul bir kadınla aşk yaşıyor ama evlenmesi imkânsız. Bir de köyünde sevdiği kızın yakın arkadaşıyla evlendiğini duyunca, artık hangi cesaretle yapıyorsa bunu, atlayıp buraya geliyor ve teyzemi kaçırmaya kalkıyor."

"Aaaa! Evli kadını kaçırmak!?"

"Yaaa! Olacak iş mi? Delilikten başka nedir? Elinde tüfekle Nariye teyzemin evine dalıyor. İşte o vakit, babamın evine girdiğini görünce teyzemin kocası İsmail amca da tüfeği kapıp içeri dalıyor."

"Eyvah! Ay, öldürecek ikisini de!"

"Vallahi öldürebilirdi de! Sonrasını annem anlatırdı. Annem de o zaman 12 yaşındaymış. Annemi çağırtmış Nariye teyzem. Annem içeri bir girmiş ki, eli tüfekli iki adam, birbirlerine doğrultmuşlar namluların ucunu. Nariye teyzem de ikisinin arasında. Annem çok korkmuş tabii. Nariye teyzem demiş ki, *bu Ethem seninle evlenmek istiyormuş, razı mısın?*"

"Aaaa! Daha neler? Çocuk ayol daha?"

"O zamanlar çocuk mocuk yok. 13-14 dedin mi, hepsi anne oluyor."

"E iyi de, insan sevdiği adamla kız kardeşini evlendirir mi? Benim aklım almadı vallahi."

"Doğrusunu isterseniz Derya kızım, hiçbirimizin senelerce aklı almadı. Annemin anlatmasına göre teyzem o anda böyle bir yalan uydurmuş. Belki can korkusuyla, belki sevdiği adamı kurtarma güdüsüyle, *Ethem benim için değil, kardeşim için gelmiş,* demiş. Annem de pek çirkin bir çocukmuş, yani kendi öyle söylerdi. İsmail amca buna inandı mı, yoksa babamı öldürmektense annemle evlendirerek ona acıların en büyüğünü yaşatacağını mı düşündü, bilmiyorum."

"Aaa? Ciddi ciddi evlendirmişler mi?"

"Evet, evet. *Ablam beni yaktı,* derdi annem. Teyzemin bu yalanı babamın ağrına gitmiş olmalı ki, annemle evlenmeyi kabul etmiş. Hepsi de deli dolu, genç o vakitler. Bunlar bizim bilebildiğimiz kadarı elbette. Velhasıl annem onu sevmeyen bir adamla evlendirilip 13 yaşında gelin olmuş. Ankara'ya taşınmışlar."

Türkân da, Dönüş de bir film hikâyesi dinler gibi dinliyordu Yaşar Hanım'ı. Derya olaylara itiraz ettikçe onu susturuyor, hikâyeyi bölmesin diye ikaz ediyorlardı. Tam Derya ağzını açıp "Ay yok artık!" demişti ki, Türkân kardeşinin kolunu dürttü.

"Eee? Sonra ne olmuş?"

"Çok kısa bir süre sonra ben doğmuşum. Ama annem çok küçük olduğu için doğumu kaldıramamış, uzun süre hastanede yatmış. Beni buraya yollamışlar. Burada aile büyükleri bakmış bana. Fakat gel zaman git zaman, teyzem o kadar mutsuz olmuş ki, yavaş yavaş aklını yitirmiş. Köyün insanları çok üzülürmüş teyzeme. Sonra bir gün... Birazdan önünden geçeceğiz... Bir uçurum var. Oradan kendini atmış."

"Ayyyy, demeyin! Ah canım, ah canım. Nasıl bir yazıymış bu böyle? Allah rahmet eylesin."

Yaşar Hanım başını sallayarak, "Sağ olun, dostlar sağ olsun," derken, Lorin devreye girip anlatmaya devam etti.

"İşte, bizim İsmail amca, *bir kadın nasıl sevilir,* burada cümle âleme göstermiş. Nariye teyzeyle dört yıl evli kalmışlar ama bir kez bile birlikte olmamışlar. Hatta teyze çeyizini bile açmamış. İsmail amcanın anlatmasına göre, karısı bir gün iyileşecek diye hep ümitle beklemiş. Ama olmamış işte. O zamanlar kendi canına kıydı diye köy mezarlığına gömmemişler Nariye teyzeyi. Biz de sonra öğrendik ki, İsmail amca, Nariye teyzenin yeri kaybolmasın diye başına bir servi ağacı dikmiş. Sonra da almış başını gitmiş buralardan... Hah, geldik. Durur musunuz lütfen. Duralım burada bir dakika."

Minibüs durdu. Hepsi sessizce indiler.

"İşte burası," dedi Yaşar Hanım. "Fazla yaklaşmayın, kaygandır yerler."

Lorin devam etti.

"İşte, dün gece anlattığım gibi, İsmail amcaya gidip hikâyenin eksik kalan yanlarını öğrenince anladık ki, anneannemin bana rüyalarımda söylemek istediği buymuş: *Ablamın üstünü örtün, ablam üşüyor,* diyormuş. Annemle birlikte teyzeme menekşelerle kaplı bir mezar yaptırdık. Eğer isterseniz, ona da uğrayabiliriz. Tabii hep böyle karamsar şeyler yok hikâyemizde. Mesela sonrasında İsmail amcaya talih öyle bir gülmüş ki -çalışkanlığının da payı var elbette- buraların en zengin adamı olmuş. Çoluk çocuğa karışmış."

Dönüş uçurumdan bakarken kendi hikâyesinin üzerine çıkan bir acının çığlığını duydu sanki.

Gürül gürül akan su sesinin üzerine bir kuş tüyü gibi düştü çığlık.

Kayboldu...

Üçüncü Bölüm

KISA BAHAR

ACI YOKSA ÜMİT DE YOK

"Nezahat?"

"Efendim abi?"

"Evde neden yemek kokusu yok?"

"Türkân yaptırtıp getiriyor."

Sadık Bey bir rüya mı görüyor, yoksa hakikatin içinde mi, karar veremedi.

Güneş penceresinin önündeki ağacın dalları arasından yatağına vuruyordu. Yatağının üzerinde oynaşan yaprak gölgelerine bakarken kendi kendine güldü. Kızların çocukken bahçede birbirlerini kovalamalarını anımsadı. Onlar koşturur, köpekleri Değerli de peşlerinden havlardı. Ona pek düşkündü kerata. Bütün gün, ayakkabısının teki ağzında, işten dönmesini beklerdi. Sevgi işte. Sadakat. Haylaz bir köpek değil, haylaz bir çocuktu Değerli.

Çocuk...

Çocuktan bol ne vardı o yıllarda? Onların sevinçli sesleriyle mutluluk akardı evlere. Çocuk sesi, bir; yemek kokusu, iki!

Nesrin gittikten sonra gün ışığı da gitmişti hani... Dönüş, "Bir evi ev yapan, içindeki sesler ve yemek kokularıymış. Sesler azaldıkça, pişen yemekler de azalıyormuş meğer," demişti.

Sitem ediyordu çocuk aslında. Pişirdiğini beğenmiyorum sanıyordu ama canım istemiyordu ki. Şimdi ben iyileşeyim diye mi yemek yapmıyor bunlar? Çocuklar nerede?

"Nezahat?"

"Efendim abi?"

"Elif'i getirsinler bana. Can'ı, Gülce'yi. Torunlar gelsin. Neden gelmiyorlar?"

"Çocuklar Ayvalık'ta ya abi! Nasıl gelsinler?"

Sadık Bey yine kendi dünyasına döndü.

Doğru ya, çocuklar Ayvalık'ta. Biz İstanbul'dayız. Biz yine o karanlık kazandayız. Uyku sersemi, yine karıştırdım her şeyi. Ben artık yürüyemem herhalde? İyileşmez bu kırık. Yalan söylüyorlar bana. "Kalçandaki kırık kaynadı bile," diyorlar ama ben hissetmiyorum ki bacağımı, belimi. Canım acısa, iyileşeceğim diye ümitlenirdim. Ama acım yok. Acım yoksa ümidim de yok demektir.

Kederle karşısındaki duvara, kapıya, kardeşine baktı. Kendini bırakırsa o yataktan bir daha hiç kalkamayacağını biliyordu. Bu yılgınlığa izin vermemeliydi.

Kendini bırakma Sadık. Yapma böyle! Bak, yaz kapıda. Çocuklarla sandal sefası yapacaksın yine. Kalkman lazım ayağa. Hem hiç Midilli'ye götürmedin torunları. "Bakın, benim anam babam buralı," demedin. Şimdi hepsinin pasaportu da var. Günü birlik gidiyor artık insanlar. Eskiden öyle miydi ya? Pasaportun olacak, paran olacak. Şu karşıki köy, benim köy, dersin, denizin öbür ucu. Işıklarına bakar bakar efkârlanırsın. Çocuklar onlara orada anlatacaklarımı dinlemek için çok küçükler daha. Aman ben de yani! Kötü günlerden bahsetmem canım. Gidelim, gidelim...

Karşı koltukta uyuklayan kardeşine seslendi yine.

"Nezahat?"

"Efendim abi?"

"Ayvalık'a döner dönmez organize et, bütün torunları alıp Midilli'ye gidelim."

"Ne yapacakmışız orada?"

"*Ne yapacakmışız orada?* Sana koca bulacakmışız! Allah Allah! Gezeceğiz işte."

"Aman abi!"

Gözünü açmadan, yalandan kızdı abisine Nezahat. Çok korkuyordu, Sadık Bey ondan önce terk-i diyar eyleyecek diye. O yüzden onu bir dakika yalnız bırakıp tuvalete bile gitmiyordu.

"Sen yokken ölmem, korkma," diyordu Sadık Bey ama aklı çıkıyordu abisi öyle dedikçe.

Bak, bir kereliğine, beş dakika yalnız bırakmıştı da neler olmuştu!

Çat diye düştü, tak diye kırdı kalçasını.

Gözünü açmadan kıpırdandı, omzunu rahatlattı. Sadık Bey'in düşüp kalçasını kırdığı o günü hatırladı yine. Ah, ah, hata kendisindeydi! Çocuk gibiydi bu adam artık. "Sen düz yolda yürüyemiyorsun. Sana kar var, karda yürüyemezsin, yerinde otur," demişiz. İnat işte! İlla kaçacak. *Onlar gezmeye gitti, ben burada sıkıldım,* diye kimseye haber vermeden çık, daha otelin kapısında yokuş aşağı kay, düş! Hah!

Sinirlenince uykusu kaçtı. Gözünü açtı. Abisinin, yattığı yerden masum masum ona baktığını görünce uçuverdi siniri.

Sadık Bey gülerek nazlandı kardeşine.

"Sen bana kızdın yine, değil mi?"

"Yooo! Nereden çıkardın? "

"Ben yüzünden anlarım senin. Böyle böyle buruşturuyordun burnunu, kaşlarını çatıyordun. Ben düştüm kırdım mabadı, sen de böyle başımda bekle bekle, sıkılıyorsun tabii. Biliyorum ben."

"Söz dinlemediğin için kızıyorum sana. Yoksa bin sene beklerim abi. Aşk olsun!"

"Çok sıkıldım be Nezahat! Ayvalık'a gitsek artık. Yeter. İki aydır yatıyorum be kızım."

"İyi de canım abicim, yürüyemiyorsun ki? Ne dedi Serdar? O ilk adımı atmadan bir yere gidemezmişsin!"

"Nezahat..."

"Efendim abi?"

"İyi ki düştüm de çanağı kırdım, bak Serdar'la Dönüş nasıl barışıverdiler."

"Her şerde bir hayır var derler ama onlar zaten barışırdı kanaatimce."

"Öyle mi diyorsun?"

"Diyorum vallahi. *Saçmalığın daniskası. Kızım kocan kumar mı oynuyor? Yok. İçki mi içiyor? Dövüyor mu seni? Yok. Başka biri mi var? Yok. E ne var o zaman? Aşamadığımız sorunlar var, eskisi gibi değiliz.* Neyi aşamıyormuş bunlar? Savaş mı gördüler? Yokluk mu bildiler? Ay, bir de demez mi, *hala illa dayak mı yemeliyim ayrılmak için,* diye? Sen bunları çok şımarttın abi, ondan oluyor bunlar, ben sana diyeyim. Büyük kızın konuşmaz içine atar, ortanca kızın buluttan nem kapar, alınır, küçük kızın arı kovanına çomak sokar, ortalığı karıştırır. Yalan mı? Eli sopalı bir baba olacaktın ki, bak nasıl mum gibi diziliyorlardı."

"Aman Nezahat! Başlama yine. Evliliklerinde bizim bilmediğimiz başka hadiseler olmuştur da söylemiyorlardır belki. Benim büyük kızım ağırbaşlı, ortanca kızım duygusal, küçük kızım mantıklı. Tamam biraz şüpheci de olabilir. Hem ben onlara fiske vursam önce sen atlarsın önüme. Deli deli konuşma şimdi. Sinirlenme sen."

"Yok yok, sinirlenmiyorum. Sen sordun diye söylüyorum. Yoksa çok mutluyum, öyle heyecanlı heyecanlı bir bakışıyorlar filan..."

"Oh, iyi iyi! Totoma şükür."

"Ay abiii! Âlem adamsın vallahi! Kıçına on tane isim taktın iki dakikada. Yok toto, yok çanak, yok mabat!"

İki küçük çocuk gibi gülüşmeye başladılar. Kıkırdamaları, kahkahaya dönüştü.

Sadık Bey kahkaha atarken öksürmeye başladı. Öksürük krizi geldi mi gitmiyordu bir daha. Nezahat yerinden fırlayıp yatağı, yastığı düzeltti. Abisini belinden tutarak doğrulttu, su içirdi. Sadık Bey epeyce bir süre öksürdü. Ter içinde kalmıştı.

"Allah'tan kimse yok evde," dedi kesik kesik. "Çocuklar olsa korkardı şimdi."

Nezahat telefonuna baktı.

"Dönüş gelir birazdan. Markete gitmişti, geç bile kaldı. Akşama kalmaz, Türkân'la Kartal da gelirler. Serdar'ın nöbeti yokmuş, o da erken gelecekmiş. Bir muayene eder seni."

Sadık Bey bir süre daha öksürdü.

O öksürdükçe Nezahat aynı endişe denizinde çırpınıyordu.

Abisi ondan önce ölürse kimsesiz kalacağını, kızların yanında sığıntı olacağını düşünüyor, kahroluyordu üzüntüden. İstanbul'daki evini de kapatmıştı. Hoş, bu kiloyla, bu akılla, bu bedenle bir evde tek başına yaşayamazdı artık. Unutuveriyordu her şeyi. Sonra, kızlar yeme artık dediklerinde gücüne gidiyordu. Belki sağlığı için söylüyorlardı ama yine de çoluk çocuktan saklı yemek yemek bu yaştan sonra pek tatsızdı. İnsanın kendi evinde kendi yasağını delmesi başka, başkasının evinde suçlu suçlu yaşaması başka. Onların birinin evinde yaşamak zorunda kalırsa...

Abim giderse ne yaparım?

Nezahat bir endişeden diğerine geçerken abisinin sesiyle irkildi.

"Nezahat?"

"Efendim abi?"

"Fatih yaşıyordur, değil mi?"

Nezahat yanıt vermedi. Bir yanıtı yoktu çünkü. Bir beklentisi, bir düşüncesi yoktu.

En çok unutmak istediği o isim silinmiyordu hafızasından. Kızdığı, öfkelendiği, kırıldığı meseleleri daha çok hatırlıyordu son günlerde. *Fatih yaşıyor mu? Fatih kim, Fatih? O kim!*

Onun için büyük bir hayal kırıklığından başka bir şey değildi küçük kardeşleri Fatih. Evet, evet şey diye söz ediyordu ondan! Dönüş'ün gerçek babası olduğunu, zavallı, gencecik bir kızı hamile bırakıp kaçtığını, bunları kendisini de dolandırarak yaptığını öğrendiği günden beri, belki bir yerde yaşıyordur umudunu öldürmüştü. Sadık Bey, Fatih'in adını andığı an, içinde asla kabuk tutmayan o açık yaranın varlığını hissetti yine. Abisine arkasını dönüp çantasında bir şeyler arıyormuş gibi yaptı.

Bencil, sorumsuz, karaktersiz! Nasıl da yalvarıp yakarmıştı dizlerime sarılıp. "Nesrin yengem bana huzur vermiyor. Ben okumak istiyorum aslında. Mâni oluyor bana. Kimseyle görüşmemi istemiyor. Sürekli azarlıyor beni. Bir arkadaşım bile yok. Ne olur abla, yardım et bana! Beni Avrupa'ya gönder, orada okuyayım, okuyup sana borcumu ödeyeyim."

Hem yalvarıyor hem ağlıyordu. Güzelim gelinlik bileziklerimi sattırıp yurt dışına bir çıktı, çıkış o çıkış. Hayırsız!

Senelerce Nesrin'le aramın bozulmasına da sebep oldu. Ne bilsin zavallı Nezahat, bu karaktersiz Fatih ne boklar yemiş? Yazık, rahmetli Nesrin de hep yanlış anlamış, kardeşimi koruyorum zannetmiş, Dönüş'ü alacağım zannetmiş. Neyini koruyacağım o soysuzun? Soysuz tabii ya! Benim soyumda yok öyle biri!

Düşüncelerinin verdiği öfkeyle saçları bile kabarmıştı. Hışımla döndü abisine.

"Ne bileyim abi, yaşıyor mu, ediyor mu! Ölmüştür!" dedi.

Sadık Bey kardeşinin bu yanıtına şaşırmasa da üzüldü.

"Öyle deme be Nezahat! Bize emanet bir çocuktu kardeşimiz. Biz bakamadık, yetiştiremedik belki."

"Aman abi sen de! Kendimizi adam ettik, bu kadar çocuğu büyüttük de, bir kardeşimizin pipisini mi tutamadık? Tövbe estağfurullah! Beni de böyle konuşturuyorsun karşında! Kanı bozukmuş onun. Huyu suyu, soyu bozukmuş. Sen ne dersen de! Benim öyle bir kardeşim yok!"

Sadık Bey, Nezahat'ın saçları gibi gövdesi de kabarıp sesi tizleşince, konuya devam etmenin neler doğuracağını çok iyi bildiği için susmayı tercih etti. Nezahat birazdan kabarmış bir hindinin sakinleştiği gibi sakinleşecek, saçları yavaş yavaş yerine oturacak, omuzları yumuşayacaktı.

Haklı olabilirdi. Onlara benzemediği muhakkaktı ama yine de merak ediyordu kardeşini. Gözlerini Nezahat'tan kaçırıp tavana dikti.

Haftalardır binlerce düşünce arasında yarı uyuyor yarı yaşıyor ve bu tavana bakıyordu.

Kapadokya'da kızları Ihlara'ya gezmeye gittiğinde otelden çıkıp bir yürüyüş yapmak istemişti ama bu teşebbüs büyük bir kalça kırığı ile sonuçlanmıştı. Çocukları, damatları seferber olmuştu. Serdar, İstanbul'dan ambulans helikopter göndermişti. Bir dakika ayrılmamışlardı başından. Ameliyattan sonra iki hafta hastanede kalmıştı. Taburcu edildiğinden beri de İstanbul'da, Serdar'ın evinde iyileşmeyi bekliyordu. Mutluydu çünkü çocukları eskisi gibi beraber koşturuyordu. Onlar, Dönüş ve Serdar, ayrılamaz iki parçaydı yahu. Olurdu böyle şeyler hayatta. Her evlilik dört dörtlük mü gidiyordu sanki?

Nesrin'le neler yaşamışlardı.

Çocukları haklıydı. O daha çok sevmişti karısını. Olsun, hiç pişman olmamıştı ki onu sevmekten. Hatta o gittikten sonra bile sevmeye devam etmişti.

Dönüş geçenlerde bir gece uyku tutmadığında yanına gelmiş, geç saatlere kadar Yaşar Hanım'dan öğrendiği Feride'nin hikâyesini anlatmıştı. Baba kız ara ara Feride'nin kaderine ağlaşmış, sonra da el ele tutuşup ruhuna dua etmişlerdi.

"Çok güzel bir genç kızdı. Biz merkezde görev yapıyorduk. O da yakın bir kasabadaydı. Hafta sonları gelirdi bize. Nesrin aslında en başından tedirgindi. Fatih'in rahat durmayacağından korkuyordu. Korktuğu oldu. Olmuş daha doğrusu. Annenin gözünden hiçbir şey kaçmazdı, biliyorsun. Büyük münakaşalar etmiştik, anlatmıştım sana.

Feride'nin bir bebek beklediğini bilmiyorduk ama. Bir sabah kalktığımızda Fatih evde yoktu. Benim cüzdanımı, annenin mutfak için para sakladığı kavanozu boşaltmış. Annenin bir tane bileziği vardı, onu da almış. Ben onun İstanbul'a gittiğini anlayıp peşine düşene kadar toz olmuştu ortadan. Rahmetli Feride hayatta kalsaydı da annen sizi bırakmazdı."

"Annem delikanlı kadınmış be baba! Sen de adam gibi adammışsın ama!" demişti Dönüş.

"Anneni sevmek için öyle olmak gerekiyordu. Kolay değildi onu sevmek. Fatih konusunda beni defalarca ikaz etmişti mesela. Ben onu kontrol edemedim, hatalarına engel olamadım. Ama o gün hata dediğimiz hadiseler sonrası sen dünyaya geldin. Senin dünyaya geliş yolun böyle imiş. Annen seni kucağına aldığında benim kardeşimin hatasını, kendinden küçük bir arkadaşının kimsesizliğini ve minicik bir masumun geleceğini kucaklayıp göğüsledi aslında. Böyle güçlü bir kadın karşısında başka ne yapabilirdim ki? Elbette ben de adam gibi adam olmak için yaşayacaktım. Umarım başarmışımdır kızım. Kendime adamlık payesi biçmeyeyim şimdi."

Dönüş boynuna sarılıp "Adamların adamı, babam!" demişti de, ağlamamak için güç tutmuştu kendini. Bu yatağa yattığından beri her şeye ağlıyordu zaten.

Sadık Bey'in konuşmaları Dönüş'ü hep hüzünlendirirdi.

"Feride'nin eşyalarına ne oldu acaba? Yaşar teyze onun da defter tuttuğunu söyledi. Ne olmuştur kim bilir?"

"O vakitler herkes defter tutar, birbirine hatıra yazdırırdı. Pek yaygındı. Hele yatılı okullarda okuyan kızların hemen hepsinde vardı bu âdet. Annenin bile vardı bir hatıra defteri. Başına da çok sevdiği öğretmenine bir şiir yazdırmıştı. Dur bakayım, nasıldı? Tam hatırlayamıyorum ama galiba şöyle bitiyordu: *Solan çiçeklerin güzelliğini, dökülen yaprakların tazeliğini hiçbir şey geri getiremez / Ama yine de hayat üzülmeye değmez.*"

"*Hayat üzülmeye değmez*... Baba? İyileşip ayaklandığında beni Feride annenin mezarına sen götürür müsün? Doğduğum o şehre gidelim mi birlikte?"

"Tabii ki götürürüm kızım. Yeter ki bir ayaklanayım. Yapmak istediğim çok şey var daha. Zamanım yetecek mi acaba? Niye ertelediysem bunca yıldır?"

"Elbette iyileşeceksin baba. Böyle karamsar olma lütfen. Yapmak istediğin ne varsa yaz, sana moral olur. Sonra hepsini yaparız. Tamam mı?"

Sadık Bey, Dönüş'ün liste önerisini anımsayınca heyecanlandı.

Torunlarla Midilli'ye gitmek ilk sıraya konmalı. Sonra gücüme göre yavaş yavaş hepsini yaparız. Unutmasam da yazsam aslında. Ay, şimdi Nezahat'tan da bir şey istenmez. Saçları inmemiş aşağı. Hâlâ sinirli. Dönüş bir an önce gelse de şu gerginlik dağılsa...

Ve zil sesi duyuldu.

Nezahat ağır ağır kapıya yürüdü. Sadık Bey'i ferahfeza bir mutluluğa gark eden zil birkaç kez daha çaldı.

"Patlama ayol, geldim! Motor mu var kıçımda? Aaaa!"

"Ne oldu halacım, niye sinirlendin sen?"

"Yok bir şey kızım. Sen abimle otur da, ben de azıcık soluklanayım. Şurada bir film filan izlerim. Kafam ambale oldu ayol!"

"Tamam, sen geç izle, dinlen. Ablam yemekleri yaptırmış, gelirken getirecekmiş. Ben geçiyorum babamın yanına. Sana bir şeyler hazırlayayım mı? Bir salatalık filan ister misin?"

"Yok istemem. Bugün yine geçmişte dolanıp duruyor, asabımı bozuyor benim."

Hiç ses çıkarmadı. Babasının yattığı odaya yöneldi.

Kapıda kızını gören Sadık Bey ellerini uzattı gülerek.

"En sevdiğim kızım gelmiş."

"Hadi hadi, hangimiz girsek bu kapıdan, aynısını söylersin sen. Niye kızdı halam yine?"

"Boş ver. Hindi Nezahat, ne olacak!"

Dönüş eliyle babasının ağzını kapadı.

"Sus sus, duyacak şimdi! Yolar bizi vallahi."

"Sustum sustum. Dönüş, neden burada yemek yapmıyorsunuz kızım? Evimiz neden yemek kokmuyor?"

"Babacım, biliyorsun, hâlâ ayaklanamadığın için kilona dikkat etmemiz gerek. Ablam da sana yasaklı şeyleri canın ister diye burada pişirtmiyor. Evde yaptırtıp getiririm diyor."

"Benim canım yemek değil, yemek kokusuyla dolan evin neşesini ister. Çocuklarımın mutluluğunu, torunlarımın kahkahasını ister. Yemekler hatıralarımızı taşır. Annenle kapıştığımız zaman gönlümü nasıl alırdı biliyor musun?"

"Nasıl?"

"Hemen patlatırdı bir vanilyalı kurabiye. Offf! Evin kapısından, pencerelerinden dışarı nazlı nazlı salınır, yokuşun başında yakalardı o koku beni. *Aha,* derdim, *Nesrin Hoca Hanım bu tartışmada nihayet bana hak vermiş ya da kendine göre özür diliyor.*"

"Baba yaaa... Ne tatlıydınız siz ikiniz. Yapayım mı bir kurabiye? Koksun mu ev?"

"Yap be!"

"Sen ne istersen yaparım ben canım babam. Bir iki tanecik kurabiyeden zarar gelmez herhalde?"

Dönüş sevinçle çıktı odadan.

Sadık Bey kızının ardından bakarken, "Nesrin doğurmadı bunu ama bu kadar mı onun kızı olur!" dedi kendi kendine.

Gözlerini kapadı. Güneş yüzüne vuruyordu.

Yaprakların oynaşması şimdi tam yüzünde. İçeriden gelen tıkırtıların tanıdık neşesi tatlı bir mutlulukla dolduruyor kalbini.

İçerideki Nesrinmiş aslında.

Çocuklar öğle uykusuna yatmışlar.

Sabahtan denize gidilmiş. Sandalla çıkmışlar, balık tutmuşlar. Balıklar oracıkta, sahile çıkar çıkmaz pişirilip yenmiş. Eve gelince önce çocukları yıkamış Nesrin Hanım. Onlar uykuya, Nesrin mutfağa...

Zekiye kirli çamaşırları kaynatmış, durulamış, bahçeye asıyor şu anda. Oh, mis gibi beyaz sabun kokuyor. Deterjan yok. Rendelenmiş beyaz sabun olacak. Taşı, tahtayı da onunla sildirir Nesrin.

Tatlı bir uyku bastırmış Sadık Bey'i. Yatak odasına geçmiş, ayağını uzatmış, huzurla sesleri ve kokuları içine çekiyor.

Yan bahçede en iyi arkadaşı İsmet radyoda maç dinliyor. Kibar adamdır, az açmış radyonun sesini ama yine de kulak bu, duyuyor. Halit Kıvanç anlatıyor heyecanla. Köpeği Değerli bir kediyi kovalıyor olmalı, bir patırtı var odunluğun orada.

Herkes hayatta, herkes canlı.

Tarih tutmasın, ne fark eder? Bu Sadık Bey'in gündüz hayali.

Türkân daha gelin olmamış, annesine yardım ediyor mutfakta. Mesut kapıda oturmuş, biriktirdiği mektup zarflarını sayıyor. Birazdan mis gibi kokular yükselecek mutfaktan. Radyodaki maç bitiyor. Emel Sayın'ın sesi yükseliyor:

Duydum ki unutmuşsun gözlerimin rengini...

Şimdi yanına gelecek Nesrin. Kapıyı kapatacak yavaşça. Yanına uzanacak.

Elleriyle kapatacak zaten kapalı olan gözlerini.

Ne güzeldir elleri. Ah, ne güzeldir...

"Ne renk benim gözlerim?" diye soracak. Aslında biliyor Sadık Bey.

Kendileri gibi şanslı olmayan o zavallı iki genci düşünecek yine. Biri Girit'ten, biri Midilli'den gelip kavuşamayan iki sevgiliyi.

"Biz mutlu olduk, korkma sevgilim. Biz kavuştuk," diyecek Nesrin'e. Beline sarılacak karısının. Omzuna hafifçe vuracak Nesrin, "Çocuklar tavşan uykusunda, açıverirler kapıyı maazallah," diyecek yalandan bir mahcubiyetle.

Kapıdan çıkarken dönüp göz kırpacak. "İsmet Beyler akşam bahçede ortak sofra kuralım diyor. Tamam dedim. Köfteler senden, haberin olsun," diyecek.

Aha, İsmet'in karısı Emel Hanım hazırlığa başlamış. Bir şey kızartıyor olmalı. Hamur? Patates? Biber?

Bir kumru konuyor pencerenin önüne.

Güm diye bir ses geliyor üst kattan.

Çocuklar uyandılar. Merdivenden iniyorlar koşarak. Şimdi kapı açılacak, ikisi birden yatağa zıplayacak. Bir yanına Dönüş, bir yanına Derya yatacak.

Güneşin ısıttığı yanaklarından akan sıcak gözyaşlarını fark etmiyor bile Sadık Bey.

Bir zamanlar ne kadar mutluydu.
Ne kadar uzakta kaldı o günler...
Özlemden ağlıyor.
"Bu kadar ayrı kalmamalıydık Nesrin," diye fısıldıyor.
Mutfaktan vanilyalı kurabiye kokusu yükseliyor...

DOKULARA BİLE SİNİYORMUŞ SEVGİ

"Evin kurabiye kokması başka bir şey. Erkek de yemek yapıyor ama kurabiyede anneyle geçen hayatı anımsatan dişi bir koku var. Bu kurabiye mesela sizin evin kokularından. Bizim evde hiç olmazdı böyle şeyler. Annemin antika eşyaları yüzünden evimiz eskici gibi kokardı. Hiç sevmezdim eve gitmeyi. Okuldan çıkınca bazen kitap almayı, kitap vermeyi bahane eder, size uğrardık; annen bu kurabiyeden yaptıysa mutlaka yedirirdi bize. Çok severdim sizin evin kokusunu. Kışın daha çok severdim size gelmeyi. Okan'ı da sürüklerdim peşimde. Utanır, kapıdan giremezdik. Kapıdayken bile burnumuza çarpardı o koku. Baban evdeyse, ısrar etsin diye gözünün içine bakardım. O da hep ısrar ederdi, girin gençler, gelin gelin, diye."

"O kokuyu ben de hatırlıyorum. Beyaz sabun kokardı. Kışın portakal mandalina kabuğu eksik olmazdı sobanın üstünden. Annemden sonra o koku da gitti sanki. Ben hastayken gelirdiniz, onu hatırlıyorum. Bir an önce iyileşmek, size katılmak isterdim ama annem bırakmazdı, izin vermezdi yataktan kalkmama. Zekiye abla söylerdi, çocuklar geldi, diye."

"Evet. Kitap getirirdim sana."

"Ne güzelmiş o yıllar."

Gülüştüler.

İçeride uyuyan Sadık Bey ve Nezahat halayı rahatsız etmemek için kısık sesle konuşuyorlardı. Serdar kravatını gevşetmiş, Dönüş saçlarını toplamıştı. Okul çıkışı pastanede kaçamak buluştukları günleri anımsayıp güldü Serdar.

Gülüşleri sahici, özlemleri aynıydı.

Ama ayrı kaldıkları birkaç ay içinde aralarına camdan bir paravan girmişti sanki. Birbirlerini görüyor ama dokunamıyorlardı.

Sadık Bey'in ameliyatından bu yana bu evde hepsi bir aradaydılar ama hâlâ o cam paravan çekilmemişti aralarından. İkisi de ürkekti.

Serdar'ın elinde bir kez ısırdığı ve konuşurken kırıntılarıyla oynadığı bir kurabiye vardı.

Ne yapacağını bilemiyordu sanki. Bir kere daha ısırmaya çekiniyor gibiydi.

Dönüş de bir kurabiye alıp ısırdı.

Hadi eski günleri konuşmaya devam edelim. Hadi gülelim eskisi gibi. Hadi bana nasıl âşık olduğunu anlat. Hadi annemden bahset dedi gözleri.

Göz göze gelince ikisi de kaçırdı bakışlarını.

Dönüş, Serdar'ın bakışlarını çok özlediği, onu çok merak ettiği yılları anımsadı. Serdar, Okan ve Dilek'in üniversite için Ayvalık'tan ayrıldıkları, Serdar'ın mektuplarının kesildiği, birbirlerinden habersiz kaldıkları o yıllar... Şimdi ne kadar uzaktı o hatıralar.

"Okan'la ikimiz, Dilek'in düğününde seni çok beklemiştik. Benim gözüm kapıdaydı gelirsin diye. Okan da gelemez diyordum ama o gelmişti. Aynı masada oturmuştuk. O, Dilek'in gelin oluşunu seyretmişti, ben de kapıyı... İkimiz için de hüzün dolu bir gece olmuştu."

Serdar'ın yüzünde sanki alaycı bir gülümseme belirdi.

"Seversin sen hüznü. Tam sana göre bir düğün olmuştur."

Dönüş'ün elindeki kurabiye ortadan kırılıverdi. Masaya düştü yarısı.

Anlam veremedi Serdar'ın birden böyle iğnelemeye başlamasına.

Onu böyle konuşturacak bir şey mi yaptı, bir şey mi söyledi?

"Neden böyle dedin ki?"

"Sevmiyor musun hüznü? Tepende hep bir hatıra bulutuyla geziyorsun."

Dönüş daha da şaşırdı. Elindeki kurabiye parçasını sıktığını fark etmedi. O da dağıldı, döküldü masanın üzerine.

"Serdar niye böyle yapıyorsun? Ne söyledim, ne yaptım da sen şimdi benimle böyle konuşuyorsun?"

"Allah Allah, ne var bunda? Niye her şeyi seni kırmak için söylediğimi düşünüyorsun? Alınıyorsan bir şey söylemeyeyim. Konuşmayalım hatta, tamam."

Sustular.

Az önceki utangaç, ürkek çocuklardan son yıllardaki yılgın, kırgın yetişkinlere dönüştüler yine. Evliliklerinin son dönemlerinde neredeyse her sohbetleri bu kurabiye gibi parçalandı ve odaya, yatağa, halıya sohbetin içindeki birkaç güzel kelimecik saçıldı. Üzgün, sahipsiz, şaşkın kelimeler kalıverdi ikisinin arasında.

Dönüş bu kez yere düşen güzel sözcükleri toplamaya kararlıydı. En azından arkadaş kalabilmeyi başarmalıydılar.

"Serdarcım, kapıdan içeri girdin. *Ev ne güzel kokuyor,* dedin. Mutfağa girdin, ben de peşinden geldim. Sonra sen eski günleri anlatmaya başladın. Ben de sana eşlik ettim. Evet, ben çok bağlıyım geçmişe. Evet ben böyleyim; bir şeyden, birinden, bir yerden zor kopuyorum. Ama senin bu alaycı tavrını da hak etmiyorum sanki."

"Alay etmiyorum ki!"

"Etmiyor musun sahi?"

"Ben etmiyorum. Sen alınıyorsun."

Dönüş sustu.

Haklı mıydı?

Serdar, Dönüş'e baktı. Bu kez o da kararlıydı. Aylar sonra ilk defa baş başa oturmuş, özledikleri o sıcaklığa kapılmışlarken, söylenmesi gerekenler şimdi söylenmeliydi.

"Dönüş... Sen hep böylesin! Hemen içine kapanıyorsun, hemen indiriyorsun perdelerini. Sonra da sorun nereden çıktı diye arıyorsun. Bakman gereken yere bakmıyor, hep uzakta arıyorsun sorunun nedenini."

"Nasıl?"

"Diyaloğa kapanıyorsun diyorum. Sorunların nedenini yanlış yerde arıyorsun diyorum. Ya hiç ilgisi olmayan bir meseleyle ilişkilendiriyorsun ya da kendini suçluyorsun. Belki bakış açını değiştirmen gerekiyordur. Belki düşünce biçimini, o alışkanlığını değiştirmen gerekiyordur. Kalıpların var. O kalıpların dışına çıkmalısın. Asla değişmeyen, değişmeyecek alışkanlıkların, inançlarının kesin sonuçlarından kaynaklanıyor. Değişime direnirsem kendimi korurum zannediyorsun. Ama hayat değişiyor Dönüş. Senin kırılgan, çabuk küsen, kolay vazgeçen bir yapın var, kabul et. Dışarıdaki hayattan, felaketlerden böyle saklanarak koruyamazsın kendini. Can büyüyor. Hep çocuk kalmayacak. Ayvalık'taki küçük hayatın dışına çıkmak isteyecek. Onu yeni bir hayata hazırlayabilecek kadar güçlü müsün sahi? Yaşlı insanlar gibisin. İnat ediyorsun. Yenilgiyi ise çarçabuk kabulleniyorsun!"

Serdar'ı dinlerken son dönemlerdeki tartışmalarından birini anımsadı Dönüş. Haklı mıydı yoksa? Çünkü o gün, o konuşmadan sonra Serdar'ın yeni bir yol, yeni bir başlangıç hatta yeni bir aşk istediğini düşünmüştü. Bu yüzden kendisine tahammülsüz olduğuna inanmıştı. Kocasının kendini artık mutlu günlerin sembolü değil, bir engel, bir pranga, yaşayamadığı her şeyin nedeni olarak gördüğünü sanmıştı. İstenmediğine kendini inandırmış, İstanbul'a gitmesine engel olmamıştı. Onu özgür bıraktığını düşünüyordu. Evet, haklı olduğu yanları kabul etmeliydi. Sürekli geçmişte, geçmişle yaşıyor, olanı biteni düşünmekten, olacağı göremiyordu.

Cılız bir sesle, Serdar'ın yüzüne bakmadan konuştu.

"Haklı olduğun şeyler var. Evet, çabuk kabulleniyorum yenilgiyi. Ama sen de değiştiğin için... Ne bileyim, biz eskiden daha uzun, daha güzel konuşurduk ya seninle. Şimdiki gibi yani. Sen böyle tane tane anlatınca... Son dönemlerinde böyle konuşamıyorduk seninle. Çabuk parlıyordun. Beni de biliyorsun işte, çabuk kırılırım, sevmem öyle öfkeli hallerini. Aslında gitmeni hiç istememiştim."

"Neden söylemedin?"

"Gitmem lazım diyordun."

"Gitmek istiyorum demiyordum ama."

"Aynı şey değil mi?"

"Hayır, değil!"

"Kolundan mı tutmalıydım seni?"

"Belki de tutmalıydın! Sanki gidişime hiç üzülmedin bile. Eşyalarımı toplarken soğuk soğuk yüzüme bakıyordun."

"Ben mi? Bu nasıl söz şimdi? Üzülmemek ne demek? Asıl sen soğuk soğuk eşyalarını topluyor, bir an önce gitmek istiyordun. Bana direktifler veriyordun: *Babamın zatürre iğnesini yaptır, Can'la ilgili beni ara...* Tanımıyor musun sen beni? Seni ne kadar sevdiğimi bilmiyor musun gerçekten?"

Serdar buruk bir tebessümle sordu:

"Seviyor musun?"

Kalbi acıdı Dönüş'ün. Anlatamamış mı hiç kendini bu adama?

Kırgınlıkla kalktı oturduğu yerden. Tam mutfaktan çıkacaktı ki, Serdar'ın az önce, "Kolay vazgeçiyorsun," dediği geldi aklına. Sanki çay koymak için kalkmış gibi, dolaba yöneldi. Bardakları çıkardı. Tezgâhın üzerine koydu. Çaydanlığa su doldurdu. Ocağın altını yaktı. Sonra kalktığı sandalyeye oturdu.

Araya giren aylar, özlem, hastalık derken işte yine karşı karşıyaydılar. Evliliklerinin son günlerinde yapamadıklarını belki şimdi yapması gerekiyordu.

Evet, sakınmadan dökebilmeliydi içini.

Serdar onun hakikaten ne hissettiğini, ne düşündüğünü bilmeliydi.

Derin bir nefes alıp konuşmaya başladı:

"Sen İstanbul'a gittikten sonraki ilk birkaç hafta... O kadar kızgındım ki, kalbime el, söz değmedi. Pek kimseyi dinleyecek halim yoktu. Dışarıya çok belli etmediğimi sanıyorum ama içimde fırtınalar kopuyordu. Sonra fırtına yavaş yavaş dindi. Ben dindi sandım ya da. *Aaa iyiyim,* diyordum. *Nasılsa Serdar da orada hayatını yaşıyor. Biz de burada alışacağız onsuz olmaya,* diyordum. Ama... Bir sabah uyandığımda, senin çok sevdiğin o bambu çarşafa dokununca birden ağlamaya başladım. Oradaymışsın gibiydi. Yeni uyanmıştım. Nasıl oldu bilmiyorum ama çarşafı okşayarak ağladım bir süre. Okşadığım şey bir çarşaf değildi de senin saçların, tenin, seninle mutlu günlerimizdi.

"O zaman anladım ki, dokulara da yerleşiyormuş sevgi. Çok net bir hatıra bırakıyormuş hatta. Sonra yataktan kalktım, üzerimde gecelik, evde gördüğüm her eşyaya dokundum, okşadım.

"Bardaklarda, televizyon seyrederken oturduğun kadife koltukta, alet çantanda, ıvır zıvır dolu sepette, Can'ın üç yaşından beri sakladığım oyuncak kumaş ördeğinde, hepsinde sen vardın. Gitmemiş gibiydin. Göğsüm, dişlerim, saçlarımın dibi, her yerim acıyordu özlemden. Televizyon koltuğuna oturdum. Kumaşa sinmiş kokun duruyordu hâlâ. O televizyonu sen kurmuştun, duvardaki o çiviyi sen çakmıştın. Pencerenin önündeki sardunyaları sen dikmiştin. Yine ağladım. Dolabında bir tişörtünle bir *jean* pantolonun kalmıştı. Eşyalarını taşırken giydiğin son iki parçaydı. Üzerini değiştirmiş, onları dolapta unutmuştun. Dolabı açıp onlara baktım.

"Boş bir elbise dolabı içinde unutulmuş o tişört ve pantolon bile geride bırakılmanın mahzunluğunu taşıyordu. Seni bekliyordu ikisi de. Benim gibi, Can gibi, ardından bakakalmıştı onlar da. Tişörtünde bütün kokunla sen yaşıyordun. O günden sonra üç hafta, her sabah ve gece tişörtle birbirimize sarılıp ağlaştık.

"Sonra, bir akşamüzeriydi, ezan okunuyordu, hiç unutmuyorum. Uyurgezer gibi yatak odasına girdim. Seni özlemiştim. Dolabı bir açtım ki, tişört yerinde yok. Dehşete düştüm. Çekmecelere, yatağa, kendi dolabıma bile baktım ama bulamadım.

"Seninle hakikaten ayrıldığımızı işte o an anladım aslında. Eve temizlik için yardıma gelen kadın tişörtü yıkamış ve bahçedeki çamaşır teline asmıştı. Senden kalan son canlı hatıram kokundu ve o da gitmişti işte. Tişört telde hüzünlü hüzünlü sallanıyor, veda ediyordu. Kokular canına okuyormuş insanın. Bir koku tek başına elsiz, sahipsiz bir hançer olup, kalbini söküp alıyormuş meğer..."

Serdar oturduğu yerden kalktı. Dönüş'ün yanağındaki yaşı sildi. Saçlarını öptü. Sandalyesini karşısına çekti. Ellerini tutup konuşmaya başladı.

"Bize bir gün ayrılacağımızı söyleseler, inanır mıydık? Kim inanırdı? Hiç kimse! Ama oldu. Hiç olmaz dediğimiz şeyler gibi, bu da oldu. Buraya geldiğim o ilk haftalar ne kötüydü, ne zordu, bilsen. Bu boş, soğuk eve gelmemek için hastanede, odamda yattım ilk günler. Sonra personel yanlış anlayacak diye kendimi zorlaya zorlaya bu yeni eve, yeni yatağa, soğuk duvarlara, çay demlemekten başka bir işe yaramayan bu mutfağa alışmaya çalıştım.

"Seni çok üzdüğümün farkındaydım. O günlerde kontrol edemediğim öfkenin, kızgınlığın gerçek nedenini biliyor ama kimseye anlatamıyordum. Bu öyle bir şeydi ki Dönüş... Bir kuyuya düşmüştüm ve o kaygan duvarlara tutunarak çıkmam gerekiyordu. İmkânsız görünüyordu gözüme. O kuyudaki her günüm beni daha da umutsuz ve çaresiz birine dönüştürüyordu. Siz o kuyunun ağzından bana bakıyor, sadece neden orada olduğumu anlamaya çalışıyordunuz. Seni tanıyordum. Biraz daha orada kalırsam sen de yanıma gelirdin. Ve ikimiz o kuyudan çıkamazdık. Anlatabiliyor muyum?"

Dönüş başını iki yana salladı.

"Belki sen anlatabiliyorsun ama ben hayır, anlamıyorum. Evet bir mutsuzluğun olduğu belliydi. Ama nedeni neydi? Neden o kuyudaydın? Neden bizi bırakıp gittin?"

Serdar çenesini kaşıdı. Yüzünde bir kararsızlık vardı.

"Bak... Öncelikle ben hiçbir zaman sensiz bir hayat istemedim. Sen yaşadıklarımı bir bilsen... Neden sizden uzaklaşmak istediğimi, öfkemi, isyanımı yenebilmek için neler yaptığımı... Aslında en çok seni korumak istedim. Bilmiyorum, belki de hata ettim.

"Ama önce şunları açıklığa kavuşturalım: Canım karım, bir tanem, ben Dilek'in düğününe gelemediğim için üzüntüyle gülüyorum, sen dalga geçtiğimi sanıyorsun. O gece o masada beni nasıl beklediğini tahmin edebildiğim için, o resmi görebildiğim için senlik bir gece olmuştur diyorum, sen, *beni iğneliyorsun,* diyorsun. Böyle küçük şeyler vakit kaybı. Biz bunlarla çok vakit kaybettik.

"Sen benim tişörtüme sarılırken, biliyor musun ki, evden ayrılırken dolabından yürüttüğüm eşarplarına sarılıp yatıyordum ben de? Senin haberin yok. Onlarla uykuya daldım o canımın yandığı gecelerde. Oğlum bile anasını daha çok sevsin istedim. Anası sevilmelere doyamaz çünkü. Hayat senden yana Dönüş Hanım. Sen merkezdesin, biz yanında pervane. Ama olsun. Senden uzaktayken ben pervane olmayı o kadar çok özledim ki..."

Dönüş mutluluk ve şaşkınlıkla bakıyordu Serdar'a.

"Gerçekten mi?"

"Gerçekten!"

"Sen hâlâ seviyorsun yani beni?"

Serdar avuçlarını öptü Dönüş'ün. Güldü.

"*Hâlâ* mı?.. Epey oluyor, televizyonda görmüştüm; bayat kurabiyeden yaş pasta yaptılar."

"Anlamadım. Yemek programı mı?"

"Ya evet. Gece uyuyamıyordum. Canım sıkılıyordu. Yemek kanallarına bakıyordum. Ne yapalım, evde yemek yapan yoktu!"

"Niye? Sen çok güzel yemek yaparsın."

"Sen olmayınca, oğlum olmayınca canım istemedi. Peynir ekmek yedim gitti. Şimdi siz gelince, evin duvarları bu renk miymiş diye hayretle bakıyorum her tarafa. Siz gelince evin ışığı değişti sanki. Ya da benim gözüm açıldı, bilmiyorum. Babam düştüğünde beni aramıştın ya..."

"Evet?"

Serdar bir an durdu.

Sevinçten ağlayacaktım neredeyse, dese mi diye düşündü ama sonra utandı.

"Buraya geleceksiniz diye çok sevindim," dedi.

"Ben orada telaş içindeyken sen burada sevindin yani?"

"Dönüş, ben doktorum ya! Senin gibi düşünemiyorum galiba. Yapma böyle. Benim dilimle konuşalım azıcık, ne olur? Bırak şu detaylara takılmayı. Net olalım! Şikâyetin ne? Şu, şu! Tamam, teşhis bu, tedavi şu! Azıcık anla beni. Senden başka kimim var benim? Kim tanıyor beni sen gibi?"

"Kimse..."

"Bizden yaş pasta olur yani ha?"

"Nasıl yani?"

"Elimizdeki kırıklardan, kalan kurabiye parçasından yaş pasta yaparız, eskisinden güzel oluruz, diyorum"

"Biz niye ayrılmıştık, hâlâ bilmiyorum ki!"

Serdar, Dönüş'ün ellerini bıraktı. Sandalyesinde doğruldu. Derin bir nefes aldı.

"Dönüş ben daha fazla sürdüremeyeceğim, evet senden saklayarak hata ettim," dedi.

Dönüş'ün gülümsemesi yüzünde dondu kaldı önce. Sonra, gülümsemesi son hızla kaybolurken yüzü karardı.

"Ben artık ne senin susmanı istiyorum ne de ben suskunluğa teslim olmak istiyorum. Benim sana bir şey açıklamam lazım, daha doğrusu her şeyi en başından anlatmam lazım."

Dönüş'ün başı dönüyor, kulakları uğulduyor.

Serdar ne açıklayacak, ne oluyor?

AÇIK KALAN DEFTER

Sevgili Ömer,

Bu kez kararlıyım; yazdıklarımı yollayacağım.

Çünkü ilk kez neden yazdığımı bilerek oturdum bilgisayarın başına.

Kapadokya'daki son haftalarımı yaşıyorum. Yaz başladığında buradan ayrılacağım. Burada sayılı günlerim olduğunu bilmek beni biraz duygusallaştırdı. Gözlerim kolayca doluveriyor. Gördüğüm her şeyde bir parçam var çünkü. Uykusuz bir gecem, heyecanlı bir sabahım, yorgunluğum ilişmiş kıyıya köşeye. Buradan ayrılmak düşündüğümden daha zor olacak sanırım.

Yılbaşından sonra her şey baş döndürücü bir hızla aktı. Yeni yılın iki ayını geride bıraktık bile ve yılın ilk gününden beri sana yazmak için bir fırsat kolluyorum.

Kafamda uzun ve ayrıntılı bir mektup tasarlarken her şeyi askıya almama neden olan bir olay patlak verdi.

Buradan ayrılmalarına saatler kala dedem karda kaydı ve kalçasını kırdı.

"Son günümüz, bir yürüyüş yapayım," diye tutturmuş, kimseyi yanına almadan çıkmış. O yola o kadar da özen göstermeme, kontrol etmeme rağmen ana giriş kapısındaki yokuştan inmeye yeltenmiş ve ilk adımda düşüvermiş.

Allah'tan babamlar oteldeydi ama biz Ihlara'ya gezmeye gitmiştik. Dedenin yaptırdığı, babanın büyüdüğü evi, bahçeyi görmüştüm. Dönüş yolunda sana yazacaklarımı düşünüyordum ki, haber geldi: "Dedeniz düştü, ambulans çağırdık," dediler. Oysa o gün, *karda yürüyemeyiz,* diye gelmemişti bizimle.

Kaan'ın annesi ve üvey babası dönüş tarihlerini uzattılar, sağ olsunlar. Böylece ben de bizimkilerle birlikte İstanbul'da dedemin başında olabildim ameliyatı sırasında. Sonra döndüm ve buradaki görevimin sonuna geldiğimi öğrendim.

Dedemin durumu pek parlak değil. Ameliyatı iyi geçmiş olsa da hâlâ keyfi yok. "Ağrılarım çok," diyor. Haftalar oldu, yataktan kalkamadı. Sanki bütün neşesi, yaşama sevinci o düşüşle beraber kırıldı.

Yine de onu mutlu eden iki şey var.

Birincisi Serdar eniştem, ikincisi benim yeniden Ayvalık'a dönecek olmam.

Dönüş teyzemle Serdar eniştem ayrılmaya karar vermişlerdi. Sana yazıp da göndermediğim mektuplarda anlatmıştım. Bugünlerde ilişkilerinin yeniden filiz verdiğini düşünüyoruz. Sanki barıştılar.

Dediğim gibi, dedemin düştüğünü bize haber verdiklerinde biz Ihlara'dan dönüş yolundaydık, on beş yirmi dakikamız kalmıştı otele. Dönüş teyzem beni çok şaşırtan bir panikle Serdar eniştemi aradı hemen.

Teyze dur, daha ne olduğunu bile bilmiyoruz, filan dememe kalmadı, bir çocuk gibi ağlayarak "Babam düşmüş Serdar," dedi. Hepimiz şoka girmiştik. Dedeme mi üzüleyim, teyzemin herkesin içinde kendini öyle bırakmasına mı şaşırayım, bilemedim.

Sonra telefonu bana uzattı. Serdar eniştem durumu bizden önce öğrenmiş. Babam dedemi yerden kaldıramayınca telaş etmiş, onu aramış. "İstanbul'a aldırıyorum babamı hemen, merak etmeyin," dedi.

Onun sesini, rahatlatan sözlerini duyduğumda da sana yazmak istedim mesela.

Teyzemin kendini çaresiz hissettiği, korktuğu o dakika eniştemi araması, onun varlığını bilmekten duyduğu güven seni hatırlattı bana. İçimde kuvvetli bir cesaret, hiç bilmediğim türde heyecanlı bir umut yükseldi.

İstanbul'da Dönüş teyzemle Serdar eniştemin öyle bir kucaklaşması vardı ki... Can'ın koşup beline sarılması, üçünün birbiriyle kenetlenmesi hepimizi çok duygulandırdı. Sonra eniştem, her zamanki soğukkanlılığıyla hepimizi teselli etti. Onu hepimiz çok özlemişiz.

Annemlerin İstanbul'daki eviyle Serdar eniştemin "bekâr evi" arasında mekik dokuduk bir hafta. Çocuklar okulları yüzünden Derya teyzemle Ayvalık'a döndü. Dönüş teyzemle annemler kaldı dedemin başında. Ne yapsak, Nezahat halamı ayıramadık dedemden. Onlar hâlâ İstanbul'da. Evi hastaneye daha yakın diye, hem de onunla her an ilgilenebilmesi için Serdar eniştemde kalmasına karar verdiler dedemin. Dönüş teyzem de onlarla birlikte.

*

Ben buraya döndükten sonra Lorin Hanım bir toplantı yapmak istedi. Artık Kaan ve Katia geçecekmiş buranın başına. Aslında biliyordum bunu. Zaten bile bile kabul etmiştim işi.

Ama yine de bir tuhaf oldum. Bir umut, belki beni bırakmazlar diyordum.

Lorin Hanım aslında çok güzel bir konuşma yaptı. Kısa zamanda katettiğimiz yolu takdir ettiğini, benden çok mutlu olduklarını söyledi birkaç kez. Turizmde yer değiştirmenin önemine inanıyormuş. *Beş yıldan fazla aynı yerde kalındığında, kalana da çalıştığı yere de haksızlık olur,* diye düşünüyormuş. Berlin'deki otele almayı düşünmüşler beni ama "Ailenle tanıştıktan sonra anladık ki, seni oraya götürürsek bizi hiç affetmezler," dedi.

Açıkçası bu kadar kolay, sıradan bir bahane sunulmasına üzüldüm. Bana sormamışlardı bile. Şikâyet etmek için yazmıyorum bunları. Başarım ortada. *Burası gibi büyük bir tesisi teslim edebildikleri birinin anne babasından çekinmek ne saçma, çocuk muyum ben,* diye düşündüm. Sonra Franz Bey de, "Defne, sen özel çocukları eğitiyormuşsun. Bu önemli bir vasıf. Üstelik çok da başarılıymışsın işinde. Eğitiminin boşa gitmesini istemeyiz," dedi.

Zaten görmeliydin, öyle sıkı fıkı olmuşlardı ki annemlerle! Kartal babamın yüzünde neden güller açıyormuş, o anda anladım. Velhasıl gönlümü almak için söyledikleri her söz beni daha da üzdü.

Kararlarına uymak dışında bir seçenek yoktu önümde zaten. Odama geçtiğimde köpeğim ve kedim sanki olup bitenden haberleri varmış gibi gözlerini dikmiş üzüntüyle bana bakıyorlardı. Ne bileyim, sanki bu konuşma Kaan'la Katia buradayken yapılsaydı, daha kolay kabullenecektim ayrılmayı. Ya da sen burada olsaydın...

Yılbaşından sonra, hele bir de anneannelerimizin arkadaşlığı ortaya çıkınca Kaan yakın arkadaşım değil kuzenim, abim oldu âdeta. Bu bebeği ona ve Katia'ya emanet edecek olmak içimi ferahlatıyor.

Onlar da evlerini boşaltmak ve işlerinden ayrılmak üzere birkaç gün önce New York'a döndüler. Uçuşlarından bir gün önce İstanbul'a gelip dedemi gördüler. Onlarla orada vedalaştım.

Kaan, dedeme bayılıyor.

"*Sadık dedeciğim kalçam kırıldı, kolum kanadım kalkmıyor,* anlamam. Yaza Ayvalık'a gelir, tavlada sizi yenip 100 liranızı alırım," diyerek gitti. Onlar şakalaştıkça sen geldin aklıma.

Biliyor musun, Ömer? Sanırım dedenle ilgili öğrendiklerimden sonra aklım, kalbim daha da karıştı.

Sana İsmail dedenin bir kadını nasıl sevdiğini anlattılar mı? Âşık olduğu kadının günün birinde onu sevmesini senelerce, sabırla beklemiş, sonra da kendini öldürdüğü için o kadını günahkâr kabul eden bir toplumu bile hiçe sayıp mezarını unutmamak için başına bir ağaç dikmiş mert mi mert bir adamın torunusun sen. Öylesine güzel sevebilen bir adamın torunuymuş benim kalbimi bıraktığım erkek...

Teyzem haklıysa, korkular, arzular, hayaller, mizaç genetik olarak kuşaktan kuşağa geçiyorsa eğer, sana da dedenden geçen bir şey yok mudur? Yoksa duygusal kalıntılar sadece dişilerde mi geçiş sağlıyor? Biraz olsun yok muydu sende de o aşkın cesaretinden?

Yoktur belki de.

Olsa havaalanında beni o halde bırakır mıydın? En azından bir "Hoşça kal, ben gelemiyorum," derdin ama demedin.

Ve ben bunca zamandır bana bir açıklamayı bile çok gören birine yazıyorum yine.

Çünkü kalbimin bir köşesinde hâlâ senin için bir savunma yeri saklıyorum.

Bir nedenin vardı ve ben bunu öğrendiğimde seni anlayacağım, biliyorum.

Buna inanmak istiyorum belki de.

Kısa bir süre önce, bir akşam Lorin Hanım beni aradı. Yılbaşında aldıkları bir kararı hayata geçirmeye hazır olduklarını söyledi. Yeni bir otel projeleri varmış. Benim de onlarla bu yeni projede çalışıp çalışamayacağımı sordu. Meğer bana çok emin olmadıkları için başta söylememişler.

Franz Bey, Kartal babamın anlattıklarından o kadar etkilenmiş ki, Ayvalık'ta bir edebiyat-sanat oteli daha açmaya karar vermiş. Babam da onlara gönüllü emlak danışmanlığı yapmış. Kimseyi erken sevindirmek istememişler. Bu nedenle Franz Bey hepimizden habersiz iki kez Ayvalık'a gitmiş. Son gidişinde çok beğendikleri harap vaziyetteki iki büyük konağı ve aralarındaki büyük bahçeyi babamla ortak satın almışlar. Konakların ikisinin de imar izni ve projesi hazırmış. Yaz boyunca inşaata başlayamayacaklarmış. Ama önümüzdeki kış içinde inşaatı bitirmeyi planlıyorlarmış. Bu kez hayata geçirmeyi düşündükleri otel bir çeşit rehabilitasyon merkezi olacak, özel eğitime ihtiyaç duyan çocukları ve ailelerini de ağırlayacakmış. Sağlık, sanat ağırlıklı bir yer olacakmış. Bu işin başına geçecek benden daha iyi bir aday olamayacağını düşünmüşler. Projeyi detaylandırmak için Kaan'ı bekliyorlarmış. Kabul edeceğimden çok ümitlilermiş...

Hem çok sevindim, hem de biraz yadırgadım doğrusu. Babam ve annem onları da kendilerine benzetmiş sanki. Ama en azından, buradan ayrılırken, beni bekleyen başka bir işe hevesle sarılacağımı düşünmek, bizimkilerin, özellikle dedemin sevincini bilmek bana iyi geliyor.

Sana niye yazdığıma gelince...

Buradan ayrılmadan önce seninle vedalaşabilmem gerekiyor. Burası senin yokluğunla tamamlandığım, sana kırgınlığımla güçlendiğim ve büyüdükçe beni de büyüten bir bebek oldu benim için.

Yeni bir hayata başlamadan evvel bunu kapamalı, seni burada, ardımda bırakmalıyım.

Gerçek bir vedalaşma için buraya gelmelisin.

Bana borçlu olduğun o açıklamayı yapmalı ve havaalanında açık bıraktığın o defteri burada kapamalısın.

Koca İsmail'in torunuysan eğer, buraya gelir, benden af dilersin.

Gelmezsen yapacak bir şey yok.

Seni kalbimde senin için sakladığım yerde bırakır, kapısını kaparım.

AİT OLAMAMAK

Defne,

Senden bir ses duymak, bir haber almak ne güzel.

Ve bilsen, bu mektubu ne kadar çok bekledim...

Gökten inmesini beklediğim cesaret senin bir mektubundan, mesajından, senden gelecek bir haberden çıkacaktı sanki. Gelmedi. Şaşırmadım, gelmeyeceğini biliyordum.

Başlayıp bitiremediğim, bitirip de gönderemediğim onlarca mektubun var bende.

Bunu şimdi bilmek, eminim sana bir şey ifade etmeyecektir.

Ama senin de bana yazdığını, göndermesen bile yazdığını öğrenmek tarifsiz bir gurur verdi bana. Nasılını anlatmam mümkün değil.

Senden önce sevdiğimi düşündüklerim vardı. Hiçbiri Türkçe bilmezdi. Çoğu doğduğu ülkeden uzakta yaşayan kızlardı. Yaşadığımız yere yabancılığımız ortak noktamız olurdu. Oradaki varlığımızın geçiciliğini bilmek rahatlatırdı beni. Sadece o an, orada yaşanır, kimse kimseye bir söz vermezdi. Sonra sen geldin. *Doğduğu ülkeden uzakta bir kız daha,* dedim başta.

Kaan'la Katia'nın evi hiç görmediğim memleketimin bir parçası, uzaklardaki bağımsız çatısıydı benim için. Onlara gitmek kendimce eve gitmek demekti. Seni o evde tanıdım. Tanıdığım memleket insanlarından farklıydın. Duruşun, sesin, konuşmaların, oturman kalkman... Daha ilk gün, ilk dakikada seni bir *nilüfere* benzetmiştim. Çiçeği suyun yüzeyinde ama kökleri çok daha derinde. Biz o güzel çiçeği görüyorduk ama o kökler olmazsa o çiçek yaşayamaz. Bu yüzden seni gördüğüm o ilk anda bir gün gideceğini bilmenin garip hüznü de oturmuştu içime. Sonra sen gidene kadar seni daha çok görmem gerektiğini anladım ve her fırsatı değerlendirdim. Seni her görüşümde hem seviniyor hem de bir gün daha geçti diye üzülüyordum. Kimse için böyle bir sevincim ya da üzüntüm olmadı.

Bu yüzden sen başkaydın, başkasın, başka kalacaksın.

Sana çok özenirdim ben.

Dışarıdan bakıp içini hayal ettiğim evler gibiydi anlattıkların

Çocukken babamla Berlin'de yaşadığımız yıllarda, babam hiçbir sol eylemi kaçırmaz, her protestoya katılırdı. Türkiye'yle ilgisi olsun olmasın; yeter ki eylem olsun. Beni de sürüklerdi yanında. Küçük bedenim bilmem hangi mitingin, boykotun, yürüyüşün içinde kaybolmuşken minik parmaklarım soğuktan uyuşurdu. O gürültünün içinde, senin büyüdüğün evler gibi evlerin önünden geçer, çocuğuna zorla yemek yediren anneleri, koltukta uykuya daldığında o çocuğu kucaklayıp yatağa götüren babaları merak ederdim.

Benim çocukluk hayallerimle babamınkiler, bizi bırakıp giden anneminkiler uyuşmuyordu ne yazık ki. Ben soğuktan donuyordum ve sizin gibi *burjuvalar* yüzünden donduğuma inanıyordum. Sizler evinizde küçük hayalleriniz ve küçük hayatlarınız içinde sıcacık yaşayıp korkak korkak miskinlik ederken, biz sokaklarda daha iyi hayatları hak edenler için kavga ediyorduk.

Yedi sekiz yaşındaydım ulan, ne anlarım ben burjuvadan, kavgadan?

Köfte istiyordu canım, sıcak yatak istiyordu! Anne sıcaklığı istiyordu, baba şefkati istiyordu! O yüzden okulda ne kadar sana benzer süslü kız varsa, benim için *pis burjuvanın korkak kızlarıydı* ve sevmiyordum onları. Neden *korkak?* Herhalde anne babaları sokağa çıkıp yürümedikleri için, *korkak bunlar,* demiştim kendime. O sürüklenmedeki varlığımı yüreklendirmek için bana, "Sen cesursun," demişti belki de babam.

Cesur?

Sonra bir gün karşıma *pis burjuvanın korkak kızları*'ndan biri çıktı ve ben ona âşık oldum. Tül gibiydi, kelebek gibiydi. O güzel kokusunu yanında durup içime çekerdim. Mis gibi mutluluk kokardı. Çocukluğum boyunca merak ettiğim her şey onun dünyasının olağan bir parçasıydı.

Çok seviliyordu. Merak ediliyordu. Paylaşılamıyordu.

Onun hayatının detaylarını, sırlarını öğrendikçe, zavallı babama daha çok üzüldüm. Tutunduğu bir tanecik dal vardı ama o dal öyle kuruydu ki... Zaten taşıyamadı onca insanın hayat yükünü. Kırılıverdi ortadan. O dala tutunan kim varsa darmadağın oldu.

Ben kendimi kurtardım. O insan selinde değilse de başka birinde kaybolabilirdim. Kaan'ın annesi tuttu elimden. Beni zorla okuttu. Müziğe merakımı, yeteneğimi o keşfetti. Beni Berlin'deki uyuşturucu batağına kapılmadan çekti çıkardı ve Kaan'ın yanına yolladı.

Sen bir prensestin, bense kırık ve yıkık bir devrimden arta kalan *sokakların cesur* çocuğuydum.

Bir ara senin gibi olabileceğime inanmadım dersem yalan olur.

Seninle ve Kaanlarla geçirdiğimiz o aylar boyunca çok özendiğim, çok özlediğim o sıcaklığın içinde ebediyen yaşayabileceğimi düşündüm. Olabilirdi. Belki evlenirdik seninle. Hatta Kapadokya'da o oteli birlikte yönetme işine senden çok ben heveslendim, biliyorsun.

Mutluyken söz verilmemeli, hayal kurulmamalıymış, anladım.

Sonra bir gün Dönüş teyzenin kaçak öz babasını (amcasını mı demek gerek, bilemedim) bulmak için Miami'ye gittik.

Bana inanmıyordun. Ama ben sana, "Bulurum dediysem, bulurum," demiştim. Adım gibi emindim izini sürüp bulduğum o adamın teyzenin gerçek babası olduğuna.

Kendime çok kızmıştım sonrasında. *Zaten şerefsize Amerika'da üç ayrı kadın tarafından babalık davası açılmış, adam olsa arkamda, memleketimde ne bıraktım diye dönüp bakar! Tuttun kızı da buralara sürükledin,* diye. Ulan herif bize halı satmaya kalktı be! Gerçekten böyle bir adamı öldü bilsin hepsi. Senin o güzel, temiz masalın bozulmasın dedim.

Ve o anda fark ettim ki, ben senin yanında hep *ya bu masalı bozarsam* korkusuyla yaşayacağım.

Şimdi sana Yaşar teyzenin anlattığı, hikâyesini çok sevdiğin o koca İsmail'in Berlin'de, Amsterdam'da şurada burada yaşayan kızları, akrabaları var ya... Babam benim elimden tutup onlara sığındığında, bir kap sıcak yemek, bir banyo için hiç unutamadığım bir utanç yaşatırlardı. Babam fark etmezdi bunu ya da farkında değilmiş gibi yapardı ama ben her defasında canım acıya acıya fark eder, babam adına utanırdım. İstenmiyorduk. Babam asla ve hiçbir zaman istenmiyordu o akraba, kardeş evlerinde. Onun istenmediği yerde olmak, önüme attıkları tabaktaki yemek ağrıma giderdi. Bunca yıl geçti, bunca yaş aldım, hâlâ çocuk gibi çekinirim, düşünmekten bile kaçındığım istenmediğimiz o evlerden, insanlardan...

Babam öyle ya da böyle, inandığı bir düşünce uğruna kavga vermiş bir adamdı. Vatanı istemiyordu onu. Vatandaşlıktan çıkartmıştı. Kavgasının temel nedeni olan halkı, anarşist diyor, istemiyordu. Avrupa'da yaşayan akrabaları, kardeşleri, kardeş çocukları, "Aman bizim de başımız belaya girmesin," diye istemiyordu. Almanya yabancıyız, göçmeniz, sosyal yüküz diye istemiyordu. Benim çocuk ruhum Almanya'da istenmemeye rağmen o insanlara yanaşmaya çalışmanın onursuzluğundan hasta olurken, hiç bilmediğim Türkiye'de nasıl baş edecektim bu duyguyla?

Güzel Defne...

Bana ailemden geçen, kalan genetik bir duygu varsa, o ya küskünlüktür ya tedirginliktir. İkisi de değilse, bir yere ait olamamaktır.

Vakit yaklaştıkça, anlıyordum, seninle gelemezdim...

Ama sen öyle mutluydun ki, o mutluluğu bozacak kadar yürekli olamadım. Bunları sana anlatmadım, anlatamadım. Bildiğim en iyi şeyi yaptım; uzağa, çok uzağa gittim.

Gördüğün gibi, anladım ki hiç de cesur değilmişim.

Senden sonra hikâyelerini anlattı sesler. Senden sonra mevsimler değişti.

Senden sonra değişmeyen tek şey sevdiğim şarkıların seni düşündürmesidir.

Je t'aimais, je t'aime et je t'aimerai... Seni sevdim, seviyorum ve seveceğim.

Bende uyandığın o ilk sabah, birlikte uyuduğumuz akşamlar, beraber yürüyüp, gülüp kahve içtiğimiz sokaklar, benim için başa alıp alıp izlediğim bir film gibi. Her uzun yolda, uykusuz gecede, kahve kokan bir sabahta, seninle dinlediğimiz her şarkıda, akşamları eve dönerken, yeniden gözümün önüne getirip o sahneleri izliyorum.

Gözümün önüne gelen her sahnede yüzündeki mutluluğun sebebi benim. Eğilip beni öpüyorsun...

Ve sonra ben seni o uçağa tek başına gönderiyorum.

Kendi hikâyemin makasını kendim tutuyor, en güzel yerinde kesiyorum.

Gücüm olsa, kalbim yetse o gün sadece şunları söyleyebilmek isterdim:

Seninle gelmeyeceğim,

*Beni koyup gitme ne olursun!**

Söylemesi o gün ne kadar zorsa, bugün de yazmak o kadar zor...

---

* "Ağustos Çıkmazı", *Ben Sana Mecburum,* Attilâ İlhan, Türkiye İş Bankası Kültür Yayınları

GÖÇ ZAMANI

Mesut, elinde gümüş bir tasla, "Seni almaya ben geldim müdür babam," diyor. Sevinç içinde. "Korkma, bak, sana şerbet getirdim," diyor. Sadık Bey'e elini uzatıyor bir çocuk gibi. "Nesrin annem sen geleceksin diye hazırlık yapıyor, beni yolladı," diyor. Müdür babasının yatağının yanına ilişmiş gözü yaşlı genç adama bakıp tevekkülle gülümsüyor. "Bizi geçen sefer de bu iyi adam kavuşturmuştu müdür babam, hatırladın mı?" diye soruyor. Hemen ardından iç çekip "Hayat meğer bir rüyaymış be müdür babam, bari paltomuzu getirebilsen gelirken," diyor.

Tatlı bir serinlik çarpıyor Sadık Bey'in yüzüne. Minik minik, incecik kanatlar çırpmaya başlıyor odada. Sadık Bey şaşırıyor, "Mesut, oğlum, bu kelebekler de seninle mi geldi?" diye sormak istiyor ama sesi çıkmıyor. Kelebeklerin kadife kanatlarındaki tozanlar, yanıp sönen yıldızlar gibi, zerre zerre odaya saçılmaya başlıyor.

Kapı açılıp kapanıyor ama yattığı odanınki değil. Sadık Bey'in çalıştığı postanenin kapısı bu. Sesinden tanır. Yadigâr kalmış kokusundan tanır postanesini. İşte, geldi bile burnuna, tüte tüte. Pul kokusu, mühür kokusu, mürekkep ve zarf kokusu. Fakat İrfan nerede bunca yıldır?

Posta dağıtmaya çıktığı bisikletine ne oldu? Yüzünü seçemese de, "İrfan be," diyor Sadık Bey içinden, "Oğlum bu unutamadığımız koku var ya, emeğin kokusu. Ne güzel, ne mutlu çalıştık be İrfan. Çek bak içine, o emektar masaların, sandalyelerin, bankoların kokusu bu!"

Kelebekler bir tur daha havalanıyorlar, tozanlar yine uçuşuyor. Ayvalık'taki eski evin bahçesinde yaseminler açıyor. Şakır şakır yağmurlar görmüş toprak. Bahçeye güneş ışıkları ve ay ışığı peş peşe düşüyor. Ağaçların yaprakları ne güzel hışırdıyor. Bahçe masası sabahları zeytinle şenleniyor. Çiğ zeytinin acı tadı kazınmış hafızalara. Acısı bile tatlı mübareğin ama işte, yine ne çok emekten sonra gelmiş kurulmuş sofraya. Ah, emek...

Bahçe kapısından çıkar çıkmaz başlayan sokak taşları da emektar değil mi? Üzerlerine milyonlarca kez basılmış ve basılmaya devam edecek. Sadık Bey gitse de onlar kalacak. Taşlara hak ettikleri sevgi ve şefkat gösterildi mi sahi? Şimdi niye birdenbire sokak taşları?

İnsanın taşlara gösteremediği sevgiyi ve bağlılığı, sokak köpekleri ve kediler gösteriyordur belki. Ne demişti Dönüş? Sokak köpeklerinin gözlerinde neyi görüyorum demişti? Sadık Bey şimdi toprağından sürülmüşlerin gözlerini anımsıyor o bakışlarda. Yüzüne mimik minik su zerreleri düşüyor. Sadık Bey anlıyor: İnsanların yerinden yurdundan edilmesi, sürgüne yollanması, kelebeklerin bildikleri doğal göç yollarına benzemiyor; kelebekler o insanların acısına ağlıyor. Sadık Bey anne babasını hatırlıyor, Midilli'yi görüyor. *O acı kalıcı, o kadar kalıcı ki, ölümle bile silinmiyor,* diye geçiriyor içinden. Çünkü kalbi hâlâ acıyor.

Sahibi öldükten sonra, her gün onun mezarına gidip yatan köpekleri düşünüyor Sadık Bey. İnsan bu kadar sevebilir mi, diye soruyor kendine. Sonra, bir yanıt gibi, Mesut beliriyor yeniden. Tozanlar yıldız gibi yağıyor oğlunun yüzüne gözüne, üstüne başına.

"Müdür babam, Nesrin annemi bekletmeyelim, seni sevenlerle vedalaş," diyor gülümseyerek. "Bak, sana şerbet getirdim, sen de keşke paltomuzu getirebilsen müdür babam."

Kelebekler bütün alıştırma turlarını atıp Sadık Bey'i hazırladılar. Artık göç zamanı.

Sabah olmak üzere.

Sadık Bey'in sayıklamalarının tamamını anlayabilmek çok güç. Zor soluk alıp veriyor.

Fakat bir anlatma telaşı içinde. Geçmişten birileri var sanki yanında. İnliyor. Tek tük kelimeler çıkıyor ağzından.

"Paltom... Paltomu almadan gelmem," diyor.

Bir süre sessiz kalıyor. Sonra, uykusunda bir şey hatırlamış gibi, "Kızlara haber vermeden mi?" diye üzülüyor.

Serdar oturuyor başında.

Gece boyu gözünü kırpmadı. Bütün gençliğinin tanığını, dünya üzerinde onu en sevdiği insanlara kavuşturan Sadık babasını yalnız bırakmadı.

Gözünü açan Sadık Bey, Serdar'ı kendi gençliği zannediyor.

Ah, sen misin? Ne zamandır buradasın? Duymamışım geldiğini. Demek ki yol bitti. Sen de geldiğine göre... Peki o halde. Fakat çok yorgunum. Kalkacak halim yok, inan.

Sadık Bey bunları söylemek istiyor ama ne kadarını söyleyebildiği belirsiz.

Fakat Serdar, "Ağlama Sadık," dediğini net bir biçimde işitiyor. "Korkma artık."

Hiçbir şeyden korkma! Yüzleşmekten korktuğun için sakladığın, hasıraltı ettiğin her mesele bir ömür acı çektirdi sana. Oysa bir cesaret etseydin kurtulacaktın o yüklerden. Bir kerede olup bitiyor her şey. Saklama, olur mu? Hiçbir şeyi saklama.

Serdar bunların yarısını duymuyor, duyamıyor.

Sonra yine netleşiyor Sadık Bey'in sesi: "Ağlama, daha çok gençsin."

O haliyle bile, kimin ağladığını ayırt edemese de, teselli etmeye çalışıyor.

Sadık Bey, "Ağlama," dedikçe, Serdar içinde ne varsa döküyor.

Kendi babasıyla böyle bir vedalaşması olmadı çünkü. Sadık Bey giderse gerçekten bir dönem bitecek. Sadık Bey giderse artık büyümek zorundalar.

En güzel günlerinin son parçası; gençliklerinin, aşklarının, hayallerinin en değerli tanığı yok olacak demek...

"Gelin gençler, gelin," demeyecek artık.

Ayvalık bir daha eskisi gibi olmayacak.

Keşke gitmese.

Keşke bu vedalaşma da sonbaharda Cunda'daki vedalaşmaları gibi olsa.

Kafasını çevirdiğinde orada, bahçe kapısında ona bakacağını bilse hep.

Dönebilmenin, kavuşabilmenin, yeniden görebilmenin mümkün olduğu bir ayrılık olsa bu.

"Biraz daha dayan baba! Ben daha baba olmayı öğrenemedim. Dönüş'ün gönlünü tam alamadım. Ben gidiyorum baba diyerek seni üzdüğüm o sabahı telafi edemedim. Sana soracaklarım vardı benim. Yapacak çok şeyimiz vardı. Sen hep burada kalacaksın sanıyordum ben. Biraz daha kal, ne olur!" diye fısıldıyor.

Sayıklamalarına, "Yoruldum," deyişi karışıyor Sadık Bey'in.

Serdar'ın gözünden dökülen yaşlar Sadık Bey'in kırışık ellerine düşüyor. Kayıp gidiyor, beyaz çarşafta bir leke bırakıyor.

O leke ayrılık acısı işte.

Serdar'ın eli Sadık Bey'in elinde şimdi.

Sadık Bey gözlerini açıyor.

Çocuklar... Onlar işte köklerim. Geride kalan zeytin ağaçlarım. Onlar olmasa ne anlamı vardı bu ömrün? Fakat Nezahat ne yapacak?

Serdar sanki onu duyabilmiş gibi bir şeyler söylemeye hazırlanıyor fakat Sadık Bey derin bir uykuya düşercesine gözlerini tekrar kapatıyor.

Sadık Bey gidiyor artık. Ciğerleri söndü, böbreği iflas etti. Yapacak bir şey kalmadı.

Kalkması, kızlara haber vermesi gerek.

Fakat o güzelim yaşlı elleri bırakamıyor.

O elleri tutuyor ki, Sadık baba gitmesin. Kızları gelene kadar dayansın.

Sanki nehirde sürüklenen kocaman bir adamın elinden tutan kıyıdaki bir çocuk gibi Serdar, bütün gücüyle tutuyor Sadık babasını.

Ama ellerinden kayıp gidiyor.

Serdar sessiz sessiz ağlarken odanın kapısı açılıyor.

Türkân ve Dönüş giriyorlar peş peşe.

Serdar gömleğinin koluna gözlerini, burnunu siliyor; kafasını çevirerek saklamaya çalışıyor yüzünü.

Dönüş sendeliyor, Türkân'a tutunuyor.

Anlıyor o da.

Sona gelmişler demek... Serdar bile kabul etmiş.

Türkân yavaşça yaklaşıyor yatağa, omzuna dokunuyor Serdar'ın.

Serdar tutamıyor kendini. Türkân'a çeviriyor başını. Oturduğu yerde bir çocuk gibi ağlayarak bakıyor yüzüne.

"Haber verelim abla, Derya çocukları da alıp gelsin. *Kızlara haber vermeden, paltomu giymeden gitmem,* diyor. *Yoruldum,* diyor. Bitti artık. Daha fazla tutmayalım babamı..."

Sonrası bir şarkı kadar kısa.

Kim aradı Derya'yı, Erdem'i, Defne'yi? Kim aldı uçak biletlerini? Nasıl toplandılar? Yanıtların hepsi karmaşık ve sisli bütün aile için.

Vedalaşmak bir şarkı kadar kısa.

Önce küçük Elif öpüyor dedesinin yanaklarını.

Sonra Can.

Gülce ve Defne ağlayarak ellerini, yanaklarını öpüyor.

Defne küçükleri alıp çıkıyor odadan.

Nezahat halaya sakinleştirici verilmiş. Abisinin karşısında aylardır iyileşmesini beklediği o koltukta bir külçe gibi oturuyor.

Abisi o kırık kalçasının iyileşmesini beklerken, zatürre olduğu gün karar verdi; bu dünyaya, hayata dair ne varsa unutacak artık. Hatırlanmaya değer günleri anabileceği biri olmayacaksa, buysa hayat dediğin, tamam, unutacak her şeyi.

Abisine bakıyor, çocuklara, kızlara. Hayat bu kadar işte. Kabul etmesi lazım. Veriyor ve sonra verdiğini mutlaka geri alıyor. Bu kadar.

Damatları ellerinden öpüyorlar Sadık Bey'i, sonra saygıyla çekiliyorlar kenara.

Üç kızı saçlarını okşuyor, ellerini, gözlerini öpüyor.

Türkân eğiliyor kulağına:

"Git artık babacığım. İçin rahat olsun. Biz hep bıraktığın gibi olacağız, hep yana yana," diye fısıldıyor.

Üç kardeş babalarının ayak ucundalar.

Sadık Bey gözleri kapalı gülümsüyor.

"Yaseminler açıyor," diye fısıldıyor.

Akşam güneşi son kez Sadık Bey'i selamlıyor ve batıyor.

Sadık Bey'in gözleri bir daha hiç açılmıyor.

DEFNE'NİN DEFTERİNDEN

Dedemi yolcu ettik.

Hayatımın en zor vedasıydı bu. Ayrılacağımızı, bir gün onun gideceğini biliyordum ama içimde hep küçük bir umutla bunun mümkün olduğunca geç olması için dua ediyordum.

Bana, "Ben gittikten sonra... Ben ölünce," gibi cümleler kurduğunda, "Allah göstermesin dede," derdim. O da, "Beni seviyorsan böyle söyleme. Gidişimi sana göstermesin de benim gibi yaşlı bir adam bütün tomurcuklarının solmasını mı seyretsin? Bundan büyük acı mı olur? Her şey sırayla olsun. Önce gelen önce gitmeli. Allah bana hiçbirinizin acısını göstermesin. Yeterince gördüm ben. Biricik sevgilimi, karımı uğurladım. Sonra yavrum Mesut'u gönderdim. Köpeklerimi, kedilerimi, kuşlarımı gömdüm kendi ellerimle. Anneannenin öğrencilerini, gencecik çocukları verdik toprağa. Yeter bana bu kadarı," derdi.

Gitti. Yaz başladı. İlk defa bu yaz dedem olmadan yaşayacağız Ayvalık'ı.

Sabah erken kalkıp onunla ekmek almaya gitmenin, bastonunun taşlar üzerinde çıkardığı *tık tık* seslerinin, Nezahat halayla atışmalarının, koltuğunda yıpranmış kitapları görmenin vakti bitti.

"Yazlıkçılar geliyor, sokağa çıkılmaz öğleden sonra, alışverişinizi sabah erken yapın," diyen sesi geliyor kulaklarıma.

Ağlamamak mümkün mü?

O da şimdi burada olsa ağlamama izin verirdi. "Ağlaya ağlaya alışacaksınız," derdi.

Dedemin cenazesinden sonra eşyalarını toplayamadık uzun bir süre.

Asıl vedalaşma, ondan geriye kalanları toplamaya başladığımızda yaşandı aslında.

Ne kadar zormuş bir gidenin ardından yaşamının kalanını toplamak.

Dolabındaki bir bez çantanın içinden Dönüş ve Derya teyzemin birörnek kıyafetleri çıktı. Enine çizgili iki tişört ve iki şort. Bir de anneannemin anneme kendi eliyle ördüğü mavi, eteği fırfırlı bir çocuk elbisesi. Üçünün de ilk okuma yazma defterini saklamış. Alıştırma defterleriymiş. Tarihler atmış arkalarına dolmakalemle. Mesut'un ölümünden sonra ona birkaç mektup yazmış. Anneannemin alyansını ve genç kızken saçından kesip kendisine yolladığı bir tutamı aynı kutuya koymuş. Fatih amcadan gelen tek yılbaşı kartını, annemin ona yazdığı birkaç mektubu, Dönüş teyzemin ilkokuldaki şiir defterini, üç kızının çeşitli yaşlardaki vesikalıklarını saklamış bir de.

Çantayı Derya teyzem açtı. Onu bugüne kadar hiç öyle görmemiştim.

Yere oturmuştu ve çantadan çıkanları gördükçe çöktü. Sonra ağlamaya başladı. Annem ve Dönüş teyzem onu çok zor sakinleştirdiler. En çok yıkılan Dönüş teyzem olur sanıyordum ama garip bir biçimde en sakin kalan oydu.

Çocukluğumdan beri gözlemlediğim, hiç değişmeyen bir döngü var: Duygular, beceriler, düşünceler bu üç kız kardeş arasında doğal bir şekilde yer değiştirir. Hangisi çöktüyse diğeri güçlenir, yerdekini kaldırır. Hangisi âşıksa öbürü mantığı ele alıp yol gösterir. Hangisi hastaysa öbürü turp gibi olup ayaklanır, diğerine bakar. Derya teyzemi o kadar çökmüş, o kadar perişan gördüğümde bu acının ona haddinden ağır geldiğini anladım. Belki yine aynı mucizevi güç devreye girdi ve çökme sırası Derya teyzeme geldiği için güçlü olması gereken Dönüş teyzem oldu.

Nezahat halam ise sustu. Kendi içine kapanıp bizimle paylaşmadığı gözü yaşlı bir yasa girdi. Dedemi anma törenine kadar hemen hemen hiç kimseyle konuşmadı.

Dedem gittikten kırk gün sonra gündüz Ayvalık'ta duası yapıldı. Ardından, Cunda'da onu sevdiği yemeklerle, şarkılarla anıp konuştuğumuz bir akşam düzenledik.

Pürbeyaz Otel'in sahibi Ahmet abi dedemin çok sevdiği genç dostlarından biriydi. Törenin tüm hazırlıklarını üstlendi. Dedemin sevdiği yemekleri hazırlattı. Otelin altındaki salonda toplandık. O geceye tanıdığımız, sevdiğimiz herkes geldi. Yaşar teyze, Kaan, Katia, Lorin Hanım, Franz Bey, benim öz babam Somer ve eşi Mine Hanım'la kızları Kiraz, hatta gelmeyeceğim diyenler bile oradaydı. Yaşar teyze sanki anneannemin kız kardeşi gibi kol kanat gerdi bize. Dönüş teyzemle aralarında sessiz sözsüz bir anlaşma var sanki. Onun o gece orada olması teyzeme büyük güç verdi. Sadece teyzeme değil, hepimize. Ben yerde miydim, gökte miydim, bilmiyordum. Yaşar teyze ve Katia olmasa bayılabilirdim.

(O yüzden o gecenin detaylarını, hepimize dağıtılmak üzere çekilen görüntüleri izleyerek yazacağım.)

Evet, o gece düşündüğümüzden daha kalabalıktık ama kimse şikâyetçi değildi koltuğunu, sandalyesini biriyle paylaşmaktan.

Dönüş teyzem, dedemin fotoğraflarından bir film hazırlamıştı. Duvara yansıttılar.

Film akmaya başladığında dedemin yorgun sesi duyulunca salonda bir alkış koptu. Kalçası kırıldığında hastanede yatarken teyzem onu konuşturup sesini kaydetmiş meğer.

Dedemin sararmış çocuk fotoğraflarını, kendi sesiyle anlattıklarını dinleyerek izlemeye başladık:

"İlk hatıram, hayal meyal bir toz yığını içinden gelen annemin feryadı. Babamın kucağındaydım galiba. Sokaktayız. Sonradan öğreniyorum ki, 44 depremi olmuş. Babam beni kucaklamış, annem de Nezahat'ı. Evden yalınayak çıkmışlar. Sabaha karşı uykudan kaldırmış. Çok uzun sürmüş. Rahmetli annem senelerce korkuyla anlattı. Büyük bir depremdi. Sarsmadı, uzun uzun salladı, bütün Ayvalık siyah bir duman altında kaldı, derdi. Mahalleler yıkılmış. İki bin hane sokaklarda kalmış. Uzun bir zaman çadırda yaşamışız. Bunu da hayal meyal hatırlıyorum. Çadıra geçtiğimizde şiddetli bir yağmur yağmış ve su içinde kalmış her şey. Bunların hepsi bölük pörçük fotoğraflar hafızamda. Fakat büyük felaketti. Nesrin bu yüzden de istemezdi Ayvalık'ta yaşamayı. *Rumlar zaten gözyaşıyla bırakmış bu evleri, onların ahı var her yerde,* derdi. *Biz de bıraktık, bizim de ahımız oralarda kaldı,* derdim ama sevmezdi işte Ayvalık'ı. Hep İstanbul'u hayal ederdi. Heyhat, hepimizden önce gitti. İstanbul'u yaşamak bize de nasip oldu kaderin cilvesiyle ama o göremedi."

Arada, bir müzik yükseldi. Dedemin en sevdiği müziklerden biri.

Sonra yine fotoğraflar.

Dedem, aile, Ayvalık, anılar...

"Sonraki hatıram deyince... İlkokul önlüğüm, beyaz yakam. Sonbahar olmalı. Üzerimde annemin ördüğü yeşil hırkam var. Koyu zeytin yeşili. Dirsekleri yıprandığı için babamın bir tanecik ceketinin bir cebini söküp kollarıma yama yapmıştı. Çok yoksulduk biz. Zeytin bahçesi babamın her şeyiydi. Onu zeytin toplarken hatırlıyorum. Üzerimde önlüğüm ve hırkam vardı, evet. Gencecik öldü benim babam be... Veremden, biliyor musun? En küçük kardeşim Fatih daha kundakta bebekti. Sekiz dokuz yaşındayım. Babamı hastaneye götürdüler. Giderken, *annen, kardeşlerin sana emanet, koru kolla, onlara baba ol,* dedi. Bir daha geri dönmedi."

Derken annem ve teyzelerim belirdi ekranda. Çocukluktan gençliğe geçerken renklendi fotoğraflar.

Dedemin sesini duyduk yine:

"Babam dönmedi. Ben babama doyamadım lakin beni çok mutlu eden çocuklarım, damatlarım ve torunlarım oldu. Babalığın, dedeliğin tadını doya doya yaşadım. Her biriyle ne kadar gurur duyduğumu anlatacak kelime bulamıyorum şu anda. Biraz da hastayım, biliyorsun. Fakat çocuklarımın, damatlarımın her birinden yana gönlüm öyle rahat ki, şimdi gitsem, inan mutlu giderim."

Ve film bitti.

Salonda kimsenin sesi çıkmadı bir süre. Sonra masalardan birinden bir alkış sesi geldi. Kafamı çevirdiğimde alkışlayanın Somer Bey olduğunu gördüm. Dedemin hayatı boyunca bir kez karşılaştığı, torununun öz babasıydı onu ayakta alkışlayan. Öz çocuğuna babalık yapmayı reddeden o adam, şimdi dedemin babalığını ayakta alkışlıyordu.

Sonra alkışlar çoğaldı, herkes ayağa kalktı. Doğrusu muazzam bir andı.

Somer Bey'in (*babamın* diyemiyorum) o alkışı bir itiraftı sanırım. Bir özürdü belki de, kim bilir...

Alkışlar sürerken annem ayağa kalktı. Filmin gösterildiği perdenin önüne geçti. Heyecanlandıysa bile çok belli etmedi.

"Babam 1942 yılında Ayvalık'ta, küçük bir taş evde doğmuş. Annemiz Nesrin Hanım'a küçük yaşta âşık olmuş. O aşkı üç kız çocuğu, onlarca kedi, köpek, kuş, ağaçla büyütmüş. Bademli şevketibostanı, yoğurtlu et yemeğini, bamya turşusunu, cevizli un helvasını çok sever. Kızları arasında ayrım yapmadığını söyler fakat manevi oğlu Mesut'a ayrı bir zaafı vardır, bunu hepimiz biliriz.

"Hatırlayanlar olacaktır aranızda, Mesut bir mektup hırsızı olarak girmişti hayatımıza. Sonra bu masum hırsızlığın altında büyük bir kimsesizlik, yalnızlık olduğunu fark eden babam ona da kol kanat germişti.

"Onu tanıyanların bildiği gibi Mesut büyümeyi 16 yaşında bırakan, bedenen küçük ama doğum kaydı aklından büyük bir çocuktu. Annem ve ikisi onu çok sevdi. Ben Mesut'un ailemin hayatına girmesinden kısa bir süre önce ilk evliliğimi yapıp İstanbul'a gitmiştim. Bu yüzden o günlerin güzelliğini ve kardeşlerimin büyüme serüvenlerini hep sonradan dinleyebildim.

"Çamlık'taki sobalı küçük evimizde komşularımız İsmet amca ve eşi Emel teyze, annemle babamın yakın arkadaşları olarak hayatımıza da tanık oldular. Oğulları Hakan, kardeşlerim Dönüş ve Derya birlikte büyüdü. O günlerde onlarla olabilmeyi çok isterdim. Annemin, İsmet amca ve Emel teyzenin erken ölümleri babamı bizim anlayabildiğimizden daha çok üzmüştür, tahmin edebiliyorum. Derya'nın da üniversiteyi kazanıp evden ayrılmasının ardından Dönüş'ün anlattığına göre büyük bir yalnızlığa düştüler.

"Hayat bizi İstanbul'da halamın evinde yeniden bir araya getirdi. Üç kardeş Ayvalık'ta büyüdük ama hayatımızı İstanbul'da kurduk. Ben sevgili eşim Kartal'la orada tanıştım. Kendime ve aşka yeni bir şans verdim. Derya çok gurur duyduğumuz kariyerine orada başladı, orada Erdem'le evlendi, çocukları oldu. Dönüş çocukluk aşkına, Serdar'a orada kavuştu, orada kötü bir hastalığa yakalandı, orada iyileşti, orada yazdı zafer hikâyesini. Çocuklarımız orada doğdu.

"Fakat bizi çağıran yer hep burası, Ayvalık oldu. Derya ve Erdem çocuklarını alıp burada yeni bir hayat kuran öncü kafilemizdi. Sonra Dönüş ve eşi, oğulları Can'la geldiler, çocukluğumuzun geçtiği mahallelerden birine yerleştiler. Ben ve eşim İstanbul'dan tamamen kopmadıysak da artık çoğu zaman buradayız ve sanırım önümüzdeki kış Cunda'daki evimize tamamen dönmüş olacağız. Ayvalık bizim vatanımız. Hep yeniden başladığımız toprak. Bizi bırakıp gidenlerimizin yattığı, zeytin ağaçlarımızın kök saldığı, anılarımızın ve geleceğimizin yazıldığı yer burası.

"Bu yüzden sizin de burada olmanızı istedik. Bir kısmınız uzak şehirlerden, bir kısmınız uzak ülkelerden kalkıp geldiniz. Varlığınızın bizim için anlamı çok büyük. Ben babamı geçmiş zaman içinde anmak istemiyorum. Babam hep burada çünkü. Şu gördüğünüz zeytin ağacında yaşıyor babam. Bende, kızlarında, torunlarında, kitaplarında, çok sevdiği bu denizde yaşıyor.

"O yüzden ben babamı geniş zamanlar içinde sevmeye devam edeceğim. Benim babam yaz domatesine kendi sıktığı zeytinyağını dökmeyi sever.

Benim babam denize sabah erken saatte girer. Benim babam kimsesizlerin, terk edilmiş hayvanların, kitapların da babasıdır. Benim babam bu dünyanın en büyük kalpli babasıdır."

Annem konuşmasını zorlukla tamamladı. Kartal babam ağlamasını tutmaya çalışarak sarıldı anneme.

Onlara bakarken gözlerini silen Kiraz ve annesi Mine Hanım'ı gördüm. Somer Bey başını eğmiş, kimseye bakmadan konuşmaları dinliyordu.

Ne hayat be, dedim içimden.

Samimiyetle annemi dinleyip hüzünlenen bu iki kadın bir zamanlar benim için *o kadın ve kızı*'ydı. Oysa o anda karşımda duran üvey kardeşim Kiraz ve annesi, dedemin ömrüne durduğumuz saygı, sevgi selamında bütün kalpleriyle bizimle birlikteydi.

Ardından Dönüş teyzem ayağa kalktı. Beni şaşırtan bir şekilde elindeki kâğıttan okudu konuşmasını. Ben annemden beklerdim böyle bir şeyi ama öyle olmadı. O gece üçü de olduklarından daha başkaydı. Teyzemin bu konuşma için kendini hazırladığını ve gözlerimize bakarak konuşursa duygusal bir patlama yaşamaktan korktuğu için kâğıda bakmayı tercih ettiğini onu dinledikçe anladım. Konuşmasını ondan aldım ve buraya birebir aktarıyorum:

"Babamız Sadık Bey ve annemiz Nesrin Hanım'ın, evlatları için büyük idealleri vardı. Biz üç kız kardeştik. Türkân, Dönüş ve Derya. Dünyanın en güzel denizine bakan bir evde kucak kucağa geleceğin hayallerini kurardık.

"Ben babamın *ortanca*'sıydım. Sanırım evlatları içinde onunla en uzun vakit geçirebilen ben oldum. Uzun uzun sohbet ederdik babamla. Çok şey paylaştık onunla. Kardeşlerimin tanık olmadığı bir yalnızlığın ortağıydık.

"Ayvalık, Cunda... Babamın gözbebeği, nereye gitse gözünün önünden hayali silinmeyen cenneti. El ele dolaşırdık ben çocukken. Sonraları kol kola sürdü yürüyüşlerimiz. Birbirimize dayandık yıllar boyu. Bütün o yürüyüşlerde babam sanki ilk defa anlatıyormuş gibi anlatırdı ve ben de ilk defa dinliyormuşum gibi dinlerdim.

"Buradaki çoğu insandan farklı değildi bizim Ayvalık geçmişimiz. Annemin ailesi Giritliymiş, babamınkiler Midilli göçmeni. O yüzden bizimkilerin evlenmelerine izin vermek istememişler. Giritli ve Midilli göçmenleri arasındaki geçimsizlik o yıllarda biraz daha fazlaymış, bildiğiniz gibi.

"*Küçücük ada. Hep böyledir. Her yerde böyledir. Ada büyük olsun, küçük olsun. Elbet biri kendini diğerini beğenmeyerek daha iyi bulur,* derdi babam. *Güzel olan her şey fotoğraflarda kaldı be yavrum,* derdi annem de. Babamla sabahları çayını içmek için uğradığımız Hasan amca, *her giden döndü, mutlaka döner; bir kere yola çıkanın bir daha kapanmaz bavulu,* demişti bir gün.

"Öyleymiş. Bizim pek kapanmadı bavulumuz. Babamın son gecesinde başında eşim Serdar bekledi. Ateşli uykusu içinde sayıklamış sabaha dek. Bir ara demiş ki: *Hiçbir şeyden korkma! Yüzleşmekten korktuğun için sakladığın, hasıraltı ettiğin her mesele bir ömür acı çektirdi sana.*

"Babamın kendi gençliğine bir öğüdü bu. Fakat aynı zamanda bize bıraktığı, ciddiye alınması gereken bir tavsiye olduğunu düşünüyorum. Babam bizi büyütürken kendi özünden, kalbinin çekirdeğinden, ruhunun derinliğinden çok şey bıraktı bize.

"Rahmetli annemin kişiliğinin değişik parçalarının üç kızında can bulduğunu, devam ettiğini söylerdi. Babama göre annemin sabrı ve fiziki özellikleri Türkân ablama, inatçı çalışkanlığı ve liderlik gücü Derya'ya, edebiyat aşkı ve çok yansıtmadığı duygusallığı fazlasıyla bana kalmış.

"Annemizden kalan parçalara babamızdan eklenenlerle büyüdük, bugüne geldik. Bugün sık sık adının geçeceğini düşündüğüm Mesut bizim dördüncü kardeşimizdi. Çamlık Mahallesi'ndeki eski evimizin satışından gelen parayı sobada yaktığını sandığım sabah elimde olmadan en ilkel tepkiyi vermiş, Mesut'un üzerine yürümüştüm. Bugün anımsadıkça hâlâ kalbim sızlar. Mesut'un o korku dolu yüzünü unutmam mümkün değil. Babamdan yediğim tek tokattır. *O para dün yoktu, bu sabah da yok,* demişti. Ben Mesut'a karşı bugün bile nasıl mahcupsam babam da sanırım bana karşı hep aynı şeyleri hissetti. *Ben sizi böyle mi yetiştirdim,* demiş ve ağlamıştı o gün. Hayatımızdaki bazı kötü günler, olaylar aslında kalıcı iyilikler bırakıyor.

"Türkân ablamın kızı Defne'yle üzerinde çok konuştuğumuz, düşündüğümüz bir meseledir: Kaş göz rengimiz, yeteneklerimiz, kimi hastalıklarımız sonraki nesillere genetik olarak geçiş sağlıyorsa, duygusal hafızamız da genetik olarak geçiş sağlar mı? Bunun yanıtının olumlu olduğuna artık bütün kalbimle inanıyorum.

"Nedenini bilmeden peşine düştüğümüz duyguların, izini sürdüğümüz tutkuların, hapishanemiz olan korkuların bize bizden önceki nesilden kaldığına kanaat getirdim. Unutmamak, hatırlamak, birbirini tamamlamak için aslında.

"Babamın son sözleri üzerine eşim Serdar'la ortak bir karar aldık. Bu gece o kararın sonucunu ikimiz adına açıklamak bana düştü. Bir yıl önce, çok sevdiğim eşimle bazı sorunlar yaşamaya başlamıştık. Onda alışık olmadığım bazı tepkiler görüyor, üzülüyordum. Kendimce anlamlar yüklüyor, sonuçlar çıkarıyordum. Zannedişlerim üzerine verdiğim tepkiler bizi ayrı yaşamaya kadar sürükledi.

"Babamın ameliyatı sonrasında İstanbul'da bir araya geldiğimizde, bir süredir kendi içinde tuttuğu bir sırrını saklamaktan vazgeçtiğini söyledi. Eşim Serdar ne yazık ki genç başlangıçlı Parkinson hastası. Hastalığının belirtilerini fark ettiği ve teşhis konduğu günden sonra bunu kimseye fark ettirmemeye çalışmanın onu için ne kadar zor olduğunu anlattı. Kendi içinde yaşadığı derin mutsuzluğu ve çaresizliği paylaşamadıkça ruh halinin kötüleştiğini, bizim o vakitler anlam veremediğimiz davranışlara neden olduğunu söyledi. Çarenin bizden bir süre uzaklaşmak, kendi başına bir çözüm bulmak olduğunu düşünmüş.

"Kalbimi sızlatan bu gerçeği dile dökmek benim için bile ne kadar zor. Onun çektiği güçlüğü şu anda daha iyi anlıyorum. Bu kadar genç ve yetenekli bir doktorun, benim kocamın başına gelebilecek son şeydir zannederdim bunu. Değilmiş.

"Bana hastalığını açıkladığı andan itibaren geride bıraktığımız bir yılın her ânı aydınlandı sanki. Serdar, *gidiyorum, gideceğim, gitmek istiyorum,* demiyordu; Serdar hep, *gitmem lazım,* diyordu. Bugün şunu daha iyi anladım aile olmak iyi ve kötü anlarda, uzak ve yakın mesafelerde, sıcak ve soğuk günlerde, acı ve tatlı hatıralar biriktirerek ölüm ve doğuma daima birlikte yol almak demek. O yolculukta o eller kenetlenmeli ve hiçbir şartta kopmamalıymış. Benden bunu daha fazla saklamadığı ve mücadelesinde yanında olmama izin verdiği için müteşekkirim.

"Babamın, ertelediği pek çok şey için son günlerindeki üzüntüsüne tanık olduk. Serdar benzer bir telaşa kendisinin de kapıldığını anlattı. *Hayat ertelemeye gelmiyor, insanın bir çözüm bulabileceği yer eğer varsa ona kollarını açan ailesiymiş,* dedi.

"Bir ailenin içinde yapayalnız büyüyen, varlığı yokluğu umursanmayan çocukların, aile fertleri tarafından ezilen, hor görülen, okutulmayan kızların, miras kavgaları ile yolları ayrılan kardeşlerin, kocası tarafından hayatına son verilen kadınların acı hikâyeleriyle dolu bir dünyada bizim hayatımız bir masalmış.

"Ablam Türkân ve kardeşim Derya benim öz kardeşleri olmadığımı bilmelerine rağmen bunu benden saklayacak kadar büyük kalpli çocuklarmış meğer. Bu yüzden içim çok rahat söyleyebilirim ki babam, her insan gibi payına düşen büyük acılarına rağmen güzel bir ömür yaşadı. Torunlarını gördü. Biz bu konuda onun kadar şanslı olabilecek miyiz, bilmiyorum.

"Babamın gidişi kanatlarını kaybetmiş bir kuşmuşum hissi veriyor bana. Derinden kesilen bir tırnağın parmağa verdiği hissizliği çoğunuz bilirsiniz. Parmağınızın bir nesneyi kavrayışını yitirirsiniz âdeta. İşte omuzlarımda, ruhumda beni özgürleştiren o parçam, kanatlarım yerinden sökülmüş gibiyim.

"Bugün burada olan herkes hayatımızın bir parçası oldu ve bundan sonra da böyle olacak. Bu dünyadan unutulmaz bir baba, çok sevilen bir Ayvalıklı PTT Müdürü Sadık Bey geldi geçti. Dilerim ki, hatırası hep yaşasın ve yeri cennet olsun."

Teyzem, Serdar eniştemin hastalığını ve kardeşlerinin kendisinden sakındığı o gerçeği bildiğini açıklayarak o gece kendi hayatında en cesur adımı attı. Teyzemin konuşması bittiğinde Erdem eniştem ve Kartal babam, Serdar enişteme sarıldılar.

Serdar eniştem, Dönüş teyzemi öptü. Elini tutup yanına oturttu. Can -takım elbisesi içinde küçük bir adam- annesinin diğer elini tuttu.

Sıra Derya teyzemdeydi.

Kızı Gülce'nin yardımıyla ayağa kalktı. Günlerdir yemek yemiyordu. Birkaç günde gözle görülür biçimde çökmüştü. Gülce, dedemin gidişiyle mi büyüdü, yoksa zaten artık kendi dünyasından çıkma vakti gelmiş miydi, bilmiyorum ama annesine bir bebekmiş gibi özen gösterdi. Küçük Elif evde Elena ablası ile kalmıştı. Derya teyzem Gülce'nin yanağını öptü.

"Ben bu hayatta en çok babamı sevdim," dedi ve sustu.

Suskunluğu acı ve çaresizlik doluydu.

Salondakilere baktı bir süre, sonra başını yukarı kaldırdı. Gözyaşlarının akmasına engel olmak istedi ama olamadı.

Başını indirdi ve ağlayarak ellerini iki yana açıp dudaklarını ısırdı.

Halimi görüyorsunuz işte, daha ne söyleyebilirim, diyordu gözleri. Erdem eniştem koluna girip yerine oturttu Derya teyzemi. Saçlarını öptü.

Sonra Kartal babam Nezahat halamın elini tuttu. Perdenin önüne gelmesine yardım etti. Nezahat halamın elinde bir kâğıt vardı. Kâğıda bir göz attı ve sonra Dönüş teyzeme uzattı.

"Allah'tan, Dönüş bana bu filmi daha önce iki üç kez izletti. Doya doya ağladım. İlaçlarımı verdi. Hatta acaba fazladan ne verdi de kendimi uzun zaman sonra ilk defa bir sisin içinden çıkmış gibi hissediyorum, bilmiyorum. Bir konuşma hazırlamıştık bana ama ben şimdi vazgeçtim. İçimden geldiği gibi konuşacağım."

Önce Serdar eniştemе döndü:

"Serdar, yavrum, Allah şifanı verecek, biz yanındayız evelallah. Seni yıllar önce nasıl bulup

Dönüş'e getirdiydim, hatırlıyor musun? Ne güzel, nasıl neşeli günler yaşamıştık. Yine yaşarız inşallah. Ama sen bizi bırakıp gitme bir daha oğlum, e mi?" dedi.

Salonda halayı ve eniştemi destekleyen bir alkış yükseldi. Serdar eniştem kalkıp Nezahat halaya sarıldı. Halam yanaklarını okşadı eniştemin, elinden tutup yerine oturttu. Sonra konuşmasını yapmak üzere yerini aldı bir kez daha.

Nezahat halayı tanıdığım günden bu yana onu hiç öyle dik, sakin, kimseye takılmadan, yumuşacık bir sesle sular seller gibi konuşurken görmemiştim. Hakikaten Dönüş teyzem nasıl bir ilaç verdiyse, sanki Nezahat halam kendisini biri seslendiriyormuş gibi konuşuyordu.

"Abim şu hayattaki her şeyimdi. Aramızda sadece bir yaş olmasına rağmen, bütün ömrümüz boyunca, çocukluğumuzdan bu yana hep on yaş büyüğümmüş gibi beni koruyup kolladı.

"Annemiz Mübadele sonrası Ayvalık'ta doğmuş. Babamız buraya geldiğinde küçük bir çocukmuş. Ayvalık'ta 1934 yılında yaşanan büyük deprem her ikisinin de dar gelirli ailelerine çok zarar vermiş. Kıt kanaat evlendirmişler bizimkileri. Zar zor bir ev kurmuşlar. Abimin sesinden de duydunuz; 1944 depreminde de bizim evimiz yıkılmış. Mal mülk sahibi olmayı bu yüzden hiç sevmedi abim. *Bir deprem, bir yangın, bir felaket senden her şeyi alır. Sahibi olacağın tek toprak parçası yatacağın yer. Onun da sahibi değilsin ya... Ziyarete gelenin bitene kadar üzerinde adın yazar,* derdi.

"Abimin en iyi arkadaşı İsmet abiydi. Babası hayatta olduğu için kendini bizden şanslı sayar; ekmeğini, harçlığını abimle paylaşırdı, nurlar içinde yatsın. Bir gün, İsmet abiyi babası harçlığı çabuk bitiyor diye azarlamış. O da abimle paylaştığını söyleyince pek üzülmüş. Çok kol kanat gerdi bize. Allah rahmet eylesin, çok muhterem insandı babası da. Ailecek bize çok destek oldular. Abim hem çalıştı hem okudu. Liseyi bitirdi. Ben onun kadar şanslı olamadım. Ortaokuldan sonra devam etmem mümkün olmadı. Annemle evde dikiş dikmeye başladım.

"Birkaç yıl sonra, o zamanlar Ayvalık'ta görev yapan bir subayın eşine bir elbise dikmiştik. Hanımefendi pek kibardı. O vakit görüp beğenmiş beni. Görevleri bitmiş, İstanbul'a döneceklermiş. Oğluna istedi beni. İstanbul'da konağımız var, dedi. Annem, zavallı, çok sevinmişti. Hem asker demek devletten maaşlı demekti. Ailenin durumu iyi diye sorgu sual etmeden olur dedi kadına. Gelin olup gittim. Meğer konak dedikleri ahşap iki katlı küçücük bir evmiş. Bütün aile o evde ikamet edermiş. Kayınvalidem, yukarıda Allah var, yalanım yok, yaşadığı sürece bütün evin hizmetini gördürdü bana. Pek fena, pek bilgiç bir kadındı, Allah rahmet eylesin."

Salonda gülüşmeler oldu. Halam da güldü. Konuşmasına devam etti.

"Zor günlerdi ama eşim Hikmet'i çok sevdim. O da bana toz kondurtmadı. Aile büyükleri vefat edip diğer kardeşler dağıldıktan sonra biraz huzura ermiştik. Lakin yarım kaldı mutluluğumuz. Hikmet'i bir trafik kazasında kaybettik, sizlere ömür. Abimin eşi rahmetli Nesrin hakikaten çok üzülmüştü eşimin vefatına. Biz çok geçinemezdik ama içten içe severdik de birbirimizi. Geçmiş gün, gençlik, yanlış anlaşılmalar filan. Aslında şartlarım nedeniyle çok mahcubiyet hissediyor, ailemi evime davet edemiyordum. Nesrin de haklı olarak güceniyordu. Ama aslında en küçük kardeşimiz Fatih yüzünden açıldı aramız.

"Nesrin haklıydı esasen. Çok şımartıyorsunuz, derdi. Doğrudur. Rahmetli annem de kundakta yetim kaldı diye ona farklı muamele etmişti. Ben 7, abim 8 yaşındaydık, eh kendimizi iyi kötü kurtarmış sayılırdık. Bizden ziyade annem mesuldü kardeşimizin şımarık tabiatından aslında. Annemi de benim evliliğimin ardından kaybettik. Abim 19 yaşındaydı. Kardeşimiz Fatih 11. Gencecik, 19 yaşında bir delikanlı, 11 yaşındaki bir çocuğun bakımını ne kadar üstlenebilir ki? Abim liseyi bitirdiği sene kayınpederimin vesilesi ile memuriyete başladı. Küçük kardeşim Fatih'i yatılı bölge okuluna verdik. Fakat çok haylazdı. Okumak istemiyordu. Abim ve Nesrin'in birbirlerine evlilik sözü verişleri de o tarihe rastlar. Nesrin'in ailesi kızlarının abimle bir münasebeti olmasını en çok Fatih sebebiyle istemiyordu.

"Nesrin, Öğretmen Okulu'ndaydı. Mezuniyetinden sonra Nesrin'in ailesinin muhalefetine rağmen evlendi bizimkiler. Türkân'ımız dünyaya geldi. Çok mesut oldukları haberini alıyordum.

Fakat Fatih okulu bitirince abim mecburen onu yanlarına aldı. Nesrin'in ailesi haklı çıktı. Fatih uslu durmadı. Nitekim ailemizin en kara hatırası oldu. Bugün abimi bu dünyada iki kardeşmişiz gibi uğurlamak da varmış. Uzun anlattım, kusuruma bakmayın.

"Benim bir çocuğum olmadı. Kardeşlerimden birini yaşarken kaybettim. Çok sevdiğim eşimin vefatından sonra bir daha aşk aramadım. Çünkü benim Sadık abim vardı. Sadık abim benim bu dünyadaki direğimdi. Kızları kızım, damatları damadım, torunları torunum oldu. Bir gün olsun yalnız, kimsesiz, çaresiz bırakmadı beni. Mekânı cennet olsun inşallah.

"Abim hastanede yatarken, iyileşince yapacaklarının listesini çıkarmaya karar vermişti. İki tanesini söylemişti bana. Onun isteyip de gerçekleştiremediği o iki şeyi yapmak artık bize kalıyor:

"*Birincisi, bu yaz çocukları, torunları topla, Midilli'ye ve Girit'e git. Çocuklara ailemizin hikâyesini anlat.* İkincisi, ekmek mayala. Can'ın, Elif'in düğünlerine kadar o mayayı yaşatsınlar. Bu ailenin bir can mayası olsun Nezahat, demişti.

"Bu yaz abimin isteğini yapıp anne baba memleketinde, onların doğduğu mahallelere gideceğiz. Ailenin her bir çocuğuna kalacak ekmeği de ben mayalayacağım inşallah. Geldiğiniz ve abimi sevdiğiniz için teşekkür ederim."

Nezahat halanın konuşması bitince bir alkış koptu ve sonra bir süre sessizlik oldu.

Hiçbirimizde yeni bir söz söyleme, hareket etme gücü kalmamış gibiydi.

Kartal babam ayağa kalktı.

"Sevgili dostlarımız, babamızı neşeyle analım demiştik aslında. Sevdiğimiz birinin yokluğuna alışmak kolay olmayacak. Fakat eşinin vefatından sonra kızlarına sarılarak hayata devam etmeye çalışan, devam eden Sadık babayı ancak onun yaptığını yaparak yaşatabiliriz. Hayatın bize verilen bir ödev olduğunu kabul edip, geride kalanlara sarılmak gerek şimdi. Ailenin şu anki en büyüğü olarak siz onu sevenleri bütün kalbimle kucaklıyorum," dedi.

İşte böyle...

Bizde sadece duygular, hatıralar değil, galiba defterler de nesilden nesile aktarılıyor. Dedemin ekmek mayasını yaşatmamızı istemesinin nedeni de can mayasında bir önceki nesli bir sonrakinde biraz daha yaşatmak olmalı. O mayayı yaşatmak bir ödevimizse o geceyi kayda almak da diğer ödevimizdi bence. Bantlara, filmlere, dijital hafızalara güvenmiyorum. İnsan hafızası, hatırası yazıyla kayda alınmalı. Hele bir de yaşanan olaylar sırasında bizi etkisi altına alan duygu yükleri varsa, insanın yanlış, eksik hatırlaması çok yüksek bir olasılık. O yüzden, Sadık dedemi anma akşamımızın görüntülerini kim bilir kaç kez izlediğimi ben de bilmiyorum. Kelimesi kelimesine aktarmaya çalıştım. Eksiğim olabilir, fazlam olabilir ama iyi kötü başardığımı düşünüyorum.

*

Serdar eniştemin hepimizden sakladığı sır gecenin büyük bombasıydı aslında. Kimin aklına gelirdi? Gencecik bir adam. Kim bilir neler yaşadı kendi içinde? Babasında da böyle bir rahatsızlık varmış. İlk belirtileri fark edince büyük bir korkuya kapılmış. Kendisini kontrol etmeye çalışırken yaşadığı sıkıntılar ağır bir baskı yaratmış üzerinde.

Dedemin anma töreni sonrasında eve geçtiğimizde anlattı Serdar eniştem. Biz onun başka heveslerin peşine takılıp İstanbul'a gittiğini zannederken meğer o kendi içinde büyük bir mücadele veriyormuş. O anlattıkça hepimiz o kadar üzüldük ki... Hele Erdem eniştem...

"Seni böyle bir dönemde nasıl yalnız bıraktım ben bacanak, nasıl anlamadım?" deyip durdu.

Fakat Serdar eniştem sanki kabullenmiş her şeyi. Erdem eniştem ona sarılınca, "Benim içim böyle daha rahat etti. Anladım ki, oğlum emin ellerde büyüyecek," dedi.

"Peki Can seni seçseydi ne olacaktı? Madem hastalığın için uzaklaştın, ona nasıl bakacaktın?" diye sordu Erdem eniştem.

"Can beni seçseydi, annesi bizimle gelirdi. Herkesi bırakır ama oğlunu asla!" diye yanıtladı Serdar eniştem.

Hastalığını böyle kolay kabullenmesine itiraz ettik ama o da bize bunun dışında bir yol olmadığını söyledi. Yurt dışındaki bazı Parkinson tedavi vakıflarıyla görüşmüş. Oradaki genç hastaların hikâyelerinden çok etkilenmiş. Dönüş teyzeme açıklama, ailesinin desteğini alma fikrine böyle alıştırmış kendini. Hepimize tane tane olabilecekleri anlattı. "İlaçlarla ve yapabileceğim ne varsa tümünü yaparak yaşama devam edeceğim. Hiçbir şeyi ertelemek yok. Yapmayı düşündüğümüz, istediğimiz her şeyi imkânımız varken yapalım. Bir gün böyle konuşamayacağım; o güne dek birbirimizle net konuşalım. Ne düşünüyorsak onu söyleyelim. Kimse küçük şeyler yüzünden birbirine kırılmasın. Zaman dar. Bunları bilerek yaşamak gerek," dedi.

İçim sızladı.

Bu hastalığın bu kadar genç yaşta başlamış olmasını hâlâ aklım almıyor. Daha 50 bile olmadı Serdar eniştem. Ailesel durumda mümkünmüş bu. Dönüş teyzem ve Can o kadar güçlü duruyorlar ki, bazen hastalığın ciddiyetini anlamıyorlar mı acaba diye düşünüyorum. Annem, "Dönüş zor günlerin insanıdır. Gör bak nasıl bir savaşçıya dönüşecek," diyor.

Eniştem İstanbul'daki işinden ayrıldı, buradaki muayenesinde çalışmaya başlayacak yine. Annemler İstanbul'daki büyük evi kapadı. Feneryolu'ndaki küçük daire İstanbul gidiş gelişleri için elde tutuldu. Kartal babam Nezahat halamın İstanbul'daki evini yeniletti, kiraya verdiler. Halanın düzeni bozulmasın, kendini yalnız hissetmesin diye onun yanına kalıcı olarak yerleştiler. Aslında ev zaten Kartal babamındı. Öyle tatlı bir adam ki, halamın gönlünü almak onu rahatlatmak için, "Halamızın yanına taşındık. Oh, İstanbul'dan kirası da geliyor. Zengin kadının yanına taşınacağız tabii, başka ne yapacaktık?" diyor. Nezahat haladan zorla da olsa bir gülücük koparıyor.

*

Birkaç hafta içinde hep birlikte Midilli'ye gidip bir gece kalacağız...

Nezahat halamda bile bir heyecan var.

Ömer yola çıktığımızda Kartal babamla özel bir şey konuşacağını söyledi.

"Sakın ters bir şey söyleme, seni denize atar," dedim.

Bana inanmıyor. "Eğer ben onunla konuşmazsam sonunda küçük Elif'in evlilik teklifini kabul etmem gerekecek. Çok ağlıyor, dayanamıyorum. Hiç olmazsa başım gözüm bağlansın da Elifçiğime ben nişanlıyım filan diyeyim," dedi.

O böyle şeyler söylediğinde içimde rengârenk bir uçurtma yükseldikçe yükseliyor.

Küçük Elif, Ömer'i gördüğü ilk günden beri ona âşık. Nasıl olacak bilmiyorum ama Ömer'den ayrılmak istemiyor. Can sonunda rahat bir nefes aldı. Ömer'i o da çok seviyor. Sevmeyen yok ki...

Belki Kartal babam biraz şüphelidir ama bence o da mahsus mesafesini koruyor.

Sevmese hayatta bu kadar içimize girmesine izin vermezdi. Ömer de çok komik, onun gözüne batmamak için her dediğine koşturuyor. New York'ta tanıdığım o havalı Ömer'den eser kalmadı. Katia ve Kaan, dedemin anma töreninin ertesi günü Yaşar teyzeyi de alıp Ihlara'ya doğru yola çıktı. Lorin Hanımlar ve Ömer burada, Ayvalık'ta kaldı.

Kartal babam o sabah herkes gittikten sonra hâlâ yanımızdan ayrılmayan Ömer'e gözlerini diktiğinde, "Eyvah!" dedim, "İşte o an geldi!"

Bana, *gelmeyeceğim,* diye mektup yazmıştın ha, al işte, gör gününü!

Yine de kıyamadım. Kartal babamın dikkatini dağıtıp, olası sağanağı önledim.

O anda dedem yanımızda olsaydı keşke.

Ömer'e gelince...

Ömer dedemin gidişiyle gelen sürpriz.

O yüzden olayları tekrar başa alıyorum.

Bana yazdığı yanıtı gönderdiği akşam Kaan'dan öğrenmiş dedemi kaybettiğimizi.

Yazdığı yanıtın içeriği de zamanlaması da üzmüş onu. Üzülsün tabii!

Kaan beni aradığında yanındaymış meğer. Katia'dan gizli görüşüyorlarmış bir süredir. Katia benden sonra hiç konuşmamış Ömer'le. Kaan o gece kötü haberleri alınca, Katia'yı arayıp durumu anlatmış. Eve giderken Ömer'i de götürmüş yanında.

Katia benimle telefonda konuşurken çok üzgündü. Duyguları baskın gelince kırık Türkçesini bırakır, İngilizce konuşurdu hep.

"Çok ama çok üzgünüm. Aslında söylemek istedigim başka şeyler de var fakat şimdi zamanı degil. Seni daha sonra mutlaka arayacağım," dedi.

Ben pek anlamamıştım doğrusu neyi kastettiğini. Meğer, Ömer burada, sence nasıl konuşmalıyım, ne yapmalıyım, diyecekmiş.

Ne yapacaklarına da birlikte karar vermişler.

Cenazeye yetişememişlerdi ama dedemin 40 duasına ve anma törenine gelebileceklerini bildirdiler.

Duanın olduğu gün, sabah erken saatlerde İzmir'e ineceklerdi. Ben arabayla onları almayı teklif ettiysem de Kaan istemedi. "Çocuk var, çocuk koltuğu ve araba kiralamamız gerek zaten," dedi.

Dedemin anma törenini yaptığımız otelden Kaanlar için yer ayırtmıştım. Sabah onları orada bekledim ama geciktikleri için sonunda çıkmak zorunda kaldım. Dedem içim lokma ve tavuklu pilav dağıtılacaktı duadan sonra, annem servisin başında durmamı istemişti.

Dua bittikten sonra dışarı çıktık.

Lokma ve tavuk pilav arabalarının önünde iki ayrı kuyruk vardı.

O sırada, kalabalığın içinde Katia'yı gördüm. Otele eşyalarını bırakıp hemen inmişler yanımıza. Her biriyle tek tek kucaklaştık, selamlaştık. Yoldan geldiler diye hemen onlara bir şeyler ikram etmek istedim. Bunlar, "İllaki biz de kuyruğa gireceğiz," diye tutturdular. "İçeri girin, şu bahçedeki sandalyelere oturun, ben şimdi getireceğim," diyordum ama bir türlü ikna edemiyordum bizim *Almanları.*

"Tamam sen de onlarla git otur, biz Kaan'la getiririz pilavları," dedi bir ses.

Hemen arkamda.

Omzuma dokunuyordu hafifçe.

Ensemde soluğunu duyuyordum.

Olamaz!

Şok içinde Katia'ya bakıyordum. Katia gülümsüyordu başını sallayarak.

Şaşkınlıkla döndüm ve evet, oradaydı!

Ömer karşımda duruyordu!

Sanki dünden beri orada duruyormuş, sanki pilavcıyı o tutmuş getirmiş gibi, "Sen onlarla git, ben getiririm," diyordu bana.

"Ömer?" dedim şaşkınlıkla.

"Başın sağ olsun. Çok geciktim biliyorum ama en azından bugüne yetiştim," dedi.

"Ömer?" dedim bir kez daha. Sanki duyduklarıma inanmıyordum.

"Bin kez özür dilerim. Hadi gidin oturun, geliyoruz hemen," dedi.

Katia koluma girdi. Sandalyelerin dizili olduğu bahçeye doğru yürürken, "Kaan'dan öğrenmiş geleceğimizi. Biz davet etmedik. Gelmek istemesine de engel olmadık," dedi.

Öylesine büyük bir şaşkınlık içindeydim ki, ne söyleyeceğimi, ne yapacağımı bilemiyordum.

Dönüş teyzem yetişti imdadıma. Annemler, Kaan'ın anne babası ve Yaşar teyzeyle ilgilenirken, teyzem de Katia'yı öpmek için yanımıza geldi.

Teyzemin koluna yapıştım.

"Teyze, Ömer gelmiş!" dedim dehşet içinde.

Teyzem duyduğundan çok memnun olmuştu. Yüzünde bir minik tebessümle, "Niye böyle korktun peki?" dedi hınzırca.

"Çok korktum, korkuyorum!" dedim.

Kaan'la birlikte, eli kolu pilav tabağı dolu, bize doğru yürüyen Ömer'e bakan Kartal babamı işaret etti beni dürterek.

"Seninki çoktan uyanmış, kork bence de!" dedi.

O gün hemen hemen hiç konuşmadık Ömer'le.

Bütün gün sessizce yanımda dolaştı, oturdu. Kartal babamın gözüne batmamaya gayret etti. Anma töreni sırasında yanımda oturduğunu bilmek büyük bir huzur verdi bana. Sımsıcak bir huzur. Dönüş teyzem Serdar eniştemin hastalığını açıkladığında masanın altından elimi tuttu. O ele o anda hissettiğim minnet, aşk ve sevgi, duyduğum haberin üzüntüsüyle sanki katlandı, daha da büyüdü.

Beni havaalanında öyle bırakmasını ölsem affetmeyeceğimi söyledim ona.

Affettiğim için tutmamıştım o eli. Sadece çok üzgün olduğum bir günde yanımda olması beni duygulandırmıştı. O kadar.

O da o davranışının bir özrü olmadığını ama herkesin ikinci bir şansı hak ettiğini söyledi. "Hiç yapamam dediğini yapabilecek bir güç buldum. Gözümü kapadım, soluğumu tuttum, geldim. Buradayım. *Defteri kapamak için gel,* demiştin, yine korkmuştum. Ama şimdi beni desteklersen cesur bir insan olduğuma inanabilirim. Belki yeni hayatının başındayken yanında olmam gerekiyordur," dedi. Babamla Franz Bey'in ortak açacağı otelde çalışmak istediğini, Lorin Hanım'ın kendisine bir yıllık süre verdiğini ve belki onu şimdi tam anlamıyla tanıyabileceğimi söyledi.

Katia ve Kaan arkadaşları Ömer'in samimiyetine inandıklarını ama bir kez daha şans verip vermemenin benim kararım olması gerektiğini, onların etkisi altında kalmamı istemediklerini söylüyorlar. "Tabii öyledir," diyorum. Ömer'in nerede çalışacağına, deneme süresine, nerede kalacağına kadar her şeyi hazırlamışlar, kararı ben verecekmişim!

Katia, "Bir kez daha seni üzerse onu ben mahvederim," diyor ama bilmiyorum...

Biliyorum aslında.

Yanacaksam yanacağım ama bir kez daha ona âşık olacağım.

Benimle birlikte Ayvalık'a gelen Badem'in Ömer'i görür görmez yüzüne yerleşen, *sizi çok sevdim amcacığım, size baba diyebilir miyim,* bakışıyla beline sarılmasıyla anladım ki, ben bu aşkta yalnız olmayacağım. Onu Badem'le, Elif'le, kedimiz Bebek'le paylaşacağım.

Kedimiz Bebek'i küçük Elif çok istedi ama Badem'le onları ayrı bıraktığımız o üç günde ikisi de çok mutsuz oldu. Badem üç gün ağladı, *kedi Bebek nerede,* diye. Bebek de ne mama yemiş, ne oyun oynamış. Anladık ki, bu iki birader çok alışmışlar birbirlerine, ayırmak zalimlik olacak. Kedi Bebek'i teyzemden alıp getirdiğimde Badem sevinçten aklını kaçıracaktı. Kedi ile köpek top oynar mı? Oynuyorlar işte...

Bu akşam Ömer'le Edremit'e gideceğiz. Kiraz bizi yemeğe davet etti. Ömer'i yakından tanımak istiyor. "Yemekten önce bağları, şaraphaneyi gezeriz," dedi. Söz verdi, Somer ve Mine Hanım olmayacaklar. Mine Hanım'ı Somer'den daha içten bulsam da, onlarla oturup sohbet etmek şimdi zor gelecek bana. Kiraz'la kardeş gibi değilsek de iyi iki arkadaş olduk galiba. Onu seviyorum. Mine Hanım'ı sempatik buluyorum. Fakat ne yapsam Somer'e karşı insani bir duygu belirmiyor içimde. Öyle işte. Bana dedemin vefatından sonra baş sağlığı mesajı atmıştı: *"Kızım, dedeni kaybettiğinizi büyük bir teessürle öğrendim. Başınız sağ olsun. Baban."*

Ömrüm boyunca ondan bana yönelmiş tek eylem buydu.

Kızım, diye başlamış, *baban,* diye bitirmiş.

Bende sahici bir karşılığı yok. Ama iyi niyetini (büyük ihtimalle Kiraz'ın zoruyla) kabul edebilirim. Mesajını sildim. Neden bilmem, telefonumda tutmak istemedim. Kartal babama ve anneme, "Ben Kiraz'a haber vereceğim töreni. Çok arayıp sordu, çok destek oldu bana. Onları da davet edelim. Kiraz'a ayıp olmasın. Zaten gelmezler," dedim. Ama geldiler.

Annem ve Mine Hanım ilk kez o gece karşılaştılar.

Gerilim dolu bir an olacak sanıyordum ama Kartal babam onlara diğer konuklardan farklı davranmayarak herkesin derin bir nefes almasını sağladı. O gecenin ev sahibi olarak öyle güçlü bir duruşu, etkisi vardı ki, o kötü hatıralar Kartal babamın kanatları altında kayboldu. Gecenin bitiminde onların varlığı unutulmuştu bile. Ya da annem her zamanki gibi kendi içinde yaşadı ama bize hiçbir şey söylemedi. O susunca herkes sustu haliyle.

İşte böyle...

Önümüzde yapılacak çok iş var. Bu deftere bir daha ne zaman yazabilirim, bilmiyorum. "Midilli'den sonra Girit'e de gidelim," diyor bizimkiler ama bakalım neler olur. Çok vakit kaybetmeden yeni otelin hazırlıklarına girişmek gerekecek. Ama daha da önemlisi yolculuktan önce Kartal babamı, Ömer'in varlığına hazırlamamız gerek. Dönüş teyzem ve Serdar eniştem, "Biz destek oluruz, merak etme," diyorlar. Bütün ailenin yine bir arada olduğu sabahları görmek ne güzel. Canım dedemin gidişi bile dağılan parçalarımızın toplanmasına, bir araya gelmemize neden oldu. Varlığı bütün gücüyle, ışığıyla bizimle hâlâ.

İnşallah dedem cennettedir, anneannemi ve Mesut'u bulmuştur.

Ve inşallah beni duyuyordur:

Sana söz dedeciğim, o can mayası yaşatılacak.

Bizi hiç merak etme, biz hep bıraktığın yerdeyiz...

GAZETECİ DOĞAN D.'NİN VEDA YAZISI

Yaz sonu geldi yine. Bir yıl önce bugün, Volkan'ın gittiği gün doğan bir bebek ilk dişlerini çıkaran, varlığını gülüşleriyle ispat eden bir arkadaştır şimdi, ne güzel.

Dört mevsimde neler olup biter, düşünsenize.

Hayat kendini tekrar ederken, biz hayatta kalanlar biraz daha yıpranırken, dünya hep yeniden başlar.

Mesela bizim buralarda, Ayvalık'ta, toprak kısmen donar. Daha yukarılara çıkarsan kar da yağar. Toprak uykusundayken bahar yağmuru bir başka düşer üzerine. Haber verir ben geldim diye. Yağmur yumuşatır, güneş ısıtır toprağı, uyku biter ve uyanır uykuda olan ne varsa. Kökler salınır derinlere. Yüzeye çıtır çıtır genç bir yeşillik yayılır, arada papatyası, gelinciği gülüşür. Su yürür ağacın dallarına, çiçeğin yaprağına. Dallar bir sevgilinin kolları gibi güçlenir. Arılar sevgililer arasında bir meşk yolculuğuna çıkar, birinden diğerine taşır aşk sözcüklerini. Meyveye döner ağacın çiçekleri. Olgunlaşanlar kendiliğinden dökülür. Çifter çifter uçar kırlangıçlar. Salyangozlar gül dalına meyilli, sincaplar cevize sevdalı yürür.

Sonra eski evlerde sobalar sökülür. Camlar silinir, odalar temizlenir dip köşe, balkonlar yıkanır. Bir iki derken, okullar tatil olunca bütün yazlıkçılar doluşur kasabaya. Günübirlik gezi tekneleri limanda, eli dondurmalı çocuklar annelerinin eteğindedir. Gençler ilk aşkın heyecanıyla otururken sahilde, yaşı kemale erenler çay içerek izler geçip giden gençliği. Sıcak otomobilin içinde camları açıp denize giderken toprak yolların kenarındaki yabani melisaların kokusu takılır peşinize. Havluda deniz ve krem kokusu kalır. Akşam evde salataya doğranan taze domatesin kokusu katılır.

Yaz biter sonra. Okullar açılır. Şehre döner kalabalık.

Sokaklar, banklar, çay bahçeleri boşalır.

Dünya eğimini değiştirdikçe güneş başını eğiyor zannederken insan, bağbozumu da biter. Sonra kasalara mandalinalar, limonlar yerleşir, kamyonlar yola koyulur. Kasımda güneş daha acılı batar bizim burada. O batarken yazdan başka, daha derin ve keskin bir hüzün boyar gökyüzünü.

Hava soğur daha da. Rüzgâr yağmur damlalarını kapılara, camlara savururken ağaçları hırpalar. Yapraklar örter uykuya hazırlanan toprağın üzerini. Yazlıkların kapıları kilitli, koltukların üzeri örtülü, panjurları kapalıdır şimdi. Sokaklar biraz daha tenhadır. Erken inen akşamlarda esnaf kapı önünde eski kederlerin şerefine kadehini kaldırır. Kazaklar, hırkalar çoktan sandıklardan çıkmıştır. Işıklar erken söner evlerde.

Sabah ayazında, karanlıkta yola koyulur zeytin tayfası. Akşam inmeden zeytin çuvalları yüklenir traktörlerin arkasına. Zeytin çuvallarının üzerinde soğuktan dudakları çatlamış zeytin işçileri birbirine dayanır yorgunluk içinde. Sobalar yanıyordur artık. Şimdi bir tarhana çorbası, sonra erken bir uyku bekler onları. Kendi mutfağında zeytin kıranlar, eski toprak küpünün sırrını kontrol edip kendi hasadının yağını yükleyenler, torikten lakerdasını bastığı kavanozdan çıkarıp yanına kırmızı soğan kesenler göçüp gidenleri düşünür, "Azaldık vre birer birer," diye iç çekerler.

Gidenler mezarları üzerinde bir su testisi, solmuş birkaç dal menekşeyle kalanların duasını bekler.

Bir yıl daha böyle geçip gider.

***

Bir yılın ardından oturdum kıyıya, aldım çayımı, denize baka baka yazıyorum şimdi. Bu kıyı, eksikliğiyle canımı sıkan, beni kızdıran arkadaşımı daha da özlememe neden oluyor. Aslında Volkan bir yıl boyunca tesadüf diyemeyeceğim hadiselerle bir şekilde yanımda bir yerlerde olduğunu hep hatırlattı bana.

En son dün gece kitaplığımdan bir kitap düştü mesela yere.

Ah be Volkan, dedim. Ulan yine ne yaptın ettin, muhabbete geldin benimle.

Kitap ikimizin içindeki o genç vatanseverliği, zulme itirazı güçlendiren bir kitaptı. Defalarca okumuştuk.

Kitabı bize Ayvalık'ın o dönemdeki postane müdürü vermişti. O zamanlar kitapları İzmir'den alırdık.

Dolmuşta önümüzde oturuyordu.

Kitabın adı hoşumuza gitmişti: *Kalbimi Vatanıma Gömün.*

İki kafadar arka koltuktan okumaya çalışırken fark etmişti Müdür Bey. Bize uzatmıştı.

"Çok sevdiğim bir kitaptır. Arkadaşım için almıştım ama sizin olsun," demişti.

"Kabul edemeyiz," dediysek de çok ısrar etmişti.

Unutulmaz bir gündü.

Müdür Bey bizimle aynı yerde dolmuştan inmişti. Onu karşılayan genç kızı yanaklarından öpmüş, genç kız "Ben alayım mı baba paketleri?" demişti.

Müdür Bey'in dünyalar güzeli kızını ilk kez o gün görmüştük.

Dün gece Müdür Bey'in bize o gün hediye ettiği kitap düştü işte önüme.

Aldım kitabı, oturdum; Volkan'ı da karşımda oturuyor kabul ettim.

"Volkan," dedim. "Birader, sen gittikten sonra çok şey değişirken bazı şeyler hiç değişmedi. Zalimin adı değişti de, yapıp ettikleri değişmedi mesela. Canımızı sıkan ne varsa aynı. Lakin bizi sevindiren, mutlu eden küçük şeyler artık daha büyük geliyor bana. Adaleti anlatan bir film izlerken ağlıyorum mesela ve utanıyorum. *Ulan bu kadar mı örselendi adalete inancın,* diyorum. Çok özlüyorum oğlum senin konuşmalarını. Sen beni inandırıyormuşsun meğer adalete. Haklı hakkını almazsa, suçlu cezasını bulmazsa olacakları anlattığın, toplumsal adaletin toplumsal mutluluğu getireceğine dair yaptığın konuşmaları dinlerken seni köşeye sıkıştırmayı özledim. Her atağımı ağırbaşlılıkla göğüslemeni, lafı ağzıma tıkamanı özledim.

"Biliyor musun, bizim Müdür Bey vefat etmiş bu yaz başı. Dün kabristanda seni ziyaret ettikten sonra, gittim onu da ziyaret ettim. Belki buluşmuşsunuzdur oralarda, kim bilebilir?

"Torunu nişanlanmış. Amerika'dan gelmiş delikanlı. Bizim Nihat takmış yine yüzükleri. Anlata anlata bitiremedi. Kızı çok benziyormuş annesine. Hey gidi hey be... Düşünebiliyor musun Volkan, yaşasaydın, ilk aşkımızın kızının nişanını görecektik seninle. Bir rakı açacaktık, geçip giden hayatın şerefine içecektik. Yaşlandık ulan diyecektik hayretle. Ben şimdi tek başıma içerim.

"Düşünüyorum da, sen de, o güzel kitabımızın emanetçisi Müdür Bey de sevdiğiniz yerdesiniz. İkinizin de kalbi vatanına gömüldü."

***

Sevgili okurlar, bir yıl önce bir pazar yazısında anlatmıştım size Volkan'ı, anımsayanlar çıkacaktır. Bu yıl da affınıza sığınıyorum böylesi bir kişisel yazı için. Bir gençlik anısıyla yine gününüzü işgal ettim.

Lakin bu yazı, gazetecilik hayatımın finalidir.

Evet, bu benim son yazım.

Artık yorgunum. Ne medyada ne İstanbul'da ne de kalabalıkta nefes alacak gücüm kaldı. Beni anlayacağınızı, çoğunuzun bugünlerde böyle hissettiğini biliyorum. Artık gazetecilik yapacak alan, yer, yol bulamıyorum. Vazgeçtiğimi ya da savaş alanından kaçtığımı düşünmeyin.

Adalete inancımı onarmam gerekiyor. Yarına, geleceğe yeniden inanmam gerekiyor. Anlattığım kadar dinlemediğim, yazdığım kadar okumadığım bir hayatı devam ettirmekte güçlük çekiyorum. Daha çok dinlemek, daha çok okumak, daha çok izlemek gerek. Gitmek istediğimiz bir hedefe ulaşan başka yollar varsa o yolları bulmak için düşünmeliyim.

Doğduğum yere geri dönüşüm bu yüzden.

Ormanda yüzyıllarca bir arada yaşayan ağaçlar yeni fidanların suya kavuşmasına öncelik verirler. Dalı kırılana destek olurlar.

Dalı kırık bir ağaç kabul edin beni.

Önümüzdeki tüm mevsimleri memleketimde geçirmek istiyorum.

Bağbozumunu, zeytin hasadını, anamın eski evindeki soba başında ısınmayı, yağmurda yürümeyi ve limon, portakal, turunç çiçeklerinin kokusuyla dolu ilk yaz sabahlarını, yasemin tüten sıcak yaz gecelerini kaçırmak istemiyorum artık.

Kalbimi vatanımda onarmaya geldim, burada kalıyorum.

Volkan'la Ayvalık'taki son sohbetimizde, tam şu anda oturduğum masada oturmuştuk. Denize açılan bir kayığa bakarak demişti ki:

"Mutluluk yaralı büyüyen bir çocuk gibi. Bu yüzden hep tedirgin, hep kaçmaya hazır, hep ürkek bir misafir. Uzun bir ömrün sonuna gelebilenler ve genç hayatların bitişine tanık olanlar bu misafirin kıymetini iyi bilir. Kendi haline bırakmayı, geldiği vakit korumayı, çok üstüne gitmemeyi öğrenmiştir zira. İnsan nasıl yaşaması gerektiğini keşke bu kadar acıya hedef ve tanık olmadan öğrenebilse."

Yeterince hedef, yeterince tanık oldum.

Ömrümün kalan kısmında mutluluk yanıma uğrarsa üzerine gitmemeye kararlıyım.

Hoşça kalın.

Bu kitaba benimle birlikte kalbini koyan herkese teşekkür ederim. Bir de zeytin ağaçlarına, fıstık çamlarına ve uzun yollara…

İclal Aydın
27 Ağustos 2019
Ayvalık - Cunda - Urla

İCLAL AYDIN ilköğretim, lise ve yüksek öğreniminin bir kısmını Ankara'da tamamladı. Ankara Üniversitesi Dil, Tarih ve Coğrafya Fakültesi Tiyatro Bölümünde oyunculuk eğitimi alırken Berlin'e yerleşti. Berlin'deki profesyonel tiyatro çalışmalarının altıncı yılında Türkiye'ye dönerek televizyon projelerinde yapımcı-sunucu ve oyuncu olarak çalışmaya başladı.

1990 yılından beri tiyatro ve televizyon projelerinde metin yazarlığı da yapan Aydın'ın ilk kitabı *Hayat Güzeldir*, 2001 yılında okurla buluştu. Ardından *Bitmiş Aşklar Emanetçisi* (2003), *Yaz Bitmesin* (2004), *Gördüğüme Sevindim* (2005), *Evlerin Işıkları Bir Bir Yanarken* (2009), *Senin Adın Bile Geçmedi* (2009), *Kâğıt Kesikleri* (2010), *Zeynep Lal Büyürken* - "Resimler Rengârenkler" (2011), *Zeynep Lal Büyürken* - "Kanatlar" (2011), *Bir Cihan Kafes* (2013), *Unutursun* (2017) ve *Üç Kız Kardeş* (2018) isimli kitapları yayımlandı.

2003 - 2005 yılı arasında *Gülümse* isimli haftalık bir kadın dergisinin yayın yönetmenliğini yaptı. 2001 - 2013 yılları arasında önce *Sabah*, sonra Vatan gazetesinde söyleşiler yapan ve günlük köşe yazıları yazan İclal Aydın, 2001 - 2015 yılları arasında aralıklarla *Elele* ve *Seninle* isimli dergiler için röportajlar yaptı. Yazar, medya ve yazın alanında üniversiteler, sivil toplum kuruluşları ve vakıflar tarafından birçok ulusal ödüle layık görüldü. İclal Aydın, televizyon ve sinema oyunculuğuna devam ediyor.